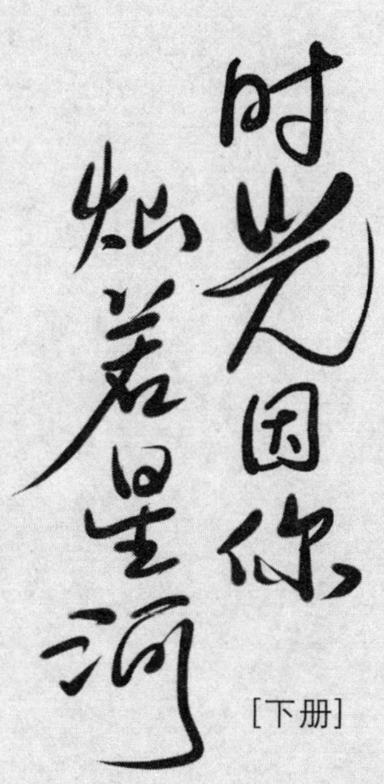

青岛出版社
QINGDAO PUBLISHING HOUSE

第七章
全世界都认为自己配不上他

顾念颤抖地转过身，果然看到傅景深颀长的身影。

他回来了……

顾念抿了抿唇，看着男人伟岸的身影向着自己款款而来，精致的黑色西装，衬托出男人完美的身形，眼眸幽深如海，精雕细琢的五官更是透着矜贵之气。

他不是应该在法国吗？

怎么提前回来了？

原本坐在顾念和景瑞中间的莱雅，见状迅速站起身退到一旁，把位置让给傅景深。

傅景深薄唇抿起，径直坐在了莱雅的位置上。

顾念：“……”

伴随着男人高大的身体坐在自己身侧，顾念还是没回过神来，有些发蒙。

他真的回来了啊。

主持人咽了咽口水，怔了好一会儿之后，才开口道：“刚刚……傅先生来了，他开价到十亿。”

景瑞：“……”

傅景深，他怎么掺和进来了？

有他什么事？

季扬对于傅景深的突然出现则并不意外。

符合傅景深一贯的作风，顾念在这儿，他的心在这儿，他的魂儿在这儿，他根本走不远的。

季扬抿起薄唇，显然是不准备加价了。

他并不是怕了，而是不想让顾念跟着为难。

如果自己和傅景深竞争，最难做、最为难的，无疑是顾念。

景瑞轻哼一声，看着傅景深深不可测的模样，挑衅道：“傅先生怎么掺和进来了？你可是个精明的生意人啊，这十亿，只会亏，不会赚。”

傅景深闻言勾起薄唇，连日的奔波以及加班熬夜，令他瞧着有几分倦容，却不改身上的气度：“送人。”

傅景深视线若有若无地看向身侧的顾念，言简意赅。

景瑞脸色微微一变，有些琢磨不透傅景深的心思了。

顾念也脸色发白，在消化着傅景深的话。

她想过他是不是送给自己的，可是那个念头刚一闪过，顾念立刻就摇头否决了。

怎么可能……如果说三年前，傅景深会这么做，她丝毫不意外，三年后的话……

季扬表情平静，大手却不着痕迹地收紧。

事实上，和傅景深认识这么多年来，季扬从未有过自己不如人的想法，也从未有过季家不如傅家的想法。

唯一，自己不如傅景深的，就是顾念爱他，不爱自己。

所以……他不争不抢，不让傅景深为难。

就好比现在，他同样可以倾家荡产去买那块地，可顾念只需要傅景深送的，而不是他季扬。

景瑞对于傅景深送人的言论生疑，却并未阻挡他要拍下地送顾念的决心，于是准备再度叫价，却被顾念开口阻拦：“够了，景瑞，不要闹了，如果你再这么叫下去，我就和景老爷子说了。”

景瑞：“……”

顾念居然拿爷爷压他。

景瑞脸色微微一变，傅景深却依旧面不改色地坐着，嘴角扬起一抹似笑非笑的弧度。

会场内的其他人炸开了锅。

傅景深、季扬、顾念，当年的三个人如今可是聚齐了啊。

不仅如此，还多了个景瑞……

三个男人气宇不凡，将顾念包围在中间，显得女人极其小家碧玉。

重点是，三个男人都想夺下那块地……

到底是为何，众人不得而知，却也忍不住想到顾念身上。

该不会是要送给顾氏的吧？

主持人视线落在傅景深身上，充满了崇拜，有钱就是任性，这十亿一砸，其他人直接蒙了。

“傅先生十亿一次……还有没有想要竞价的呢，价高者得……”

景瑞蠢蠢欲动，显然并不想放弃。

“我想把它作为圣诞节礼物送给你。”

顾念：“……”

景瑞的话格外认真，顾念听了心里极其不是滋味，翻滚着错杂的情绪。

有的礼物，并不是他想送就可以送的。

“景瑞！”

顾念气急，却不知道该用什么样的理由告诉景瑞，傅景深掺和进来了，这就是她和傅景深的私事了。

他这么为自己出头，她在傅景深那边很难做的。

傅景深漫不经心地扫向顾念为难的模样，淡淡地开口道：“或许，你给他一个理由，让他不再继续叫价？”

顾念：“……”

给景瑞一个理由？

顾念对上傅景深深邃的黑眸，心漏跳了半拍，抿起樱唇，哑声道：“我不知道你在说什么。”

难道直接和景瑞说，傅景深是她老公，他一个追求者跟她老公瞎较劲做什么吗？

再者说，当初隐婚也是傅景深提出来的。

男人心思深沉，外人根本琢磨不透，顾念也是如此。

顾念咬了咬唇，看向傅景深深不可测的俊脸，攥紧小手。

景瑞则眯着黑眸，看着两人之间的互动，蹙了蹙眉，潜意识里……他觉得不简单，心底有个答案在叫嚣着，却说不出口……

“既然你不清楚，那么，我来说。”

傅景深视线扫向眼前的景瑞，漫不经心地开口道：“景少，我买这块地是要送给我太太的。”顿了顿，傅景深压低声音，嘴角勾起，“给她用于盖精油工厂，我太太的家族是香水世家……景少，话都已经说到这份上了，你应该不需要我多说了吧？”

景瑞：“……”

顾念没想到傅景深居然如此残忍地把话一鼓作气全数说了出来，脸色苍白了几分，甚至都没来得及欣喜，傅景深买下这块地是要送给她的。

至于景瑞，宛如受到重创一般，整个人呆若木鸡，回不过神来。

傅景深的意思是，顾念是他的妻子？

太太……

他的第一个念头是剧烈的心痛，第二个念头则是怼错人了。

他一直以为季扬是顾念的丈夫。

呵……对啊，自己也是男人，知道一个男人爱着一个女人是什么样的心思。

傅景深当初爱顾念爱到骨子里，顾念的一颦一笑，哪怕三年后，仍能影响傅景深。

如果顾念要嫁人，傅景深怎么会轻易放过她。

“傅先生十亿两次，傅先生……十亿三次，恭喜傅先生，成功拿下东城这块地。”

全场响起了雷鸣般的掌声，纷纷祝贺傅景深。

众人本来以为要么是季扬，要么是景瑞，万万没想到，最后傅景深开出十亿的天价。

这一次竞拍真的是一波三折，很是精彩啊。

傅景深的理由成功阻拦了景瑞，景瑞瞬间感觉有些无力。

顾念屏住呼吸，坐在三个男人之间，觉得如履薄冰，对剩下的三块地都没有竞价。直到拍卖会结束之后，傅景深低沉的嗓音在耳边响起：“走吧。”

“嗯。”

顾念点了点头，傅景深回来了，她得跟着他回家了。

“傅先生……”

景瑞突然开口，成功让傅景深和顾念停下脚步。

“为什么？”

为什么非顾念不可，他的自尊心、他的骄傲呢？

当初顾念和季扬可是给了他莫大的羞辱，那件事至今还被k市人津津乐道，他现在却还是选择了顾念……

“与你无关。”傅景深淡淡地开口，看着景瑞少有的失魂落魄的模样，继续说道，“善意地提醒你一句，景少，破坏军婚可是犯法的。”

景瑞：“……”

说完，傅景深勾起嘴角，偕同顾念扬长而去。

顾念也只能跟景瑞和季扬简单言语道别，暗暗在想，那般失魂落魄的景瑞她还是第一次见到……

季扬见景瑞吃瘪，抿起薄唇，低喃道：“我请你喝酒。”

季扬看到景瑞，总有种同是天涯沦落人的感觉，两人的心境此时此刻应该是一样的。

心爱的女人被带离，却无力挽回。

“不行，我请你，小爷我刚刚怼错人了。”

季扬闻言哑然失笑，眸底深处却是一闪而过的落寞。

傅景深好似太阳，自己和景瑞只能算是星辰。

当太阳出来了，哪怕是漫天的星辰也只能选择退场。

“好。”

顾念跟着傅景深到了车库，准备坐在副驾驶位置上，却听到傅景深疲惫地开口道：“你开车。”

“好……”

顾念神色一怔，随即看出傅景深的倦容，的确是不能疲劳驾驶。

算起来，她居然跟傅景深好几天才说了这么一句话……

顾念整个人还处于愣怔当中，坐进驾驶位置，看着傅景深枕在副驾驶位置上闭目休息，她很想问，为什么会这么累？

还有……他在会场上说的把东城的地皮买下来送给自己是真的吗？

他不是应该在法国出差吗？怎么突然回来了？

顾念有太多疑问想要问傅景深，话到嘴边，一下子又说不出来了。

“去这个地方。”

傅景深见顾念发动引擎，拿出手机输入终点位置之后，让顾念根据导航开去。

“好。”顾念点了点头，朝导航指引的位置开去。

外面的地面上已经铺满了厚厚一层雪，很美……很冷峭。顾念勾起嘴角，欣赏着雪景，开着车，刚刚被吓坏的心也慢慢恢复平静了。

平安夜这么温馨的时刻，没想到她居然和傅景深在一块儿……

好神奇。

顾念余光偷瞄身侧闭目休息的男人，傅景深好像真的是累坏了，黑眼圈尤其严重。

顾念有些心疼，不过也想问傅景深，花十亿买一块地是不是太败家了啊？

顾念一路开着车竟然来到了k市的东面，这里临山，地广人稀。

到达目的地的时候，外面黑漆漆一片，只有空旷的山景和雪景。

顾念想要询问傅景深这是哪儿，为什么要来这儿，见男人熟睡，便不再打扰。

顾念之前都是偷瞄傅景深，现在男人睡熟了，她索性光明正大地看。

好帅……

怎么个帅法，看了想扑倒？

顾念轻笑出声，尤其男人高挺的鼻梁、薄凉的唇瓣，透着一抹冷漠和矜贵，大抵小女生都喜欢这般高冷的男人吧。

顾念见男人熟睡，鬼使神差地伸出小手落在了男人的唇上，试图用自己的手指描绘男人的轮廓。

以前上学的时候，她就特别爱干这事。

顾念摸着男人的薄唇，然后缓缓向上，落在了鼻梁之上，随后是紧闭的双眸。

闭上眼睛的傅景深，这会儿倒是没那么可怕了。

否则每次遇见傅景深犀利的眼神，总是会让她有无处遁形的感觉。

顾念的手最后落在男人蹙着的眉头之上，小心翼翼地帮男人抚平褶皱。

似乎三年后，他比之前更爱蹙眉了，这无疑是个不好的习惯。

“别皱眉了，嗯？”顾念轻声道，美眸如水……

如此宁静的环境下，加上傅景深熟睡，她大概才能和傅景深如此心平气和地独处吧。

这种感觉很奇怪，好似她憧憬了很久很久……

傅景深，你可知道爱你爱不起吗？

她好似在悬崖上踩钢索，每次看到他就会想到袁珊，想到噩梦，却又不得不爱他……

明明当初说要把他训练成忠犬男友的，不知不觉，反倒是自己丢了心。

大抵，这就是宿命吧。

顾念玩累了，便恋恋不舍地准备缩回自己的手，只是小手还没来得及离开男人的鼻梁，便被傅景深迅速抓在了手心里。

顾念脸色微微一变，才发现原本闭目休息的男人，睁开了幽深的黑眸。

完了，被抓包了……

“傅……傅先生，你……你醒了啊。”

“嗯。”傅景深淡淡地应了声，紧握住顾念小手的大手却丝毫没有松开的意思。

顾念屏住呼吸，已经紧张得手心开始冒汗了。

傅景深的力气很大，顾念试图从男人手中挣脱，努力了好一会儿，却还是以失败告终。

原本温馨宁静的车内，一下子因为男人的苏醒变得异常暧昧紧绷起来。

顾念有些口干舌燥，心底也越发紧张，胡乱地找着话题：“那个……你什么时候从法国回来的？”

傅景深抬手揉了揉眉心，薄唇抿起：“就在刚刚。”

顾念：“……”

刚刚？这么赶啊？

傅景深的声音还带着几分疲惫，小妮子大概永远不会知道，他连续三天在傅氏加班加点，熬夜苦干，随后更是把法国的行程压缩到了两天。

他不眠不休，像个机器人一样机械化地工作，只为赶回来陪她过平安夜、圣诞节。

只是因为那天晚上散步，她跟他提了圣诞节。

刚从飞机上下来，知道她喜欢东城那块地，他便动了心思想买下来给她，结果发现小妮子似乎并不缺送礼物的人。

季扬和景瑞都想着把东城的那块地买下来作为礼物送给她。

呵……磨人的小妖精。

其他男人多看自己的女人一眼，他便会抑制不住心底的嫉妒。

顾念看着傅景深俊脸上的疲惫，柔声道：“我开车送你回南城别墅吧，你好好休息一下。”

“不必了，有个地方想带你去。”

顾念神色一怔，就看到男人伸手拿起车上一个类似遥控器的东西，按了下去。

伴随着傅景深按下开关，前面原本黑漆漆的山林瞬间亮如白昼。

好漂亮。

水晶灯缠绕在树枝上，一闪一闪的，宛如天空之中的星辰。

不仅如此，在灯光下，可以看到瑞雪一片片地落下……

顾念欣喜不已，好喜欢好漂亮啊……

如此宁静的山林之夜，好似世外桃源一般。

顾念咽了咽口水，情不自禁地准备下车，完全没有留意到男人的大手已经松开了她的手腕。

傅景深见顾念拎着包直接下车，迅速从后座上拿起羽绒服紧跟着顾念下车，披在了女人的肩膀上："小心着凉。"

"嗯嗯。"

肩膀上是来自男人衣服的气息，让她很有安全感。

顾念点了点头，踩在雪地上，轻笑着，实在是太宁静、太美了……好似整个世界只有她和傅景深，而她被包裹在一个童话里。

傅景深原本的疲惫因为女人愉悦的表情一扫而尽，他勾唇道："往前走走看。"

"好。"

顾念听傅景深的话，顺着灯光一路走下去，越往山林深处，积雪越厚。

顾念爱极了下雪天，爱极了这宁静和梦幻。

傅景深就这么一步一步跟在女人身后，看着女人欣喜得好似孩子一般，薄唇抿起，脑海之中挥之不去的是顾念初中时写的恶搞作文。

我理想中的生活！

我理想中的生活，是回归大自然，在广袤的森林里，冬天的时候，踩着积雪在雪地里嬉戏；秋天的时候，可以欣赏发黄的落叶；夏天的时候，可以和心爱的人一块儿躺在草坪上看漫天的繁星；至于春天，我们可以在院落里，栽种喜欢的果蔬，等着结果。

仅以这篇作文，送给我心爱的景深哥，因为……我买不起一整片森林，所以你得带上钱，再带上我！

重点是，我们俩的关系是不是可以确定一下了？你到底什么时候愿意当我的忠犬男朋友啊？

我这么有文学才华，你要不答应做我男朋友，以后可别后悔啊。

哈哈哈——

傅景深目光微动，脑海之中宛如精灵的少女和眼前灵动的女人重叠，岁月并未留下任何痕迹，反倒让他爱得深沉。

虽然在深山之中，顾念却没有丝毫害怕，顺着灯光一路走下去，直到一栋别墅出现在她面前。

顾念难以置信地愣在了原地。

东城这里有山林她知道，却从不知道，丛林深处还有这么一栋私家别墅。

别墅并不是复古陈旧风格，在灯光下，顾念可以判断出是欧式建筑，而且质地很新，看得出来新建造不久，可能也就是一两年的时间。

“我可以进去吗？”

顾念看向身后的傅景深，抬手指了指自己身后的别墅，询问男人的意见。

“嗯。”

有了傅景深肯定的回答，顾念瞬间就判断出，这别墅是傅景深建造的，也是傅景深名下的。

有钱任性啊。

在这么一个自然环境绝佳的地方建造这么一座与世隔绝的世外桃源一般的别墅，耗费的人力物力财力可是惊人的。

别墅所有的灯光全数被打开，顾念推门而入，宫殿一般华丽的别墅瞬间呈现在她面前。

别墅大体是白色装饰，家居沙发则采用一些紫色铺排，墙壁上的欧式壁画更是华贵。

好漂亮啊。

“喜欢吗？”

“嗯。”

顾念点了点头，转过头看向傅景深，忍不住感慨道：“感觉特别像是法国的宫殿。”

“请了法国设计师来建造的，并且一些家具器材也是从法国引进过来的。”

傅景深淡淡地开口道，刚刚在车上小憩了一会儿，精神状态回来了些。

这些天他没日没夜地工作，整个身体都快要透支了。

可是回来看到顾念之后，他又满血复活。

顾念琢磨着男人的话，法国……浪漫之都，怪不得她此时此刻站在别墅大厅里，觉得周围有一种来自宫殿一般的典雅气息，让人感觉庄重、浪漫。

“我们今天晚上在这儿留宿，想吃什么？我去做。”

“我帮你吧。”

顾念见傅景深脱去西装外套撸起袖子向着厨房走去，立刻跟了上去。

“不用，你参观一下整栋别墅，我做好了叫你。”

顾念迟疑地摇了摇头：“可是你一个人，会不会忙不过来？”

“你做饭不好吃。另外，你不来给我帮倒忙，对我已经是最大的帮忙了。”

顾念：“……”

好吧，她其实真的很想搭把手的，却被嫌弃做饭不好吃，瞬间就没有反驳的话了，总不能祸害人家的胃吧。

"那你去做吧。"

顾念见傅景深有些疲惫，心里多少有些担心，却控制不住对整栋别墅的好奇和期待，换上居家拖鞋之后，便参观起整栋别墅来。

别墅总共三层，一楼主要是客厅，二楼是卧室，至于三楼则是采用玻璃封顶，这样的话，可以欣赏漫天的夜色，以及白天为整栋别墅提供光照。

顾念是越看越喜欢，尤其三楼还有泳池、健身房、琴房等，加上露天的设计，可以清晰地看到窗外的风景。

"吃饭了。"

顾念回到楼下，发现傅景深已经熟练地准备了四菜一汤，麻婆豆腐、鱼香肉丝、宫保鸡丁、土豆丝，还有西红柿鸡蛋汤，不得不说，菜色诱人，男人的效率很高。

顾念小口小口吃着碗里的饭，脑海之中是傅景深刚刚在会场一掷千金，以十亿的高价买下东城地皮的事。

真的如他所说，是送给自己的吗?

一想到可能是这个答案，顾念的心便扑通扑通跳个不停。

"你……从法国回来，为什么直接去了拍卖会？"顾念试探性地开口道，这句话问完，她却恨不得把自己的舌头给咬下来。

这似乎太明显了……

"嗯？"傅景深听闻女人的话，黑眸中闪过一抹幽深的神色。

"好吧，我重新说，东城那块地，你对景瑞说打算送给我，是真的吗？"

"嗯，给你的圣诞节礼物，明天手续办下来之后，我会安排木凡过户到顾氏名下。"

顾念："……"

是真的!

傅景深没有和景瑞开玩笑，顾念抑制不住心尖的颤抖，哑声道："你……你怎么知道我需要那块地？"

"直觉。"

顾念："……"

直觉哪有那么准的。

见男人如此云淡风轻，顾念还是忍不住咋舌道："可是十亿是不是太多了？"

"看花在哪儿。"

傅景深淡淡地开口，偏偏这般温润磁性的话，让顾念耳根都发热了，心更是扑通扑通跳个不停。

顾念点了点头，突然有种变身富婆的感觉，想想……都觉得好幸福。

傅景深看着女人吃得满足，给顾念碗里又夹了些菜："多吃点，我没控制好量，似乎做得有点多了。"

顾念："……"

做得多了，就得给自己吃吗？

哪有这样的？

虽然如此，但是顾念还是吃得满足，因为实在是饿坏了。

吃完晚餐，时间已经过了十一点。

顾念主动站起身道："我来收拾吧。"

"不用，我来吧。"

"唔。"顾念刚想伸手接过碗，却被傅景深握住了小手。

男人手心发烫，一直熨烫到她心底一般，顾念乖巧地缩回小手，任由男人收拾。

顾念嘴角上扬，似乎两个人的相处模式又回到了三年前。

三年前，她经常窝在沙发上看电影吃零食，垃圾弄得到处都是，傅景深却对她没有一点嫌弃，帮她收拾。

一想到这儿，顾念站在厨房门口，看着男人伟岸的身影在水池前忙碌。

很难想象，刚刚在拍卖会上以十亿天价购入地皮的男人，此时此刻，却为了她做饭洗碗。

谁说居家的男人就没有魅力了？

傅景深分明就很有。

傅景深转过身，就看到顾念看着自己发呆，轻启薄唇道："水果刚刚洗好了，在桌子上。"

"好。"顾念点了点头，走到沙发前，就看到桌子上放着刚洗好的提子。

顾念慢慢吃着提子，没多久，就看到傅景深收拾好走出厨房。

两个人温馨的独处，在这个平安夜显得尤为珍贵。

"走吧，我再带你去个地方。"

"嗯。"

顾念将手中的提子塞到嘴巴里，随后紧跟傅景深的脚步上了三楼。

顾念满怀期待，直到傅景深带着她走到顶楼的一间阁楼里。

天冷的缘故，房间里铺上了厚厚的地毯，顾念直接赤脚踩在地毯上。

室内不知道是不是因为空调温度很高，所以顶楼的透明玻璃上并没有积雪。

"闭上眼睛。"

惊喜？

顾念缓缓地闭上美眸，没多久，就听到男人磁性的嗓音在耳边响起："睁开眼睛吧。"

"好。"

顾念睁开眼睛后，原本以为只能看到夜景，现在她却看到眼前有着漫天的萤火虫。

“怎么会？”

萤火虫可是怕冷的，按理这个季节，根本不会有萤火虫的。

“玻璃进行过隔层处理，现在隔层里的温度和夏季的七月差不多。”

顾念难以置信地伸出手捂住嘴，好意外啊，傅景深居然做到了……

她好喜欢萤火虫啊，尤其是看着荧光点点在自己面前飞过，幸福感油然而生。

怪不得玻璃上不会有积雪，原来隔层经过高温处理。

傅景深见女人躺在地毯上，跟着顾念一块儿躺下：“喜欢吗？”

“嗯嗯。”

傅景深闻言嘴角上扬了几分：“平安夜的礼物。”

顾念：“……”

傅景深那么高冷，能从男人口中听到“礼物”这两个字，着实难能可贵。

这是她收到的最惊喜的礼物。

下一瞬，顾念看到男人颀长的身子欺身压下，男人邪魅的俊脸瞬间在她面前放大。

“你给我的平安夜礼物是什么？”

顾念：“……”

傅景深居然这么直白地跟她要礼物，这是顾念之前从未想过的。

伴随着男人的靠近，顾念头皮有些发麻，身子有些紧绷：“没……我以为你今年平安夜和圣诞节都会在法国，抱歉。”

顾念回答得小心翼翼，对于顾念的回答，傅景深并不意外：“我帮你想好送我的礼物是什么了。”

顾念闻言神色一怔，哑声道：“是什么？”

“你……”

傅景深修长的手指落在女人的唇上，意有所指。

顾念：“……”

男人的声音磁性而带着魔性，让顾念不能自已。

他说过，之前亲她只是利息，下一次就不会放过她了。

这算是下一次吗？

顾念紧张地咽了咽口水。

安眠药……

对，之前她买了放在包里，好在她今天把包带来了。

顾念心里一喜，可以感觉到男人修长的手指摩挲着自己的唇，似带着魔力，拇指的力道更是时轻时重，撩拨着她，让她心尖发颤，可是来自心底深处的恐惧仍在。

“愿意吗？”傅景深喉结滚动了几下，深深地凝视着眼前的小妮子。

她的回答，对他来说很重要……

虽然他有一百个强要她的机会，也可以得到她，可是这个女人消磨了他所有的骄傲，他却偏偏不自知，最在意的还是她的感受。

顾念："……"

时间仿佛在这一刻停止了。

顾念对上男人深邃的黑眸，宛如深潭一般，几乎要把她的魂都给吸进去。

她自然是愿意的……

两人现在是夫妻，有些进一步的事，自然是要做的。

顾念微微合上美眸，不敢对视男人的视线，小声道："嗯，不过……不过，我想去洗个澡……"

静谧的萤火虫灯光，使气氛变得异常暧昧，尤其是在男人炙热的视线下，顾念更是无处遁形。

只是，她真的需要安眠药，那个仿佛能给她一个心理安抚……

傅景深凝视着女人长而翘的睫毛，邪魅道："嗯？"

顾念生怕男人发现些什么，不太自然地继续说道："我还想去看衣柜里有没有丝质睡衣。"

"丝质睡衣"这四个字，无疑取悦了傅景深。

傅景深脑补了一下顾念学生时代的趣事，轻笑道："嗯，我抱你去。"

他丝毫没有起疑，以为小妮子纯粹是害羞和紧张。

到了二楼，顾念借口包里有卸妆液，所以将包拿进了浴室。

顾念从包里拿出安眠药，咬了咬牙，担心药效太快自己先睡过去，所以洗完澡之后快速吞了两片。

事实上，并没有丝质睡衣，顾念选了一套粉色的棉质睡衣穿在身上。

她走出浴室时，傅景深也刚在书房洗完澡出来。

因为知道等一下会发生什么，顾念心里忐忑，有种自己要做坏事被抓包的感觉。

担心药效的问题，顾念主动伸出小手勾住了男人的脖颈。

傅景深则因为女人这般亲昵的动作，体内的血液沸腾着，浑身紧绷，想要将女人融入自己的骨血里。

顾念紧张得心尖发颤，哑声道："我……我准备好了。我……我想跟你重新开始。"

一切都重新开始，把过去的不愉快给抹去……

"好。"

傅景深闻言心底激荡着错杂的情愫，将顾念拦腰抱起，向着顶楼走去。

他想给她完美的一切，包括彼此的第一次。

所以，鹅毛大雪、这栋深林里的别墅，包括这漫天的萤火虫，都是他给她准备的。

到了阁楼，顾念直接被傅景深压在了墙壁上，伴随着男人薄唇覆盖上来，顾念攥紧了小手。

安眠药……顾念期待着药效发作。

不得不说，虽然现在她十分紧张，却因为有了安眠药的安抚作用缓解了很多。

傅景深含住女人的唇，抬手落在了女人的腰间，两人的身高相差实在是够大的，傅景深索性将顾念拦腰抱起，使顾念的双腿环在他的腰间。

对于男女之间的事，别说顾念了，事实上傅景深也是新手。

他试图撩拨顾念的感官，给女人的第一次留下好的印象。

伴随着安眠药的药效发作，顾念目光迷离，使得傅景深以为女人情动。

尤其是女人的小手始终勾着男人的脖颈，搂得很紧，那种满足感油然而生。

傅景深强忍住心尖的颤抖，小心翼翼地将顾念放在地毯上，使得女人可以躺着看他身后的漫天萤火虫。

傅景深抬手抚摸着女人凝脂一般的肌肤，最后手指落在顾念胳膊上的疤痕上，傅景深蹙了蹙眉。

疤痕很浅，不仔细看根本看不到。

三年前，顾念身上毫无伤疤，这道疤似乎是刀划过留下的。

“这是怎么回事？”

顾念顺着男人的视线望去，努力让自己有点意识。

“是……”

是割腕……

当初她在密闭空间的时候，做过伤害自己的事。

还好现在伤疤很淡。事实上，当初刚割伤的时候血肉模糊，是季扬找了西雅图最好的外科医生消淡了疤痕。

“一不小心划伤的。”顾念避重就轻，不敢直视男人的黑眸。

傅景深抬手握住女人的胳膊，薄唇落在了女人伤疤的位置，动作极其温柔。

顾念心底微微一动……他的吻过于温柔，温柔到……顾念会忘记当初自己用小刀用力割开胳膊时候的痛楚。

顾念可以感觉到傅景深的吻一直落在自己的额头、身上，直到她身上的衣服被男人褪去，两人肌肤相亲。

“抱歉，我实在是忍不住了……”

顾念感觉到身体变得滚烫起来，一切尘埃落定……房间里的温度变得炙热沸腾起来。

泪水从眼眶里滑落，顾念也说不清自己为什么会突然落泪。

可能三年前，自己一走了之，也没想到会有这么一天，自己会和傅景深结为夫妻，重新走到一起。

他是自己的宿命，顾念也知道自己是他的魔咒。

情事酣畅淋漓……

傅景深因为顾念是第一次，所以并未要得太狠，但也折腾了两次。

顾念原本就被折腾得精疲力竭，事后更是在安眠药的帮助下沉沉睡去。

傅景深凝视着女人的睡颜，小心翼翼地将顾念抱起，准备去浴室帮她清洗身上的狼藉。

看着地毯上那一抹绽放如红玫瑰的血红，傅景深眯了眯黑眸，心底无限满足。

傅景深给顾念洗澡的时候，很是小心翼翼，担心会吵醒女人。还好顾念睡得熟，洗完之后，他又小心翼翼地将顾念抱回卧室的大床上。

小妮子睡得深沉，看样子真的是累坏了。

傅景深抬手将顾念紧紧地抱入怀中，脑海之中挥之不去的是女人的低吟声，以及刚刚情到深处的旖旎。

满足感再度充斥他的心头。

明明他好多天没有休息，刚刚又耗费了大量的体力，傅景深现在却毫无睡意，只想看着顾念，生怕女人一不小心就在自己眼前消失不见。

一夜缠绵，加上安眠药的作用，顾念一直睡到十点才幽幽醒来。

醒来后，她发现自己浑身酸痛得厉害。

“……”

尘埃落定了。

顾念眼眸里忍不住泛起湿润，昨天晚上火辣辣的情事仿佛就在眼前。

一幕又一幕……哪怕是在吃了安眠药意识模糊的情况下，她也可以准确地回忆出。

大抵是因为傅景深非要逼着她睁开眼睛看着他……

啊啊啊，好奇怪的感觉充斥心头，顾念都不知道怎么面对傅景深了。

顾念小心翼翼地起身，拿起男人的薄衬衫穿在身上，鬼使神差地并未下楼，而是走到了阁楼上。

阁楼的地毯已经换了新的，昨天晚上的狼藉全部被男人收拾干净了。

顾念小脸再度羞红得厉害，胡乱地揉了揉发丝，慢慢平复着自己的情绪，想着等下要去见傅景深，整个人就抑制不住地心颤。

问题来了……昨天晚上似乎有血迹，傅景深会怀疑她刚回国时和他的第一次吗?

顾念脑子里顿时一片糨糊。

她还未转身下楼，突然察觉到腰间被男人的胳膊一个用力揽入怀中。

“找了你很久，才发现你在这儿……”

是傅景深。

顾念小脸微微一白，现在傅景深抱她入怀，她还是不太习惯，一直在抑制着自己的紧绷。

“我……”

“圣诞节快乐。”

傅景深低沉的嗓音在她耳边响起，顾念没骨气地再度红了脸。

是啊，圣诞节……自己和傅景深已经有三年的时间没有在一起过圣诞节了。

顾念点了点头，轻声道：“圣诞节快乐，抱歉，我没有给你准备礼物……”

“从前，你也没有给我准备礼物的习惯。”

被男人一语道破，顾念小脸一红。

好吧，的确是这样……

顾念原先最喜欢要礼物，却没有准备礼物的习惯，除了写写小作文。

“给女人送礼物是男人应该做的事。”

傅景深的话语低沉有力，顾念心里感动，贪恋男人的怀抱，却还是忍不住从男人的怀里挣扎开来：“我饿了，想吃早饭。”

“嗯，做好了。”

傅景深看着女人穿着自己的衬衫，领口松开两颗扣子，白皙的肌肤上还看得到自己留下的痕迹，喉结不由得滚动了几下。

他不是个贪欲的人，却偏偏被她勾了魂……

下楼梯的时候，顾念感觉双腿打战得厉害，被傅景深扶着才勉强没有摔下来。

“抱歉，下次我会注意控制时间。”

“……”

听到傅景深说出如此直白的话，顾念的小脸唰的一下就红了。

要不要这么直接啊……

顾念嘴角挤出一丝笑，和傅景深居然就这么做了真正的夫妻。

“你什么时候起来的？”

“早上八点。”

傅景深昨天毫无睡意，到后半夜三点才慢慢睡去，睡得也并不踏实，半夜醒来会忍不住把顾念抱在怀里，真正感觉到女人就在身边才满足。

早上的时候，他也是控制不住地早醒，再度将顾念抱入怀中……

见女人蹙眉，他又担心自己的动作会不会吵醒她，所以索性早起为顾念熬粥。

顾念被傅景深扶着坐在餐桌前，就看到男人熟练地把熬好的粥端了上来，还有一些包子和点心。

“少吃一点垫垫肚子，等一下还要吃中午饭。”

“唔……”

顾念看着落地窗外的厚厚积雪，好美啊，尤其积雪在阳光下更是发白好看。

顾念勾起嘴角，现在积雪搭配着茫茫山景，更是漂亮……

在如此美景面前吃着早饭，实在是让人赏心悦目的一件事。

“看新闻吧，应该有昨天晚上土地拍卖会的事。”

“嗯。”傅景深抬手用遥控器打开电视，找到了k市的新闻频道。

顾念则顺手拿出手机，刷了一下最新的k市新闻。

微博新闻的头版头条，自然是傅景深以十亿的高价购买东城地皮，这几乎是爆炸性的新闻。

顾念撇着小嘴，想想还有点失落。

昨天她可是带着银子去的，却硬是因为价格被叫得太高，她连叫价的资格都没有。

“在想什么？”

“在想……我昨天都没有竞价。”

顾念如实作答，语气难掩失落。

傅景深则因为女人孩子气的模样轻笑出声：“如果你想竞价的话，晚点我安排一下，还会有新的地皮陆续放出来。”

“嗯……”顾念点了点头，大致也知道，傅景深控制着k市的经济脉络。

顾念大致翻阅了一下其他的社会新闻，其中包括了年轻企业家季扬从西雅图归国创业。

还好，并没有她和傅景深、季扬的八卦新闻，看样子新闻被处理过了……

“昨天晚上的一场人工降雪，让整座k市铺上了一层银装。”

电视上主持人的声音响起，顾念神色一怔。

人工降雪？

顾念看着傅景深毫不意外的表情，忍不住惊讶道：“为什么会有人人工降雪啊？”

傅景深喝着面前的粥，淡淡道：“为了来年有个好收成，下雪的话，可以消灭许多害虫。”

顾念点了点头，原来如此啊。

不过看下雪真的是一件极其浪漫的事啊。

傅景深看着顾念点头的模样，嘴角上扬。

事实上，也有可能纯粹是私心，因为身边的某个小妮子喜欢看雪。

吃完早餐，顾念跟傅景深一块儿在林间散步。

顾念浑身上下包裹着厚重的羽绒服，只露出巴掌大的小脸。雪天路滑，傅景深抬手扣住顾念的胳膊，防止女人摔倒。

“你是怎么想到在森林里盖这么一栋别墅的？”

“度假用的。”

实际是因为顾念喜欢，所以他一直想将这么一栋别墅送给她。

只是三年前，他羽翼还未丰满。

等到他盖好这栋别墅的时候，顾念却人在西雅图。

“房子在你的名下。”

顾念原本正在嬉戏玩雪，因为男人的话，神色一怔。

什么意思？

“傅景深……你开什么玩笑？”

“没有开玩笑，两年前，这栋别墅的地皮购入的时候，我顺带将整片山林的土地使用权都购买了，放在你的名下。”

“……”

顾念忍不住咽了咽口水，抿唇道：“那我加上东城那块地皮，岂不是有好多了。我是包租婆了吗？”

“如果你愿意的话，可以。”

明明是开玩笑的话，傅景深却说得郑重其事。

顾念有些触动，两年前自己还在西雅图，他却已经为她购入产业了。

他到底还做了哪些自己根本不知道的事？

“谢谢你……景深哥……”

一声景深哥，好似一下子将时光拉回三年前。

傅景深凝视着眼前在雪地里被冻红小脸的顾念，喉结滚动了几下，随后缓缓抬手将顾念抱入怀中，将女人的手揣到自己的口袋里暖着。

“等到顾氏情况稳定下来，我带你去瑞士滑雪。”

“好……”顾念点了点头，鼓起勇气，伸出手环抱住男人的腰身，轻声道，“对不起……”

这一次，顾念的对不起，傅景深没有呛声回去。

“嗯。”

两人在雪地里相拥，一切尽在不言中。

顾念和傅景深好似最普通的情侣一般，赏雪之后看山景，看完山景之后，傅景深接到了老爷子的电话，让他带顾念回家。

顾念听闻之后，虽然一万个不愿意回傅家，但是既然老爷子开口了，也就勉强同意了。

事实上，离开这栋山林别墅的时候，她千万个不舍。

回去的路上，傅景深见顾念兴致不是很高，薄唇抿起，随后道：“这栋别墅还没有名字，你是这栋别墅的主人，不如你想个名字。”

顾念一下子来了兴趣，嘴角上扬：“叫贪念好了。忙里偷闲，特别适合去的地方，好好贪恋一下闲适的时光。而且我的念字和贪恋的恋谐音，所以贪念，第二个念字用顾念的念。”

“嗯，同意。”傅景深见小妮子的兴趣逐渐提了起来，嘴角上扬。

顾念则若有所思，傅景深一直没有提昨天晚上自己出血的事……

不知道男人到底是怎么想的？

要不要老实交代自己归国的时候欺诈他？

还有怀孕的事，也都是自己骗他的?

有的时候，是不是实事求是会比较好?

一想到这儿，顾念咬了咬唇，轻声道："那个……昨天晚上，我……"

顾念屏住呼吸，有些话实在是不好意思说出口，只好哑声道："那个，我早上看到你把地毯换了，我……昨天晚上弄脏了，其实……那个时候我回国，我……"

"抱歉，是我昨天晚上太粗鲁，弄伤你了。"

傅景深何等聪明，一眼就看出了顾念的心思。

有些事，他并不想戳破，因为……爱她。

"……"

顾念万万没想到，傅景深居然会这么说。

他误以为是太激烈了，所以弄伤了自己吗?

顾念一时之间有些语塞，好一会儿都没有回过神来。

"对不起……"

"没……没关系。"顾念连忙摆了摆手，松了一口气。

本来以为老实交代，会让两人的关系再度陷入僵局。

现在这样，就很好……

顾念嘴角挤出一丝笑："我没事的。"

"嗯。"

傅景深见小妮子微微松了一口气，抬手握住顾念的手放在手心里："以后，我会温柔点。"

这一句话，让顾念又悲又喜……

悲的是，要怎么克服心理障碍?

喜的是男人的体贴……

顾念点了点头，看向窗外的风景，心绪错杂，有太多话应该和傅景深说，却不能说……

傅景深看着顾念看向窗外发呆的模样，薄唇抿起，小妮子身上似乎有太多的秘密了。

傅景深没有来得及深究顾念身上的秘密，傅老爷子的一个电话直接将二人召回。

顾念进傅家门之前大致想了想，老爷子突然召回他们应该是与昨天土地拍卖会的事有关。

毕竟在外人看来，傅景深的买卖是亏的。

十亿啊，着实是天价，也着实够让傅景深上今天k市的头版头条。

老爷子不明所以，自然是要召回人的。

无论是什么理由，走进傅家的大门，顾念还是可以感觉到无形之中的压力充斥在心头。

“爷爷、爸妈。”顾念进了大厅之后，率先跟老爷子和傅杨、袁珊打招呼，随后装作才看到安萱一般，嘴角勾起，“安小姐也来了啊。”

傅杨正陪着傅老爷子下棋，至于安萱则陪着袁珊看电视。

画面怎么看怎么都让人觉得袁珊和安萱是婆媳俩。

安萱见到两人迅速站起身，眼巴巴地看向傅景深所在的方向，却发现男人根本就没抬眸看向自己。

“是啊，念念、傅先生，圣诞节快乐。”

安萱脸上的擦伤已经好得差不多了，现在又被妆盖着，几乎看不到了，穿着一身白色羊毛大衣，脸色瞧着有些苍白，人也消瘦了些。

怎么看怎么觉得是白莲花的人设，呵……

傅老爷子瞧着小两口一道回来，心情还不错，毕竟虽然自己年纪大了，也知道现在的小年轻都喜欢过平安夜、圣诞节。

傅杨则还记挂着顾念“小产”的事，每次看到顾念心里总会惋惜。

毕竟年纪大了，确实想看到第三代的人了。

老爷子开口道：“回来了啊，坐吧……”

见傅景深和顾念一块儿坐下，老爷子移动着棋盘上的炮，随后询问道：“景深，你怎么回事啊？昨天的拍卖会上，你居然花了十亿买东城那块地，那块地据说价值最高才八亿。”

傅景深见老爷子情绪激动，轻声道：“商业投资罢了，爷爷，您不是一向不过问我公司的事吗？”

傅老爷子闻言还未开口，一旁的袁珊直接出声道：“景深，你这话妈听着就不开心了，公司虽然是你的，但是也有我们的心血啊。作为你的长辈，我们肯定得提点你。妈通过关系也问过土地资源部了，你这地啊，买亏了。”

顿了顿，袁珊瞧了一眼傅景深身侧的顾念，轻哼一声：“如果不是昨天参加拍卖会的人跟我说，我还不知道，昨天可不是只有你一个人在竞争那块地，还有季扬和景瑞吧。爸，您是不知道，这价格是水涨船高，一会儿就三亿五亿八亿十亿了，这三个人，简直是不把钱当钱来用。”

顾念：“……”

参加拍卖会的人？

呵……还能有谁？白莲花都送上门了，昨天的拍卖会，安氏肯定也出席了。

袁珊的意思很简单，傅景深纯粹是在砸钱，而且是和季扬、景瑞较劲，这两个男人，或多或少都和自己有些牵扯。

因此，傅景深一掷千金的事，很自然地又落到了自己头上。

“顾念，你可真厉害啊，嫁给景深之后一点儿都不让我们省心，看你做的什么事……景深如果不是为了你，能和季扬、景瑞胡乱竞价吗？说不定，景瑞和季扬竞价也都是为了你。你的魅力还真是大啊。呵呵……”

顾念樱唇抿起，听出袁珊话语中的尖酸刻薄，自然也没有错过安萱眸子里的暗暗得意。

“妈，如果您认为景深是一个可以轻易被女人控制而盲目叫价的人，那么我也无话可说了。”

顾念顿了顿，继续道：“另外，妈，我嫁给傅景深，是您的晚辈，虽然晚辈不该对着长辈指指点点的，但是有些善意提醒的话还是要说，您得注意自己的措辞，毕竟有的时候，比利刃更伤人的是人的言辞，就像您刚刚所说的话，在没有真凭实据的情况下，就是在泼脏水。您是我的婆婆、景深的母亲，所以我不跟您计较罢了，但是换作其他人，可就没有这么好说话了。”

“你……你嫁到傅家来现在长本事了啊，居然敢训斥我了。在k市，还没有人敢这么训斥我！”

袁珊还想开口，傅老爷子立刻打断道：“行了，袁珊，你少说两句，景深都还没有说话呢，你现在说的，都是瞎起劲。”

傅老爷子对于袁珊的脾性是知道的。

“爸……”袁珊气不过，现在顾念一步一步走进傅家门之后，自己的危机感越来越强。

如果自己不采取措施，顾念极有可能把自己一脚踹了，到时候，自己多年来苦心经营的一切都会毁于一旦的，无论是傅家，还是傅景深这个儿子……

再者，她的骄傲是绝对不允许顾念这样的女人骑在自己头上的。

“景深，你说说看，你是怎么想的？”

傅老爷子重新把问题抛给了傅景深，傅景深淡淡地开口道：“我的确是为了念念买的。我之前买了临近东城那块地的森林使用权，顺带建造了一套别墅，东城那块地，极其适合顾氏用作精油原料的工厂，而且距离我建造的别墅也近，是一体的，本来就打算买来作为圣诞节的礼物送给她，只是没想到季扬和景瑞也瞧上了那块地，所以……竞拍就是这么回事，价高者得。

“我想他们对那块地感兴趣，也不全是因为顾念，毕竟我们都是商人，爷爷您可以派人去调查，东城那块地是昨天拍卖的六块地里最好的，择优来看，如果我抛开送给念念做礼物这个理由，单纯因为傅氏的发展需要，也会购入的。”

顾念没想到傅景深欲扬先抑，顺带帮自己和季扬、景瑞撇清了关系，嘴角渐渐勾起。

傅老爷子心底一惊，脸上没有什么表情波动，心里却乐开了花。

不容易啊，自家这个孙子终于没有那么木了。

这地原来是买给顾念丫头的礼物啊。

“景深，你疯了吗？这可是十个亿啊！再说了，你在山林里盖别墅做什么？你……

你居然为这个女人花了十个亿。”

袁珊气得暴跳如雷，安萱则大惊失色，脸色苍白得骇人。

傅景深如此直白，实在是每一句话都戳进她的心。

傅杨脸色也好看不到哪儿去，花了十个亿，确实有些多了。

比起袁珊的情绪暴动，傅景深淡淡地开口道：“另外，十亿并不是亏本买卖，据我所知，在一年内，东城那边会构建环城高架，到时候周边的地皮自然是水涨船高，我派人估算过，一年后，东城这块地皮的起步价最起码在十五亿以上。”

傅景深的话，成功地安抚了众人。

顾念眼神微动，看样子，傅景深做事还是有原则的。

“嗯，这样就好，行了，这件事就到这儿吧。好了好了，你们去收拾收拾，准备洗手吃饭吧。”

“嗯。”

傅景深扶着顾念向着洗手间方向走去，顾念实在是按捺不住心底的好奇，忍不住开口道：“你怎么会提前知道东城那边会构建环城高架？”

傅景深看着顾念好似好奇宝宝一般，薄唇忍不住勾了勾：“事实上，我并不知道。”

顾念：“……”

什么意思?

走进洗手间后，傅景深将房门关上，顺势握住顾念的手送到水龙头前，放出温水给顾念洗手。

其实顾念有时候撒娇的时候，傅景深还经常替小妮子洗脸，总之怎么宠溺怎么来。

“准确来说，我买下了东城那块地，紧接着，就会安排建造环城高架的事。”

顾念明白了。所谓高架不过是……傅景深的后话。

他有钱够土豪，可以花钱买下东城那块地，自然也有本事安排东城那边建造环城高架。

人比人，气死人啊。

顾念真的想吼一句，为什么自己连竞价的本事都没有!

“我懂了。看起来你现在花了十个亿是亏本买卖，事实上，你后续会不断地使这快地皮升值的。”

“不错。”

顾念在西雅图学了三年的经营管理之后果然不一样了，该懂的门道也是懂的，傅景深黑眸中闪过一抹赞许，看着女人眨着水汪汪的大眼睛若有所思，薄唇抿起。

有些事，可能是因为有了第一次，就很容易会去想第二次、第三次……

就好像现在，孤男寡女在这么一间洗手间内，他会想去吻她，想要更多……

傅景深啊傅景深，你本不是一个重欲的男人，却为什么，偏偏被这么个丫头勾了魂。

这分明是个妖精。

顾念原本沉浸在自己的思绪里，伴随着水声，男人的大手温柔地搓洗着她的小手，她才回过神来，小脸一红，赶忙缩回自己的手。

“我……我洗好了。”

“嗯。”傅景深熟练地洗完手，随后抽出毛巾将顾念的手擦干。

气氛有些暧昧，顾念不敢抬头看傅景深，连忙说道：“我们出去吧……”

“嗯。”傅景深看着顾念好似小白兔一般容易害羞的模样，薄唇上扬了几分。

其实……他还是想抱抱她。

她走的这三年来，他毫无安全感可言，现在哪怕她在自己面前，他还是患得患失的。

安萱被袁珊留下来一块儿用餐，顾念全当看不见，因为早上已经喝过粥，所以她并不是很饿，简单地动了几下筷子便不再吃了。

傅老爷子见状蹙眉道：“怎么了？今天这可都是春嫂亲自做的啊，不合胃口吗？”

“不是的，爷爷，早上十点的时候才吃了景深做的早饭，所以不是很饿。”

“什么，这小子会做早饭？”

傅老爷子有些难以置信，顾念点了点头：“他炒菜也做得很好。”

傅老爷子再度诧异地笑出声：“你这丫头有福气啊，我们还没有吃过他做的饭呢。”

顾念：“……”

好吧，无形之中她又狠狠地秀了一番恩爱。

顾念勾起嘴角，余光看向安萱拿着筷子还在颤抖的手，轻笑出声：“是啊，我有口福了，我刚好也比较怕处理生肉之类的，之前给他做过饭，他说不好吃，索性就不让我做了。”

“其实啊，男人有的时候不想让女人劳累做饭，最常说的话就是做得不好吃，口是心非呗。”春嫂正在端菜上桌，听到顾念的话，连忙笑呵呵地说道。

“春嫂，你的话太多了！”

袁珊闻言不悦道，春嫂不敢多言，连忙给顾念使了个眼色又退下了。

顾念勾起嘴角，看向身侧的傅景深，在琢磨着刚刚春嫂说的话。

安萱则是嫉妒得要发狂了，只能硬生生地控制自己的情绪，怕自己在傅家人面前表露出来。

吃完午饭，顾念原本想离开，傅景深却被老爷子叫过去问话，顾念只能坐在沙发上等着。

可是沙发上又有袁珊和安萱，顾念百无聊赖，索性陪着大王在院子里玩。

大王完全是玩疯了，似乎和雪有太多感情，时不时地跳来跳去，狼狈滑稽的模样让顾念也跟着笑出声来。

“顾念，你现在很得意是吗？”

女人阴冷的嗓音在身后响起，顾念闻言勾起嘴角，转过身来，就看到安萱脸色苍白，眼神阴鸷地向自己走来。

顾念浅眯凤眸：“怎么不装了，我还以为，你会继续装下去呢。”

顾念嫣然一笑，随后轻声道：“嗯，所以你安萱也不过如此嘛，不过我也理解你，毕竟一直伪装白莲花是很辛苦的。”

“你……”安萱没想到顾念把自己看得这么透，脸色很是难看，“你凭什么？当初是你不要他要给他难堪的，你怎么还有脸回来，我要是你，早死在外面了。”

今天傅景深为顾念做饭的事，深深地刺激到了安萱。

傅景深那般矜贵的男人，居然会为了顾念这么做，实在是让安萱嫉妒得发狂。

顾念听着安萱狠毒的话，轻抿唇瓣：“这个是我和他之间的事，似乎和你无关。另外，安萱，我也想警告你，之前你的肆意妄为已经让你离开傅氏、安氏付出一亿的赔偿，如果你再这么下去，后果自负，毕竟，我完全有兴趣……整你。”

顾念浅笑嫣然，说实话，对于袁珊，她毕竟是傅景深的母亲，哪怕自己恨死那个女人，巴不得她去死，却到底还是不能去整死她，只能警告，外加井水不犯河水。

但是安萱可不一样，她要是想当自己的出气筒，顾念可是一点儿也不在乎的。

“你……”安萱暴跳如雷，想要攻击顾念，一时之间却根本没有好的突破口。

忽然，安萱脸色一变：“顾念，你也别得意，虽然我离开了傅氏，安氏也赔了巨款，可是，我弄死了你肚子里的孩子。哈哈哈，一条命，还是未来傅氏的继承人，我觉得已经赚大了。”

顾念：“……”

还真的是直言不讳啊。

人到底是有多坏，才会想到对无辜的孩子动手呢?

顾念看着安萱笑得一脸得意，嘴角勾起一抹冷笑。

“顾念，你冷笑什么？难道我说得不对吗？”

四下无人，顾念倒也不避讳，嘴角勾起一抹绚烂的弧度，走到安萱跟前，凑近女人的耳边淡淡地开口道：“不对……因为那一次意外不过是我设的局，我啊，没怀孕。呵——”

说完，顾念离开女人的耳边，笑容明媚。安萱整个人好似疯了一般，摇头道：“不可能，你摔倒之后，去了医院，傅景深那么关心你，担心你的肚子……”

“诚如你所言，当初我确实是以孩子逼婚，只是这孩子是个借口，我一直在想，这肚子一天天不大起来，该怎么办呢？这个时候啊，你就出现了呢。”

说完，顾念嘴角继续上扬，“好心”地帮安萱理了理凌乱的头发：“我故意走到楼梯处，然后故意强调我这肚子的重要性，局都给你布好了，舞台也都给你搭建好了，就等着你好好地表现一下呢。然后啊，你一点儿都没有让我失望，真的是非常非常好地表现了一下。谢谢你啊……安小姐。”

顾念本着气死人不偿命的原则，看着安萱整个人失魂落魄，气得都要冒烟了，心情变得格外美丽。

其实她不想告诉安萱这么残忍的真相的，只是女人偏偏要自寻死路。

“你……你难道不怕我告诉傅家人吗？”

“嗯，不怕，你这是把脏水往自己身上泼，我到时候完全可以说，你推我下楼，害死孩子不够，还诬陷我，毕竟我失去孩子的事实，医院那边可是证明过的。安萱，我不是个好斗的人，但是并不代表我不会斗……你好自为之。”

说完，顾念向着客厅走去，留下安萱一个人狼狈地站着。

如果不是强撑着，安萱真的觉得自己随时随地会摔倒。

她一直自以为聪明，万万没想到，自己居然成了顾念的跳板。

自始至终，顾念从未吃过亏，而自己一直在被利用。

顾念回到客厅，就看到傅景深从楼上下来，身后还跟着傅老爷子。

老爷子目光灼灼地看向顾念，开口道：“念念啊，好好照顾自己。”

“嗯，爷爷，我知道了。”顾念乖巧地应了声，“爷爷，您也要保重身体啊。”

“这个你放心，我还准备帮你们带孩子呢。”傅老爷子拍着胸脯，证明自己身子骨硬朗。

顾念闻言哑然失笑。好吧，说到底还是孩子啊……

昨天晚上，她和傅景深似乎并没有做防护措施。

顾念脸色微微一变，傅老爷子则抿唇道：“现在温度还算宜人，你们去忙吧，不用在这儿陪我老头子耗了。”

“好。”傅景深点了点头，揽着顾念的肩膀跟客厅里坐着的傅杨和袁珊道别。

傅老爷子放心不下，忍不住补充道：“东城那块地毕竟是公事上用的，景深啊，圣诞节该买的礼物，你得买啊。”

“嗯，我知道了，爷爷……”

顾念心里一暖，跟着傅景深坐进车扬长而去。

安萱则等到顾念和傅景深离开之后才跌跌撞撞地回到客厅。

“爷爷、伯父、伯母，时间不早了，我先回去了。”

袁珊见安萱脸色不好，也知道大概是被顾念气疯了。

“好，对了，萱萱啊，你想重新回到傅氏工作的事，伯母会放在心上的，回头我就跟景深说这件事。”

“好……好啊。”安萱声音发颤，莫名有些后怕。

傅景深身边的顾念实在是太可怕了。

袁珊亲自送安萱坐车离开，暗暗打着心底的小算盘。安萱足够乖巧，任由自己摆布，是最适合做儿媳妇的人。

傅老爷子瞧着袁珊对安萱的亲昵，嫌弃地冲着傅杨道："你啊，好好管管你媳妇，你们现在的儿媳妇是顾念，不是安萱，你们到底还想不想抱孙子了？"

"爸，您胡说什么呢，当然想了。"傅杨点了点头，"我会和她说的，您放心吧。"

"这还差不多……"

因为昨天从法国回来直接空降拍卖会，傅景深没有来得及去傅氏，所以直接开车将顾念带到了傅氏。

顾念顺带也想了解一下傅氏的运营模式，偷学一些技巧。

还没下车，顾念就收到了莱雅的短信：顾小姐，已经收到傅氏关于将东城地皮转让给顾氏的手续了，确认了，交接完成。

顾念满意地勾起嘴角，实在是抑制不住心底的激动和雀跃，迅速回了一个知道了的消息，然后将手机锁屏："刚刚莱雅给我发来短信，说东城的地皮已经划到顾氏名下了。"

"嗯。"傅景深点了点头，随后抬眸看向顾念，薄唇勾起，"圣诞节快乐。"

好奢华的圣诞节礼物啊。

顾念点了点头，小脸微微一红："圣诞节快乐。"

窗外的积雪还没融化，现在整座城市还裹着一层银装，实在是漂亮得不可思议。

如果这个冬天，顾城没有出事，那么就真的很好很好了。

到了傅氏门口，顾念犹豫了下道："我可以在楼下等你的。"

虽然想着偷学男人的经验模式，事实上，顾念明白当初自己退婚的事傅氏尽人皆知。

如今自己跟着傅景深出现在傅氏，其他人会怎么看他？

顾念不想让傅景深难堪。

"不用。"傅景深伸出大手握住了顾念的手，牵着女人向着楼上走去。

傅景深现在似乎习惯牵着自己了，有这个显著的变化，顾念心里多了几分欣喜。

"傅总。"

"傅先生。"

顾念被傅景深牵着走进傅氏，成功地吸引了众人的注意力。

顾念咬了咬唇，眼神黯然，事实上，她不想这么高调地吸引众人的注意。

人多嘴杂。

众人在身后议论纷纷，一路上，顾念直接被傅景深牵进了总裁办公室。

顾念神色一怔，似乎自己还是第一次来这里。

顾念乖巧地开口道："我坐在沙发上等你忙完。"

"好，如果你累的话可以去休息室睡一会儿。"傅景深抬手扯了扯脖颈处的领带，迅速坐在办公桌前投入工作之中。

认真工作的男人无疑是帅的。

傅景深的办公室装修风格很是恢宏大气，而且宽敞，风景极好。

他虽然看着手中的文件，余光却在偷瞄顾念的动作，见顾念百无聊赖地看着手中的杂志，薄唇若有若无地勾起。

“傅总，等一下三点您有个会议得参加。”

秘书恭敬地敲门而入，看了一眼沙发上的顾念，暗自心惊肉跳，却还是面不改色地开口道。

“嗯，准备一下材料，我马上到会议室。”

“好的。”

秘书离开之后，傅景深站起身，走到顾念面前，抿唇道：“在这儿等我一下，我去开个会，办公室里的东西，你都可以动。”

“好。”

顾念见男人毫无保留，不得不说，心里是暖的。

其实她对办公桌上的一些文件真的是有兴趣的。

傅景深离开之后，顾念打了个哈欠，随后站起身坐在了傅景深的办公椅上，看了半个小时文件之后，顾念直接去了洗手间，刚准备离开的时候就听到了门外传来的动静。

“你瞧见没，今天傅总可是带了个女人来公司啊。”

外面传来女人的闲聊声，顾念目光闪了闪，她现在出门似乎就直接和外面的人撞上了，到时候可就尴尬了。

顾念轻抿唇瓣，迅速走进一旁的更衣室，还好傅氏的洗手间配备了独立的母婴哺乳室以及更衣室。

顾念并不是想听到些什么，一般来说，别人的议论大致相同，只是现在避让不开，免得见面尴尬。

“你没认出来啊，那个是顾念。”

“什么？顾小姐，呵……”

“是啊，我要是她啊，简直没脸出现在傅总面前，当初她可是给傅总以及傅家多大的难堪啊。”

“是啊，是啊，红杏出墙，还跟傅总的好兄弟跑了，这简直是不要脸呢。”

“嘿嘿嘿，人家也有本事啊，说不定，现在顾念已经再度上位了，傅总啊难逃情网。”

“这可不一定，我要是傅总，说不定把这个水性杨花的女人随便玩玩，然后直接抛弃。现在顾氏不是落难了吗？这顾念现在说不定是给傅总当情人，用身体换钱呢。”

“哈哈——这可真贱啊，三年前，好好的总裁夫人不做，结果成了现在这样。”

“本来以为这秘书部的安萱最有可能升为总裁夫人的，谁知道不明不白地不做了，搞不懂。”

“我得去给安萱姐通风报信，不能让顾念这个小贱人扬扬得意。”

“哈哈——”

顾念：“……”

看样子，大家对她很厌恶，而且误解很深……

事实上，她刚归国的时候，k市名媛圈里这些声音就没断过。

顾念扯了扯嘴角，有种无力感，却也习惯了。等到女职员们离开，她才准备走出洗手间，刚走到门口，就听到女职员们战战兢兢地道了一声傅总。

顾念：“……”

傅景深来了？

顾念脸色微微一变，停下了脚步。

现在自己出去，似乎会更尴尬。

“傅氏从不留闲言碎语的人。”

傅景深的嗓音冷漠如冰，让人不寒而栗。

“是，是……傅总。”

“你们互抽对方耳光，谁先把对方的嘴巴抽出血了，就可以获得留下的机会。如果不愿意的话，人事部在那边，请辞吧。”

“啊……”

顾念：“……”

很快，门外就响起了响亮的巴掌声，而且一声比一声重。

光是听巴掌声，顾念就足以想象到有多疼。

她想要出去，却硬生生地停下了脚步。现在她不出去还好，出去的话，说不定那些女人会更恨自己。

很快，就有女人欣喜地道：“傅总，她……她的嘴巴出血了。”

“她……她也是。”

“嗯，如果再有下次被我发现，希望我可以在当天收到你们的辞职报告。”

“是是是……”

伴随着女职员的颤抖声，以及慌乱离开的脚步声，顾念扯了扯嘴角。

傅景深这算是为自己打抱不平吗？

顾念心底有些暖。

过了好一会儿，顾念才走出洗手间。

她原本以为傅景深已经离开，当看到男人站在洗手间门口时，顾念怔了怔。

顾念犹豫着要怎么开口，脑海之中却对于刚刚的巴掌声挥之不去，她还是觉得有些恐怖的。

傅景深淡淡地睨了一眼眼前的小妮子，开口道：“走吧，我忙完了。”

"好。"

顾念跟着傅景深直接到了车库，这一次，沿途走过的时候，顾念并未再听到职员的议论声。

有几个女孩子趴在办公桌上捂着脸哭，顾念猜想多半是刚刚在门口议论她的女人。

傅景深这一招算是杀鸡儆猴吗?

顾念坐到副驾驶位置上后，男人询问的嗓音在耳边响起："需要我送你回顾氏吗？"

"不用了，昨天已经把公事都处理好了。"

其实今天的重头戏是商榷地皮的事，没想到傅景深直接高价拍下送给自己了。

"需要回顾家吗？"

"不用。"

如果傅景深到了顾家，那么顾城和张琳想必会更加局促的。

三年后，他们对待傅景深的态度不再是长辈对待晚辈，而是亏欠……

他们认为亏欠傅景深太多。

如今，顾氏的生存依附着傅氏，顾家对待傅景深的态度更是像极了下级对上级。

"好，那今天圣诞节，我们找个地方用餐再回去。"

"好。"顾念点了点头，看向男人的侧脸，"也可以逛逛商场，我给你买圣诞节礼物吧？"

顾念想着法子想对傅景深示好，毕竟伸手不打笑脸人。

爱收礼物的不仅是女人，有的时候男人也是。

"不必，你本来就没有给我送礼物的习惯，不需要养成。"

傅景深更乐意顾念养成的习惯是等着收自己的礼物，跟自己撒娇，要东要西。总之，需要她主观去付出的事，傅景深并不需要她做。

顾念："……"

傅景深说得理所当然，如果是三年前，顾念自然觉得没有什么，可三年后，认知发生了天翻地覆的变化。

准备礼物本就是相互的，只是原先的自己仗着自己被傅景深宠溺，所以就这般任性妄为。

"嗯，那晚上我请客吧。"

"这是男人做的事，女人不必做。"

"那追人还是男人做的事，我不也做了？"顾念下意识脱口而出，才发现说出来的话有些尴尬了……

三年前两人有太多的温馨和逗趣，而经历三年前的创伤之后，现在这些回忆抛出来，就有些伤人了。

"晚上想吃什么？"傅景深凝视着小妮子似乎担心自己说错话的模样，心有不忍，柔声道。

“西餐吧。”

西餐比较有过节的气氛。

“好。”

傅景深将车停在了k市顶级的西餐厅前。

服务员见到傅景深之后，恭敬地带领傅景深直接到了顶楼的VIP包间。包间装修奢华，重点是观景极好。

傅景深熟练地点好了餐，都是顾念爱吃的。

顾念琢磨着男人爱吃的是什么，却没有什么头绪。

自己完全不够了解他。

顾念在想，三年前自己是不是谈了一场假恋爱，否则怎么会连男朋友喜欢什么都不知道。

这一场恋爱，付出的人永远是傅景深。

餐品陆续上桌，服务员也给顾念和傅景深倒上了红酒，烛光晚餐，极其浪漫。

“在西雅图的话，你一般会怎么庆祝圣诞节？”

傅景深低沉的话语在耳边响起，顾念闻言轻声道：“第一年的时候，是季扬哥陪着过的……”

准确来说，第一年，顾念是季扬陪着在医院过的。

那个时候住在同寝室的女生恶作剧，在她洗澡的时候突然断了电源，导致她洗了冷水澡，加上因为圣诞节触景生情心情低落，所以高烧不退在医院昏迷了三天。

“季扬”两个字从女人的口中说出来，让傅景深脸色微变，眼中染了几分凉意。

“第二年的时候，在小公寓一个人吃了泡面，不过里面丢了根香肠，味道好像还不错。”

一边吃，一边哭，结果吃到嘴巴里的面好像都是苦的。

“第三年的时候，一个人在街上漫步，去感受了一下节日的氛围。”

说完，顾念勾起嘴角，不想在傅景深面前撒谎。

第三年的时候，散完步准备回公寓的时候，顾念觉得自己的心理状态并不是很好，所以在圣诞节接近尾声时，还去做了次心理康复治疗。

傅景深目光微动，她过得并不好，却没选择回来找他。

每一年的圣诞节，他都在原地等着她。

气氛变得有些低沉，顾念端起眼前的高脚杯抿了一大口酒，随后嘴角挤出一丝笑意。

“你呢？”顾念试探性地开口道。

“一个人。”顿了顿，傅景深补充道，“三年都是一样。”

顾念：“……”

言简意赅，是傅景深的风格，说出来的话，却透着淡淡的悲伤。

无论如何，今年的圣诞节，她在。

这样就好。

两人刚到南城别墅，顾念就被傅景深顺势压在了墙壁之上。

他想亲她……很久了。

有些事，有第一次，那么就会想着第二次、第三次。

就好比昨天自己要了她，现在，他会想要更多。

顾念一开始没有反应过来，意识到男人要做什么时，心底瞬间充斥着无边的凉意。

还好，她刚刚喝了些酒，现在酒意上来了，意识没有那么强烈了。

顾念迅速在脑海之中盘算着，随后推开男人的胸膛，轻声道："我……想喝点红酒，和你一起，好吗？"

女人小脸微红，好似小猫儿一般，说出来的话软绵绵的，傅景深闻言喉结滚动了几下："好。"

傅景深意犹未尽地松开怀里的女人，走到酒架前，熟练地开了一瓶红酒，直接咬开瓶塞，饮了一大口，随后覆盖上顾念的红唇，将红酒渡到顾念口中。

顾念酒量本来就一般，被傅景深灌了一大口酒之后，很快就觉得酒意上来了。

傅景深则顺势将女人压在客厅的墙壁之上，抬手探向女人的后脊背，解开内衣……

顾念紧紧地闭上美眸，借着酒意缓解自己的不安。

傅景深以为小妮子是在害羞，惩罚性地撕咬着顾念的唇。

醉酒的缘故，顾念的身子软软的，暖暖的，摸着很是舒服，身上还散发着淡淡的酒香，极其好闻。醉酒的女人，傅景深还是第一次见。

情到深处，傅景深俊脸因为动情而泛红，他眯了眯黑眸，凝视着身下的女人，沙哑道："你……为什么……不回来？"

他气她过得不好，还不回来。

第一年有季扬陪着，虽然自己吃味，但是她身边也算是有个人。

可是第二年的泡面呢？

第三年的形单影只呢？

这个小妮子，真的是心狠。

顾念却醉意直接上来了，躲着男人的侵犯，小声地嘟囔道："我不想回来……不要回来……不要……不要……我什么都不要……"

"连我也不要了吗？嗯？"

傅景深的嗓音透着几分无力感，看着女人酡红的小脸，知道顾念现在醉得不轻，说的话也是半真半假，没有经过大脑。

"嘿嘿，是啊，我……最不想要的就是你了。因为我啊，我要不起。"

傅景深闻言薄唇抿起，眼中闪过一抹错杂之色。

她不想要自己？

他还一直在等她回来。

怪不得等不到，原来人家压根就不想要……

呵，实在是太讽刺了。

"没关系……你不想要我，我想要你就够了。"

傅景深将顾念圈入怀中，瞧着小妮子醉得贴在自己怀里，身上还遍布着刚刚欢爱时留下的印迹，极其漂亮。

"真想发疯一样要你……"

"唔。"

顾念已经迷迷糊糊歪头睡熟了，眼睫毛上还带着点点泪花，是刚刚极致的时候哭着求饶留下来的，小脸粉扑扑的，极其诱人。

傅景深喉结滚动了几下，良久之后，哑声道："晚安。下一次，无论走多远，记得我在原地等你……"

"不对……不会有下一次了。"

哪怕折断某人的双翼，他也得把女人困在身边。

第二天，顾念醒来之后有些头疼，一瞬间头脑是断片的。

回过神来，她才想起昨天她和傅景深似乎又……那个什么了。

这一次不是安眠药，而是酒精……

顾念抬手揉了揉眉心，具体后面发生了什么，她已经没印象了。

只知道……至死方休的欢愉，那对于自己是致命的。

她这算不算是发现新大陆了，原来酒精对于自己而言也是很好的辅助啊。

顾念换上衣服下楼，就看到傅景深正坐在沙发上看报纸，显然是吃过了，顾念小脸腾地就红了。

"傅先生，早。"

"嗯，春嫂做了早饭，顺带煮了醒酒汤。"

"好……"

顾念点了点头，偷瞄傅景深的表情。她昨天晚上喝醉了，有没有说什么不该说的话？

瞧着男人神色平静，顾念根本洞察不到任何情绪。

顾念乖巧地吃着面前的饭，紧接着，男人低沉的嗓音在耳边响起："以后不许喝酒。"

顾念："……"

完了。

顾念暗叫不好，却乖巧地点了点头："好啊。"

傅景深对于女人的表现还算满意，因为傅氏有事，先去了公司。春嫂则对顾念念叨了好几句少喝酒的事。

顾念知道春嫂是关心自己，认真地点头。

“念念，少爷可是让我监督你的啊。”

“嗯……”

“嘿嘿，看你们俩现在感觉比以前好多了，加把劲，以后啊，二人世界幸福了，再多个宝宝，那就完美了。”

顾念闻言眯了眯眼眸，孩子……

要有孩子，就意味着少不了昨天晚上的事啊。

一路若有所思，顾念到了顾氏之后，拨通了苏珊的电话。

苏珊是美国华裔，原先顾念在西雅图的心理康复治疗就一直是她帮忙在做。

“好久不见，苏珊。”

“怎么想起来给我打电话了，这对我来说真是个不好的消息，一般病人给医生打电话，说明她的病情严重了。”

顾念闻言勾起嘴角，苏珊聪慧，听说是被国内的父母抛弃，后来被美国人收养的。

她之所以选择做心理治疗师，也是因为父母的抛弃给她心底留下了不小的阴影。

苏珊也才只有二十六岁，却已经是西雅图顶级的心理治疗师，收费按分钟算，极其高昂。

而且，并不是所有病人都能享有被女人治疗的待遇，也得看她是否愿意治疗。

当初季扬可是想方设法才请来了苏珊为顾念做康复治疗。

“如果，你愿意装傻一点，可能你会更讨喜一点。”顾念如实道。

“抱歉，我的个性，说不了假话。念念，我是个心理受到过创伤的人，所以我知道把话藏在心底，倒不如全数说出来对自己更好。女人在这个世界上，应该比任何人都要对自己好。”

“嗯。”

顾念勾起嘴角，自己琐事缠身，顾家的事足以让她思绪不宁。

“最近有焦虑倾向吗？”苏珊开始熟练地了解顾念的病情。

“会有一些，但是能控制。”

“Ok，那情况还不算差，你回国之后是不是遇到他了？”

“嗯。”

苏珊没有点名道姓，顾念却知道女人说的是谁。

“看样子和异性的肢体接触会刺激你的情绪对吗？”

“是的，我和他结婚了，肢体接触是在所难免的，所以我想痊愈。”

为了他，也为了自己，她想要重新开始。

夫妻之间的一切亲昵是避免不了的，况且傅老爷子还想要孩子……

顾念也希望自己和傅景深的第一次，就真的能有个孩子，不过运气哪有那么好。

“当初在西雅图我就说过，他是你的心病，你不回国，心病永远好不了。但他也是你的地狱，你选择痊愈，就得去直面当初的事，这对于你而言，是走独木桥，一不小心，你的病情可能会变得更严重。所以念念，我完全没有想过，你居然会选择直面死亡，嫁给他。”

“嗯，我知道，但是，我还是想试一下。”

“是为了他吧？”

顾念被苏珊道破心事，扬起嘴角：“不告诉你……”

“Ok，我大概下周会回中国一趟，到时候，我去k市找你。你先坚持一段时间，如果实在是控制不住自己的情绪，记得call我，我给你开一些镇定药。”

顾念美眸中闪过一抹暗光，她抿了抿唇，到了晚上，难免会想……今天晚上傅景深要吗？

如果要，自己是拒绝，还是说……

一想到这儿，顾念眼神就暗淡了几分。

“苏珊，我想问一下，如果我长期服用安眠药，会不会有不好的后果？我想你做心理治疗的，病人一定很多都会使用安眠药。”

“在我的记忆里，你似乎不需要吃安眠药。告诉我，你为什么要服用安眠药，而且……是长期？”

顾念抿了抿唇，视线看向远处，淡淡地开口道：“我发现，安眠药可以弱化我对异性的抗拒，所以……”

“所以你现在结婚开始有性生活，或者是和异性接触，前提是，你得服用安眠药？”

“嗯……”顾念点了点头，声音很低，和苏珊认识几年的默契让她知道苏珊生气了。

“你疯了吗？长期服用安眠药是会造成精神问题的，它会影响你的整个神经系统。总之，你不想老年痴呆、记忆减退吧？”

“不想。”

“那就别再给我吃。”

苏珊劈头盖脸直接训斥道。

顾念：“……”

这……怎么会是自己想去吃呢，只是想不到好的法子。

总不能把自己三年间的心理干预治疗完全呈现在男人面前吧。

顾念心里不是滋味，抿唇道：“我不想让他发现我……我的异样，除了这个，我还发现酒精似乎也可以……但是喝酒也不是长久的事。”

如果不是走投无路，谁会希望自我伤害呢。

苏珊听闻顾念的话，陷入沉思，随后道：“他如果知道你的心理障碍，会心疼你，如果他发现你为了他在吃安眠药，我想，他会更心疼。

“虽然我是心理医生，但是我一直认为，病人才是真正控制身体、心理的主人，而我不过是在强行干预，给予辅助。念念，你先尽可能拖延吧，我会尽快赶到k市的。

“答应我，正因为别人曾经伤害过你，所以，你得更爱自己，ok？”

苏珊是一个拥有极强的逻辑理性思维的女人，最后一句，少有地放低了自己的姿态，让顾念有些动容：“好……对不起，让你担心了。”

顾念跟苏珊又闲聊了几句才挂断电话。

顾念一整天都有些心事重重，回到南城别墅之后，她率先去浴室洗了澡，准备换睡衣的时候，才忽然想起来，前两次她似乎并没有穿丝质睡衣啊。

那么，傅景深干吗那么禽兽？

还是说男人对丝质睡衣不感兴趣？

果然，自己还是不懂啊。

顾念暗暗感慨，换了一套棉质睡衣躺到大床上，屏住呼吸，等着傅景深回来。

没多久，男人沉稳的脚步声在门外响起，顾念立刻闭上眼睛装睡。

嗯……这是个好办法。

傅景深回到卧室，就看到顾念似乎已经入睡。

是不是这两天把女人累坏了？

傅景深在浴室洗完澡，回到卧室，将头发擦干，看着顾念柔白的小脸，眼中泛着无尽的暖意。

顾念深呼吸一口气，努力让自己呼吸浅浅，看似熟睡的模样。

还好卧室里的灯光有些偏暗，否则……更容易暴露啊。

顾念可以感觉到床的一侧凹陷，随后男性气息扑面而来，她忍不住攥紧小手。

自己都睡着了，男人应该不至于下手吧。

顾念感觉到男人轻柔地把自己抱入怀中，然后男人的大手若有若无地在她的腹部抚摸着……

顾念的身体不受控制地变得紧绷起来。

她深呼吸一口气，努力平复着自己的心跳。

因为傅景深没有其他多余的动作，顾念紧绷的心情慢慢平缓……

他是傅景深，不是其他人。

是景深哥……那个自己追逐了整个青春年少的男人。

顾念闭上美眸，整个人平静下来，便有了多余的心思琢磨男人的动作。

傅景深，为什么突然摸自己的肚子？而且很温柔的样子。

虽然她闭上了眼睛，但是也可以感觉到男人散发着柔和的气息，并非冷冽、淡漠。

腹部……是孕育孩子的地方。

顾念瞬间心跳如擂鼓，他该不会是因为孩子吧？

是因为那个已经“失去”的孩子吗？还是在憧憬新的生命？

无论是哪一个，都足以让顾念心底翻滚着动容……

因为……他在乎，在乎两个人之间的小生命。

一想到这儿，顾念便任由傅景深抱着，抚摸着腹部，出奇安心，最后沉沉睡去。

一夜好梦，顾念醒来的时候，发现手机里有苏珊发来的短信。

那个时候，国内时间是凌晨，自己已经睡熟了。

“念念，你服用安眠药期间，切记避孕，否则，一旦有孩子，安眠药的药性会影响孩子的健康，我不想让你受到二次伤害。”

顾念：“……”

苏珊的英文短信倒是提醒了她。

顾念抿了抿唇，迅速回复道：我知道了。

顾念迅速洗漱下楼，算了算时间，不知道现在还有没有四十八小时或者七十二小时的紧急避孕药。

“念念，早啊。”

春嫂见顾念下楼，热情地打着招呼。

顾念无暇顾及，点了点头，就看到傅景深优雅地坐在餐桌前看报纸，她抿了抿唇，坐在了餐桌前：“早。”

“嗯。”

傅景深薄唇淡淡地勾起，随后看着小妮子有些六神无主，蹙眉道：“怎么，有事？”

“没……没事。”

顾念嘴角挤出一丝笑，迅速拿起面前的筷子，喝着碗里的小米粥。

刚刚苏珊的短信一直在她脑海里挥之不去，但是傅景深昨天晚上抚摸她肚子的动作……也让她于心不忍。

他……看样子是想要一个孩子吧？

否则以傅景深的脾性，怎么会不做措施呢？

可是……肯定是不能要的。

第一次她吃了安眠药，第二次她还喝了酒……

一想到这儿，顾念的脸色更加苍白了几分。

“你确定你没事？”

傅景深观察力惊人，见顾念气色不好，神色凝重了几分。

“没……没有啊，我就是在想公司里的事。”

“嗯。”傅景深点了点头，俊脸上却带着几分不悦和担忧。

顾念将碗里的米粥喝完，胡乱地抽出纸巾擦了擦嘴角：“我公司还有事，先走了，晚上见。”

“好。”傅景深见小妮子迅速拿包离开，眯了眯黑眸。

顾念有心事……

其实，傅景深原先是打算早餐的时候，询问小妮子关于孩子的意见的。

没想到，顾念这么一走，他要问的问题没能问出口。

似乎三年前，小妮子觉得自己还是个孩子，对于孩子也是懵懵懂懂的，看着喜欢，真要让她生一个，说不定也不太有兴趣。

傅景深早已做好了思想准备，此生，他准备疼两个女人。

一个是顾念，一个是未来的女儿。

顺带把媳妇当成女儿宠，宠得无法无天的，他才心满意足。

他没有宏图大志，就只有这么点出息罢了。

在开车去顾氏的路上，顾念在路上看到一家药店停了下来，犹豫片刻之后，便快速走进药店内。

第一次买这样的药，顾念有些无所适从，小脸泛红：“你好，我想要一盒事后紧急避孕药。”

“好的，有二十四小时的、四十八小时的，还有七十二小时的。”店员热情地介绍道，瞧着顾念脸红局促的模样，就知道她应该是第一次买。

顾念：“……”

好吧，这么多，她原先都不知道。

算算第一次的话，她应该买七十二小时的比较好，虽然不见得来得及。

“你好，给我七十二小时的吧。”

“好的。”

店员一边从柜子里拿出事后避孕药，一边对顾念开口道：“一般这类紧急避孕药，对于之前的七十二小时都有效果，但是吃得越晚，成功率是越低的。”

“嗯。”顾念点了点头，“谢谢你，我刷医保卡。”

“好的。”

店员从顾念手中接过医保卡结算，忍不住善意地提醒道：“一般服用避孕药对女孩子的身体非常不好，影响体内激素，还会恶心、呕吐等。而且平时一定要少服用，一个月最多吃一次，一年最多三次。女孩子一定要爱惜自己的身体，如果不打算要孩子的话，记得做好措施啊。”

顾念：“……”

她之前还真的没了解过这方面的事，因为从来没有想过自己有一天会吃。

“好的，我知道了，谢谢你。”

“不客气。”

顾念从店员手中接过事后避孕药，莫名觉得有些发烫，烫得她手心都在打战。

顾念美眸中闪过一抹暗光，傅景深如果知道她吃避孕药，多半会暴跳如雷，气得不行吧。

坐进车内，顾念还是无法忘记昨天男人温柔地抚摸着自己小腹的模样。

他是想要孩子的吧。

顾念抿了抿唇，苏珊说得对，要避免二次伤害。

一想到这儿，顾念便坚定了心底的念头，快速口服了一颗避孕药。

到了顾氏，顾念脑海中还是挥之不去傅景深温柔抚摸腹部的动作。

还记得三年前，他一个劲儿地在她耳边低喃着要生个女儿。

可事与愿违。

顾念有些鬼使神差地伸出小手抚摸着自己的腹部，如果抛开药物不谈的话，她想要孩子吗?

顾念嘴角勾起一抹苦涩的笑。

其实给他生儿育女，曾经是她的心愿之一。

不为别的，至少想看看傅景深的基因搭配自己的，能生出什么模样的孩子。

顾念抿了抿唇，笑意多少有些苦涩。她收敛了思绪，迅速坐在办公桌前，翻看莱雅送来的文件。

顾念深呼吸一口气，暗暗想着自己晚上是不是得躲着傅景深。

和昨天晚上一样，装睡?

毕竟酒是不能喝了，安眠药、避孕药也不能多吃。

越是这样，顾念越是希望可以为了傅景深，尽快克服心理障碍，迫切地想要像个正常人一样出现在男人面前。

显然，顾念多虑了。

傅景深忙碌到很晚才归家，回来的时候，她已经睡着了。

第二天，顾念醒来的时候，发现傅景深并未下楼。

她整个人被男人抱在怀中，男人的大手更是占有欲十足地扣在她的腰间。

顾念脑子里有那么一瞬间是空白的，和傅景深结婚这些日子以来，这种情况似乎很少见。

然后顾念开始大口呼吸，平复着内心的排斥，以及和男人肢体接触带来的不安因素。

是傅景深，并不是其他人。

顾念不断给自己心理暗示，随后小心翼翼地伸出手准备将男人的大手拿开，手刚触碰男人手臂处的肌肤，却听到男人低沉沙哑的声音在耳边响起："醒了？"

"嗯"

听着小妮子细若蚊蚋的声音，傅景深薄唇若有若无地勾了勾，黑眸中尽是宠溺："抱歉，昨天晚上公司临时有事，回来晚了见你睡着了，就没有吵醒你。未来几天可能都会这么忙，年终总结，各个部门都在开会，国内外分公司也都在总结汇报工作。"

“没关系的，我理解。”

“嗯？”

清晨的男人，似乎极其容易躁动，就好比现在。

软玉在怀，虽然顾念穿的是极其保守的睡衣，但是足以激发傅景深体内躁动的因子，让他蠢蠢欲动。

傅景深薄唇落在女人的颈间，声音沙哑：“印象中，你可没这么乖、这么好说话。”

傅景深一直记得，原先他要去部队的话，小妮子大概三天前就会跟他闹情绪。

他得好话哄、零食哄，小妮子才作罢。

傅景深喉结滚动了几下，对于以往不太讲道理、任性的顾念很是怀念。

察觉到男人身体的异样，顾念立刻转身推开男人的胸膛：“我早上要上班的，有例行会议，不能迟到。”

顾念说得认真，傅景深闻言蹙了蹙眉，控制着体内的欲求，沙哑地开口道：“好，暂时放过你。”

顾念闻言微微松了一口气。

“对了，你生理期快到了，最近不要吃冷的，懂吗？”

来自男人关切的话语在耳边响起，顾念神色一怔，没想到傅景深居然都记得。

“嗯。”

顾念点了点头，试探性地开口道：“还有几天？”

“三天左右。”

好吧，比自己记得还要准。

“你最近喝可乐了吗？”

顾念一个激灵，立马担保道：“早就戒了，我答应过你的。”

“嗯。”

对于顾念的回答，傅景深还算满意，站起身，随后开始穿衬衫。

顾念看着男人修长白皙的手指一颗一颗系着胸前的纽扣，暗暗感慨，实在是好妖孽啊，禁欲的美男穿衣服的动作都这么帅。

顾念忍不住咽了咽口水，小声地嘀咕道：“长得那么帅做什么，又不能当饭吃。”

“可是可以给你吃。”

顾念一怔，就看到傅景深伸出修长的手指挑起她的下巴，随后男人的薄唇落在了她的红唇之上。

蜻蜓点水的一吻，随后离开。

顾念被男人的动作惊住了，所以还没来得及害怕，男人已经离开了。

看着男人穿好衣服，正在系领带，顾念又一次鬼使神差地心里想什么，就直接问出口了：“如果我来‘大姨妈’的话，你会不会很失望，说明我没怀孕？”

傅景深深邃的黑眸落在眼前的小妮子身上，薄唇抿起。有些问题，他还未开口，她居然已经问了。

“嗯。”

傅景深并未否认，视线落在眼前的小妮子身上，凝视着顾念的反应，不想错过任何细节。

“告诉我，你想要个孩子吗？”

话题重新抛给了自己。

顾念脸色微微一变，尤其傅景深目光灼热，更是让她无处遁形，好似整个人都呈现在男人面前一般。

“我当然也想要个孩子啊。”

这一句话，无疑取悦了傅景深。

“但是现在还不是最好的时候，你知道的，我西雅图的学业还有一年没毕业，现在顾氏还没有完全稳定下来。然后我也不太会带孩子的。春嫂说，孩子来了是缘分，我感觉缘分还没有那么快来。”

顾念越说到后面越觉得说不下去了。

傅景深闻言薄唇抿起，蹙眉道：“如果意外有了呢，毕竟前两次我们俩并没有做措施。”

这个问题无疑是压倒骆驼的最后一根稻草。

顾念闻言脸色白了白，随后不敢直视男人的目光，小手拧巴成麻花状：“有了当然就留下啊。”

事实上，除了这一次，以后的话，如果有了孩子，顾念一定会举双手赞同生下来的。

“好。”

傅景深目光微微一动，事实上，顾念看起来很紧张，但是自己的紧张比起她来，足有千倍万倍之多。

他怕她口中会说出那么一句不要。

如果她开口了，哪怕他心痛如刀割，也会听她的。

傅景深先下了楼，顾念洗漱好之后迅速跟了下去。

傅景深的心情看起来似乎还不错，顾念不知道是不是因为自己开口说有了孩子就留下这句话。

傅景深越是好心情，顾念心理负担越大。

三天后。

顾念没有哪一次像这次这样期盼着“大姨妈”来。

结果还是没有来！

顾念深呼吸一口气，决定再等两天。

顾氏这段时间会议很多，不仅傅景深需要加班，顾念也在弄年底汇报工作。

傅景深则是早出晚归，有的时候顾念睡得迷糊时，可以感觉到整个人被男人纳入怀中，伴随着淡淡的酒香。

顾念知道，男人多半是去应酬了。

不过对于傅景深她很信任，顾念根本不担心会有女人飞蛾扑火去勾引男人。

只怕傅景深是寒冰，女人还没靠近，已经被冻死了。

第四天的时候，顾念早上醒来的时候，傅景深已经离开了。

她下楼的时候，就看到春嫂关心地迎了上来："念念啊，今天肚子疼吗？"

"没有。"

"少爷关照过我，说你这两天要来月事了，吩咐我熬点红枣汤，给你暖暖身子，防止你肚子疼。他啊，也就对你这么细致入微，关心到骨子里了。"

傅景深吩咐的啊。

顾念摇了摇头，嘴角挤出一丝笑意："还没来。"

"没事，你可以先喝点汤，补补血。"

"好的。"

"嘿嘿，如果一直不来就好了，说不定就有孩子了。"

其实春嫂嘱咐过，这一个月别要孩子的。

只是她不清楚，自己没有流产过。

"嗯。"

春嫂的话让顾念心惊肉跳的，心里极其不是滋味，甚至还带着几分不安和焦躁。

一连三天，顾念都期待着来"大姨妈"，却迟迟不来。

她算了算日子，似乎推迟有四天了。

平日里，如果来"大姨妈"的话，顾念必定会提前肚子疼，或者腹部有下坠的感觉。

现在却没有。

一想到这儿，顾念不由得有些紧张。

她犹豫片刻，还是决定去医院做个详细的检查。

为了确保检查的严密性，顾念选择了验血。

妇幼院里来来往往的人不少，顾念抽完血之后，在大厅等待着检查结果。

一般来说，需要两个小时。

顾念双手抱拳，有些焦虑，似乎在西雅图的情绪又卷土重来了。

这可是个不好的现象。

顾念暗暗在心底告诫自己冷静，不要胡思乱想。

没事的，一定没事的。

医院儿科，桑榆抱着雯雯跟着傅景深的脚步走出了专家门诊。

"妈咪，我是不是需要抽血？"

雯雯穿着粉色的羽绒服，眨巴眨巴水汪汪的大眼睛，奶声奶气地开口道。

"是啊，怕吗？"桑榆的嗓音温柔似水，眉目间都是江南女子对孩子的宠溺。

"不怕，嘿嘿。"

"真乖。"

桑榆抱着怀里的小妮子宠溺不已，再看向身侧的傅景深，轻声道："傅先生，如果你忙的话，可以先走。"

"不碍事，雯雯抽血也需要人在。"

傅景深淡淡地应了声，妇幼院这边的抽血区域，大多是孕妇和孩子。

今天桑榆突然给他打电话，说雯雯肠绞痛。

所幸小家伙送到医院还算及时，病情已经稳定下来了。

桑榆抱着雯雯去抽血，傅景深则坐在一旁等候。

"068号，顾念，你的检查结果出来了。"

顾念？

傅景深敏锐地捕捉到这两个字，就看到顾念熟悉的身影向着导医台走去。

导医台的话，输入病号编码，就可以打印检查结果。

顾念紧张得手心里都是汗，暗暗在想，自己一定没有这么好的运气，不可能那么容易就中的。

顾念颤抖地对着打印仪器输入自己的病号编码，只是还没来得及输完，忽然有只大手从自己手中抽出病历，然后熟练地输入编码。

身侧突然间出现的身影，令顾念神色一怔。

傅景深！

下一瞬，顾念脸色便苍白如雪。

傅景深输入编码之后，很快打印结果就出来了。

傅景深迅速抽出打印纸，黑眸一亮："我看看。"

顾念脸色苍白得厉害，看着傅景深炙热的目光，下意识地抬手想接过打印纸，只是傅景深没有交出来，而是直接问话，声音带着不易察觉的焦急："你在哪里做的检查，挂的哪一个专家门诊？"

"一室。"

顾念刚说完，下一瞬，傅景深便扣住她的手腕，将她拉扯着向妇产科一室走去。

一室还有其他病人在问诊，护士见傅景深拉着顾念进来，赶忙上前道："这位先生，您不能进去。"

傅景深不予理会，到了一室医生办公室之后，立刻将手中的检查报告送到了医生面前。

"帮我看一下，她是不是怀孕了？"

什么，怀孕？

顾念吓得有些踉跄。

“这位先生……”医生也被傅景深强大的气场给震慑住了，有些诧异，“先生，你这是？”

“现在就看。”

男人身上有着强大的气场，让人不寒而栗，医生没敢怠慢，迅速查看顾念的检查报告：“体内激素暴增，应该是怀孕的迹象啊。”

“你们同房多久了？”

“大概十天。”

“那极有可能怀孕了，还得再观察一下体内激素变化。”

“如何观察？”

“现在时间太短了，得确定子宫内有胎心才可以，一般是五周左右。”

“好。”

傅景深难以抑制欣喜和激动，努力让自己镇定下来。

事实上，如果仔细留意的话，他的声音都是颤抖的。

怀孕了？

自己的运气没有那么好吧？

还是说，会有那么差？

顾念贝齿咬着唇瓣，直到有细微的血腥味蹿入唇齿间。

“我……”顾念难以启齿这个孩子要不得，因为自己吃了安眠药，还吃了事后避孕药。

医生看着傅景深一副霸道的模样，再看看顾念，则是委屈小媳妇无助的模样，忍不住开口道：“怎么，小姑娘，你要是怀孕了，这个孩子不想要吗？”

听到医生这么说，顾念可以感觉到傅景深炙热凌厉的目光瞬间凝向自己。

顾念犹豫片刻，抿唇道：“对。”

傅景深脸色一变，整个人的气场顿时冷漠如冰。

“你还年轻，不想要是正常的，如果不想要的话，得尽早做决定啊。”

“嗯，我事后服用了七十二小时避孕药。”

傅景深的目光阴鸷得都要杀人，顾念深吸一口气，这句话是说给傅景深听的。

他一定会留下这个孩子，但是自己得给他不能留的理由。

“你说什么？”傅景深薄唇抿起，凌厉的目光看向身侧脸色苍白的女人。

他忽然有一种空欢喜的感觉。

刚刚还心颤激动地欢喜着小生命可能出现，结果，她却跟他说，这个孩子不要，她吃了七十二小时的避孕药。

呵——

傅景深觉得自己又被这个女人甩了个耳光。

顾念嘴角挤出一丝笑，看向眼前目光冷冽的男人，哑声道："我吃了事后药，对孩子不太好，我不太想要。"

"顾念！"傅景深的一声质问，伴随着男人大手扣住她的手腕，顾念觉得自己的手腕几乎要被男人攥碎一般。

两人的关系似乎一下子降到冰点，又回到三个月前，自己回到k市后的状态了。

"嗯。"顾念点了点头，可以感觉到男人高大的身子在发颤，他在控制自己的情绪。

"傅先生，发生什么事了？"桑榆抱着雯雯验完血，听到这里有动静，见众人在围观，忍不住上前来，结果就看到眼前的一幕，连忙放下雯雯，"怎么回事？"

是啊，顾念还在想他怎么来了，这里是妇幼院啊。

现在看到雯雯之后，顾念就明白了，原来是雯雯又生病了。

仔细一看顾念竟然觉得雯雯这个小姑娘长得水灵灵的，似乎很熟悉，很可爱。

桑榆则是温柔到可以滴出水一般，很江南的女孩子。

"你已经决定好了吗？"傅景深声音沙哑，似乎用尽自己浑身的力气才说出这句话来，并未理会桑榆的话。

顾念闻言攥了攥小手，随后点了点头。

她还吃了安眠药，自己这个心理状态，现在也不适合要孩子。

"好，如你所愿，这个孩子我也不想要，一点儿都不想要。"

男人冰冷的话宛如利刃一般，顾念脸色惨白，随后手被男人甩开，傅景深夺门而出。

"妈咪，傅叔叔怎么啦？"

雯雯奶声奶气的嗓音在检查室内显得格外空灵。

桑榆定神看了看眼前的顾念，眼神一暗，随即淡淡地扬起唇角："他没事。"说完，桑榆看向眼前面色苍白的顾念："顾小姐是吧，有空吗？我想和你聊聊。"

"好。"

桑榆发出邀约，顾念并未拒绝，现在她思绪凌乱，也不知道自己在做些什么。

医生见顾念要离开，站起身开口道："小姑娘，如果不想要这个孩子的话，得趁早来啊。"

"好的。"

今天的事对于顾念冲击比较大，顾念也需要整理一下思绪。

桑榆见顾念应允了，随后给傅景深发去了短信：我和雯雯会陪着她的，你放心吧。

很快，桑榆就收到了傅景深回复的短信：嗯。

干净利落，是男人的个性。

妇幼保健院门口的肯德基内，雯雯到底是个孩子，早上的时候疼得胃绞痛，现在又可以开开心心地玩滑梯。

桑榆则为自己和顾念点了杯牛奶，坐在一旁凝视着不远处正在玩耍的小萝莉。

“怎么，不想问问我和傅先生的关系吗？”

桑榆的嗓音很是轻柔，软软的，顾念觉得桑榆大概是自己见过的最温柔的女孩子了。

“我相信他。”顾念稳定了心神，笃定道。

“你很有个性，很可爱。”

桑榆眸子里尽是笑意，随后淡淡地开口道：“肚子里的孩子，确定不想要吗？”

“嗯。”顾念点了点头，就听到桑榆淡淡的嗓音在耳边响起：“曾经我也跟你有一样的念头，结果我还是选择生下雯雯，我并不后悔。”

桑榆是个有故事的女人。

“顾小姐，奉劝你一句，你配不上他。其实，我和傅先生的关系，要比你想象之中暧昧得多。”

似乎全世界的人都觉得自己配不上他。

事实上顾念自己也这么觉得。

自己配不上他。

年少的时候她从未有过这种想法，可自从发生三年前的事后，一切都发生了改变。

第八章
他知道了她的秘密

肯德基内。

顾念听闻桑榆的话，心尖有些发颤，随后端起眼前的牛奶轻抿了一口，平稳自己的心神，哑声道：“按照一般的套路，你是不是想告诉我，雯雯是傅景深的孩子？然后让我成全你们，让你们在一起？”

顾念勾起嘴角，继续轻声道：“桑小姐，我不是编剧，不会自己脑补，乱编剧情，所以你可以把话说得直白一点，我也容易懂。另外，我今天出门只是想做个检查而已，身上没带支票，给不了你的。”

桑榆闻言嘴角上扬了几分，美眸中闪过一抹狡黠：“既然顾小姐已经封了我所有的后路，我也自然不好落入俗套了。”顿了顿，桑榆淡淡地开口道，“我之所以会说我和他的关系很暧昧，是因为他许过我承诺，这辈子会照顾我和雯雯。”

顾念目光微动，大抵强迫自己冷静下来，也断然做不到心如止水吧？

她的话似真似假。

承诺，对傅景深这样一字千金的人而言，是极其难得的。

桑榆见顾念脸色发白，显然是被自己说的“承诺”二字震慑住了，抿唇继续道：“你离开的这三年，一直是我和雯雯在他身边，陪伴着他。”

桑榆的话不轻不重，刚好可以给予顾念痛击。

顾念脸色又苍白了几分，握紧手里的牛奶杯。

桑榆淡淡地勾起嘴角，顾念这种反应，大抵心里还是有傅景深的。

“顾小姐，我只说了这么几句你就受不了了，那怎么舍得不要肚子里的孩子呢？”

听闻桑榆温柔的话语，顾念抿起嘴角。

男人抵挡不住温柔如水的女人，女人也是如此。顾念觉得自己仿佛在这个女人面前无处遁形，无论自己如何伪装都无济于事。

她抿了抿唇，摇了摇头："我有不要孩子的理由。"

知道顾念不想多说，桑榆浅眯凤眸，眸底的光婉转如水："你有理由，可你考虑过他的感受吗？毕竟他是孩子的父亲。如果顾小姐还有些良知的话，就离开他吧。"顿了顿，桑榆视线飘远，淡淡地开口，"你以为，你当初的离开，留给他的只有屈辱吗？"

顾念一怔，听得出来桑榆的弦外之音，忍不住开口道："你想说什么？当初傅景深难道还发生什么事了？"

见顾念美眸中尽是关切，言辞间很是着急，桑榆淡淡开口道："当初他为了你，决定退伍创业，陪在你身边。你退婚之后没多久，刚好是他最后一次执行任务。你知道的，人一旦分心，就容易出差错。"

顾念闻言脸色一白，指尖忍不住发颤。

"景深之前是出了名地能力挽狂澜，可以在实力不均衡的情况下予以对方痛击，否则他也不会短短几年就名声大噪。最后一场演习，说白了就是他的欢送会，对方实力一般，纯粹是陪练。结果他指挥失误，导致失败。最后射击的时候甚至出现意外——一个新兵拿了真枪射击，他为战友挡了颗子弹，伤口就在胸口。那个战友当场死亡，而他重伤在医院住了三个月。这些，他应该从来没有和你说过吧，毕竟那个时候，你在西雅图应该过得很开心。"

她从来都不知道这些，没有人和她提过。顾念眸子湿润，硬是将眼角的湿意逼了回去。

她回国之后只看到傅景深白手起家，三年间创造了一个帝国，却不知道他曾经负伤住院。

桑榆思绪飘远，脑海之中挥之不去的是当初满眼猩红的情景，还有傅景深的自责和绝望。

事实上，那个新兵当初在对方部队，明理的人都知道责任不在傅景深。但是傅景深担任了总指挥这个角色，他一直认为桑然的去世是自己造成的。那三个月，他不仅忍受肉体的疼痛，心理更是备受折磨。总之，他那段时间过得很不容易。

其实桑榆已经原谅他了，知道责任不在他。哪怕他指挥正确，演习上的枪战也是避免不了的。那个新兵手中的真枪，还是会伤人、杀人。况且，他的实战指挥即便没有发挥出高水平，当天也是正常发挥。

桑榆收回视线，淡淡地看向眼前的顾念，抿唇道："顾小姐，听我说完这些，你真的觉得自己配得上他吗？如果真的爱他，请不要伤害他。"

顾念不难感受到桑榆的恳求。桑榆之前还有和自己博弈的意思，最后一句话，却放低姿态变成乞求了。

她的话，深深印刻在顾念的心头。

“言尽于此，你好好考虑一下吧。”桑榆淡淡地说道，起身向儿童滑滑梯走去，弯腰宠溺地给雯雯整理凌乱的衣服，将小家伙额头上的汗水擦干。

顾念远远看着，咬了咬唇，深吸一口气，起身匆忙跟桑榆母女打了招呼便落荒而逃，甚至连雯雯在身后叫她阿姨都没有理会。

肯德基外，傅景深颀长的身子坐在车内，表情冷漠，黑眸散发着无边的冷意，身上散发着冷冽孤傲的气息，左手食指和中指间夹了根烟，周遭白雾缠绕，不难看出，烟已经着了一段时间了。

顾念刚归国的时候，傅景深有时候抑制不住心发慌、烦躁，又担心会影响到她，就通过烟草来排解。后来，知道她不喜欢自己吸烟，傅景深便戒了烟。今天傅景深心情不好，便靠着香烟遣散自己内心的烦闷。

顾念娇小的身子夺门而入，傅景深黑眸一闪，随后剧烈地咳嗽起来。

她出来了！

傅景深犹豫片刻，拨通木凡的电话：“派人二十四小时保护顾念，另外，安排国内最专业的妇产科医生二十四小时待命。”

“好的，傅先生。”木凡虽诧异傅景深的命令，但是丝毫不敢怠慢，立刻照做。

傅景深刚挂断电话，就看到桑榆牵着雯雯走了过来。

看见雯雯娇小的身影，傅景深迅速掐灭手中的香烟，随后将车窗全部打开通风，驱散烟味。

“傅叔叔。”雯雯奶声奶气地叫了声，向傅景深跑了过去，傅景深下车将雯雯抱在怀里。

桑榆勾起嘴角，淡淡地开口道：“就知道你一定会在门口。”当然，并不是在等自己和雯雯，而是等着顾念。

“上车吧，我送你们回去。”

“好。”桑榆嘴角勾起一抹温婉的笑，从傅景深怀里抱回雯雯，坐进了后座。看着傅景深紧蹙眉头的模样，她知道男人现在心都乱了，被那个叫顾念的女人搅乱了心池。

“不好奇我刚刚和她聊了什么吗？”

“桑榆，你是个知道分寸的人。”

听闻傅景深的话，桑榆勾唇道：“你这是夸我呢，还是贬我呢，傅景深先生？”

“你可以随意判断。”

“是啊，因为我的判断结果对你而言毫无意义，全世界你只在乎她怎么看你，是不是？”

被人一语道破心事，傅景深目光微动：“桑榆，你今天话比较多。”

“我和她说，我和你有暧昧关系，也跟她说了你三年前住院的事。”桑榆话音平淡。

前面开车的男人气场一下子变得冷冽起来："你不该跟她胡言乱语的。"

"我只是替你打抱不平罢了。"桑榆温柔地道，"可是，她似乎还是一心想要拿掉孩子，这是个问题。"

桑榆点到为止，眼神落在身侧已经熟睡的雯雯身上，抬手轻柔地抚摸着雯雯的额头和发丝，樱唇抿起，低喃道："说起来，我们俩认识许久了，景深，你怎么就没看上我呢？"

桑然入伍做了傅景深的部下，桑榆就认识傅景深了，只是傅景深高冷难以接近，桑然出事之前，桑榆和傅景深几乎零交流。桑然和桑榆是孤儿，兄妹俩相依为命，桑然出事后，傅景深有很深的负罪感，就开始照顾桑榆和雯雯了。

"桑榆！"傅景深直呼姓名，说明他生气了。

这三年桑榆也摸清了傅景深的脾性："得，不是你宠的人儿，和你开不得玩笑。"桑榆勾起嘴角，淡淡地开口，"景深，当年的事都过去了，别放在心上。哥如果在天有灵，看到你还在自责，还在不断赎罪，也会不开心的。况且，当初真的和你无关，你不要把责任强加到自己身上。"

桑榆不会忘记，当年那个新兵蛋子没意识到自己用的是真枪，开第二枪的时候，是站在桑然身侧的傅景深主动用身体挡了子弹。

傅景深眼眸微动，抿了抿唇，俊脸表情淡漠。

顾念原本是要开车去妇幼，现在心思凌乱，不想开车，便打电话让莱雅来取车。

她忽然有一种无依无靠的感觉。这事不能和顾家人说，顾家一团乱麻，根本说不起。顾城和张琳这段时间苍老了很多，顾念不想给他们增添负担。

季扬也不可以，对他，她只能不打扰、不连累。

顾念美眸湿润，看着周遭来往的人群和车辆，忽然有种被全世界抛弃的感觉。

她吸着鼻子，强忍住眼中的泪水。

不要哭！

哭给谁看？

而且，哭又没有用。

入夜，顾念一个人坐在客厅里等着傅景深回来。

白天她和傅景深在医院争执，周围人多嘴杂，现在只有两个人，是时候心平气和地好好交流一下了，和他好好谈谈孩子的事。

晚上九点，傅景深颀长的身子出现在南城别墅时，就看到顾念穿着睡衣坐在沙发上，双手握在一起发呆。

傅景深眸底滚动着复杂的情绪，他凝视着眼前的女人，并不想说话，准备直接上楼。

这时，顾念清越的声音在耳边响起："我想和你谈谈。"

顾念的话成功让傅景深停下脚步。他转过身子，黑眸中蕴含着复杂的情绪，凝视着眼前的女人："谈什么？谈你想做刽子手拿掉孩子？"

他高大的身子靠近顾念，身上的烟味扑面而来。从他的身上好久都没有闻到烟味了，顾念以为他不抽了，看样子今天又吸了。

顾念美眸一暗，脸色白了白，鼓足勇气抬眸看向傅景深，沙哑着声音说道："我也很想要这个孩子的，不论你信不信。"

"是啊，想要，却背着我吃避孕药？"傅景深冷冽的黑眸扫向眼前的女人，抬手扣住她的肩膀，声音沙哑道，"顾念，你大概这辈子都不可能明白，当你跟我说，有了就留下，对于我而言是多大的冲击。"

"我们下一个孩子一定留下好不好？这一个，这个……"顾念有些语无伦次，美眸湿润，哑声道，"上一个离开的时候，你，你还没有这么激动，你就听我这一次好不好？"

傅景深黑眸中的嘲讽意味很明显，他低喃道："上一个，你确定有吗？"

顾念闻言脸色一白，心尖止不住发颤。她的肩膀被傅景深扣住，傅景深情绪激动地加重力道，顾念疼得厉害。

"你听我解释，其实……"顾念语无伦次，不知道该怎么办。

"够了！"傅景深一声怒斥。

顾念整个人僵在原地，豆大的泪珠从眼中夺眶而出。她哽咽着："你什么时候知道的？"

"从一开始我就知道。但是你知道我为什么不拆穿你，还将计就计愿意娶你吗？因为我爱你，比三年前更爱你！就好像摇尾乞怜爱情，哪怕知道你设计我，我也不拆穿，只是因为想娶你、想爱你！我还真的是犯贱，你把我的尊严踩在脚底，可因为爱你，我就配合着装傻、装白痴！"

顾念哽咽着，红着眼眸，抑制不住地颤抖。她一直期待着傅景深可以继续爱自己，跟自己回到从前的日子，没想到，他再度开口说爱自己，会是在这种情况下。

他说，他比三年前更爱自己！

"可是结果呢，你又一次断送了我对你的爱！顾念，我这辈子最耻辱的事不是遇见你，而是，爱上你。"

所谓杀人不见血，就是如利刃的言语吗？

傅景深凝视着女人煞白的小脸，不知道是说给顾念听，还是说给自己听："爱你这件事，对于我而言是耻辱！"

凌厉的话语好似利刃一般狠狠地刺入胸口，顾念红着眼眸，浑身颤抖，眼里已经没有泪水流出来。她难受到绝望。

"我……"

傅景深看着她失魂落魄、脸色苍白的模样，甩开大手，沙哑道："在爱情中，我一直被你玩弄！从三年前，到三年后，一直是！一切到此为止吧！"

说完，傅景深向楼上走去，留下顾念一个人脸色苍白地跌坐在沙发上。

他不是被自己玩弄的人。

他是自己最爱的人。

他不是……

顾念百口莫辩，颤抖着，跌跌撞撞地想要上楼去找他说清楚，有些话就在嘴边，却说不出口。

傅景深，我差点被人强暴了。

我经受过非人的虐待和羞辱。

现在的我，表面看起来光鲜靓丽，事实上我还在做心理干预治疗。

我只是虚有其表罢了。

顾念红着美眸，整个人蜷缩着抱成一团。

没多久，傅景深重新下楼，顾念美眸中重新燃起希冀，却听到男人漠然的嗓音在耳边响起："你好自为之。"

傅景深说完扬长而去，再度留下顾念一个人。

顾念泪流满面，红着眼眸哽咽着，沉浸在痛苦之中。

事实上，从南城别墅离开，傅景深更多的是担心和顾念独处，怕自己情绪激动，伤害到她和她肚子里的孩子。也许适当分开、冷静，才是对彼此最好的处理方式。

傅景深并未驱车回傅家，而是回了办公室。

哪怕和顾念吵得再凶，离婚的话他也是说不出口的。

哪怕顾念不想要自己的孩子，他也不想在傅家人面前让她有半点不佳的地方。

吵架、冷战，他不想说给外人听。

傅景深一连三天没有回南城别墅，顾念只能通过新闻看到他的行踪以及傅氏的新闻。

春嫂暗暗猜想顾念是不是和傅景深吵架了，小夫妻拌嘴是常有的事。看着顾念苍白的脸色，她不敢多言，每天还是坚持给顾念熬红枣莲子羹，补血补气，提前预防顾念经期疼痛。

第四天，顾念一早起来莫名觉得小腹疼得厉害。开始只是隐隐作痛，很快就剧烈疼痛起来。

春嫂见顾念迟迟没有下楼，上楼一探究竟，就看到顾念疼得浑身是汗，在床上打滚。

"念念，你，你怎么了？"

“我肚子疼。”

有点像是“姨妈”疼，但现在可能怀孕了，顾念也说不准，感觉下面一阵潮湿。

“我去打电话叫医生。”春嫂不知道是把家庭医生叫到家里来，还是直接送顾念去医院，不敢怠慢，立刻给傅景深打了电话。

傅氏总裁办公室，众人战战兢兢地看着傅景深冷峻的脸，一句多余的话都不敢说。谁都看得出来，傅景深脸色很难看，心情很差。几乎每个部门新的年度报表和企划交上去都会被严格地打下来，傅景深看问题极其尖锐，一针见血，让人无法辩驳。

手机振动，傅景深蹙了蹙眉，视线落在屏幕上，看到春嫂的名字后迅速站起身，对众人做了一个暂停的动作，然后走出会议室接通电话：“春嫂，怎么了？”

接到春嫂的电话，傅景深第一个想法就是顾念出事了。

“少爷，念念突然肚子疼得很厉害。我……我也不知道该怎么办了，是不是叫家庭医生来啊？看起来很严重的样子。哎呀，昨天晚上降温了，我早上一看，念念房间里的窗户没有关好……”春嫂很担心顾念，一个劲儿地自责。

“打电话叫救护车，我马上回家。”

“好的。”

傅景深挂断电话，迅速道了一声散会，就离开了会议室。

众人呆若木鸡，不知道如何是好。傅总刚刚神色紧张，好像换了个人一样，不知道是谁，竟然能对男人的情绪波动产生如此大的影响。

木凡猜想多半是顾念的事，清清嗓子，开口道：“傅先生临时有事，今天的会议暂时结束，散会。下一次会议时间会通知大家的。”

春嫂挂断电话，忙回卧室查看顾念的情况。

“疼……”顾念低喃着，整个人都被汗水浸湿了。

孩子……可她怎么感觉像是月事？

“念念，我叫救护车了，你忍忍啊。”春嫂急得额头上都是汗，看着顾念疼得不行的模样，暗暗恨自己什么忙都帮不上。

“我就是肚子疼得很厉害。”顾念虚弱地开口。

春嫂赶忙上前握住顾念的手：“我在这儿陪着你呢。”

很快救护车就赶到了，医生迅速给顾念进行了简单检查，确定了腹部疼痛的位置：“出了很多汗，先去医院观察一下是不是肠胃问题吧，如果不是肠胃问题，应该就是妇科问题。”

医护人员迅速将顾念送上救护车，还没来得及关上车门，就看到一个男人强有力的胳膊伸了进来。

“你……”

“我是她的丈夫。”

顾念疼得额头上都是汗，突然听到傅景深低沉的声音在耳边响起——真好，傅景深来了！

医护人员听说是顾念的丈夫，不再阻拦，让傅景深上了车。

傅景深迅速上前，看着顾念头发都被汗打湿了，薄唇抿起：“怎么回事？”

傅景深的这句话让顾念眼睛湿润，她试图开口说些什么，张了张嘴，却发现什么都说不出来。她哭得越发厉害，哽咽着不说话，浑身颤抖。

傅景深神色越发焦灼：“你们怎么回事？她都疼成这样了，没有发现吗？嗯？”

医护人员听到傅景深的训斥，张了张嘴，小声嘀咕道：“具体情况得进医院进行复诊，暂时还查不出来问题。”

傅景深还想开口，顾念伸出手拉住他的大手：“我没事。”

傅景深迅速弯腰蹲在顾念身旁，将她额头上的汗水擦干。见顾念眼眸泛红，他的神色越发严肃起来。

“景深哥……”顾念疼得厉害，美眸湿润。

这一声“景深哥”，让傅景深目光微动。明明知道不该因为她的话有半点波动，可是她的话好似小手一般揪住了他的心。见顾念疼得手都抓不住自己，傅景深迅速反手握住了顾念的手。

在他温暖大手的安抚下，顾念缓缓闭上了美眸。

到了医院，顾念被送去抢救室，傅景深关切地跟了进去。他薄唇紧抿，稳定心神后提醒道：“她之前查出来怀孕了，检查一下是不是孩子出事了。”

医生听傅景深这么一说，立刻开口道：“尽快安排妇产科医生过来。”

医护人员想让傅景深到门口等待，却被傅景深凌厉的眼神给扫了过去。医生没办法，只好开口道：“就让他留下吧。”

妇产科医生很快赶到，见顾念疼得脸色苍白，连忙对傅景深说道：“你是病人的家属吧？如果是怀孕了，抢救的时候，孩子对大人有伤害的话，就得考虑拿掉孩子，得家属签字同意。”

傅景深毫不犹豫地说道：“保大人！不惜一切代价，保住她！”

顾念腹部疼得厉害，闻言却觉得心更疼，眼眶湿润，泪水不停地流了下来。

“好的。先生，请您出去等。现在我得为她做详细的检查，您留在这儿会影响我们治疗，对病人也不好。”

傅景深淡淡应了声，深深凝视一眼病床上的女人，用眼神安抚顾念后起身离开。

傅景深离开后，医生熟练地触摸顾念的腹部，询问道：“小丫头，怀孕多久了？”

“可能是半个月？”顾念虚弱地开口，“四天前检查血液时数值偏高，医生说可能怀孕了，不过还得做进一步的检查才能确定。”

“你下面出血过多，并未发现血块，不太像是流产，倒像是痛经。现在月份也太小，根本做不了B超。”

痛经？顾念点了点头，哑声道：“我也觉得比较像。”她犹豫着开口道，“可是检查……”

“服用药物、心情波动等都会造成体内激素紊乱，需要对你再次抽血看一下是否怀孕流产。一般早期怀孕还没有胎囊，很难判断是流产还是生理期，这时候就得看血液里是否有怀孕刺激的激素。”

顾念点了点头，大致明白了医生的意思。随后锋利的针尖插入她的血管，血液被抽入针管。腹痛还是很厉害，医生给顾念注入了少量镇静剂，顾念很快就感觉身体内的疼痛感消散了很多。

两个小时后，医生查看最新的检查报告，抿唇道：“你没怀孕。体内激素正常，估计四天前体内激素不稳定，你是不是吃了药？”

“近期在吃避孕药和安眠药。”顾念实事求是地回答道。

“怪不得。没事，别担心，这只是普通的例假，你这一次疼得厉害，是因为药物的影响。当然，也可能是这两天降温的缘故。”

顾念微微松了一口气，她差点以为是真怀孕了。

“这位先生，您的妻子只是普通例假痛经，问题不大。”医生走出急救室，傅景深迅速迎了上来，闻言蹙了蹙眉：“不是怀孕了吗？”

“没有，之前查出数值偏高，是因为药物影响体内激素水平，例如她之前吃的避孕药和安眠药。一般女性体内数值偏高，大多会被误以为是怀孕。”

安眠药?

傅景深闻言脸色微微一变。

顾念吃避孕药自己是知情的，对安眠药他却一无所知。

她为什么会吃安眠药?

傅景深淡淡应了声，随后抿唇道：“那她的身体暂时没有大问题，是吗?”

“是的，我已经开了镇静剂，她的腹痛感已经散了。”

“麻烦了，如果可能的话，还是做详细的检查比较安心。”

“好的。”

顾念被送到病房观察几个小时，确定无碍之后就可以离开。

傅景深走进病房的时候，顾念已经睡着了，看着她苍白的小脸，傅景深眸中闪过一抹钝痛之色。他迅速拨通春嫂的电话，安排春嫂熬汤送到医院来。

挂断电话，傅景深重新走到病床前，凝视着病床上脸色苍白的女人。

并没有怀孕，她应该会开心吧？毕竟她不想要……

景深哥……

傅景深脑海中一闪而过的是她刚刚叫自己景深哥而不是毕恭毕敬地叫自己傅先生的模样，还有她学生时代浅笑嫣然叫自己景深哥的娇嗔模样……

顾念醒来的时候，感觉自己身上的衣服还是湿湿的，但是腹痛已经好很多了。

“念念，你醒了啊。”春嫂主动上前开口道，“给你熬了红枣粥，先吃点，垫垫肚子，回去再给你煮桂圆汤。”

“嗯。”顾念点了点头，下一瞬便四处寻找傅景深的身影。

“找少爷啊？他刚刚接了个电话出去，一直没有走，在这儿照顾你呢，少爷就是太忙了，电话不断。”

春嫂不说，顾念也知道傅景深有多忙。

“嗯。”顾念点了点头，坐起身子小口小口喝着碗里的粥，觉得整个人好了许多。

傅景深很快就回到病房，看到顾念醒来，目光微动，俊脸一如既往地冷漠如冰。

春嫂赶忙见机行事，开口道：“少爷、念念，你们聊，我去倒点开水。”

“嗯。”傅景深淡淡地应了声，黑眸凝视着病床上的小妮子，薄唇抿起，掷地有声，“我怎么不知道你有吃安眠药的习惯？”

三年前，顾念是出了名的没心没肺，体现在最明显的地方，就是吃好睡好。小妮子经常吃着零食，看着电视就睡着。有的时候，傅景深也会感慨小妮子纯真无邪的心思。

大抵心思剔透，才能这般不被俗事所困扰。

安眠药？

顾念闻言脸色微微一白。应该是自己刚刚和医生说自己吃了避孕药和安眠药，所以傅景深才会知道的。

“没有这个习惯，只是偶尔会吃。那个时候刚回来，顾氏的事给了我太大的压力。”

顾念垂下美眸，不去看傅景深，随意地用顾氏做了个借口。

傅景深闻言眯了眯黑眸，似乎在思考顾念话语的真实性。

顾念嘴角挤出一丝笑意：“你看，我刚刚没吃安眠药，也睡得很好，所以安眠药真的只是偶尔吃的。”

“嗯。”

顾念后背冷汗直冒，如果傅景深知道自己和他在一起的时候吃了安眠药，后果不堪设想。

顾念轻抿唇瓣，看着男人冷峻的俊脸，一时之间，病房内的气氛变得有些紧绷尴尬。

傅景深眸子幽深了几分，她不想留下这个可能有的孩子，一部分原因是安眠药吗？

意识到自己又一次在为女人找理由，傅景深嘴角勾起一抹自嘲。

她信誓旦旦地跟自己说，如果这个孩子有就会留下，却在事后吃了避孕药。她的话，可信度到底有多少，自己已经不知道了。

顾念原本只需要在医院观察几个小时就可以出院的，但是不知是谁的命令，医院又给她做了详细的检查，在医院住了三天，开了暖宫的药，才肯放人。

这三天的时间，傅景深并未露面。

顾念不知道的是，每天深夜，自己入睡之后，男人都会来病房陪她至清晨。

走之前，妇产科医生对顾念和春嫂千叮咛万嘱咐，让女人一定要注意保暖等。

顾念有些懵懂，而春嫂是过来人，一个个都给记下了。

顾念有些懊恼，自己居然因为痛经来住院，实在是少见。

顾念一出院，立刻前往顾氏处理积压的公事。这才发现，这三天大小的事已经被处理得差不多了。

“顾小姐，是木凡来帮忙的。木凡也是傅先生安排的，说傅氏的资金链还在这儿给顾氏用着，不能马虎。”

“嗯。”顾念点了点头，大概看了些重要文件的批注，条理性极强。

不得不说，木凡的办事能力很强。

只是，是不是太强了？这批注完全不像是个普通助手的水平。

“对了，您身体没有什么大碍吧？”莱雅还是忍不住关心道。

“没事的，放心吧。”

三天后，顾念接到了苏珊打来的电话。

电话那头是女人愉悦轻松的嗓音：“准备好接驾吧，我明天的飞机到K市，手机发我一下地址，我一下飞机可以找到你的地方。”

“好的，等你很久了。”

“抱歉，实在是西雅图这里的病人太多，脱不开身。你放心，我安排了一周左右的时间在K市停留，希望你可以好好利用一下。”

“明白。”顾念勾起嘴角，苏珊来了，不得不说，自己吃了颗定心丸。

挂断电话，顾念下班直接开车回到南城别墅。

傅景深个性高冷，似乎和顾念一直在冷战之中。前三天，他并未在医院露面，这些天他是回来了，不过又回到三个月前两人刚结婚的状态，寡言、形同陌路。

马上要过农历春节了，春嫂收拾东西回老家了，南城别墅只有傅景深和顾念两个人住。

顾念回到南城别墅时，钟点工已经做好一桌子饭菜后离开了。

入夜。

顾念洗完澡回到卧室，伸了一下懒腰，就听到楼下有动静。

没多久，傅景深颀长的身影出现在卧室里，男人胸前的领带扯得有些凌乱，俊脸微红。

顾念屏住呼吸，不由得有些紧张，心跳加速。

“你回来了？吃饭了吗？需要帮你热一下吗？”顾念放下手中的手机，主动开口道。

“不用。”傅景深淡淡地开口道。

顾念起身靠近，嗅到男人身上淡淡的酒香味，才发现傅景深喝酒了，而且似乎并不少。

“你喝酒了？”

“嗯。”

顾念听着男人低沉的嗓音，樱唇抿起：“那我去给你倒杯水吧。”

“好。”傅景深抬手轻揉眉心，薄唇抿了抿。回到家里，有她，自己会莫名地安心，仿佛自己拥有全世界一般。

凝视着女人离开的背影，傅景深目光变得深邃。

顾念很快倒了杯温水送到楼上，就看到傅景深坐在沙发上揉着眉心，很是疲惫的模样。

“喝点水吧。”

“嗯。”傅景深淡淡地应了声，看着女人垂眸乖巧的模样，嘴角勾起一抹淡淡的弧度。

从前在她身上，他可从来找不到“乖巧”二字。

接过水杯的时候，伴随着傅景深的指腹落在自己的手指上，顾念一个哆嗦，手一松，水杯打翻在傅景深身上。

顾念神色一紧，迅速弯腰帮男人擦拭水渍。

“对不起……”顾念颤声道，小手胡乱地在男人双腿上以及大腿根胡乱地擦着，可是一杯水的湿度，根本来不及擦干净。

“抱歉！”

男人的特殊位置，怎么允许女人胡乱擦拭？

傅景深凝视着小妮子手足无措的模样，算好顾念生理期的时间，迅速抬手扣住顾念的手腕，将女人直接甩在了大床上，随后，颀长的身子压了下去。

“怎么？换了个法子勾引我，不再是给我下药了？嗯？”他说的是第一次的事，“顾念，我真的很好奇，为什么第一次你要下药呢，明明如果有个孩子，会成为你最强有力的武器，不是吗？”

是的，逻辑上这是完全没有问题的。

顾念脸色一白，男人高大的身子压下来，她只觉得头皮发麻，浑身也忍不住哆嗦起来。

“你喝醉了。”

“难道说你根本就不想被我碰，从一开始就不想有孩子，嗯？”

顾念抿了抿唇，低喃道：“不是你想的那样。”

“那证明给我看，嗯？”

傅景深薄唇落在顾念的脖颈处，看着女人明显缩着身子，眼神冷冽成冰。

她抗拒。

顾念知道今天在劫难逃，嘴角努力挤出一丝笑意：“好，但是能不能给我点时间，我去下洗手间？刚刚我喝了好多水，吃了好多零食，感觉肚子非常不舒服。”顾念努力让自己看起来脸色无异。

傅景深目光微动：“嗯。”

伴随着男人起身，顾念迅速起身向浴室走去，然后将水龙头打开，使得水声可以掩盖自己翻药箱找安眠药的动静。

终于找到安眠药，顾念咬了咬牙，吞服了两颗。深呼吸一口气，顾念关掉水龙头，随后将药箱塞了回去，又磨蹭了一会儿，才按响抽水马桶。

顾念走出浴室，看着傅景深颀长的身子站在阳台处，右手食指和中指间还夹着根香烟，整个人沉浸在烟雾之中，显得格外缥缈、邪魅。

顾念屏住呼吸，知道傅景深是在心烦意乱。

她嘴角挤出一丝笑意，脑海中闪过桑榆跟自己说过的话。

他的胸口是不是有道枪伤？

实话说，上一次自己喝醉了，至于上上次自己意识模糊，也没有什么印象了。今天晚上，不知道自己还有没有意识可以撑到看到他的伤。

顾念主动走到阳台，伸出手从身后环抱住傅景深的胸膛：“我准备好了。”

顾念说完，直接伸出手从男人的手上将烟拿了下来，丢到一旁的烟灰缸里。

小妮子身子软软的，这般从身后将自己抱着的感觉，极其温暖，暖到好似春暖花开一般，让人如沐春风。

傅景深眯了眯幽暗的黑眸，转过身子，直接吻住了顾念的红唇。

“唔……”

傅景深吻得狂野、霸道，顾念应接不暇，只能哑声道：“回房间，外面冷。”

“嗯。”傅景深直接将顾念拦腰抱起，向着卧室走去，等不及顾念开口，将女人压在了柔软的大床上，黑眸极其深邃，目光流转，注意力全数集中在身下的女人身上。

傅景深啃噬着女人的红唇，看似动作粗暴、不解风情，事实上却在无形之中控制着力道，不伤害她。

顾念颤抖着伸出手想要推搡男人的胸膛，她实在是忍受不了傅景深强有力的索吻。

安眠药在体内悄然发挥着药效，顾念觉得有些困了，眼皮忍不住耷拉着，鼻息之间是男人灼热的呼吸，伴随着醇香的酒味。

好困……

顾念努力撑着自己的意识，颤抖着伸出手指解开男人的衬衫，最后视线落在男人左胸口上的伤疤上。

都说伤疤是男人的勋章。

顾念美眸泛红，刚准备抬手触碰，却被傅景深扣住手高举到头顶，方便他予取予求。

情事上，男人的霸道一览无余。

傅景深目光深邃，染上了几分欲求，凝视着身下的女人。虽然他可以控制自己的力道，看似粗鲁，事实上却止不住自己眸子里的深情流露。他深深地看向身下的女人，好似要把女人的模样印刻在眼底，印刻在自己心里。

这些天，他好想她……

他嘴上说着薄情的话，身体却是诚实的。住院的时候，半夜等她熟睡了自己才进去坐在椅子上陪她一整夜，也担心过她会醒来，自己无从交代。

他晚上陪夜，白天就帮着她处理顾氏的事儿，还不敢以自己的名义，而是假借了木凡的名义。

顾念迷迷糊糊的，只觉得身体开始发烫，男人强势霸道，肺部的气息似乎都不属于自己了。

她身上的睡衣很快就被傅景深扯了丢在地上，两人赤身相对。顾念已经困得毫无意识了，颤抖着伸出藕臂环住男人的脖颈，将自己全部交付给他。

对不起，很爱你……

苏珊明天就要来了，下一次，就不需要吃药了吧？

顾念暗暗在心里期许着……

傅景深因为女人这般亲昵的动作虎躯一震，薄唇抿起，恶作剧般轻咬着顾念的耳垂："告诉我，我是谁？"

傅景深平日里的自信在顾念面前荡然无存，迫切地需要存在感和安全感。

"傅……景深……"

"嗯，你以前都喜欢叫我什么？"

顾念想也没想，小声道："景深哥……"

对，就是这样。

傅景深重新堵住女人的红唇，担心再从女人口中听到其他自己不想听到的答案。

就这般沉沦吧。

傅景深凝视着身下的女人，见她美眸缓缓合上，以为她是意乱情迷，事实上，自己也紧绷到了极限，早已按捺不住了。

"等我一下，我马上好。"傅景深沙哑着声音，开口道。

原先两次之所以没有做措施，主要是因为想要个孩子，顾念对这方面也没有要求，给了他错误的暗示。现在知道女人并不想要，傅景深自然是舍不得顾念受罪。等到某一天，顾念真想要了，那么两个人就要个孩子好了。

傅景深迅速从抽屉里找出避孕套，重新回到大床上，就看到小妮子闭上美眸的模样，很是安静。

傅景深喉结滚动了几下，重新将女人压在身下，炙热的吻落在了顾念的红唇上。只是，很快，傅景深就察觉到了异样，迅速停下动作，凝视着身下的女人，一瞬间，好似一桶冰水将他从头到尾狠狠地浇透。

她……睡着了。

傅景深眯了眯黑眸，试图呼唤顾念的名字，却发现女人毫无反应，而且睡得香甜。

她居然睡着了。

傅景深随后蹙了蹙眉，脑海之中一闪而过的是医生说她服用安眠药的事。

她……该不会今天又吃安眠药了吧？

傅景深眯了眯眼眸，仔细联想两个人在一起的次数——开始的时候，女人对于自己很是抗拒；后来，曾经做到一半，女人昏睡过去；再后来……

傅景深第一次觉得，自己记忆力超出旁人、思维缜密并不是一件好事，因为这样可以看到血腥而残酷的真相。

顾念，我真的很好奇，为什么第一次你要下药呢？明明如果有个孩子，孩子会成为你最强有力的武器，不是吗？难道说，你根本就不想被我碰，从一开始就不想有孩子，嗯？

自己刚刚是激将说出的话，现在显得格外讽刺。

傅景深，她和你在一起的时候，有吃安眠药的习惯。

傅景深之所以会这么笃定，是因为刚刚顾念突然提出的要求。包括她住院的这三天，自己一直陪着，知道她有吃安眠药的经历之后，特地安排春嫂去关注过。春嫂关注之后告诉他，顾念吃得好睡得好，完全没有吃安眠药的趋势。

呵……

傅景深忽然觉得自己好似被人狠狠地甩了两个耳光。

自己最心爱的女人，却根本不想被自己碰。

前两次的欢愉，自己一直认为是水乳交融，事实上压根就不是，是自己的一厢情愿，是她的不情不愿。

傅景深，她不想要孩子的事，你为她找了无数理由，例如年轻还小、没有玩够、顾氏不稳定、学业没有完成等。事实上，就只有一个理由——她不爱你！这一个理由就足够了。

傅景深偏执地认为，一个女人爱不爱你，她的身体是最诚实的，就好比男人一样……

卧室里，顾念沉沉睡去，一夜好眠。傅景深则站在阳台上，抽了一整夜的烟。

清晨，烟灰缸里满是烟蒂。

今天早上，他需要验证自己的猜想。而他自己，仿佛是个溺水的人，还在做着最后无意义的挣扎。

清晨八点，顾念幽幽醒来，伸展了一下懒腰。

事实上，她习惯醒来傅景深已经不在身侧了，没想到却意外地看到男人站在阳台上。

顾念轻抿唇瓣，看着烟灰缸里满满的烟蒂，暗暗在想，傅景深吸了多少烟啊？

她缓缓地坐起身，身上被男人剥得干干净净的，她小脸微微一红……

好吧，看样子昨天晚上……

顾念后面已经没有什么印象了。

傅景深不是要自己证明给他看吗？自己证明了，傅景深应该很满意吧？不过感觉身体没有太多疼痛感啊，应该是男人很温柔吧？

一想到这儿，顾念屏住呼吸，满怀期许地拿起地上的睡衣套在身上，赤脚踩在地毯上，向着傅景深的位置走去。

"怎么起这么早？"顾念声音很软，带着几分刚睡醒的沙哑，有些迷糊。

傅景深闻言，后背瞬间僵硬得厉害。

顾念看着男人高大的身子紧绷着，试探性地伸出手从傅景深手指间抽出点燃了一半的香烟："一早上起来别吸烟了——不对，任何时间段都尽量别抽，对身体不太好。"

傅景深转过身凝视着眼前的小妮子，薄唇抿起，自己好似从未看懂过顾念一般，就像她现在跟自己说着关心的话，事实上她却背地里因自己的每次触碰而在吃安眠药。

抗拒自己的触碰……呵……

"怎么了？"顿了顿，顾念继续道，"我……我脸上有东西吗？"

都说小夫妻俩是床头吵架床尾和，顾念暗暗在想通过昨天晚上的亲昵，两个人的关系已经不那么紧绷了，谈不上恢复如初，至少又朝好的方向发展了吧？

"没有。"傅景深淡淡应了声，紧盯着眼前的女人，目光冷漠。

这样的傅景深，顾念是陌生的，甚至被傅景深这般凝视着，她心底还发麻，有几分恐惧。

顾念嘴角挤出一丝笑意，觉得周遭的气氛有些紧绷，低喃道："没有的话，我就先去洗漱了，顺带去看看春嫂有没有什么需要帮忙的……"

说完，顾念准备要走，却被傅景深直接扣住手腕："等一下。"

因为傅景深的冷漠，顾念不知道为何，心底的不安在无限蔓延，觉得这样的傅景深好陌生。

顾念下意识地想要从男人的手腕中挣扎开来，却在下一瞬被傅景深直接揽入怀中。男人薄凉的唇瓣堵住了她的红唇，顺带堵住了她一切要说的话。

“唔……”

傅景深伸出大手直接探向她的领口，顾念瞬间明白男人要做什么了。

因为自身的排斥，顾念下意识地剧烈挣扎着：“不要……”

“什么？”傅景深本来就毫无情绪波动，听闻女人尖叫着道了一声不要，瞬间停下动作，紧盯着眼前的女人，嘴角勾起一抹冷嘲。

“你在拒绝我？”男人话语冷漠，带着几分冷笑的意味。

顾念下意识地摇了摇头：“不……不是，昨天……昨天晚上不是要过了吗？再说……现在是早上……那个……晚上可以吗？”顾念试探地开口道，美眸中写满了希冀。

傅景深深深地看向眼前的女人，尤其是面对女人清澈的水眸，更是凝视得入神。

他想要看看，她到底还要伪装多久。

“如果说，我现在就想要呢？顾念，别忘了，顾氏的资金链还掌握在傅氏手上，脱离傅氏的资金投入，顾氏还是一盘散沙，很快就会因为资金周转不灵，面临破产。破产之后，别指望可以东山再起，顾氏的外债，多到你想不到。东城那块地顾氏已经吃了，单单是这块地的后期运营成本，便足以让顾氏再无翻身之日。”

男人冷漠的话语让人不寒而栗，寡淡而薄凉，无任何情绪波动。

他……在说警告的话。

顾念心底有些发凉，很不是滋味。

他可知道，无论是昨天还是之前，自己之所以愿意配合，是因为爱他，和傅氏的资金链无关？虽然她也承认，一开始，自己是因为顾氏的烂摊子找上他。他知不知道，自己不是逢人就会卖的，只是因为那个人是他？

顾念嘴角挤出一抹笑意，双手攥紧……

良久，激烈的心理斗争之后，顾念缓缓地抬眸看向眼前的傅景深，低喃道：“好……但是我早上起来还没洗漱，能不能给我点时间，我想去刷牙。”

顾念声音努力放柔，不让自己发颤的声音被傅景深听到。

傅景深凝视着眼前的小妮子，心底一点一滴凉透。

顾念嘴角挤出一丝笑意，抬手试探性地拉住傅景深的大手：“可以吗？等我……我很快就出来。”顾念琢磨不透傅景深心底在想什么，努力控制着自己的语气，使得语气听起来有些娇嗔，和平常无异。

“嗯。”傅景深淡淡地应了声。

顾念闻言松了一口气：“那我很快出来。”

说完，顾念迅速向洗手间的方向走去，不知道男人深邃的目光一直紧紧地追随着自己，直到她的身影进入洗手间，消失不见。

傅景深眸底的凉意慢慢遍布全身，随后是无力感充斥心头。

顾念走进洗手间，习惯性地打开水龙头，用水声掩盖自己翻箱倒柜的声音。

安眠药……

顾念迅速找到药箱，记得昨天安眠药被自己顺手放在最上面的，结果打开之后却没了踪影。

顾念美眸一凝——药去哪儿了？自己明明放在这里的啊……

顾念揉了揉眉心，自己是不是昨天晚上晕头了？

一想到这儿，她便将整个药箱里的药一股脑地倒了出来。

“你在找这个吗？”浴室门被打开，男人颀长的身影出现在她面前。

顾念脸色一白。男人手心里握着的是安眠药——她昨天晚上吃的那瓶。

她还保持着半蹲在地上的动作，不敢直视男人阴鸷的目光。

“我……”

傅景深缓缓地走到顾念面前，蹲下身子，抬手扣住女人的下巴。顾念被迫迎上男人阴鸷的目光，屏住呼吸。

“告诉我，你为什么准备大白天吃这个？”

顾念百口莫辩，被抓了现行，根本无处遁形。

“告诉我！难道说，你等一下有需要睡觉的时候？”

男人捏住她下巴的大手收紧力道，顾念感觉下巴好似要被男人捏碎了一般。

“怎么，理由不想说是吗？不如让我来告诉你，因为，吃这个就可以睡着了，不用应付我、面对我，对不对？”

听闻傅景深的揣测，顾念迅速摇头反驳道：“不是——不是这样的！”

“顾念，你到底还要装多久？你知不知道，昨天晚上，我们根本什么都没有做，因为你睡着了。顾念，昨天我说的话还记得吗？怪不得……第一次，你用药迷晕我，却不选择用那种药，放弃可能有孩子的机会，是因为，你根本不想被我碰……”

不是这样的……顾念摇了摇头，试图开口解释，但是现在一切解释都显得苍白无力。

“景深哥……”

“不要这么叫我，你不配！你在我眼中，再也不是三年前的顾念了。”

伴随着男人的怒斥，从他冷漠的话语之中不难看出对自己的厌恶。

顾念哽咽着，下一瞬，整个人被男人扣住手腕，直接摔在了一旁放置杂物的台子上。

“不是不想让我碰吗？那么，我偏要碰你！记住，顾念，是你当初选择为了顾氏嫁给我的，这是你的义务。”

男人颀长的身子向她逼近，顾念整个人被男人压倒在台子上。

台子比不上卧室大床柔软，顾念觉得自己的身体被磕碰得疼得厉害，尤其是伴随着男人的靠近，顾念更是情不自禁地绷直了身子，整个人颤抖着：“我不要，不要碰我！”

女人的尖叫声带着几分沙哑，好似利刃一般，将傅景深的心划得血肉模糊。

呵……她终于说出心里话了是吗？

傅景深紧盯着眼前的顾念，嘴角勾起一抹讥讽：“怎么，拿了傅氏的钱，现在又想在这儿保全自己？顾念，你不觉得装得太假了吗？当初是谁穿着丝质睡衣跑到我房间里勾引我的？嗯？顾念，我还真的是小瞧你了，还是个初中生就那么会勾引男人，现在在这儿装矜持，怎么，欲擒故纵？”

不是……

泪水从眼眶里滑落，重重地砸在傅景深的手背上。

傅景深心有不忍，可如今整个人在气头上，根本控制不住自己。他直接俯下身，撕咬着顾念的红唇，宛如狂风暴雨一般，席卷而来。

不要……

顾念试图推开男人的胸膛，却发现使不上任何力气。

过往噩梦般的记忆扑面而来，顾念觉得整个人好似死了一般，如同提线木偶般被操控着。

事后，傅景深起身离开，扫了一眼眼前狼狈的女人，强迫自己将心疼和懊悔收回，薄唇抿起：“记住，顾念，是你当初要招惹我的，无论是当初你嚷嚷着要追我，还是三个月前……所以，这一切都是你该付出的代价。”

代价？

顾念琢磨着这话语之中的含义，整个人蜷缩成一团，脸色惨白，目光呆滞了几分，哑声道：“可以关灯吗？好亮……我好怕。”

关灯？

傅景深闻言蹙了蹙眉，现在是白天，根本就没有开灯。这个女人又在耍什么把戏？

傅景深强迫自己不去理会，神色冷漠地径直离开。

看到傅景深起身要走，顾念这才跌跌撞撞地准备向门口走去，可是双腿打战，她根本站不住，只能爬着过去：“不要走……”

一个人留在这里她好害怕啊，没有人来帮自己。

那些男人在伸手摸自己。

不要碰我……不要……

顾念知道，自己又发病了。

发病的时候，她会情不自禁地想到那些龌龊的男人伸出满是油腻污垢的大手抚摸着自己、扯着自己的衣服。

顾念哽咽着，泪水无助地从眼眶中滑落：“景深哥……不要走。”

傅景深心痛难忍，刚走出卧室，便懊恼地狠狠抬手砸向一旁的墙壁。

刚刚自己居然强迫她了，还伤害她了。天知道……自己最不想伤害的人就是她。

爱至心尖的人，伤她分毫，事实上都百倍、千倍、万倍地付诸自己身上。

右手鲜血淋漓，疼痛感却远不及自己伤她之后的心痛。

傅景深走下楼，薄唇抿起，见春嫂端着粥上楼，淡淡地开口道："她在楼上……春嫂，你等一下去看一下她的情况，然后打电话告诉我。记住，不要被她知道我在关心她。"

春嫂看到傅景深的手在流血，赶忙说道："少爷，你这是怎么回事啊？"

"不用管我……照顾好她就可以了。"

春嫂看着傅景深径直离开，暗暗着急，这小两口怎么矛盾变得更严重了啊?

春嫂没敢怠慢，迅速向楼上走去。

卧室里空无一人，春嫂连忙向着浴室走去。一推开浴室，就看到顾念整个人目光无神地蜷缩在角落处，甚至头还不断地向着冰冷的墙壁撞去："不要开灯……好亮……"

春嫂神色一惊，看着周遭的一片狼藉，再看看顾念身上凌乱的睡衣，裸露出来的肌肤上尽是暧昧的痕迹，不难看出发生了什么事……

春嫂连忙上前道："念念，你怎么了啊？别撞头啊！哎呀呀，不得了了，都撞红了，再撞下去的话，得出血了啊。"

春嫂?

顾念认出是春嫂，红着美眸，颤抖着伸出手一把抱住春嫂："春嫂，我觉得好冷啊。"

"我在这儿……在这儿的。"

"我还觉得头晕目眩的，得撞一下才能清醒一点……春嫂，能不能把灯关了，好亮啊……"

春嫂发现顾念现在的样子就像个无助的孩子，也跟着哭红了眼睛："念念，你别吓我啊，这是大白天，根本没有开灯啊。"

"白天？"顾念似乎在怀疑春嫂话语的真实性。

白天吗?

顾念颤抖着站起身，想要看向浴室外……

只是还没等她站稳，顾念眼前一黑，直接昏了过去。

春嫂赶忙上前接住女人倒下的身体："念念……"

春嫂摸着顾念发冷的身子，再看看女人额头上的伤，以及女人刚刚语无伦次的话，想打电话叫救护车。但是顾念身上折腾出来的一片狼藉，到时候去了医院，再被有心之人胡乱写就不好了。

一想到这儿，春嫂迅速将顾念扶着躺在大床上，随后拨通了傅家的家庭医生电话，顺带咬了咬牙，给傅景深拨去了电话。

傅景深正在开车，事实上，他思绪凌乱，注意力压根就不在前方，包括方向盘上。春嫂的电话响起，傅景深迅速将车停下，然后接通了电话："她的情况怎么样？"

"少爷，你怎么可以这样呢……太不像话了。"

春嫂来傅家几十年，从未舍得或者是敢越权责骂傅景深一句，这是第一次。

傅景深闻言暗了暗美眸，沙哑着声音问："她情况到底怎么样？"

"我刚刚进浴室的时候，就看到念念一个劲儿地拿头往墙上撞，不仅如此，一个劲儿地说着胡话，说关灯之类的……好像是受了刺激。"

他刚刚离开之前，顾念的确是这么说过，当时他并未怀疑……

现在春嫂又这么说，傅景深脸色微微一变，很快意识到不对劲。

"念念刚刚晕倒了，我把她扶到床上休息了。少爷，我给家庭医生打去电话，你也快回来看看吧，我感觉……这一次她好像情况很严重的样子啊。"

"嗯。"傅景深迅速掉转车头，向着南城别墅开去。

南城别墅卧室内，顾念被春嫂小心翼翼地擦了身子，然后换上了干净的睡衣。

事实上，擦身子的时候才发现，女人的手心里有血迹，春嫂这么仔细一看，才发现……原来是指甲盖嵌入血肉里了。到底是隐忍到什么程度，才会这般伤害自己啊。春嫂瞧了之后更加心疼了。

很快，春嫂听到房门被推开，看到傅景深的身影，连忙将顾念的手心摊开："你看看，指甲都被掐断了，手心里都是血。"

傅景深见床上的女人脸色苍白，额头的确有一块儿红，不难看出撞得不轻。

他的视线定格在顾念的手心上，眸子里尽是懊悔和心疼。

对她，他勃然大怒，施加惩罚，可事实上……她受到伤害，最先心疼的人还是他不是旁人。

私人医生很快赶到，是个女性。

傅景深之前给春嫂家庭医生的联系方式，已经主动把南城这一块儿更换成女性了。

"查一下她的情况。"

"好的。"

私人医生没敢怠慢，看着大床上好似睡美人一般的女人，快速检查着女人的外伤、心跳、脉搏等。

"不要开灯……怕……"

"疼……"

"不要，不要碰我！"

"景深哥……"

“傅先生，刚刚为这位小姐简单检查了一下，她应该是被侵犯过，导致受了些外伤……喀喀……我怀疑她受了什么刺激。根据我的观察，她不是昏睡过去或者是晕过去，而是活在自己的潜意识里。怎么说呢……就是她不想让自己醒来。所以，可能需要心理医生的干预治疗。当然，我并不是这个专业的，所以我的判断并不准确，纯粹是个人经验判断。如果不是精神方面的问题，她只需要好好休息，外伤消了就可以了。”医生说完，推了推自己鼻梁上厚重的眼镜，有些畏惧傅景深身上散发出来的冷冽气场。

精神方面的问题？怎么可能……

既然医生都这么说了，傅景深对于顾念的事是不会有任何马虎的，等到顾念情况好一些，他准备带女人去做检查。

傅景深眯了眯黑眸，薄唇抿起：“需要开药吗？”

“需要的，我为她注射一些消炎药，等会儿她醒了，吃完饭就可以吃药了。”

看着医生将针尖刺入顾念皮肤里让她蹙眉的模样，傅景深开口道：“轻一点。”

“好的……”医生暗暗无奈，扎针啊，自己有什么办法？

医生随后给顾念开了药，春嫂立刻跟着去药店买。

“景深哥……”

“我好冷……”

“我怕……”

“你们，不要过来！”

傅景深准确地捕捉到顾念话语中的“你们”两个字，并不单单是“你”，如果是“你”的话，那么极有可能说的是自己。

见顾念挣扎着，额头上布了一层薄汗，傅景深抬手推了推顾念的胳膊，薄唇抿起：“醒一醒……是噩梦。”

男人熟悉的嗓音在耳边响起，顾念虚弱地睁开美眸，等看到傅景深在自己面前放大的俊脸时，顾不得手背上还有点滴，颤抖着向身后躲去。

“不要……不要碰我……”

“景深哥……”

顾念低喃地叫着景深哥，激动地拉着傅景深的衣角，哑声道：“季扬哥，你带我去找景深哥好不好？”

女人失控的举止让傅景深脸色惨白，她把自己认为是季扬，她害怕、惶恐……

傅景深原本只是把刚刚私人医生的话当作普通的建议，现在才陡然发现，似乎……顾念真的是受到精神方面的刺激了。

“季扬哥，我……我好想他，我想见他……”顾念美眸泛红，小脸更是苍白得厉害，此时此刻，无助得好似孩子一般。

傅景深的直觉告诉自己，无论是顾念还是季扬，都隐瞒了自己一个极大的秘密，有关三年前的秘密……

傅景深心跳如擂鼓，抬手试图扣住顾念的肩膀让她冷静下来，这才发现，随着自己抬手的动作，顾念忙挣扎着向后躲去，她的手背已经被针管划破，变得血肉模糊。

“不要……不要碰我。”

“好，我不碰你。”傅景深迫使自己冷静下来，向后退了几步，“你躺好，把针管拔了，我们就去找傅景深，好不好？”

“好。”顾念美眸无神，听着傅景深的话，乖乖点了点头，随后像是不知道疼痛一般直接把针管给拔了，手背鲜血直流，让傅景深心疼不已。

“景深哥，我好怕，我想关灯，不要把房间里的灯开那么亮。”

“我还觉得头好晕，我得让自己清醒一点。”

“对，我又犯病了，我得去找苏珊。苏珊说，以后发病都要第一时间告诉她，否则我就会伤害我自己的。”顾念自言自语，傅景深却听得一清二楚。

犯病?

苏珊?

这些是怎么回事?

身旁，顾念的手机响起，傅景深原本打算直接关机，等看到屏幕上闪烁着英文苏珊的名字时，傅景深迅速接通了电话。

“顾念小姐，我的时间很宝贵的，我已经到顾氏了，结果你人呢？我的时间只有一周，如果你耽误我的进度，我可不敢保证给你治疗的疗效啊。”

听着对方流利的英文，傅景深薄唇抿起：“她在南城别墅，并不在顾氏。”

是个男人的声音？苏珊眯了眯眼眸，反问道：“你是谁？”

“她的病情应该是复发了，但是我第一次处理，我应该怎么办？”傅景深知道，只有自己迅速镇定下来，才能把伤害降到最低。

苏珊神色一变，迅速开口道：“听着！我不管你是谁，但是鉴于你是男性，请离她三米远，最好保证不在她的视线范围内。另外，安排女人照顾她，找个衣柜，让女人陪着她一块儿躲在衣柜里，保证周围黑暗，对她而言，这样她会比较有安全感。然后什么都不要做，把地址发给我，我立刻赶过去处理，OK？”

“好……”傅景深迅速挂断电话，然后把南城的定位地址发给了苏珊。

直觉告诉他，苏珊是她的心理治疗师。

顾念的病情，抗拒男性……同时，她并不是胡言乱语地在说灯光问题，而是真的怕亮光。

傅景深迅速找到春嫂，让春嫂收拾好衣柜，扶着顾念一块儿进了衣柜。

衣柜门被关上，傅景深站在衣柜外，听到女人激动的嗓音隔着一层门板传到自己耳边：“我就说要关灯嘛，春嫂，刚刚吓死我了，好怕……好怕的。”

女人的每一句话都深深刺痛他的心，让他疼痛到难以呼吸。

意识到自己清晨对顾念所做的事，傅景深想杀死自己的心都有了。

他脑子有些混乱：安眠药……抗拒男人靠近——顾念极有可能不仅仅排斥自己靠近，而是排斥所有男人靠近。一般女人之所以会有这样的行为，说明她曾经受到过某方面的伤害。

一想到这儿，傅景深神色冷了几分，同时，对于自己的行径又自责了几分，傅景深，你都做了什么！

苏珊很快就打车赶到了南城别墅，下车之后，苏珊迅速对眼前的别墅进行了估值。

这里景致优美，周遭又没有其他别墅，看样子是私人承包了这里接近百亩的地皮，只此一家，别无分店。按照k市现在的房价，这栋别墅价值一亿至三亿之间。不仅如此，能住在这儿的，得是一等一的权贵才可以啊。

顾念住在这儿，苏珊不由得想到刚刚电话那头拥有低沉磁性嗓音的男人，心里了然几分。

苏珊走进南城别墅，就看到一个气宇不凡的男人出现在自己面前，神情焦灼。

男人身形颀长，身姿挺拔，深邃的黑眸宛如潭水一般，纵使苏珊是做心理研究的，能玩转人的心理，也不敢在男人面前造次。

虽然见过诸多优秀的男人，包括季扬，苏珊还是难免会被男人惊艳到，而且男人身上散发出矜贵和不凡的气质。

阳光倾泻在男人身上，仿佛为男人镀了一层金光，梅雨之中的冷冽、狂狷，让人无法直视。

意识到自己被男人强大的气场震慑，苏珊开门见山道："你好，我是苏珊。"同时干练地伸出手，声音极其干脆利落。

傅景深闻言薄唇抿起，伸出大手简单握了下她的手便收了回来："她在楼上。"

"麻烦带路。"

比起刚刚电话里流利的英文，事实上，苏珊的中文差了些。她美眸清澈，看似和自己简单握手，事实上，女人犀利的视线已经好似利刃一般将自己穿透。她并不喜欢自己，甚至，对于自己而言还是有敌意的。

苏珊，西雅图最为顶尖的华裔心理治疗师，传闻她干练、睿智，任何人和事都逃不过她的法眼，想要寻求她的帮助的人数不胜数。偏偏，女人十分随性、自得，总之，这个女人的心思也是让人难以琢磨的。

傅景深刚刚已经在最短时间内，将苏珊的个人资料查得一清二楚了。和顾念有所接触的人，自己必须是百分之百掌握对方的情况才可以。

苏珊迅速向楼上走去，同时用极短的时间摸清楚了傅景深的底细。

"傅景深。"

"唔，看样子找到真人了，念念发病的时候很喜欢叫景深哥。"苏珊的话不轻不重，却直直地刺入傅景深的心尖。

傅景深薄唇抿起，眼神深邃了几分。

刚刚她一直在叫景深哥，不仅如此，她还把自己误当成了季扬，让自己帮她去找景深哥。

傅景深俊脸苍白了几分，心底钝痛得早已难以呼吸。

苏珊不动声色地观察着傅景深的表现，嘴角勾起一抹浅浅的弧度。

呵！

他爱她。自己的判断是不会出错的，而且，爱得深沉，不比季扬少。

“恕我直言，傅先生，您和我的病人的关系是……”

“她是我的妻子。”

苏珊闻言勾起嘴角，不得不说，顾念的眼光还不错。男人虽然看起来有些疲惫，但无论是举手投足还是穿衣细节，均透着高雅贵气，尤其是男人身上成熟的气息，以及举手投足间的威慑力，更是不容小觑。

“傅先生，昨天念念给我打电话，精神状态还不错，很是憧憬未来的生活。请问，怎么会突然受到刺激呢？”苏珊继续发问，在卧室门口停下脚步，“抱歉，我没有窥探人隐私的习惯，但是毕竟我也得了解情况才可以对症下药，不是吗？”

苏珊的话，让傅景深薄唇抿起。

她昨天的精神状态还不错？对于未来生活很憧憬——憧憬的是跟自己的生活吧？

傅景深黑眸暗了几分。

是啊，都是自己断送一切。昨天晚上，他逼着她证明自己，她不想拒绝，被迫吃下安眠药。今天早上自己还逼着她……

傅景深心底的痛楚在无边无际地蔓延，良久，他才声音沙哑地开口道：“今天早上，我强迫她了。”

傅景深的话让苏珊脸色一变，随后她迅速推门而入，并未继续理睬傅景深。

苏珊终于明白为什么顾念会突然发病了——这无疑是把顾念往死路上逼啊！

苏珊迅速在装修豪华的卧室内找到了顾念所在的衣柜，樱唇抿起，努力控制自己的声音。

纵使苏珊很不待见傅景深，还是用口型说道：“她有自我伤害的行为吗？”

“嗯。”傅景深点了点头，视线一直紧盯着紧闭的衣柜门，不曾离开过。

看着苏珊如此笃定的模样，看样子顾念不止一次自我伤害过。

苏珊心里大致有了判断，既然顾念有自我伤害的行径，那么现在自己不能刺激她的情绪，凡事得顺着她。

“我的顾念美人，我好不容易回国一次，你就打算躲在柜子里？”

为照顾顾念的感受，房间里已经全部拉上了厚重的窗帘，灯光有些暗。

“苏珊？”良久之后，回应苏珊的是顾念试探的声音，透着几分无助和惶恐以及不确定。

苏珊眯了眯眼眸，有些心疼，随后将口袋里的耳机递给男人，示意身侧的傅景深离开，不要影响自己的治疗。

傅景深薄唇抿起，俊脸一直紧绷着，良久，点了点头，接过苏珊手中的耳机戴在耳朵上，将这里交给苏珊。

“不错，是我，我想你了！”

顾念有些混沌，对啊，今天苏珊回国，要帮自己继续治疗的。可是外面好亮，好可怕啊！

一旁一直抱着顾念的春嫂忍不住开口道：“念念，你怎么发抖了？你别怕啊。”

苏珊暗叫不好，随后开口道：“既然你不肯出来见我，那我进去找你了。”

“谢谢你啊，这么迁就我。”顾念闷闷地应了声，春嫂现在早已焦头烂额了，她从未见过这个模样的顾念，见顾念并不排斥苏珊，赶忙开口道：“念念，那我出去换苏珊进来？”

“好，春嫂，你出去记得帮我问季扬哥，为什么景深哥还没来，我一直在等他，我特别想他。”最后一句话，顾念是鼓足勇气说的。

春嫂随后很快意识到顾念是把傅景深认作季扬了，连忙含泪点了点头：“好，我答应你。”

卧室外，傅景深戴着耳机将卧室里的话听得一清二楚，大手猛地攥紧。

春嫂小心翼翼地走出衣柜，并没有投射太多亮光进柜子里，苏珊报以感谢的微笑，示意春嫂相信自己，随后直接脱掉高跟鞋挤了进去：“好了，我进来了。”

顾念宛如见到救命稻草一般，见苏珊进来，颤抖着伸出手握住了她的手：“苏珊！”

刚刚春嫂离开的片刻，顾念觉得整个人都有些不好了，现在苏珊进来，安全感一下子就有了。

“本来还在想你放了我鸽子，不过看到你见到我情绪这么激动，嗯，那我就原谅你好了。告诉我，你为什么不想出去？”

听闻苏珊的话，顾念双目无神，一个劲儿地开口道：“外面有好多人，还有好多只手。”

苏珊暗了暗美眸，这句话，过去三年的康复治疗期间，自己不止一次听过。

“还有啊，现在是晚上了，外面黑漆漆的，不能随便出门的，我会害怕的。”顾念一本正经地说着，随后似乎意识到什么，思绪焦灼起来，“苏珊，你说我是不是发病了？”

苏珊实在是难以想象，昨天还热情开朗的女人，今天却突然变成这个模样。她蹙了蹙好看的黛眉，随后笃定道：“我是你的心理治疗师，你如果发病了，我怎么会不知道？”

苏珊的一句反问，让顾念的情绪迅速得到了安抚：“那就好。我要把病治好，和他重新开始。”一说到傅景深，顾念美眸中写满了希冀。

苏珊闻言眯了眯精致的凤眸，似乎找到了突破口：“嗯，相信我，我会帮你的。”

顾念重重地点了点头，得到了苏珊的安抚，原本还在颤抖的身体慢慢恢复正常。

“对了，好久没见，聊一会儿吧——还记得你第一次见我的时候吗？”苏珊挑起话题，语气极其轻松。

“记得。我当时觉得，一个女人怎么可以那么有魅力，那么美。”顾念轻声道，明明苏珊美若桃花，却冷若冰霜，尤其是她有着萝莉的容颜，偏偏目光却比男人还要锐利。总之，苏珊的容颜和她的心理状态有着极大的反差。

“我还以为你会用蛇蝎美人来形容我。”苏珊轻笑出声，抬手试探地扶着顾念的肩膀，让她靠在自己身上，彼此更亲昵。

“不过你收费确实挺贵的啊。”

“顾念！我对你已经很客气了好不好！”

顾念闻言吐了吐舌头，小声嘀咕道：“可是我每个月的生活费，还得算上打工的钱，才能勉强支付你的治疗费用。唉！不过我那个时候安慰自己，就当是花钱看美人了，毕竟去看电影也得花钱，对不对？”顾念心情缓缓地放松，打开了话匣子。

“季扬已经为你付了一个疗程的钱，没告诉你罢了。”

好吧。

顾念闻言勾起嘴角，美眸放空，低喃道：“季扬哥真好，他还帮我找景深哥。”

“可不是嘛！说起来，我第一次见你的时候，你好像只有八十斤吧？面黄肌瘦的，看着完全不像是成年的女孩子，倒像个营养不良的孩子。”

顾念闷闷地点了点头，苏珊则继续说道：“说起来，那个时候，你真瘦，我都可以把你抱起来的。”

提及往事，顾念美眸暗了暗，似乎是在琢磨，自己真的有那么瘦吗？

是啊，好像有。

自闭、寝室的人孤立自己。那个时候，自己似乎有一段时间还得了厌食症，吃了就吐。因为每次吃的时候，就会想到那些男人抚摸自己，是让自己多么恶心的事。

意识到身侧的女人情绪开始变得低落，苏珊挑眉道：“话说念念，你有胸吗？”

好吧，这个问题好尖锐啊！

顾念被苏珊逗乐，心情也恢复了些。

苏珊顺势寻求小妮子的理智，见顾念慢慢找回，微微松了口气。

作为一个心理治疗师，哪怕在黑暗中看不到顾念脸上的表情，根据顾念呼吸的急促情况，也得判断出她的情绪问题。

“在我肩膀上靠着睡一会儿。”

“嗯。”顾念乖巧得好似孩子一般，听从苏珊的话，安静地靠在她的肩头上。

只是顾念毫无睡意，心里惴惴不安，猛地没有安全感地开口道：“苏珊，你刚刚是在治疗我吗？”

“怎么会，我跟你谈过收费的事儿吗？”

没有啊！

顾念摇了摇头，又放松了：“我好怕我发病，我好怕，景深哥知道……”

“怎么，怕他担心？”

“嗯。”

顾念点了点头，轻声道：“我想所有的痛苦都让我一个人来忍受，不要他痛苦，可是，我好像还是伤害了他。”

苏珊攥紧口袋里的录音笔，不知道傅景深听到这句话的时候，会作何感想。按理，自己不应该将耳机给他的，这是属于自己和顾念之间的秘密。但是，自己这么做了，不为别的，就为了让那个今天早上伤害过顾念的人心里觉得亏欠，更加心疼自己身边的这个女人。

果不其然，傅景深站在卧室门口，僵直着身体，好半晌都没有动过。

顾念安静地依靠在苏珊的怀里，思绪事实上是凌乱的，想起一出是一出。

小妮子讨人喜欢，也讨人心疼，她不仅是自己的病人，也是自己的朋友。

“睡吧。”

“唔。”

顾念点了点头，很快就在苏珊的肩头上沉沉睡去。

苏珊见状微微松了一口气，希望顾念醒来的时候能够恢复正常，但愿没有给她留下任何创伤。

“进来吧，她睡着了。”苏珊小声对着手中的录音笔缓缓开口道。

没多久，就听到沉稳的脚步声在衣柜外响起，伴随着衣柜门被缓缓打开，男人冷峻的脸庞出现在眼前。傅景深的视线并未在苏珊身上有任何停留，而是满满都放在顾念身上。

房间里的窗帘被打开，恢复明亮，傅景深凝视着顾念额头上的红肿，似乎变得更肿了。女人的小脸苍白得厉害，狭长的睫毛上还挂着泪珠，很是楚楚动人。

傅景深眯了眯黑眸，弯腰小心翼翼地将顾念抱在怀里，送到了大床上。

苏珊整个身子有些僵硬不太舒服，刚刚她担心顾念会醒，一动不敢动。

她站起身，赤脚踩在地板上，看着刚刚还冷漠如冰的男人，此时此刻，黑眸却满是柔情地凝视着床上的女人，暗了美眸。

早知现在，何必早上的伤害呢？

苏珊从包里掏出熏香递给傅景深，抿唇道：“点上吧，帮助她睡眠的，起安定的作用。”

傅景深接过之后迅速点燃，房间里很快弥漫起淡淡的薰衣草香味，极其好闻。

“苏珊医生，我想和你聊一下她的病情。”

傅景深恋恋不舍地将视线从顾念身上移开，看向一旁的苏珊，淡淡开口，声音放低，生怕吵醒睡梦中的人儿。

苏珊扯了扯嘴角，小手直接拿着高跟鞋，向着门口走去。

走出卧室，春嫂见楼上有了动静，连忙将拖鞋送过来："这位小姐，您换上吧。"

"谢谢！"

春嫂见傅景深紧随其后出来，忍不住询问道："少爷，念念她怎么样了？"

"已经睡下了，春嫂，我和苏珊医生有话要聊，麻烦你进去看着她，我担心她醒来之后，还会做自我伤害的事。"

"好的好的，我马上进去看着。"

傅景深请苏珊直接到了书房详谈。

苏珊端详着男人暗系装饰的书房，樱唇抿起。这般装饰的人，大多是内敛深沉的，和眼前的男人不谋而合。

"关于顾念的病情，苏珊医生，我想向你全面了解一下。"

"抱歉，你并不是顾念的委托人。"苏珊嘴角挂着公式化的笑，随后继续道，"当初，我受季扬先生委托，为顾念做康复治疗，他支付了费用，在西雅图，他是顾念的保护人。在国内的话，虽然傅先生可能和顾念是夫妻关系，但是抱歉，我是西雅图的医生，我不认你。"

苏珊一本正经，眸子里却泛着清亮的光，对傅景深绝对不能给什么好脸色看。

傅景深知道苏珊在怼自己，眯了眯黑眸，并不恼怒，事实上，看到顾念对苏珊的信任，他知道她是一个极其负责的医生。

"我可以出十倍的价格，聘请你留在k市继续为顾念做治疗。"

"傅先生果然财大气粗啊！"顿了顿，苏珊迎上男人毫无温度的黑眸，摇头道，"但是，我是一个有职业操守的人，所以今天顾念的情况，我需要见到季扬，然后亲自跟他说。"

傅景深抿起薄唇，思索片刻，淡淡开口道："好。"自己正好也有太多疑问要去问季扬。三年前，他们到底带走多少秘密？

苏珊见傅景深给季扬拨电话，有些诧异傅景深这样的男人居然会向自己妥协，暗暗咋舌。

傅景深很快挂断电话，苏珊见状轻笑道："傅先生难道不会吃醋吗？季扬和顾念的关系那么好，她很依赖他。"

"如果现在这个时候我还会吃醋，那么我自己都会瞧不上自己，更别说有资格做她的丈夫了。"

苏珊忽然发现这男人除了内敛深沉有钱之外的其他魅力了。顾念喜欢的男人，是错不了的。

“那么我去客厅等着了，我会开一些药剂，需要傅先生派人去帮我采购。”

“好，没问题。”

季扬接到傅景深的电话很快就赶到了南城别墅。

虽然傅景深只是淡淡地说要见面，季扬却有一种不好的预感——顾念出事了。

两个人是挚友，却并不是那种时刻黏在一块儿的关系，但是，傅景深的一句话、一个电话、一个眼神，自己就会知道他接下来要做什么。例如傅景深刚刚语气中透着几分无力和恍惚，声音很是沙哑。季扬告诉自己，一定是顾念出事了。

季扬在来的路上一直在拨顾念的电话，却并未有人接通，神情便越发冷了几分，眉宇之间尽是急切。

他一路开到最大马力直接到了南城别墅，刚进别墅，就见到沙发上的苏珊和傅景深，当下开口道：“她人呢？”

“在楼上休息。”

季扬凝视着眼前的傅景深，两个身形高大的男人面对面站着，气场交融，一切尽在不言中。

苏珊见到季扬，站起身，勾唇道：“好久不见，季总。”顿了顿，她又挑眉道，“季总在西雅图的生意还真是做得大啊，你回国的这段时间，总有人问我你的近况。当初，你可是华人当中在西雅图做得最牛的。说回国就回国，你可真任性啊。”

苏珊笑得明媚，余光却看向一旁的傅景深。

“对了，你回国是为什么啊？”苏珊揣着明白装糊涂。

季扬听闻顾念在楼上休息，微微松了口气。

“苏珊，你怎么会出现在这儿？”季扬不确定，傅景深是不是知道顾念的病情。

“当然是继续给念念做心理康复治疗啊。”说完，苏珊主动挑眉道，“别瞒着了，他已经知道了。就在刚刚，顾念发病了。”

一句话，让季扬的眸子里迅速蹿起一抹担心，他扣住苏珊的手腕，声音不觉变得严肃冰冷：“她现在情况怎么样？有没有伤害自己？有没有人陪在她身边盯紧她？”

苏珊的手腕被季扬攥得生疼，余光却还是继续落在一旁的傅景深身上。

男人高大的身体僵直着，浑身却透着无奈和懊恼。

大抵，这么骄傲的人，忽然流露出这般表情，也会让人诧异吧？

“她的情绪暂时稳定下来了，具体情况，得醒来之后再观察。原先她醒来的时候一直是你陪着的，所以这次我特地让傅先生把你找来。”

顿了顿，苏珊继续开口道：“而且，也是你一直支付顾念的诊疗费用，所以关于她的病情，我想我得跟你汇报。傅先生想了解顾念的病情，但是没有你的许可，我也不方便说。”

苏珊言辞干练，大概将自己要说的全数说完了，重新坐在了沙发上。

季扬抿起薄唇，听闻苏珊的话，看向一旁的傅景深。

傅景深能够冷静到现在，看样子是被顾念的病情冲击到了。

季扬缓缓开口："其实，我想告诉你很久了，只是她瞒着，让我不要说。"

傅景深深邃的黑眸一眨不眨地看向眼前的季扬，薄唇抿起，沙哑着嗓子，缓缓开口道："当初她离开我，也是因为这个病吗？"

"不错。"

季扬坐在沙发上，抿唇道："很意外是吗？当初我也和你一样。我想，你应该也能猜到，念念会有这类反应，抗拒男人的靠近，应该是和受过男人侵犯有关。"季扬嗓子有些哽咽，并不想提自己最心爱的女人受过的伤害，"但是，她什么都没有跟我说，只是当初找到我说想离开k市，离开你，询问我要怎么办才好。"

季扬嘴角勾起一抹淡淡的嘲讽："我明明知道我是个借口罢了，还是主动提出让她以我的名义和你摊牌。不过，当年具体发生的事，我并不太清楚，她的病情，是到了西雅图之后，我才慢慢发现的。"

季扬有些不是滋味，眸子里写满了心痛，整个人沉浸在荒凉之中："虽然我们俩是以恋人名义去了西雅图，事实上，我们生活中并无太多交集，她求学、住校，而我忙工作，时不时地送上关心，大多被她婉拒了。她的心思你我都明白，不想连累我也不想耽误我，有事，小丫头自己咬咬牙就扛着了。大概是去了西雅图三个月后，突然，学校给我打来电话，他们跟我说顾念可能涉嫌吸毒。"

季扬抿起薄唇，继续道："我是断然不相信她会吸毒的，事实上，那也是我第一次从其他人口中得知她的消息。一直以来，我给她打电话的时候，她都是轻描淡写地说自己很好。"

"我很快赶到学校，就看到她一个人蜷缩在辅导员的办公室角落，很无助，很瘦弱，在她身边，还有许多指指点点的女学生，包括老师。女学生我是认识的，是念念同寝室的人。"

"她瘦了很多，记得刚去西雅图的时候也有一百零几斤，我再见到她的时候，她只有八十斤左右的样子，简直是皮包骨，如果不是我深信她的人品，可能真的会相信学校方面的言辞，那就是她吸毒了，否则，我实在找不到她暴瘦的原因。"

"然后呢？"傅景深见季扬不再开口，沙哑地询问着，除了心疼还是心疼。

"然后我便向学校方面了解情况，学校的老师跟我说，顾念的室友举报顾念经常一个人将自己关在密闭的空间，例如洗手间、储藏室、衣柜等，有精神病。因为她们曾经看到过她自残——不知道你注意到没，她身上其实有很多伤，只是后来我请了全欧洲极负盛名的外科医生帮忙消去了疤痕。但有些伤，实在因为伤口太深，去不了，例如她胳膊上的。"

对于顾念胳膊上的伤，傅景深绝对是知道的。两个人第一次欢好的时候，他还询问过，结果顾念无比轻描淡写，自己还真的信了，没有深究。

傅景深比任何时候都要厌恶现在的自己，觉得自己恶心透顶。

“所以，她们就依靠这些断定顾念吸毒？”苏珊听了之后都忍不住怒了，这算是什么玩意儿？

“嗯，同寝室的只有顾念一个是华人，本来就有地域歧视。”

傅景深闻言双手握拳。

季扬缓缓地开口道：“我当然不会信她们的一面之词，当我走近念念的时候，才发现她的情况真的很严重，看人的眼神是胆怯的，甚至看我也是。如果我伸手想碰她，检查她身上的伤，她都会像是受伤的刺猬一样排斥我，眼神无助，似乎隔了很久才认出是我。景深，我也无法和你形容她当时的状态，因为，实在是太触目惊心了。”

季扬的情绪剧烈波动着，他一直隐忍着：“学校责令她退学，我问她有没有吸毒，她很是坚定地告诉我，没有吸毒。我安排医生为她抽血——你知道吗，她实在是瘦得皮包骨，甚至连抽血都费劲。”

傅景深心疼得像在滴血。

“后来血检结果出来了，她并未吸毒，学校方面碍于她室友的压力，想责令她退学。你知道吗，那个时候我很自责，因为我才知道她的室友满世界说她吸毒、有精神病，导致顾念不仅仅在寝室被孤立，在整个大学里都是被孤立的。”

季扬顿了顿，继续开口道：“我花钱解决了问题，但是顾念的情况远远超出我的预料，我跟她沟通想带她回国，或者是通知你还有顾家人，却被她拒绝了，她不想让你们担心。”

季扬缓缓抬眸，看向面前的傅景深，沙哑着嗓音道：“在她的心目中，她有不归国、不想见你的理由，最重要的是，她不想让你跟着痛苦、难受。总之，她想一力承担。没想到吧，她也惊讶到我了，我没想到她可以有担当到这个程度，毕竟，她还只是个刚上大一的孩子。”

“嗯。”傅景深嘴角勾起一抹苦涩的笑。

“血检的时候，我咨询过医生她的情况，医生说，她可能是精神方面受到了刺激。后来，我便托人找关系，找到了苏珊。接下来的事苏珊比较清楚，关于三年前到底发生了什么，她不肯说，我知道是属于她的伤疤，所以不去问，能给的，也只有陪伴。我解不开她的心结，我知道，能解开她的心结的人，只有你。”

傅景深抬眸对上季扬的眸子，大抵两个男人之间无须言语，心思是相通的，那就是都深爱着现在正躺在卧室里的那个女人……

“念念，你，你做什么，快把药放下啊！”楼上突然响起春嫂的尖叫声。

傅景深脸色一变，迅速站起身大步向着楼上冲去。

“念念，这些都是药啊，你不能吃的。”

傅景深刚到卧室，就看到顾念从浴室里把药箱抱回了卧室，然后一股脑将药箱里的药全部倒了出来，准备往嘴巴里塞。

春嫂一个劲儿地阻拦，但是毕竟是上了年纪的人，力气不如顾念。

看这个情形，顾念似乎已经吞服了几颗。

傅景深脸色一变，迅速上前扣住顾念的手腕。

“念念，不要吃！”手腕处是男人掌心的温度，此时此刻，滚烫得吓人。

顾念对上傅景深关切的黑眸，像是打了一个激灵，猛地缩回了自己的小手：“不要碰我。”

傅景深闻言脸色微微一变，自己差点又忘记了。

“好好好。”傅景深迅速站起身，和顾念保持一定的距离，见女人目光无助，此时此刻，心如刀绞。

“你告诉我，你为什么要吃药？”傅景深放柔自己的嗓音，耐着性子询问道。

顾念目光有些呆滞，反应良久之后，解释道：“我得吃，我生病了。”

见顾念目光无神，春嫂着急得眼泪都出来了：“少爷，都怪我不好，我本来是想把窗户关上的，防止念念受凉，没想到没注意她醒了把药都找来了。这可怎么办才好啊？”

傅景深对春嫂做了一个安抚的神色，随后凝视着眼前的小妮子，抿唇道：“你没有生病。”

“我有的，我有的……我好像又发病了。”顾念觉得自己意识有些混沌，很多行为是不能控制的。顾念哽咽着，小手死死地攥紧手中的药瓶，小声嘀咕，“我得吃药，否则景深哥就会知道，他不能知道的，他会疯掉的，我不能让他跟我一样啊。”

顾念的自言自语，如同一把利刃，狠狠地插入傅景深的胸口。

她现在都还在为自己考虑。

顾念颤抖着手打开药瓶，准备继续吃药。苏珊看不下去了，立刻上前弯腰道：“顾念你不乖，我都没有给你开药，你为什么要吃药？”

顾念看向眼前的苏珊，似乎在想刚刚在衣柜里陪伴自己的人是谁。

是苏珊吗？

顾念现在反应慢半拍，仔细思索了好一会儿，似乎把人给对上了。

看着小妮子眼睫毛上还有未干的泪珠，很是让人动容，傅景深的俊脸苍白得厉害。

顾念仔细想了想，轻声道：“我感觉我要发病了，所以得提前吃一点，防止被发现。”说完，顾念灿烂地笑了笑，“苏珊，你来了正好，给我治疗，给我吃药吧，无论什么样的治疗，我都能忍受的。治好了，我就可以和他在一起了。”顾念美眸清澈，宛如孩子一般心思剔透，充满了对未来的期许。

傅景深见状，心底的痛楚漫无边际地扩散开来。顾念如今所有的反应，都像是一个又一个巴掌狠狠地抽打在他的脸上。

苏珊凝视着顾念双目无神的模样，点了点头：“好，我会帮你治疗，但是你现在不需要吃药，明白了？”

“嗯嗯。”顾念很是乖巧，犹豫了片刻，把手中的药瓶给放了下来。

“念念，告诉我，你刚刚都吃了什么？”

顾念思索片刻，然后伸出葱白的手指着一堆药里面的具体几种药：“那个红色的和白色的还有蓝色的，我都吃了。”

“嗯。”苏珊快速将顾念所说的药物单独拿出来，随后轻声道，“季扬来了，让他陪你，好不好？我得去看看给你准备什么治疗方案才好。”

“嗯嗯，好。”顾念乖巧地点了点头，随后看向苏珊身后的季扬，神色一喜，抿唇道，“季扬哥，我刚刚让你去帮我找景深哥，你找到他了吗？”

这句话，在过去三年中，自己不止一次听过，顾念意识混沌的时候，就会跟自己说这句话。当女人的意识完全恢复后，就会跟自己说，不要去打扰傅景深，不要告诉他，让他担心。

季扬看了一眼视线一直紧盯顾念的傅景深，知道现在男人心里肯定不好过。他就在她面前，可是她不认识。

季扬主动上前，蹲下身子，将药盒收拾好：“嗯，我一直在找，但是你得给我点时间，可以吗？”

“嗯嗯，好，我听你的。”

苏珊见季扬安抚好了顾念的情绪，将顾念刚刚吞服的三种药物拿到一旁，仔细研究药理有没有冲突的地方。如果有的话，那么无疑就得洗胃了。

“季扬哥，我是不是又连累你了？”顾念闷闷地开口道，整个人呆呆地坐在地板上，丝毫不会觉得地板凉或是怎么样。

季扬见顾念无助得好似孩子一般，准备伸手去抱小妮子，事实上他也不能靠近她，靠近的话，她会排斥自己，加重她的病情。

“不会，但是，你知道景深的脾性的，地上凉，如果你一直坐在地上，等他来了，发现你生病了，那么到时候，你认为他会放过我吗？”

顾念似懂非懂地点了点头，听着季扬温润的话，似乎明白了他的用意：“我认为不会。”

“嗯，那你就不能害苦我了，乖乖地跟我回到床上然后把被子盖好，好不好？”

“好。”顾念站起身，额头上的红肿让人触目惊心。

季扬目光闪了闪，眼里尽是心疼。

顾念伸出手下意识地揪住季扬的衣角，季扬习惯性地被顾念这么揪住衣角，因为这样会让她有安全感。

“没事。”

“嗯。”在季扬的安抚下，顾念乖乖地点了点头。

顾念双目无神，从傅景深身侧走过的时候，选择了擦肩而过，并未再看向男人。

这般视自己如陌路，傅景深的心尖好似被针扎一般。

顾念重新坐在大床上，呆呆地看向季扬，揪住季扬的衣角不肯松手，反复确认道：

“季扬哥，你会把景深哥找来见我的，是吗？”

“嗯。”季扬温柔地将薄被盖在顾念身上，“饿了吗？要吃点东西吗？”

顾念乖乖地点了点头，春嫂见状忙开口道：“好的，念念，我熬了粥，我去给你盛。”

很快，春嫂就将盛好的粥端了上来，迟疑片刻，在傅景深的眼神授意下，把粥递给了季扬：“季扬少爷，你喂给念念喝吧。”

“嗯。”季扬将热粥接了过来，随后小心翼翼地搅拌，吹凉，“尝尝看，烫不烫。”

“嗯。”顾念小口小口喝着季扬喂的粥，樱唇抿起，“很好吃的。”

“喜欢的话，那就多吃点。”

“嗯嗯。”

傅景深就这么在一旁看着小妮子的视线里只有季扬，再无其他。

他一直安静地站在一旁，看着季扬将一整碗粥喂给顾念喝下，身板都站得僵硬了，却仿佛没有察觉一般，目光里只有顾念，再无其他。

顾念喝完粥之后，苏珊判断出刚刚顾念误食的药之间不会互相冲突，告知了季扬和傅景深，让二人微微松了口气。

傅景深迅速让春嫂将药箱，包括一些尖锐的可能会伤害到顾念的东西都收起来。

苏珊又给顾念注射了一些镇静剂，好让她休息得久一些。有的时候，思绪出现紊乱都是因为休息不够，没能静下心来好好地想一想。

“现在怎么办？”傅景深见床上的女人被注射镇静剂之后沉沉睡去，蹙眉道。

苏珊闻言抬手揉了揉眉心，轻声道：“等。等她醒来，按照我过去的经验来看，有的时候，患有精神障碍的病人，偶尔靠着发病来释放另一个自己，也就是抒发负面的情绪，等抒发完了，当然就恢复正常了。就好比正常人，受到一些刺激，也会采取睡一觉，或者是胡吃海喝进行排解，排解完了，就没事了。”

“所以，你的意思是，我们需要等她醒来之后再进行判断？”傅景深准确地分析出苏珊话语之中的潜在含义，询问道。

“不错。”苏珊继续说道，“如果她排解成功，醒来之后，就会像个没事人一样，我们只需要保护好她，让她别受到刺激，例如男性的触碰或者是侵犯即可。”

良久之后，傅景深定睛凝视着床上的女人，沙哑着声音说道：“那如果她醒来之后，还是意识不清楚呢？”

“那就得住院治疗了，药物治疗和心理治疗同时进行。抱歉，我现在手头上没有器械和材料，得带她跟我回西雅图才可以。”

“我明白了。”傅景深凝视着眼前的女人，黑眸深处翻滚着错杂的情绪。

季扬抬手拍了拍傅景深的肩膀，安抚道：“放心吧，根据过去的经验来看，她应该会没事的。”

傅景深良久之后好似才找回自己的声音，低喃道："她之前在西雅图，意识不清楚的时间大概有多久？"

"如果算上我之前没有发现的三个月，可能有半年。"

傅景深点了点头，大手攥紧。

季扬看着男人手上已经干涸的血迹，关切地问道："不需要处理一下吗？"

"不必。"傅景深想跟着顾念一起疼，他知道自己手上受的伤，和女人所受的根本毫无可比性，可是自己还是幼稚地想跟着女人一起疼，这样来缓解心底的负罪感

顾念因为被注射了镇静剂，这一觉睡得极其踏实。等她幽幽醒来的时候，已经是晚上了，巴掌大的小脸还是惨白得厉害。

春嫂一直观察着顾念的表情，见顾念还算平静，微微松了口气。只要顾念没有自我伤害的意思，那就好了。

"念念，你饿吗？想吃什么？"春嫂询问道。

"嗯，饿了，想吃春嫂做的。"顾念觉得头有些疼，感觉有些事自己想不起来了，随后轻声道，"苏珊是不是来了？"

"是啊，她早上来的。"

"那她是给我看病的吗？春嫂，我是不是发病了？我是不是又自残、意识不清了？"顾念急切地伸出手握住了春嫂的手，眼神又变得不安起来，"我白天发生什么事了？"

顾念最后一次模糊的记忆是傅景深离开，自己去追。

春嫂不知道该怎么回答，苏珊在卧室门外听得一清二楚，推门而入："顾念我得找你算账。"

苏珊？

顾念美眸一凝，就看到苏珊向自己走来，美眸娇嗔，带着几分责难的意思。

"算什么账？"顾念心底惴惴不安，生怕看到傅景深，让傅景深发现自己此时此刻的狼狈模样。

"我在顾氏等你一整天，你都不带来的，结果打了电话，问了人，才知道你在这儿，你放了我一天的鸽子，钱可得算三倍。"

顾念一怔，看样子，今天苏珊是没有给自己治疗？

"你没有治疗吗？"

"你知道的，我的时间是最为宝贵的，你耽误了我一天的时间，三倍作为我的心理安慰，不过分吧？"苏珊凝视着顾念恢复清明的美眸，暗暗松了口气。

"当然不过分。"

"这还差不多。"苏珊满意地嘴角上扬，随后轻声道，"不过啊，看在你受伤的分儿上，我就原谅你了。"

"受伤？"苏珊不说顾念还没有察觉，听到苏珊的话，似乎觉得额头疼得厉害。

“我来这儿才知道你早上在浴室里一不小心摔了头，昏迷了一整天呢。”

顾念点了点头，春嫂见机行事，赶忙说道：“是啊，念念，你有没有哪儿迷迷糊糊、脑震荡……”

“好像还可以。”顾念仔细检查了一下，除了疼之外是无边的疲惫，暂时还没有什么异常的感受，“我觉得我还好。”

“那就好，只是外伤，外伤而已。”

“嗯。”

苏珊眯了眯眼眸，顾念的病情暂时是稳定下来了，只要不刺激女人的情绪，暂时应该不会发病的。看样子自己给她注射的镇静剂还是有用的。

苏珊的视线若有若无地瞟向卧室的门口，嘴角勾了勾。

顾念在卧室里昏睡，可是把门外的两个男人都给急坏了。

事实上，两个男人明明心底紧张得都要奓毛了，却不敢推门而入，担心再刺激到顾念的情绪。

卧室门口。

傅景深听到顾念醒来之后还算平静，微微松了口气。季扬同样如此。

季扬思索片刻，抿唇道：“景深，我先回去了，念念现在应该是和过去一样，如果我留下来的话，她可能还会有所怀疑。”

“嗯，我送你。”傅景深淡淡地开口道。

“好。”

季扬向着楼下走去：“许久都没有这么心气平和地和你在一块儿了。”

“抱歉。”傅景深薄唇抿起，随后继续道，“另外，谢谢。”

季扬听着傅景深不拖泥带水、干净利落的话语，抿唇道：“不必对我说谢谢，但是，抱歉我接下了，看在念念的分儿上也会接下。”

季扬嘴角勾起一抹虚无的笑：“事实上，我帮她也是有私心的。大概爱情里，每个人都难以做到毫无私心吧。”

所以，当初选择和她一起离开，包括这些年的陪伴，也是满足自己的私心，并不是为了抢夺女人到自己身边，而是让自己的爱有所安置。

傅景深薄唇紧抿，不错，爱情当中都是有私心的，自己也是如此。

和季扬兄弟多年，自己可以让给他任何东西，唯独顾念，因为私心不允许。

“好好对她吧。”

“嗯，我知道，我会派人调查清楚，伤害她的人不配活在这个世上。”傅景深眯了眯黑眸，自己一定要查清楚，当初是谁试图伤害顾念。

“嗯。”季扬思绪有些凝重，大手落在自己的车门门把上，缓缓说道，“虽然你已经知道了，但我还是想说一声，我和她是清白的，她自始至终，心里只有你。”说完，季扬没有等傅景深有所回应，直接坐进车内，开车扬长而去。

虽然自己心里并不太好过，三年前的事总算是有所交代了。

季扬你的初心不就是看着她幸福吗?

一想到这儿，季扬薄唇缓缓地上扬，心底的苦涩却肆无忌惮地蔓延开来。

入夜，顾念安排苏珊留宿客房，陪着苏珊一块儿在楼下用餐，顺带跟苏珊简单介绍一下情况。

“这栋别墅是我和傅景深结婚的婚房，春嫂你见过了，傅景深的话，还没回来吧，他这段时间公司比较忙，一般会比较晚回来。”

“好的，那我可能得先睡了，毕竟我的作息很规律，但是，我想在国内的这段时间，应该有机会见到的。”苏珊补充道，让顾念真的误以为自己从未见过傅景深。

“嗯嗯，但是你可千万别说你是来给我看病的，可以说你的职业，然后是我的朋友，不然景深就会知道的，他很聪明的。”

看着顾念一本正经的模样，苏珊心有不忍，随后点了点头：“行了，我知道了，重色轻友的人！”

“是，他就是让人看了第一眼，就觉得好禁欲、好帅的那种人。”说到这儿，顾念忍不住吆喝道，“其实，当初是我倒追他的，追了一两年才拿下。他对我爱理不理的，我装可怜、装性感、装成熟、装无辜、装聪慧，都没用。”

顾念提及自己的伤心往事，不禁侃侃而谈。

“就在山穷水尽，我准备他再不从我就放弃时，某天他放学之后，我把他堵在校门口跟他说，‘景深哥，我有句话跟你说。你是年少的欢喜，倒过来念就是我想对你说的话。’”

苏珊抿了抿唇，试着将顾念的话反过来念——喜欢的少年是你。

还真的是好套路啊。

“其实我没想到这样有用的，没想到居然成功了，然后他就是我的人了，哈哈。”

苏珊眯了眯凤眸，随后直接开口道：“我猜，他之所以选择答应是因为你山穷水尽，准备放弃了。”

顾念闻言一怔：“什么意思？”

“傅景深的个性应该是深不可测、慢热腹黑的人，对不喜欢的女人，不会留任何机会。所以，他既然能被你死缠烂打纠缠这么久时间，一定是对你有意思的。”

似乎是这么个理儿……

“当你流露出要放弃的意思，请问，他是不是就会顺势出手呢？”

“会。”顾念突然有种豁然开朗的感觉，“苏珊，你真聪明啊。”

“这叫当局者迷！嗯，说起来你也真够傻的，干吗不装模作样早点放弃呢，他啊，肯定就会把你好好地困在身边了。”

“是，那个时候见到男色诱人，走不动路了。”

苏珊闻言轻笑出声，顾念实在是太可爱了。

傅景深坐在书房里，将两个女人的闲聊全数通过耳机听到。他并不是有意要偷听，而是在苏珊的授意下了解顾念的近况。

傅景深薄唇若有若无地勾了勾，不错，苏珊不愧是玩心理的，懂自己在想什么。自己原先不同意跟顾念在一起，一是因为小妮子的年纪对于男女之间的这回事云里雾里的，二是因为她跟人打赌，所以自己不想乘人之危。当然，他也想看看顾念能坚持多久。

她个性散漫，凡事都不会耗太多时间。所以，当她在自己身上耗了那么久，傅景深忽然觉得很幸福。

那段时间，被她喜欢着，是自己最靠近爱情的时刻。

后来，小妮子走进青春期，开始叛逆，对男女的事很懵懂。当她某一天忽然迸溅出来要放弃、歇菜的意思时，傅景深明白，自己该下手了。

遇见她之后，自己觉得最幸福的事，莫过于和她一房二人三餐四季。

顾念和苏珊吃完晚饭已经是晚上十点了，顾念听到楼下的动静，赶忙向着楼下走去，苏珊见状跟了上去。

这傅景深还真是个极致的男人啊，做戏做全套，甚至连车子的声音都弄了。

“你回来了啊？”

顾念下楼就看到傅景深颀长的身影向着自己走来，男人神色淡漠，和往常无异。

如果顾念仔细看的话就会发现，男人的黑眸深处，激荡着错杂的情绪、蚀骨的宠爱，只是被男人隐藏得很好。

“额头怎么回事？”

“这个啊，早上不小心摔了下。”顾念大致记得早上自己和傅景深在浴室似乎做过了，还有昨天晚上两个人也在一起了。她自动忽略了一些不开心的事，例如男人的强迫。“没事，就是看起来比较恐怖而已，现在已经不疼了。”

“嗯。”傅景深喉结滚动了几下，情愫开始蔓延。

苏珊下楼见状主动开口道：“你好，我是苏珊，顾念在西雅图的朋友。”

“嗯，我是她的丈夫。”傅景深淡淡地开口。

顾念闻言心里有些窃喜，夫妻床头吵架床尾和，自己和他关系好了，不似之前冷冰冰的冷战了。

“初次见面，以后请多多关照。”苏珊主动伸手和傅景深简单握了下，随后收回，“今天会在这儿留宿一晚，傅先生不介意吧？”

“当然。”

“那顾念美人，我就先去休息了。你老公回来了，我就不打扰你们俩了。”

“讨厌。”顾念小脸不争气地红了。尤其是经过刚刚苏珊的分析之后，想到傅景深曾经很早就喜欢自己、爱上自己了，她难免还是有窃喜的。

苏珊走后，只有顾念和傅景深两个人，顾念有些百无聊赖，主动岔开话题：“你还没吃饭吧？需要我帮你热一下吗？或者，如果你不嫌弃我的手艺，我给你做牛肉炒饭吧？”

傅景深看着小妮子满是期许的模样，良久之后，哑声道：“好，我和你一起。”

“嗯嗯。”

顾念从冰箱里拿出两个青椒仔细地清洗着，忽然意识到自己的长发散落在肩头，都没有扎起来，忍不住开口道：“景……不，傅先生，你可以帮我把头发扎一下吗？扎头绳在那边。”

“嗯。”傅景深抬手拿起扎头绳，有些别扭，随后小心翼翼地将女人的长发全数理到身后，恰到好处地和顾念保持了一定的距离。

男人高大的身体突然站在自己身后，有些压迫感，却也很有安全感，尤其是男人狂狷的气息扑面而来的时候，顾念感觉还是有些异样的。不过并不是很亲昵，顾念还能接受。

“好了吗？”

“嗯。”

傅景深抬手轻柔地将女人的长发扎了起来，抿唇道：“以后不要叫我傅先生了，我们俩是夫妻，我想听你叫我景深哥，或者景深。你不介意的话，叫老公都可以。”

听着傅景深的话，顾念有些蒙了。

“不是说过想要重新开始吗？”

“嗯。”顾念小脸微微一红，随后转过身，偷瞄眼前的傅景深。

“我来切吧，你去把米饭盛出来。”

“好。”顾念将手中的辣椒和刀递给傅景深，随后盛好米饭，就看到男人熟练地切好了牛肉和青椒、葱花。

“出去等我吧，我很快就好。”

顾念点了点头，嘴角扬起一抹灿烂的笑，感觉今天的傅景深真的很奇怪，好似时光回到三年前了。

一想到这儿，顾念心里暖了几分

吃完晚餐之后，傅景深回到浴室给顾念放好洗澡水：“水放好了，你先洗吧，我在书房洗，洗好了在外面等你。”

“嗯。”

顾念暗暗想，今天晚上男人有没有那方面的需求呢？自己要不要再吃一颗安眠药？

“我今天白天工作很辛苦，晚上想早点休息。”傅景深好似看懂顾念的心思一般，主动开口道。

顾念闻言暗暗地松了一口气："好，那我很快洗好。"

顾念洗澡的时候，总是觉得有些怪怪的，但又说不上来。她快速擦干头发，换了套棉质睡衣，回到了卧室。

傅景深已经躺在大床上了，顾念主动睡到另外一头："最近傅氏很忙吗？"

"嗯，大概还有一周的时间，一周后，是傅氏的年会。年会之后，就会陆续安排员工休假，准备过农历新年了。"

顾念闻言点了点头。

"顾氏呢？"

"唔，今年顾氏发展一般，而且老员工离职率太高，所以我并不打算开年会，节约成本嘛，不如折算成福利给他们过年去。"顾念实事求是地开口道，心里却在琢磨着傅氏的年度计划。每年的傅氏发展规划，可都是引领着整个k市的企业。

"年会我打算邀请爸妈一块儿出席。"傅景深喉结滚动，轻声道。

"爸妈？"

"嗯。"

顾念愣了一会儿，随后试探地开口道："你的意思是，我爸妈吗？"

"难道不是我爸妈？"

傅景深是什么意思？参加傅氏年会，那么两个人的关系可就是尽人皆知了啊！顾念忍不住咽了咽口水，摆了摆手。

如果是之前，傅景深一定认为小妮子是有意搪塞，现在，他却知道顾念一定有难言之隐："怎么？"

"我不想让他们笑话你。"顾念实事求是地开口道，"你说我爸妈去了，到时候她们会怎么说啊？肯定会说，哎呀，顾家的人混得不好了，前女婿混得还不错啊，就想来这儿蹭。还会说你是不是不记仇，怎么一点儿都不在乎，这都上门来嘲笑了啊。"

傅景深黑眸中闪过一抹暗光，视线定格在小妮子身上。温暖的灯光下，小妮子巴掌大的小脸上写满了认真，都是为自己担忧的表情。

傅景深好后悔这三年的时光没有陪伴在她身边："我从来不在乎其他人的想法，而且我也想告诉她们，你是我的妻子。"

"可是她们一定会看笑话，等着我某一天变成下堂妻的。"

傅景深见顾念还有所迟疑，凝视着女人的黑眸无限温柔："所以，难道你不该在年会上好好表现一下，狠狠地打她们的脸吗？"

似乎每个女人体内都埋藏着战斗因子，顾念也不例外。

嗯，狠狠地打脸？

是啊，那些名媛一定在想，自己回来之后想方设法嫁入豪门，傅景深记恨三年前的事，不会给自己好日子过的。但是，如果自己和傅景深的一些行为超出她们的预期，她们就被打脸了啊！

顾念可没有忘记，当初自己离开k市的时候，那些名媛的嘲讽。

顾念仔细想了想，随后小声开口道："你的意思是，我可以在宴会上秀恩爱吗？"

"当然。"傅景深看着小妮子认真思索的模样，薄唇勾起，黑眸也变得柔和起来。

"那我……可以和你做亲昵的动作吗？例如……互相喂食？"

大尺度的亲吻，短时间内顾念是可以忍受的，长时间的话，顾念就吃不消了。

傅景深心疼女人美眸之中的小心翼翼，薄唇抿起："可以……"

"那我看谁不顺眼了，可以虐她吗？"

"需要我帮你的话，直接开口……"

好吧，傅景深今天绝对是转性了。

顾念苦思冥想了好一会儿，小声嘀咕道："那我可以喝可乐吗？"

"做梦！"想都没想，傅景深直接反驳道。喝可乐一方面不太健康，另外一方面也影响顾念经期疼。她的腹痛很大一部分原因来自这些冰饮料。

好吧，刚刚她还想给傅景深好老公的人设的，没想到男人一点儿都不想抢救一下，瞬间暴露了本性。

顾念对傅景深满满的都是嫌弃，忍不住询问道："当初，你知道我因为孩子的事算计你，没有怀孕，那么我设计安萱的事，你为什么没有揭穿我？"

本来是不该提及的，但是顾念还是按捺不住心底的好奇。

傅景深闻言抿起薄唇，顾念所有的小任性是自己宠的。她的小心思，自己又怎么会不知道呢？

"因为想纵容你……"

顾念闻言心底怦然一动："爸妈说，我之前其实也没有这么任性的，都是被你惯坏的。"

"能把一个女人惯坏，这是男人的本事。"衡量一个男人的本事，就是看男人能把女人宠出一个怎样的境界。

宠女人把女人宠坏了，也算是本事吗？对于傅景深的逻辑，顾念显然是暗暗诧异的，但是不得不说，她很认同。哪一个女人不想被自己心爱的男人宠爱着啊。

傅景深见时间不早了，看到顾念还沉浸在自己的本事言论中，主动开口道："时间不早了，早点休息。"

"嗯嗯。"顾念点了点头，乖巧地闭上美眸，却忍不住偷瞄男人的俊脸。

今天的傅景深……似乎有点不一样了。

"傅……不是，景深，我们俩是不是算和好了？"

傅景深闻言看着顾念期许的模样，点了点头："嗯……"

她似乎忘记了早上自己的失态。这样也好。伤害过她的自己，傅景深也不想让顾念记得。只需要自己记得就可以了，因为他需要时刻警告自己，不得再犯。

“那晚安了。”顾念看着男人深邃的黑眸，难免心跳加速，小脸火辣辣的。

“晚安。”傅景深道了一声晚安之后，深情的黑眸一眨不眨地看向身侧的女人。哪怕自己一天一夜没睡，现在却合不上眼眸，担心一觉醒来之后，顾念就消失不见了。

傅景深嘴角勾起一抹淡淡的弧度。曾经，他认为只要彼此深爱，就可以弥补这辈子所有的缺憾，事实上却造成了很多缺憾。例如，自己和顾念分别的这三年，是自己抱憾终身的三年。她的伤害，自己无法体会。

比起当初施暴的人，傅景深更恨自己的不作为，以及自己对顾念的二次伤害。

傅景深忽然觉得余生还太短了，不足以让自己好好弥补她。

不够……不够……

远远不够！

来生也不够。

第九章
因为爱你，我放弃一切

顾念一夜好眠，精神状态也比之前好了许多，摸了摸自己的额头，已经没有那么疼了。

顾念洗漱好下楼之前仔细检查了一下自己的额头，发现红肿慢慢散了，微微松了口气。

原本顾念以为春嫂会在楼下准备好早饭，没想到今天准备早餐的居然是傅景深。

“吃好了，我送你去公司。”

顾念点了点头，她还以为男人已经去公司了。

“春嫂呢？”

“我让她先回老家休息了……”

本来春嫂昨天就不该来伺候的，主要是放心不下，又留了两天。

算起来，春嫂还来得正是时候，否则顾念身边都没有女人照顾。

傅景深见顾念情况还算稳定，而且春节期间打算陪着女人住在顾家又或者是出国游，所以便安排春嫂先离开了。

顾念点了点头，看了一眼客房的方向，打了个哈欠：“苏珊呢？”

“她早起去跑步了，等下应该就会回来。”傅景深淡淡开口道。

苏珊一直以来都有健身的习惯，生活也极其自律。

顾念美眸中闪过一抹暗光，苏珊回国的时间只有一周，昨天耽误了一天，就只有六天了。

无论如何，自己得利用起来。

“等一下不用麻烦你送我去公司了，苏珊难得来k市，我想陪着她四处转一转。”

顾念主动扬起嘴角，傅景深看着小妮子笃定的模样，眸子却暗了几分。

关于她的治疗问题，自己得和苏珊再沟通一下，确保万无一失。

“好……”

“早。”苏珊晨跑回来热情地跟顾念和傅景深打招呼，看着桌子上丰盛的早餐，勾唇道，“没想到傅先生的手艺这么好，念念，在国内的话，是不是居家男比较抢手？”

苏珊并不客气，直接坐在椅子上，欣赏着这一大桌子中餐美味。

“应该是吧，国内的女孩子现在大多不会做饭，因为都是独生子女，事实上，我没去西雅图之前也不会做。”顾念实事求是地道，看着傅景深挺拔的身形，忍不住开口道，“主要是……看男色，长得帅的，无论是自己做的东西，还是他本人，都秀色可餐。”

苏珊见顾念今天精神还算饱满，轻笑出声：“OK，明白……放心，我今天就会搬出去，不给你们俩做电灯泡……酒店我已经找好了，很靠近顾氏，所以你联系我的话，很方便。”

“嗯……”顾念点了点头，抿了抿嘴角，多少有些忧虑担心在其中。

吃完早餐之后，顾念开车带着苏珊直接到了顾氏。

到了总裁办公室，顾念歉意地开口道：“抱歉，等我半个小时，昨天没来公司，我得简单处理下公事，苏珊，你可以在休息室等我。”

“好。”

苏珊走到休息室，见顾念离开，拨通了傅景深的电话：“傅先生，顾念准备开始治疗了，你的意见是？”

傅景深作为顾念现在新的监护人，所以苏珊必须得征求男人的意见。

“你的分析是什么？”

傅景深坐在车内，视线看向眼前的顾氏大楼，事实上，自己并未去傅氏。如今他整个人的心思都在顾念身上，无法走，也走不了。所以，他一路尾随顾念的车跟到了顾氏楼下。

“之前顾念在我这儿是保守治疗，也就是说，不会回忆当初的事，慢慢淡化那件事对她的影响。但是现在，如果要治本的话，得尝试攻克当年到底发生了什么事、细节是什么等，这就是在刺激她。嗯，所以治疗有风险，我得得到你的许可之后，才能对她进行催眠。”

傅景深闻言神色冷了几分。

“顾念的意思是她想为了你，做出尝试和努力……你知道的，女人为了爱情，往往是飞蛾扑火。但是……你是一个成熟的男人，有自己的一套思维逻辑，所以我得听你的判断。”

“这件事情，我需要考虑一下。”良久之后，傅景深握住电话的大手缓缓收紧。

其他事，自己都可以短暂思考之后做出果决的判断。但是这件事涉及顾念，他就不能……他得深思熟虑，将伤害降低到最少，不能有任何风险。

苏珊听闻傅景深的话，并不意外，而是扬起嘴角：“傅先生，我忽然发现，犹豫不决、深思熟虑的男人……也很可爱，因为他的优柔寡断，是因为某个女人。OK，我先保守治疗，等你消息。”

“嗯。”傅景深挂断了电话，陷入沉思之中，对于一些催眠，傅景深是有所了解的，如果顾念中途醒来，又或者是催眠失败，无疑是痛击性质的伤害……

顾念结束手上的事，便走到休息室，看见苏珊正站在落地窗前眺望远方的风景，不禁嘴角上扬。

“我发现你每次都有这个看远方的习惯。”

“是啊，你不是长期在外的华人，不会察觉，身在一片成长的土地上，家乡却在大洋彼岸，难免会好奇，大洋彼岸，我的家乡是个什么模样。”

苏珊说完抿了抿唇：“说起来我的养父母真的是不错的人，他们从小就教育我，我来自哪儿，不能忘本，否则，我真的可能会忘记我是华人。”

顾念看着苏珊说得漫不经心，好似在说无关自己的事，心底微微一动。

“OK，顾念小姐，我们开始治疗了，也就是说，我要开始收费了。”

苏珊嘴角扬起一抹明媚的笑，将手中的计时沙漏倒放，看向顾念，低喃道：“治疗的话，得旧事重提，这一点，你能接受吗？”

顾念点了点头，这一次，自己下了很大的决心。

“OK……但是前提是会刺激你的记忆、情绪，这些你明白的，我也就不多说了。”

苏珊观察着顾念的反应，抿唇道：“告诉我……还记得，当初是谁伤害你的吗？”

这个问题，显然是需要回忆的。

苏珊呼吸一紧，越发犀利地盯着顾念，不错过她脸上的任何表情。

“记……记得。”顾念肯定地回答道，双手攥紧……

苏珊见状暗了暗美眸……

“可是……又不记得了……”

顾念嘴角勾起一抹淡淡的嘲讽：“我只能记得，是谁挖空心思要害我……当初具体施暴的是哪些人，记不清了。”

“人的记忆会被刺激的事给冲击，是很正常的现象，和病情无关，不要太担心。”

苏珊安抚着顾念的情绪，抿唇道：“那你愿意告诉我……那个人是谁吗？”

顾念差一点脱口而出，话到了嘴边，忽然哽咽了。

那个人是傅景深的亲生母亲……

不能……自己不能说！多一个人知道，傅景深就会有多一分知道的可能性。

如果男人知道了，他肯定会受不了这个打击的。傅景深是那么骄傲的一个人。

“不能……我……我不想说。”顾念脸色突然变得煞白，眼神闪躲。

苏珊见状轻声道：“OK！我忽然不想知道了。不要去想他是谁了，你先深呼吸冷静一下。”

顾念点了点头，按照苏珊的方法平复着自己的呼吸，让自己冷静下来。

苏珊美眸中闪过一抹沉思，顾念记得当初的操纵者，却忘记了具体施虐人，看样子是熟人作案。

一想到这儿，苏珊暗了暗美眸，问题比较棘手。

一般来说，熟人作案最恶心。并不是不能将他绳之以法，而是得考虑到其他人的感受。

当事人和那个熟人之间，一定关联着大量的其他人，当事人会考虑其他人的感受。这并不是白莲花行为，是人都会这般。一般来说，心理干预治疗持续的时间不会很长。

顾念恢复情绪之后，便着手公司的事忙碌着，中午的时候空出时间，陪着苏珊一块儿尝尝国内的美味。

苏珊刻意挑话题，使得顾念不回忆上午的治疗内容。

入夜，苏珊入住酒店，顾念则驱车回了南城别墅。

顾念原本以为傅景深得忙到很晚才回到家，没想到他居然已经到家了，甚至准备好了晚饭。对此，顾念很是诧异。

傅景深薄唇抿起，缓缓开口道：“洗手，吃饭。虽然没有可乐，但是今天给你做了可乐鸡翅，这已经是我能容忍的极限了。”

顾念赶忙点了点头，洗了手坐在餐桌前：“好丰盛——居然有六个菜，我们吃得完吗？”

看着眼前的麻婆豆腐、红烧狮子头、糖醋虾、可乐鸡翅、拌黄瓜和土豆丝，顾念已经食欲大开了。

“你太瘦了，得多吃点。”说完，傅景深夹了一块鸡翅放在顾念的碗里。

顾念一怔，比起刚回国的时候，其实自己胖很多了。

“好。”

“嗯，吃完饭之后会有专人送来礼服，你到时候试一下，宴会的时候穿，本来想接你去餐厅吃饭的，想了想，还是在家里吃比较健康。”顿了顿，傅景深补充道，“我也会比较放心。”

来自男人平淡无奇的话语，却透着关心，顾念甚至都觉得自己有些飘飘然了。

吃完晚餐，伴随着傅景深拨通电话没多久，就有人送来礼服。

每个工作人员手中都拿着一套礼服，排成一列，足足有十八套站在顾念面前。

傅景深眯了眯黑眸，淡淡开口道："这十八套是从大约两百多套新款礼服当中筛选出来的，担心你试两百套会累，想了下，十八套应该还可以。"

好吧，顾念嘴角挤出一丝笑。

"可是我选了一套，那剩下来的十七套怎么办？"

傅景深还未开口，一旁的女店员已经热情洋溢地开口道："傅太太，剩下来的十七套会为您保值珍藏。傅先生的眼光很好，这些都是知名设计师的作品，所以，礼服本身就是有增值空间的。"

听到"增值"两个字，顾念就放心了："那我先去试一下。"

"傅太太，我帮您。"女店员热情地上前道。

"麻烦了。"

很快，顾念就换了一套黑色的短款礼服走了出来，黑色的礼服上点缀着颗颗珍珠，黑白相映，极其典雅，落落大方。

顾念美眸中闪过一抹暗光，看着镜子里盛装的女人，觉得似乎有种丑小鸭变成白天鹅的模样。

"顾小姐，这套礼服是绸缎的材质，上面的珍珠都是深海珍珠，每颗珍珠是都很昂贵的。"店员热情地介绍道。

顾念闻言点了点头："我想我现在明白它的增值空间在哪儿了。"

这颗颗深海珍珠本身就是有增值的空间啊！话说自己穿的时候，是不是得担心珍珠会不会突然掉了？

傅景深站起身，走到顾念面前，看着女人肌肤胜雪的模样，只觉得是坠落在凡间的尤物。

她很漂亮，独特之美，全天下非她莫属。

"好看吗？"

"嗯，不错……"

傅景深深情地凝视着，让顾念小脸忍不住泛红。

"我挑的错不了。"

这算是在夸自己吗？

顾念其实心里刚刚有那么点小惊喜，因为男人难得夸自己。

"无论是人还是礼服……"

顾念："……"

这……傅景深是不是玩心理的高手啊？他的每句话，都会让自己的心好似过山车一般，忽高忽低的。

下一瞬，傅景深低沉的嗓音再度响起，顾念忽然有些忐忑。

"但是这套礼服不行，裸露的地方太多了——重新给她换一套。"

好吧……其实还可以吧？露肩的短裙，这个尺度的算是中规中矩的。

店员不敢怠慢，捂嘴偷笑道："傅太太，麻烦您跟我们进来试一下第二套。"

"好的……"

十八套礼服，顾念最终选择八套试了下，因为实在是太繁重了。

八套礼服，各有千秋，顾念最终在傅景深的帮助下选择了一套藕荷色的淡雅长裙。

的确，该遮的都遮了，重点是，气质很淡雅，清新脱俗。

不得不说，傅景深的判断力很准确。这套礼服很适合自己，顾念第一次看到自己身着这套礼服的时候，还是不由得被惊艳到了。

"这套礼服熨烫好，周六的时候送过来。"

"好的，傅先生。"店员迅速拾掇着，帮顾念把礼服换下来，然后快速离开。

换了八套礼服，顾念浑身疲乏，看向傅景深，轻声道："你的礼服呢？"

"还没选，一直在等你的礼服确定下来，到时候搭配你的来选择我的。"

这算不算是情侣装？

顾念看着店员恭敬地离开之后，忍不住开口道："景深，你觉不觉得……我们俩的关系在变近？"

"怎么？不想？"

"没……"顾念立马否认道。

"嗯，当初是你要跟我重新开始的……"言下之意，我是按照你说的在做。

傅景深控制着自己的情绪，使得自己的话语和往常无异，不冷不热，不让顾念看出异样。

"是的，那我得立志把你培养成忠犬老公啊……"顾念拍着胸脯，很是笃定地开口道。

傅景深闻言瞥了一眼小妮子，似乎看到顾念翘着尾巴的模样了，嘴角不自觉柔和了几分："德行……"

顾念看着男人依旧高冷的模样，嘴角上扬，丝毫没有被傅景深影响心情："我本来还以为这辈子就这样了，没想到，柳暗花明又一村。"

如果是之前，傅景深一定以为顾念是自言自语，随便说说。唯独现在，自己理解女人的不易、女人的挣扎。

傅景深不敢想象，如果当初顾念真的被毁了，那么以顾念的个性，肯定不会留在这个人世的。她看似什么都不在乎，事实上，却捍卫着自己的自尊和骄傲。

那个人……不仅想毁了她，还想置她于死地。所以，无论如何，傅景深都不会放过他的。

不得不说，有的时候，女人的脾性真的是靠男人养的。

原先傅景深生人勿近，顾念压根不敢上前叨扰。晚上的时候，两人各忙各的……所以男人在书房，顾念也不敢上前去打扰。

现在自从傅景深给了好脸色，虽然明面上高冷，事实上……已经暖意盎然了。

顾念晚上见傅景深在忙，主动给他冲了杯牛奶送去书房。

傅景深见到顾念手上的牛奶蹙了蹙眉，他最不喜欢奶腥味了。

“喝牛奶有助于睡眠，你最近黑眼圈比较重。”

“嗯。”傅景深虽然拧着眉，但还是端起顾念送来的牛奶喝了大半。

喝的时候，傅景深脸色微变，却很快恢复正常。

“我还放了点糖，你就当喝水好了，腥味是不是没那么重？”

“嗯。”傅景深应了声，抿了抿唇，“怎么还没睡？”

“来献殷勤，做个贤妻良母。”顾念不想打扰傅景深，连忙说道，“我先回房间休息了，你别弄太晚。”

“嗯。”

顾念见男人依旧高冷，快速将傅景深面前的牛奶杯端起，离开了书房。

顾念将牛奶杯送到了厨房，随手拿出一个新杯子准备给自己冲一杯牛奶，帮助睡眠。

她也给自己加了些糖，搅拌着确定温度差不多了，抿了一口，好咸啊……

顾念一怔，快速检查自己刚刚放进去的糖，这一看，顾念脸色一变。

是盐……

大晚上的，糖和盐都属于比较小的颗粒物，所以顾念没有仔细看……

那傅景深刚刚……

一想到这儿，顾念端起傅景深刚刚用过还没有洗的牛奶杯，尝了下杯底剩下的那么一点点液体。

好咸……比自己杯子里的还要夸张。

自己担心牛奶腥，特地给他加了好多“糖”。

顾念瞬间觉得自己蠢哭了……

一想到这儿，顾念立马倒了杯温水向着书房跑去。

“不……不好意思，我才发现我把盐当成糖了，你快喝点水，漱漱口。”

顾念巴掌大的小脸上满是歉意，傅景深看着女人着急的模样，淡淡开口道：“已经全部喝了……”

“你真是的，刚刚明明那么咸，那么难喝，你干吗全喝了？”

傅景深看着女人急切的眼神，薄唇勾了勾：“不想浪费……”

顾念听着傅景深的话，忍不住低喃道：“你应该说的，不应该喝的。还好我给自己也冲了杯，否则都不知道你喝了咸牛奶。”

傅景深看着小妮子内疚的模样：“没事……”

“嗯，以后不能这样了。”顾念抬手不确定地喝了口桌子上的水。

“这水应该是能喝的，你喝点水，缓解一下，不然喝下去多难受啊。”

“好。”傅景深伸出大手从顾念葱白的小手中接过水杯，一饮而尽。

顾念一怔，似乎……如果自己没猜错，刚刚傅景深喝水的位置就是自己喝过的地方。

傅景深这般有洁癖的男人……居然会这么做?

顾念觉得十分不可思议。

事实上，三年前，傅景深也没有少吃自己吃剩下的东西，但是刚刚也算有那么点间接交换口水的意思了。

顾念小脸忍不住泛着绯红：“我先回去了。”

“好。”傅景深其实更想把小妮子留下，抱在怀里……

顾念回到房间之后洗了个澡，有些疲乏，很快就睡着了。

傅景深回到卧室，见顾念入睡，薄唇抿起，走到阳台上，给苏珊打去了电话：“抱歉，她刚刚才睡……”

“理解。”苏珊干净利落地询问道，“晚上她的表现OK吗？”

“嗯。”

“听你这么说的话，我就放心了，上午的保守治疗，效果并不是很好。”

傅景深闻言蹙了蹙眉。

“恕我直言，傅先生，当初可能是熟人作案，因为我根据她的表现判断出来，那个主犯她认识，而且并不陌生，但是捅出主犯是谁，无疑会伤害到她关心的人，因此，念念才会藏着掖着的。”

苏珊言辞犀利，并不拐弯抹角，和傅景深这样的聪明人说话，苏珊并不打算多此一举。

“我本来想问出那个人具体是谁的，但是她情绪波动得比较厉害，我就没再继续下去了。”

“她在保护一些人。”傅景深听闻苏珊的话，准确地分析道。

苏珊点了点头，赞许道：“不错，她在保护一些人，为了保护这个人，或者是这些人，情愿自己忍下委屈，不把主犯供出来。”

傅景深握住电话，听闻苏珊的话，思绪凝重，凝视着不远处正在熟睡的小妮子，黑眸里翻滚着错杂的情绪。

念念，你到底在保护谁?

心底受了那么大的委屈，却说不出口。

熟人作案，傅景深现在想要把那个所谓的熟人千刀万剐的心都有了。

事实上，他更恨的是自己，当初没有给她足够的保护。

苏珊知道傅景深心里不太好过，抿唇道：“傅先生你的意见是什么？这背后的人，揪出来吗？”

“嗯，当然。”傅景深笃定地开口道，“任何曾经伤害过她的人，或者是试图伤害她的人，我都会让他付出惨重的代价。”

不知为何，傅景深的话让苏珊后背冷汗直冒。大致因为男人是雄狮、是猛兽吧。

苏珊已经可以预料到那个人会有多惨。

“好，既然你已经考虑好的话，那我需要准备一下，然后近期会安排催眠，就在南城别墅，到时候需要你在旁边。如果中途出现问题，我会立刻停止催眠，让念念以为她做了个噩梦，你得配合我。”

“好。”

傅景深抿起薄唇，良久之后哑声道：“苏珊，我不能失去她或者是见到她受到任何伤害，所以，麻烦你了。”

一句麻烦，苏珊暗暗猜想，大抵如傅景深这般骄傲的人，是从来不会轻易说感谢、麻烦这类的字眼的。只是这事涉及顾念，他便放下了所有的骄傲。

苏珊勾起嘴角：“我的荣幸，不过提醒一下，傅先生，尾款很重要。”

“嗯，我相信你的水平，薪资已经折算成美金，以过去十倍的价格汇到你的户头上了。”

这男人绝对是大手笔啊，财力物力惊人的男人，女人心里都会崇拜的。

“多谢了。”

“嗯。”

傅景深挂断电话，季扬曾经和他说过，苏珊的个性很好掌握。

只要和女人合作的时候，注意不拖欠任何款项，那么合作就会毫无问题。

事实上，季扬也跟他说了，苏珊的个性和顾念的脾性是相投的，所以自己可以百分之百相信她。因为苏珊不仅把顾念当成病人，也是朋友。

挂断电话之后，联想到顾念受了天大的委屈，还在选择保护一些人，傅景深忍不住攥紧拳头，心底紧绷的情绪难以抒发，良久之后，他缓缓地掏出烟准备点燃，脑海之中一闪而过的是顾念闻着烟味蹙眉的模样。

犹豫片刻，傅景深还是将烟重新放回了烟盒里。他似乎还觉得不够，将整包烟丢入了垃圾桶内。这样似乎可以了。

她并不喜欢自己吸烟，更别说自己身上的烟味了，况且，吸二手烟对于她而言也并不健康。

视线触及手指上的伤痕，已经结疤了，疼痛感比起原先好了许多，傅景深眯了眯黑眸，此时此刻自己手上的伤疤，远不如顾念心底的伤疤来得沉重。

见床上的小妮子似乎开始睡得不踏实，翻身打滚，傅景深忙推门而入，并未着急上床，而是等到身子被空调吹得暖一些了，才上床将小妮子搂入怀中。

顾念靠近傅景深的胸膛，继续熟睡。

傅景深则毫无睡意，心底充斥着心疼。

念念，你想保护的人是谁?

到底是谁?

第二天顾念醒来之后，发现傅景深的生活节奏似乎开始发生变化了，例如男人忙碌的生活节奏一下子慢了下来。

“其实春嫂不在的话，我们可以找钟点工的。”

顾念主要是担心男人太忙了，虽然看着男人一大清早穿着居家服，在厨房里沐浴阳光忙碌的模样，极其赏心悦目。

“我可以自己做。”

“嗯。”

这样身家的男人给自己做早饭，顾念心里多少有些负罪感，他手上可是几万员工跟着他吃饭啊，他却在这儿给自己做早饭吃，算不算是不务正业啊?

顾念吃完早饭之后，直接被傅景深开车送去公司。

“等一下，我跟你一起上去，我想看一下顾氏的财务报告。”顾念准备下车时，就看到驾驶座上的男人一同下车，淡淡开口道。

这听起来似乎并没有什么问题。

顾念点了点头，嘴角挤出一丝笑：“好啊，可是你不会很忙吗?需要我让莱雅送财务报告去傅氏给你过目吗？”

“不用。”傅景深直接向着顾氏大楼走去。

顾念见状赶忙屁颠屁颠跟了上去

其实把傅景深留下来让他帮自己处理顾氏的事，自己可以取取经啊。

一想到这儿，顾念暗暗窃喜，宛如偷吃糖的孩子一般。

“啊——”顾念走路没有看前方，傅景深突然停下脚步的时候，她来不及反应过来，直接头撞到男人结实的后背之上。顾念额头上的伤刚好，又觉得开始火辣辣地疼了。

傅景深转过身，见小妮子疼得不行，蹙了蹙眉，虽然表面上嫌弃，却抑制不住地心疼：“昨天把盐当成糖，今天走路不看路，顾念你怎么回事？”

顾念有些语塞，昨天确实是被傅景深抓到把柄了。事实上，就是眼神不大好，大晚上的，自己区分不出来也是很正常的。

“抱歉！”

“你是不是要让我牵着你走路？”

什么?

见男人突然说了这么一句，顾念美眸一凝，随后就看到傅景深伸出大手握住了她的小手，亲昵地十指相扣：“走吧，这样的话，就不用担心撞头或者摔倒了。”

手心是男人炙热的温度，顾念有些发蒙，傅景深主动牵自己了。

傅傲娇居然主动了！

顾念有些惊喜地哑然失笑，甚至都忘记这是顾氏楼下，人来人往了。顾念心扑通扑通跳个不停，任由傅景深牵着自己向着顾氏楼下走去。

傅景深见女人难得语塞、乖巧的模样，薄唇淡淡地勾了勾。

这个牵手的尺度，也是自己询问苏珊得出来的结论。

事实上，自己在一点一点向着顾念靠近。很慢，过程对于自己而言是煎熬的，但是自己愿意努力，为的是弥补缺失在顾念生活中的这三年时光。

顾念和傅景深一同出现在总裁办公室楼层，吸引了众人的目光，而且还是手牵着手，顾念刚刚回过神来，特地带着男人走的货运电梯，这样遇到职员的概率会低很多。

走到办公室门口，顾念小手从男人掌心中挣扎出来，主动开口道："傅先生，您先进去，我和莱雅交代一下。"

"嗯。"傅景深应了声，随后直接自顾自走进总裁办公室，丝毫不觉得陌生。

顾念见男人进了办公室，对着莱雅轻声道："准备一下最新的财务报告送过来，但是，不要太快，尽可能越慢越好，控制在今天之内交给我就行。"

"好的，顾小姐。"

"然后另外，把顾氏积压的事，无论大事小事都往我办公桌上送，我准备今天一次性搞定。"

"是。"

莱雅似乎没有摸清楚顾念葫芦里卖的是什么药，但是没敢怠慢，迅速去执行。

顾念满意地勾起嘴角，然后给苏珊打去了电话，询问女人今天是否有心理治疗。

苏珊的意思是需要等一两天，她最近得忙私事。

刚好，顾念原本还担心苏珊做心理治疗的时候会碰上傅景深。

她便让苏珊尽管去忙自己的，随后才挂断电话。

顾氏总裁办公室内，傅景深简单地翻阅了一下顾念办公桌上积压的文件，薄唇抿起。

大致都是年底的工作总结，以及来年的工作计划。这些顾念缺少实战经验，所以判断上难免会出现失误。嗯，知道女人处理这些事儿会棘手，所以自己今天来了。

"景深，我给你泡了杯咖啡。"顾念笑容甜美，随后带着几分小雀跃踱步到傅景深身侧，轻咳一声，"莱雅刚刚跟我说她手头的事比较多，所以财务报告得等到下午，那个，你可以让木凡把傅氏的事拿到这儿来做，这样比较不耽误你的时间。"

"嗯。"装作看不懂女人在想什么，傅景深直接掏出手机，拨通了木凡的电话。

"木凡，把傅氏的文件送到顾氏来，我今天在顾氏办公，另外，凡是拨打我办公室的内线，全部转到顾氏这边的总裁办公室内线上。"说完，傅景深干净利落地挂断了电话。

见状，顾念嘴角乐开了花：“那个，木凡的文件没送来，莱雅的财务报告也没有做好，反正你现在闲着也是闲着，我刚好要处理顾氏的事，帮帮忙？老公？”

小妮子突然唤了一声老公，让人措手不及，傅景深脸色微微一变。即使是见惯了大风大浪大场面，此时此刻，他还是难免会心悸不已。

见傅景深表情有些僵硬，明显是被自己吓到了，顾念咳了咳，小声道：“你当我没说。”

“再叫一遍。”傅景深的声音有些霸道，别扭甚至还带着几分羞涩。

伴随着男人笃定的语气，顾念有些迟疑，随后试探性地开口道：“老公？”

“嗯。”傅景深满意地勾起嘴角，顾念则迅速拿出积压的文件打开递给傅景深：“时间不早了，我们先做事啊。”

早知道叫老公这么有用，当初上高中的时候，那些作业题就该叫声老公让傅景深做。

事实上，顾念也觉得自己这两天胆儿变大了。果然女人的小脾气，全数是男人惯的。

所谓工作，不过是谈情说爱，顾念甚至中午的时候还午休了一会儿。

有男人陪着吃午饭，还有男人哄睡觉、帮忙处理工作，似乎日子不要太滋润啊。

顾念很贪恋，也想时间定格。

南城别墅，入夜，傅景深确认顾念在洗澡的时候拨通了苏珊的电话。

“苏珊，催眠的事准备得怎么样了？”

“明天早上？我并不想拖，毕竟我在国内只逗留一周的时间，现在只有五天了。”

“好。”挂断电话，傅景深眼神暗了暗，心底的担忧漫无边际地扩散开来。

顾念临睡之前接到了苏珊的电话，让自己明天早上在南城别墅等着她，说有事找自己谈。顾念明白多半是因为自己病情的事，所以没有回绝，应允了。

看样子，明天不能和傅景深一块儿去上班了。

想到这儿，顾念多少还是有些失落的。

第二天，顾念醒来之后，发现傅景深给自己准备了早餐。

她收到了男人发来的短信，是有事去公司了。

顾念微微松了口气，本来还想跟男人说自己留在南城别墅不去公司了，现在刚好省了和他说。

没多久，苏珊便赶到了。

“这么丰盛的早餐，有我一份？”苏珊穿着一身白色的小西装，显得极其干练。

顾念闻言勾起嘴角：“是啊，景深做的，一块儿吃。”

“景深叫得可真亲啊！这些天看起来两个人感情还不错啊。”

“嗯。”顾念小脸微微一红。

“可能是找回恋爱时候的感觉了？”顾念说完又摇了摇头，“就是感觉幸福得有点短暂，抓不住的感觉。”

“患得患失，但是别担心，这是人的正常心理，不属于心理障碍的一部分。”

苏珊洗了手之后拿起一片土司，涂抹沙拉之后咬了一口。

“放心吧，瞧着傅景深的忠犬性，他会宠爱你一生一世。”

“嗯，所以，我想让自己配得上他。”顾念勾起嘴角，拿出自己坚定的信念来。

苏珊闻言眸子暗了几分：“交给我，拿人钱财，替人消灾。”

苏珊随后将一个水晶球放置在距离顾念十厘米的地方，挑眉道：“昨天刚刚买的，瑞典的水晶球，据说是深海开采的，猜猜看，多少钱？”

水晶球被放置在桌子上，灯光折射之下，很是璀璨，小小的水晶球，完全是一个光点。

顾念并不知道，这是催眠方法当中的一种，光点刺激法。

“我看下。”

顾念准备伸手去拿来仔细研究，却被苏珊拦了下来：“别，就这么看着，你这手刚刚抓过面包再碰它，多脏啊，万一摔了怎么办？赔得起吗？”

“喊，我是赔不起，我不是有老公嘛！”

“出息了啊，但还是不行，中国不是有句古话嘛，只能远观不能亵玩焉。”

苏珊说得一本正经的，顾念扑哧笑出声：“好了好了，我看看！”

顾念仔细凝视着前方的水晶球，集中注意力之后很快就被吸引了：“其实我对水晶并不是很懂，我觉得你得找专家来判断价格。”

“仔细看，你可是豪门世家出身啊，我听说，傅景深送你水晶球也好，钻石也好，就好比送石头一样，完全不当回事的。”

“好吧，那我仔细看看。”

苏珊见顾念集中注意力凝视着水晶球几分钟之后，樱唇抿起，低喃道：“你的眼睛是不是开始变得疲惫起来？其实你已经开始睁不开眼睛了，对吗？”

苏珊循循善诱，继续开口道：“你的全身，越来越沉重，头脑也越来越模糊，你很快就要瞌睡了，睡吧没事的。相信我。”

伴随着苏珊的一句“相信我”，顾念成功地合上眼睑。

苏珊见状微微松了口气。

事实上，她做过无数催眠，但都是在病人配合的情况下进行的。这一次相当于是她趁着顾念不注意的时候把女人催眠了。

见顾念被催眠成功，苏珊拨通了傅景深的电话：“傅先生，下楼吧，她已经被我催眠了。”

“好。”事实上傅景深并未离开别墅，而是一直在书房。

他很快起身下楼，见顾念已经合上眼睑，眯了眯黑眸：“确定被催眠了吗？”

“嗯。”

苏珊迅速开口道：“好了，不耽误时间了，现在，我准备提问了，但是，我会每个问题都征求一下你的意见。”

“好。”

傅景深扶着顾念坐在沙发上，陪在女人身边，苏珊则站在顾念面前，轻声道：“是不是很久都没有好好休息过或者和别人聊过天了？”

“嗯。”顾念很是乖顺地应了声。

苏珊见状继续开口道：“其实，我一直是想帮你的，只不过帮你的话，我需要了解更多真相，你愿意把这些真相告诉我吗？”

苏珊循循善诱，被催眠的顾念显然因为这句话有些挣扎，苏珊见状继续道：“我们已经认识三年多了，你可以选择相信我，我是你唯一可以吐露真心的人。”

“嗯。”顾念成功地被苏珊安抚了情绪，乖乖地点了点头。

苏珊随即轻声道：“那么，告诉我当初那件事的具体细节可以吗？我知道这会让你比较痛苦，但这是唯一帮你的方法，我真的很想帮你。”

伴随着苏珊一句一句深入，傅景深的心几乎快要提到嗓子眼里了，黑眸紧盯着身侧小妮子的反应，生怕顾念一下子情绪变得激动起来。

良久之后，顾念缓缓地开口应答道：“好。”

傅景深和苏珊对视一眼，彼此暗暗欣喜，却也越发感觉压力巨大。

苏珊轻声道：“嗯，能不能告诉我，那件事具体发生的时间、地点和前因后果呢？”

伴随着苏珊的发问，被催眠的顾念显然陷入了回忆之中。

傅景深紧紧凝视着小妮子苍白的小脸，心几乎被揪住。

冗长的回忆后，真相缓缓道来。

“我高考之后，接到她的电话……然后，我就赴约了。”

苏珊眯了眯凤眸，显然对于这个人，顾念并不想说名字，内心的排斥让顾念称其为他。具体是男人还是女人，现在还无法判断。

“那个时候，我没有和景深哥说……”

傅景深黑眸中闪过一抹暗光，迫不及待地想知道真相。

苏珊见傅景深情绪波动，做了个手势暗示，这个时候，得让顾念一直说下去，不能让她有任何中断，否则她很有可能会从催眠中醒来，情绪波动，想要二次催眠就不太可能了。

“然后呢……”

“然后到了咖啡店，我喝了她递过来的一杯牛奶，就什么都不知道了。”

“嗯。”苏珊点了点头，详细地用笔记下了关键词。

“等我醒来的时候，我发现，我在一个很亮的环境里，可是，外面好像是黑夜……”

傅景深捕捉到了女人所说的关键词。

怪不得，上一次发病的时候，顾念会跟自己说不要亮光、天黑这类的字眼，加上女人无助的表现，所以她是强行记下了外界环境。

“我听到她说，把灯光开得再亮一点，再亮一点，否则看不清，拍不清楚……然后我才发现，周围有好多男人，他们身上有刀疤，有的袒露上身，有的在吸烟，一脸坏笑地看着我。

“他们……他们总共有六个人？不对，八个……还是十个，总之很多，一个个都是野兽，都是恶魔。”

伴随着顾念缓缓深入，小妮子的情绪也波动起来。

苏珊见状立刻柔声安抚道：“别怕，我在这儿保护你，这些事都不会再发生了。”

“嗯。”顾念点了点头，双手却还是不自觉地拧成麻花状，“她跟那些人说，要好好地对付我，千万不要客气。

“我……她丢下我一个人走了，我拼命地想要拉住她，问她为什么，却被那些男人死死地拉扯着留下来……

“我很快意识到他们要对我做什么了……他们疯狂地撕扯着我的衣服，我……我叫景深哥，我好害怕……他们打我！甚至还有人踹我，那个时候，我觉得我的骨头都是被拆开重组的，甚至连头发都不放过，他们还揪住我的头发。”

傅景深紧紧拧着眉，神色越发冷峻。

苏珊的脸色也好看不到哪儿去，她真的觉得自己是不是太残忍了，这样的画面，光是听着顾念颤抖的声音，自己都可以想象到当初有多么让人作呕了。

“他们说要毁了我，他们说景深哥也救不了我。然后……我身上的衣服被全部剥了下来，那些男人……他们摸我、抓我，甚至往我身上浇白酒。我哭得很绝望、很无助，他们却一个劲儿地笑得很开心、很开心。”

傅景深眼神锐利得几乎要杀人了，自己一定要杀了他们。

苏珊也听不下去了，看着顾念白皙的额头上那一层薄汗，知道顾念此时此刻不太好过。

“嗯，后来呢？”

傅景深迅速在手机上打字，然后给苏珊看——询问她怎么逃出来的。

他知道顾念还是清白之身，所以，想必顾念当初一定是逃出来了。

只是按照顾念的描述，对方一定是六个人以上，那么顾念如何逃脱无疑是个问题。

苏珊见状继续道：“后面是不是柳暗花明了，我知道，你最后逃出来了，不是吗？”

“不是……不是……”顾念眼中突然滑落出滚烫的泪珠，颤声道，“我……我绝望的时候，我……我也不知道我在做什么，我……”

顾念一连说了好几个我字，让苏珊和傅景深蹙眉。

苏珊迅速开口道：“别着急，我在你身边，慢慢说，不要害怕。”

口中说着安抚的话，苏珊在手机上迅速打字——结束?

这样情绪波动下去，不是个事，催眠治疗向来不是一次就可以轻而易举成功的，有的时候进行两次三次都是常有的事。

傅景深见状抿了抿唇，点了点头。

苏珊是专业的心理医生，哪怕他现在心急如焚，也必须相信她的判断力。

一切，最重要的是顾念平安无事。

“我……我不是故意的。”顾念喃喃自语，越来越激动，整个人不由自主地剧烈挣扎起来。

苏珊见状快速安抚道：“好了，不用再说了。也不需要再想了，你现在听我的就可以了。再过五分钟，我将会把你叫醒，现在，我从五数到一……”

“我真的不是故意的。”顾念情绪很不稳定，压根儿没有仔细听苏珊在说什么。

苏珊见状脸色一变，傅景深同样变了脸色。

苏珊稳定情绪，继续道：“当数到一的时候，你会完全清醒，好，我现在开始……”

“好多血……”

苏珊闻言眯了眯眼眸，暗叫不好，顾念显然是没在听自己的话啊。

“五！你开始逐渐清醒，肌肉开始变得有弹性和力量。”

顾念压根不听苏珊的话，而是继续剧烈挣扎着：“他在尖叫……”

苏珊抿了抿唇，抬起手握住顾念的手，安抚道：“四！你的头脑开始清醒了，你开始清楚地辨别各种声音。”

顾念的语气变得异常尖锐起来，表情也无比痛苦。

傅景深着急得无所适从，不知道如何是好，只是扣住她的双肩，担心她有任何可能会伤害自己的行为。

“我身上都是血，好多好多的血……”

苏珊加重了语气，蹙眉继续道：“三！你现在已经可以感知温度、意识了……”

顾念显然已经进入自己的魔咒之中，继续低喃道：“我……觉得那个时候，我什么都看不见了，我要失明了。”

“二！你更清醒了，你现在已经完全清醒了。”

“我……”

“一！醒来吧！”最后一句，苏珊加大了声音的力度，试图唤醒顾念。

“我挣扎着握住地上一把生锈的刀，刺向了那个人的胸口，啊——”顾念猛地从睡梦之中惊醒，额头上满是汗水，眼眶里还有没干的泪珠。

顾念在清醒之前的最后一句话，让苏珊和傅景深表情凝重，为之诧异，久久没有回过神来！

顾念大口大口地喘着气，迅速寻找四周自己可依靠的人，视线看向身侧的傅景深后，泪水从眼眶中溢出："景深哥……"

"嗯。"傅景深抬手将顾念紧紧地搂入怀中，神色凝重："怎么了，做噩梦了？"他试图安抚着顾念的情绪。

"这是哪儿……我在哪儿？"顾念有些混沌，喃喃自语。

傅景深见状抿唇道："傻瓜，当然在家，南城别墅……"

在傅景深的安抚下，顾念的情绪逐渐稳定下来，身子蜷缩在傅景深的怀里，瑟瑟发抖："我……"

苏珊迅速稳定了自己的情绪，随后故作担忧地开口道："顾念，你是不是故意的啊？刚刚吃饭吃得好好的，突然晕倒了，吓得我赶忙打电话把傅先生叫回来，还好，你醒了。"

苏珊这么说，顾念才发现最后的记忆停在餐桌上："我晕倒了？"

听着顾念不确定的话，傅景深主动开口道："嗯，是的，我准备带你去医院检查一下，看是不是贫血。"

傅景深抬起手，细心温柔地将她眼角的泪水擦拭干净："晕倒可不是个好事——是不是之前在浴室里摔了头，所以留下后遗症了？"

"没有……"顾念抬手揉了揉自己之前受伤的额头，随后摇头道，"我觉得我特别好……真的。"

"嗯。"傅景深故作满意放心的模样，大手却紧紧地将小妮子搂入怀中，"但是下次不许这么吓我了，知道吗？"

"嗯。"顾念闷闷地应了声，浑然不知傅景深和苏珊交换了眼色，两人神色都异常凝重。

"我觉得……我好像有点累了，想睡了。但是……你不要走好不好？"

"好。我在你身边，你想睡多久就睡多久，我不会走的。"

"嗯嗯……"有了傅景深的担保，顾念似乎一下子放下了身体的重担，靠在男人的怀里，双手揪住傅景深的衣角，死死不肯松开，无助、惶恐得好似一个孩子……

傅景深心情凝重，随着过去的真相一点一点被解剖开，才发现居然那么残忍。

她那个时候还那么小，只是个高中毕业生，被自己保护得那么好，怎么会经历过那样的事？不只是被欺骗、设计、差一点被强暴，甚至她极有可能动手杀了人。否则，傅景深也想不到顾念是如何一个人逃脱的。

顾念的情绪还有些波动，蜷缩在傅景深怀里，傅景深主动把小妮子抱在怀里，向楼上的卧室走去。

苏珊留下来收拾残局，毕竟水晶球这类敏感的东西，短期内是不能拿出来了。

到了卧室，傅景深胸前的衬衫已经湿了一大片，是被顾念的眼泪浸湿的。

傅景深神色凝重，把小妮子抱在怀里，柔声安抚着："我在这儿，安心睡吧，我哪儿都不会去。"

"嗯。"

顾念眼眶泛红，情绪莫名地低落，无助得厉害，惹得傅景深心底满是心疼和怜爱，千言万语就在唇边，此时此刻却难以说出口。

顾念被傅景深安抚着哄了一个多小时才勉强入睡。

傅景深试着将她放在床上，让她睡得更舒服些，结果刚动，顾念便开始挣扎，蹙着眉，似乎要醒的样子，傅景深当下就不再有任何动作了。

就这么抱着小妮子两个多小时，确定顾念完全熟睡了，他才小心翼翼地将顾念平放在大床上，顺带点燃了苏珊送来的有助睡眠的熏香。

顾念已经睡熟，脸上还挂着未干的泪珠，脸色苍白，看着格外惹人心疼。

傅景深就这么站在顾念面前，凝视良久才起身离开，神色骇人，气场冷峻，大手紧握成拳——他一定要让所有伤害她的人付出代价。

客厅里，见傅景深下楼，苏珊脸上泛起苦涩的笑意："抱歉，催眠似乎并没有改善她的病情，还加重了。"苏珊自责道，也在自我总结，"我作为一个心理治疗师，没有考虑到其他的刺激因素。"

苏珊一直是极其自信的人，只有这一次，嗅到了失败的滋味，重点是，可能二度伤害了顾念。

傅景深摆了摆手，薄唇抿起："和你无关，我知道你也不想的。"

傅景深现在还未完全失去理智，强迫自己冷静下来。

苏珊见男人神色凝重地坐在沙发上，抿唇道："OK，那我也不矫情了，我以后无论做什么治疗，一定将对她的伤害降到最低。"

"嗯。"傅景深蹙眉，"苏珊医生，你毕竟在这个领域是专业的，告诉我，她现在的情况怎样？"

"好，我刚刚仔细总结了一下，现在跟你讨论下。"苏珊掏出自己的手机记事本，缓缓地开口道，"我们之前以为，只需要揪出幕后的人，将那个人给办了，可能这事就算是解开了心结，但事实上似乎并不是这样。我判断，差点被强暴，可能是影响她心理的一个重要因素，最重要的不仅仅是当初那个幕后的人，还极有可能是念念动手自我防卫时错伤人……"按照顾念最后的描述，那个人应该伤势不轻。

傅景深点了点头，对苏珊的判断是赞同的。否则他找不到任何理由推断，在没有人帮助的情况下，顾念能顺利逃脱。

"说实话，我很佩服她。在那种情况下，主动防卫其实不算是简单的事，正常人可能都被吓蒙了。”

越是佩服，越是心疼，苏珊此时此刻的心也被揪着，不是滋味。

傅景深抿起薄唇，继续询问道：“按照她今天的反应来看，可以继续做催眠吗？”

“不建议，因为她的情绪波动太大了，而且，根据事后她不安的表现来看，对于外界环境持怀疑、保守态度，我想短期内做二次催眠，几乎是没希望的。”

“嗯，我也不想伤害她。”傅景深思索片刻，开口道，“那麻烦你继续为她做保守的心理疏导工作。”

“OK，这些是我应该做的，不过我留在k市的时间还有四天，这四天希望不大，但是回到西雅图之后，我会继续和她视频，保持安抚，如果想要有突破性的进展，念念不适合再作为突破口了，你得去查当年的真相。”

傅景深何尝不想去查，他已经安排人进行调查了。只是这事当事人只有顾念，其他的，他一无所知，查起来也是一件麻烦的事。不过今天顾念的反应，让他找到了新的突破口。

一想到这儿，傅景深迅速掏出手机拨通了木凡的电话。

“派人查一下三年前，6月至7月间，公安方面有没有接到一些刑事案件，例如伤者是被利刃刺穿胸口等位置。查到之后，立刻告诉我，我需要拿到那个人的全部资料，嗯……主要调查对象可以集中在地痞流氓混混之类。”

苏珊听着傅景深准确无误地找到新的突破口，满意地勾起嘴角。

不愧是傅景深，的确干练聪明，有些事，点一下就明白了。

等到傅景深挂断电话，苏珊轻声道：“事实上，因为在美国持有枪械是合法的，所以，我这些年也遇到过一些病患，因为失误伤人，或者是见到血腥的场景而心理上受到严重影响。”

说到这儿，苏珊继续开口道：“嗯……念念她有自我伤害的行为，可能也因为当初误伤人导致。尤其是在差点被强暴的情况下，有那么 个人因为自己浑身是血地躺在自己面前，生死不明，我想对于她的冲击一定非常大。傅先生，拜托你，好好照顾她。她在我心里，不仅是我的病人，还是我的朋友。”

苏珊勾唇继续道：“可能是……唯一的朋友……”自己的朋友，少得可怜。

傅景深凝视着苏珊无比真诚的眼神，良久抿起薄唇：“好，一定。”

接下来的三天，傅景深似乎变得忙碌起来。

顾念同样如此，拿到傅景深的企划书后，顾氏开会研讨过，简直是惊为天人。

原本一些动荡的股东，还在怀疑顾氏来年会不会翻身的，见顾念拿出几乎完美的企划书，纷纷赞同，对顾念佩服得五体投地。

顾念觉得自己靠着傅景深……狠狠地装了一回，也似乎有些明白，为什么傅景深会用心为自己准备这一份完美的企划书——他想让自己在顾氏不仅仅是立足，而是站稳脚跟，让顾氏的所有人臣服自己。

一个好的领导人，只有下属真正心服口服，才会有号召力。

三天的时间里，顾念继续做着康复治疗，只是相对而言偏保守，刺激性不强。

顾念的心理逐渐趋于稳定，苏珊也放了心，前往西雅图。

傅氏。

明天就是傅氏的年会，傅氏有条不紊地紧张筹备着。

总裁办公室内，木凡将年会最后的确定流程递给了傅景深："傅先生，您看看流程还有什么问题吗？另外，宾客名单在流程的最后一页。"

"嗯。"傅景深淡淡地睨了一眼，随后将流程翻阅了一遍，翻到最后一页，薄唇抿起，"帮我加两个人进来。"

"好的，您说……"

"赵萌和徐雅雅……"

赵萌和徐雅雅？木凡闻言有些诧异，这个赵萌他是知道的，赵家的大小姐。不对……准确来说是原赵家的大小姐。

赵家已经破产了，听说，这赵萌现在也没有往日的风采了，成天和三教九流的人在一块儿厮混，私生活似乎也是一团乱，毕竟过惯了有钱人的生活，只能靠着堕落来继续满足自己的私欲了。

至于徐雅雅……

木凡仔细思索了片刻，瞬间想到了。

"傅总，这个徐雅雅之前做过赵文伯的情妇，还被人捉奸在床。据说，现在好像是在建筑公司做秘书，不过说是秘书，事实上，是负责人朱总的情人，朱总也在受邀名单内，那个赵萌嘛，和商界里很多人有染，不干不净的。"

事实上，傅氏的年会是k市年度最大的聚会，凡是有些名气的人，几乎都会受邀，或者是主动参与进来。为的嘛，在傅氏面前混个脸熟，顺带也可以结识商界内的其他人。

傅景深闻言眯了眯黑眸，对于徐雅雅这样的人，他并不觉得有什么意外。

"嗯……"

"傅总，恕我直言，您为什么让这两个人参加啊？"

木凡都诧异了，这两个人，简直是挤破头来参加傅氏年会都没可能。

傅景深抬手将流程表递给木凡，淡淡地开口道："耍猴给媳妇看。"

言下之意，她们是猴子……

傅先生这句话说得好霸道啊。

木凡咽了咽口水："好的，我马上去办。"

"嗯，不要给她们错觉是刻意邀请的，顺水推舟，让她们有个来的名额，也就是说，做某些人的舞伴来出席就可以了。”

“明白，我马上去办。”

傅景深眯了眯黑眸，表情极其意味深长。

周末，东恒国际会所一楼大厅。

傅氏年会，包下了一整个大厅，奢华的水晶吊灯点缀着整个会场，极其让人惊艳震撼。

荷兰空运的鲜花装饰，众人忍不住感慨傅氏的大手笔。

毕竟……也只有傅氏的年会，可以让k市所有的名媛梦寐以求地想要出席。不仅如此，能受邀更是荣幸，众人挤破头都想来这儿一睹盛世风光。

毕竟，这已经不仅仅局限于普通的商界，娱乐界的明星大腕，包括一些政坛的权贵也会亮相……

顾念并未和傅景深一块儿出席红地毯活动，而是选择挽着顾伟和张琳一同出席。

张琳和顾伟的礼服全部是傅景深亲自准备的，相对而言偏庄重，价格更是不菲。张琳脖颈处佩戴的深海珍珠，也是傅景深送来的配饰。

张琳现在是丈母娘看女婿，越看越觉得自家的女婿实在是太贴心了。

顾念皮肤白皙，穿什么都显得娇小可人，肌肤更是如牛奶一般嫩滑，仿佛嫩得可以掐出水一般。长裙优雅，显得落落大方，挽着顾伟的胳膊出场的时候，人群之中忍不住发出惊艳之声。

小妮子模样精致，尤物一般，早已褪去了三年前的青涩。

今天来年会的不乏娱乐圈的明星大腕，事实上，对比顾念的气质，也是显得无比逊色。

当众人认出是顾念的时候，人群之中瞬间炸开了锅。

“这是顾家人啊……”

“是啊，没认错，是顾氏总裁顾伟、他夫人张琳，还有他们家的女儿……顾念。”

“顾小姐啊，这不是三年前那个……”

人群之中传来一阵了然的嘘声。

是啊，三年前高调退婚，给了傅家难堪的顾家小姐……

放弃了嫁入傅家高门的机会，甚至还和傅景深最好的朋友季家少爷季扬远走他乡，给傅家留下莫大耻辱的顾小姐，也是那个曾经被傅景深宠得无法无天的顾家小姐。

“哈哈，你说她厚颜无耻来做什么啊？”

“是啊，顾家如何上得了台面啊，不嫌丢人啊。”

“咱们啊，等着看顾家人的笑话呗。”

顾念纤细的脊背挺得笔直，嘴角勾起浅淡的弧度。

她一早就知道少不了这些闲言碎语，所以，顾念选择和顾伟、张琳一同出席，不想让他们俩一把年纪了，还独自承受言论的攻击。

张琳脸色有些发白，也好看不到哪儿去。顾伟安抚道："等一下啊，就有她们哭的时候，你又不是不清楚，景深邀请我们来的目的……"

傅景深想给顾家好名声，准确来说，是想给顾念好名声。

张琳心情有些沮丧，看向顾伟，轻声道："可是，我总觉得对不住景深，心里不是滋味，我们今天来了，他也是会被戳脊梁骨的。"

顾伟拍了拍张琳的后背，安抚着张琳的情绪。

一家三口无视流言蜚语，让众人有些来气。

"哼，嘚瑟什么啊！顾氏不是要破产了吗？顾伟来，多半是想把女儿往傅家送呗。"

"傅家是什么样的人家啊，才不会再要这种不三不四的女人呢。"

"是啊，是啊！顾氏就等着破产呗！据说现在顾家分崩离析，顾伟把顾氏交给顾念打理了。哼，一个黄毛丫头，纵使在西雅图有高学历，也还没毕业，什么玩意儿嘛！"

"对！看顾念怎么办！前些天不是勾搭上景家少爷景瑞了吗？现在是山穷水尽了，景家没人搭理，季扬不念旧情似乎准备订婚了，至于傅先生，怕是根本不会再多看她一眼。"

真的是嘴贱啊。

顾念轻抿唇瓣，嘴角勾起一抹淡淡的嘲讽。

是啊，这些人天天自己臆想，都能脑补出一部家庭伦理剧了。事实上，全是他们胡思乱想，见不得人家日子好过。

另外一边的休息室内，袁珊和傅杨已经准备好出场，听到手下人说顾家人到了，袁珊脸色一变。傅老爷子见状主动道："亲家来了，应该先请到休息室来坐坐的。"

"爸，您真打算跟顾家做亲家吗？"袁珊嗓音尖锐，让傅老爷子脸色有些难看。

"你这是怎么回事？顾念和傅景深结婚证都已经领了，他们是一家人了……"

袁珊被傅老爷子这么一声怒斥，脸色更加难看了。

傅景深眯了眯黑眸，抿唇道："妈，我和顾念是永远不会离婚的，希望你可以成全我们，不要再刁难她。我不想因为护她惹怒你。"

袁珊气不打一处来，刚想发火，却深知今天无论如何都不是好的时候。

这时，木凡推门而入："傅先生，您的外公袁朗先生来了。"

听闻袁朗到了的消息，袁珊脸色微变，带着些不自然的苍白。

傅景深闻言开口道："外婆呢？"

木凡见状赶忙说道："宁爱女士也来了。"

"嗯。"傅景深点了点头，示意自己清楚了，很快就下楼去了。

傅老爷子听说亲家公、亲家母来了，连忙站起身开口道："景深啊，我们也该露面了。"

"你别说，这亲家啊来得早不如来得巧，晚上正好和顾家一起吃个饭，你和顾念的婚事，也该告诉外公外婆了，不能厚此薄彼啊，这无论是对袁老爷子还是对顾家，都是一个交代。"

傅老爷子知道傅景深和袁朗以及宁爱关系浅淡："他们这些知识分子，都是爱你在心口难开……"

"嗯，明白了。"

傅景深点了点头，随后上前搀扶着老爷子准备进入大厅。

袁珊见状原本应该跟上，脚步却像是扎了根一般，再也动不了。

顾家人来了，袁朗和宁爱来了。

不能让他们见面。

袁珊脸色难看得厉害，强迫自己镇定下来，却还是惶惶不可终日。

那事都过去那么多年了，应该不会有人发现真相的。

傅杨以为袁珊还是不开心，连忙开口道："木已成舟，我就搞不明白了，你为什么非得和那丫头较劲，你看不出来景深喜欢她吗？爸也喜欢她。这家里能不能有几天安宁日子过了？"

这些年来她和傅杨关系不冷不热，事实上，当初的联姻，是毫无感情的。

婚后这些年，她和傅杨的脾性也是越来越不相投，她厌恶极了傅杨的固执和呆板。

袁珊良久之后才开口道："我死都不会让她进傅家的门的，绝对不可以！顾家必须得离傅家、袁家远一点才行。"

傅杨看着袁珊跌跌撞撞地离开，忍不住蹙了蹙眉。袁珊嫁给他之后飞扬跋扈惯了，真的是大小姐脾气，改都改不了，越来越过分了。

每一次大厅走进新的风云人物，人群之中都免不了一阵惊呼。

伴随着众人的视线看向会场入口，顾伟看清楚来人，立马开口道："这是袁朗和宁爱老两口啊。"

张琳迅速看去，随后道："是啊，没想到老两口一把岁数了，气质瞧着还是那么好，那么年轻有精神气。"

"说起来，当初他可是把k市从三线城市带领到直逼一线城市的水准，绝对是有能力，而且脾性也很好，生活作风更是挑不出任何毛病来。"张琳由衷地佩服袁朗。

顾伟闻言点了点头，忍不住附和道："宁爱女士也很厉害啊，k市大学法学系教授，他们俩很受人尊敬的。"

顾念听着张琳和顾伟的称赞，抿了抿唇。

那个时候，袁朗没退休之前忙得厉害，自己几乎没怎么见过。

然后退休之后，他又和妻子宁爱归隐山区了。加上傅景深入伍，自己更是没有什么机会可以见到。

总之，就是接触不多……

女孩子恋爱的时候还是很单纯的，希望和自己喜欢的男孩子在一块儿，事实上，融入对方家庭的事并没有考虑太多，所以她跟袁朗和宁爱几乎没什么交流，可能她走上前，袁朗和宁爱都不见得记得她了。

当初订婚之际，她原本是要在老两口面前好好表现一下的，结果自己却直接退婚，一走了之。

顾念还在神游，张琳欣慰的嗓音在耳边响起："念念，你可是好福气啊，嫁给傅家，这绝对是书香门第、豪门世家啊……"

"此言差矣，这傅家可是权贵……"顾伟忍不住开口，随后抿唇道，"念念，能和景深走到一块儿，是缘分……"

顾念闻言勾起嘴角。

张琳看着顾念垂下美眸的模样，咬了咬唇，还是忍不住道："其实我才不想让我女儿嫁入豪门呢，我觉得季家就不错，只是季扬和念念没缘分……嫁给权贵，其实倒不如嫁给书香世家来得生活安稳。"

顾伟听闻张琳的话，抬手拍了拍张琳的肩膀。

是啊，这傅家是权贵，但是当初他更希望自家的宝贝女儿可以嫁给旗鼓相当的季家，不想她嫁入豪门。只是事与愿违……

傅家人亲自出门迎接，傅景深颀长的身影出现在会场内时，惹得名媛尖叫声四起。

男人俊脸之上的表情淡漠如水，强大的气场让人不寒而栗，在精致的白色西装下，更显严肃。

傅景深余光看向角落处坐着的顾念，薄唇若有若无地勾了勾，神色带了不易察觉的丝丝温柔。

自己今天之所以选择白色西装，也是因为要搭配顾念身上的藕荷色礼服。

"外公、外婆，好久不见，最近身体好吗？"傅景深谦逊地跟袁朗和宁爱打着招呼。

袁朗虽然一把年纪，却极具气质，气宇轩昂，瞧着精神气十足。宁爱更是保养得极好。

袁朗和宁爱只生了一个女儿，因此只有傅景深一个外孙，说不疼爱是假的。只是有些疼爱不是放在明面儿上，是放在心底的。

说起来，傅景深的脾性可是丝毫没有遗传袁珊的飞扬跋扈、任性，而是深沉内敛、不骄不躁。这一点让袁朗和宁爱很是满意。

袁朗拄着拐棍上下打量着傅景深，见男人一切都好，缓缓开口道：“嗯，不错，别挂念，我们一切都好。”

傅老爷子则娴熟地和袁朗握手，开口道：“就不爱和你们这些文人打交道，你们说话就是让人云里雾里的，要我说啊，年纪大了，心情好，比一切都好。”

袁朗知道傅老爷子从武，不拘小节，便轻笑道：“老傅，别来无恙啊。”

“亲家，别来无恙！”傅老爷子热情地跟袁朗拥抱。

袁珊和傅杨随后姗姗来迟，见到袁朗和宁爱之后，袁珊嘴角挤出一丝笑意：“爸、妈，你们来了啊。”

傅杨也跟袁朗和宁爱打招呼，将刚刚在休息室里对袁珊的不满情绪压下。

“嗯。”袁朗淡淡地应了声，见袁珊和傅杨情况都还不错，也就放心了。

傅景深知道老爷子和袁朗岁数大了，站不了太久，连忙开口道：“先去旁边的休息区休息一下吧，晚会很快就要开始了，等到结束之后，外公外婆，我还要介绍重要的人给你们认识。”

袁朗闻言点了点头，立马开口道：“好，你安排，我们放心。”

傅老爷子难得见到袁朗，心情极好，主动抬手拍了拍袁朗的肩膀，激动道：“亲家啊，走，我有好多话想跟你说，我们聊聊去。”

“好的。”

袁珊一直惴惴不安，脸色难看，宁爱见状询问道：“怎么了？脸色不太好的样子。”

“没……没事，妈，我就是没休息好。”

“嗯，那就好。”宁爱对于自己这个宝贝女儿一直是愧疚的，所以哪怕袁珊越大越飞扬跋扈没个礼数，平日里作威作福，宁爱也都是看在过往对她的歉意上，不那么斤斤计较了，“你和傅杨陪着我和你爸一块儿坐坐吧，毕竟好久没见了。”

“好的。”袁珊点了点头，眼神却闪烁不安，视线四处寻找着顾念的身影。

没多久，顾念就收到了傅景深发来的短信：跟爸妈说一下，晚上一块儿吃饭。

顾念心里一暖，迅速回复：没事，明天的话也可以，年会结束之后有些晚，大家应该会比较累，长辈年纪也都大了。

其实顾念现在就迫不及待地想到傅景深面前。

回完短信之后，顾念抬眸看向傅景深所在的位置，不知道是不是因为心有灵犀，傅景深的视线从屏幕上离开，也看向了她所在的位置。

两个人的视线在空中交会，男人的黑眸炙热而深邃，宛如深潭一般让人情不自禁地沦陷其中。

顾念的小脸腾地红了。

明明都是夫妻了，可是她还像个恋爱中的人儿一般。

傅景深薄唇勾起，自然没有错过女人小脸上那一抹淡红。

傅景深迅速在手机上敲击，然后重新抬眸，示意顾念看短信。

手心里的手机一阵振动，顾念赶忙收回视线，视线落在手机屏幕上。

“嗯，我会看着安排的，记得吃点东西。”

顾念看着傅景深发来的短信，心头像是吃了蜜一般。

顾伟和张琳看着顾念嘴角带笑的模样，勾唇道：“怎么看着心情突然这么好？”

顾念闻言下意识地看向傅景深所在的方向，才发现傅景深已经离开，去了礼台的位置。

她心底难免有些失落，轻声道：“景深发来短信，说晚上三家一块儿吃饭，我说比较晚了，是不是太赶了，或者是不方便，他说会看时间安排的。”

顾伟听闻顾念的话，连忙开口道：“景深不会怠慢顾家的，他不怠慢顾家，就是不怠慢你啊。”

顾念点了点头，轻声道：“爸、妈，那你们以后别担心我和景深了。”

顾伟点了点头，难免还是心有担忧：“好……只是这是景深的态度，可这傅家的态度，我们还是心里忐忑啊。”

顾念美眸中闪过一抹暗光——不错，袁珊就不是个省油的灯，是横在自己和傅景深之间不可逾越的鸿沟。

距离开场还有一段时间，顾念坐得有些乏味，便起身向餐车附近走去，嘴角挂着浅淡的弧度，所到之处，几乎都有别人的议论纷纷和指指点点。

似乎……自己倒是成了这场宴会的风云人物，只不过并不是仰仗着高人气，而是声名狼藉。

“哎呀，朱总，介绍一下，这个是我的好同学，顾念呢。”

伴随着一道熟悉尖锐的女声在身后响起，顾念一怔，从托盘里端了一杯慕斯奶盖红茶握在手心，好似孩子般轻抿了口，味道确实不错。显然，突兀的女声并未太过干扰顾念。

“徐雅雅？”转过身看到眼前盛装的女人，顾念扯了扯嘴角。上一次两人见面，似乎是在地下车库？自己和景瑞去捉奸，那个时候对方狼狈不堪，不仅如此，后来更是被赵萌追着打。现在，她居然还能站在自己面前，道貌岸然地自称是高中同学？

原本徐雅雅被赵萌追着打，像是过街老鼠一般，差一点在这k市混不下去，后来赵萌自讨没趣，得罪景瑞，赵家被景家一锅端了，赵萌没什么势力了，所以徐雅雅就又嘚瑟起来。

顾念表情淡漠，带着疏离，却并未影响到徐雅雅的兴致，她反倒越来越来劲了。

“念念，这个是朱总！专门做装修装饰建材的，生意做得很大呢，我现在在朱总的公司做首席秘书哦。”

听到徐雅雅这么一说，顾念才把视线转向徐雅雅挽着的朱总身上。

瞧着男人庞大的身躯，顾念几乎隔着几米都能嗅到油腻味。明眼人都看得出来这关系不正当。

顾念嘴角勾起淡淡的弧度：“你好，朱总。”

顾念并未伸手，而是继续捧着手中的慕斯奶盖，装作并不方便的模样。

朱总色眯眯的眼神在顾念身上停留，模样精致，算是个尤物，尤其是浑身高冷的那一股劲儿，更是让男人看了之后心痒痒的。

怪不得这么个声名狼藉的女人，可以搅乱k市的一池春水，让傅景深、季扬、景瑞等人为之倾倒。

朱总忍不住咽了咽口水，身侧的徐雅雅见到男人这般模样，未免有些来气，忍不住娇嗔地掐了掐朱总肥硕的胳膊。

“对了，念念，你是跟着顾叔叔和张阿姨一块儿来的吗？”

“嗯。”

这女人戏真多，顾念想走，但徐雅雅显然不想作罢，挡在顾念面前，不让顾念走。

如果不是大庭广众之下，顾念真的想甩脸走人。

“哎呀，你可真幸福，有爸妈蹭，直接拿到傅氏的邀请函，我嘛，和朱总就得靠自己的努力进来……”

徐雅雅笑得明媚，随后故作担心地开口道：“念念，我其实挺担心你的，你看众人指指点点的，你来这儿不好过吧？对了，前些天不是还有景少陪在你身边吗？怎么，景少换新欢，把你抛弃了吗？”

顾念原本觉得这饮品味道很好喝，现在好心情全部被打扰了。

她抿了抿唇，还未开口，徐雅雅自顾自地继续道：“说起来，我真的觉得你好可怜呢，以前傅先生对你那么好，你却不知道珍惜，和季扬勾三搭四的。哎呀，如果不是顾叔叔、张阿姨，想必你连参加宴会的资格都没有吧？哪里像我，可以受邀参加。”

徐雅雅至今还沉浸在受邀参加傅氏年会的狂喜之中难以自拔。她做梦都没想到，这个殊荣能落在自己身上。原本朱总要带的女伴压根不是她，昨天她才接到通知。穿上漂亮的晚礼服，徐雅雅又沉浸在被人追捧的优越感之中。

“你今天来参加年会，事实上傅先生压根没有正眼看你……”徐雅雅忍不住捂嘴偷笑，幸灾乐祸的表情极其明显。

“好了好了，雅雅，少说两句，顾小姐还是很可爱的……”朱总作势要向顾念靠近，抬起自己的肥猪手拍拍顾念的肩膀，顾念不着痕迹地向后退了几步，保持距离。

“抱歉，我还有事，先走了。”顾念顿了顿，嘴角扬起一抹灿若星辰般明媚的笑，“对了，朱总，这么好的年会机会你怎么不带夫人来呢，带雅雅来，夫人知道吗？”

顾念说完，成功地看着朱总脸色一变，满意地勾起嘴角，端着手中的慕斯奶盖红茶，看着徐雅雅诧异心惊的模样，向着顾伟和张琳所在的位置走去。

漂亮的一击……结束战斗。

事实上，顾念还真的对这些破事不是那么感兴趣，回头要是把她逼急了，她就再让朱总的老婆来捉奸。

朱总等到顾念离开之后，面露恼意："这个臭丫头真够伶牙俐齿的，如果真告诉我那个母老虎，怎么办啊？"

徐雅雅看着朱总不安的模样，轻哼一声："好啦朱总，您就别担心了，顾念只是随便说说而已！"

"哼……但愿吧。"

徐雅雅看着朱总突然变了脸色的模样，暗暗跺脚，这个顾念，还真的是讨厌。

有一个词，叫作冤家路窄。

前脚被徐雅雅那拦路虎拦了，顾念看着自己前方穿着鹅黄色礼服的赵萌，抿了抿唇。

对方瞧着是落寞了不少，顾念也没有看到赵文伯的身影，现在的赵萌多半只能作为某人的女伴来了。

"顾念，你很得意嘛！"

顾念闻言一怔，轻声道："得意？"

赵萌对顾念满是厌恶，直接逼上前："是啊，你靠着顾家人来参加宴会，而我，靠做人女伴、出卖身体拿到了傅氏年会的邀请函，你说，我们明明是一类人，我哪里不如你了？所以你别在我面前得意。"

其实，自己只是喝了杯好喝的慕斯奶盖红茶罢了，哪儿得意了？赵萌一直是戴着有色眼镜揣测自己，这一点，顾念早已见怪不怪了。

"顾念，你知道我为什么想要来参加今年傅氏的年会吗？"见顾念表情平静，赵萌满脸阴鸷，"因为我知道你会参加，我想看到你成为全场人的笑柄，看着傅景深对你的态度是如何冷漠。"

顾念嘴角勾起一抹淡淡的嘲讽，点了点头："嗯，今天冷嘲热讽确实不少，不过你已经看得差不多了，现在满意了吧？"顿了顿，顾念轻声道，"满意的话，那么我就先走了……"

"你……"

相比较赵萌的暴跳如雷，顾念却极其云淡风轻。

"顾念，你早已不可能再有三年前的风光了，没有傅景深的宠爱，你什么都不是！"

赵萌气急败坏地在顾念身后怒吼道。

顾念闻言眼神暗了几分，如果说有了傅景深的宠爱呢？自己会有三年前的无限风光吗？又或者是……有过之而无不及？

宴会在晚上八点正式拉开帷幕。

顾念简单地扫了一眼来参加傅氏年会的人，果然，都是重量级的。傅老爷子、景老爷子、袁朗坐在上位，顾伟和张琳同样被安排在极其靠前的位置，顾念找了一圈自己的位置，才发现她不和顾伟、张琳在一块儿。

会场的灯光已经暗下来，将亮光聚集在舞台之上。

黑暗中，顾念察觉到男人的大手握住自己的手心，随后自己整个人被男人牵着向前走去。顾念一怔，并未挣扎，熟悉的气息告诉她是傅景深。

傅景深带着顾念走到舞台前方，顾念这才发现自己的位置被安排在傅景深身侧。

顾念抿了抿唇，此时此刻众人的注意力都集中在舞台上，所以并未察觉到台下她和傅景深的动作。等到全场灯光一亮，她岂不是就暴露了？

顾念一想到这儿难免有些惴惴不安。

主持人是娱乐圈里出了名的名嘴，活跃气氛的本事也是一流，将傅氏年度的成果一一展示给众人，同时还热情地介绍了来参加年会的嘉宾，一方面说了傅氏的本事，另一方面强调了傅氏的人脉。

顾念心底微微一动，大抵，三年前自己也没想过，傅景深会在三年的时间里创造一个让人望而生畏的帝国吧。那个时候，自己只是单纯地希望男人可以时刻陪在自己身边做自己的景深哥。

“下面，让我们有请傅氏的掌舵者，傅先生上台发言。”

“刚刚只是说起傅氏的年度成果，事实上，傅先生可谓得奖无数啊……是国内首屈一指的青年创业家，成功跻身世界五百强，是国内富豪榜最年轻的企业家。”

“我先上去一下，等你。”

“嗯？”傅景深后面两个字比较轻，顾念没听清是“等你”，还是“等我”，点了点头，就看到傅景深站起身，向着舞台上走去。

伴随着傅景深走上舞台，灯光全数聚集在男人身上，男人气场不怒自威，宛如君主一般矜贵，伟岸的身材、精致的五官堪比明星。

顾念瞧着有些痴迷。印象中傅景深还是青涩的模样，那个宠爱着自己的少年，如今已经成为帝王一般的存在。

傅景深走上舞台之后，目光习惯性地落在了台下顾念的位置，薄唇抿起，黑眸深处翻滚着的深沉情愫，早已不能用语言来表达。

“傅先生，今年您有什么想跟大伙儿说的？大家可都知道您惜字如金啊。”主持人刚刚还耍弄嘴皮子，此时此刻在傅景深面前，还是没敢造次。

“今天，除了和大家分享傅氏本年度的全部成功之外，还有一个有关傅氏管理层变动的事项通知大家。”傅景深语气寡淡，说出来的话却力道十足，宛如在平静的湖面丢下石子。众人很是诧异，纷纷交头接耳。

管理层变动，这可是大事啊。

顾念闻言同样一怔，暗暗心惊肉跳。

傅景深淡淡地睨着台下的众人，缓缓地继续道：“其实，傅氏的法人代表并不是我。”

此话一出，全场再度哗然。

“现在，傅氏真正意义上的掌舵者，也就是法人代表，是我的妻子。”

男人的嗓音低沉而富有磁性，顾念闻言脸色直接白了。她咽了咽口水，顿时觉得自己是不是听错了。

众人也交头接耳，不仅诧异傅景深不是傅氏的掌舵者和他已经结婚的事实，更加诧异，这偌大的傅氏帝国，最后的掌舵者居然是个女性，还是个神秘的妻子。

“三年前，我以她的名义创办了这家公司，她是公司的真正法人代表，而我，充其量就是个打工的。”傅景深低沉的嗓音少有地带了几分幽默，“三年前，我一无所有，能给她的是我的全部——刚刚注册好的傅氏。”

众人听闻傅景深的话，纷纷揣测这神秘的傅家少奶奶到底是谁。

“今天，她重新回到我身边，我作为傅氏的执行官，现在诚邀我的妻子——顾念，真正的傅氏法人代表，在傅氏年会如此重要的日子，跟大家见面。”

说完，全场最为明亮的灯光聚集在舞台下顾念所在的位置上。

顾念脑袋瓜完全是空白的，根本不知道要说什么，也根本不知道要做什么，唯一能做的就是控制自己的面部表情。虽然顾念极其努力地在控制，也能想象到，此时此刻，自己一定傻傻的、呆呆的。

全场响起了激烈的讨论声。

“天哪！我没有听错吧，傅氏居然是顾念的！”

“是……是啊，三年前，傅先生就把傅氏给顾念了，太不可思议了。”

“你懂什么，这傅景深，爱得深沉。”

……

坐在观众席首位的傅老爷子看向自己身侧的袁朗，开口道：“袁老爷子，你可是养了个好外孙儿，找了个好外孙媳妇。顾念那丫头，我瞧着是真心喜欢。咱们都是半埋黄土的人了，活了这么大把岁数，看人准啊。”

袁朗闻言点了点头，看向舞台上的屏幕中顾念放大的身影，眯了眯眸子。

说起来，顾念和宁爱年轻的时候倒是有那么几分相似。

另外一边，袁珊彻底变了脸色，双手几乎要把指甲掐入手心。

他……他居然这么做！

他在逼自己，表明他非顾念不可……

舞台之上，傅景深见顾念迟迟没上台，勾起薄唇，主动向着台下走去，随后大手握住女人的小手，低喃道："傅太太，我等你很久了，你不上来，那么我只能下来请你了。"

顾念咽了咽口水，手心有些发冷，傅景深的大手却是炙热的。

顾念轻抿唇瓣，被傅景深牵着上了台，反应良久也没能回过神来。

"我……"

"什么都不用担心，有我。"傅景深低沉的嗓音在她耳边响起。

顾念闻言心底一暖，眼里激荡着错杂的情愫。

成功走到台上，顾念站在傅景深身边，再度看向台下的众人，才发现众人的视线从一开始的冷嘲热讽，到现在已经变成惊叹、羡慕嫉妒恨。尤其是赵萌和徐雅雅，甚至下巴都惊愕得要掉在地上了。至于袁珊，脸色更是难看，看向顾念的时候，眼神阴鸷得骇人。

张琳感动到落泪，倚靠在顾伟怀中。

傅老爷子、袁朗、宁爱眼眸带笑，似乎并未生气。

顾念看着众人脸上迥异的表情，终于回过神来，咬了咬唇，紧攥的小手才慢慢地松开。

主持人连忙道："傅先生和傅太太真是一对璧人，郎才女貌，今天傅先生可是给了我们巨大的惊喜。"

傅景深闻言淡淡地勾起嘴角，事实上，自己打拼三年，最享受的一刻，莫过于心爱的女人站在自己身旁，自己将这份荣耀送给她。

"傅先生，请问您当初以傅太太作为法人代表创立傅氏，有没有想过这意味着什么呢？"

"意味着，我如果和顾念离婚，那么我将净身出户，这是我对她的婚姻的保障。"

女人羡慕嫉妒恨的目光，几乎全部朝向了舞台上的顾念。

顾念红着美眸，眼泪情不自禁地在眼眶之中涌现。

这一次，无论她怎么倔强地想要把眼泪逼回去，却都无能为力。

主持人也是个男人，看到傅景深这般深情，扪心自问，自己实在是做不到，难免会有些感慨——这年头，好男人实在是太少了啊。

"原来之前我一直采访错人了啊！今天是傅氏的年会，傅太太，请问您作为傅氏真正意义的boss，此时此刻，要和大家说些什么呢？"

主持人对于三年前的事略有耳闻，大抵爱情是包容的，傅景深非她不可，否则怎么会纠缠了三年都还不离不弃呢。

听说傅景深之前和顾念可是青梅竹马，那算起来，可真的是纠缠十多年了。

主持人也非常好奇，这身材娇小的小妮子，不知道到底有什么样的魅力，可以把傅景深给牢牢抓住。

听闻主持人的话，傅景深将手中的麦克风递给顾念，大手熟练地握住了顾念未握住话筒的手。

男人的手温热有力，给了顾念强有力的安全感。

事实上，主持人开口的时候，顾念多少有些紧张，但是被傅景深这么一安抚，她的情绪瞬间就好些了。

顾念勾起嘴角，看向台下的众人，轻声道："事实上，刚刚傅先生给了我一个惊喜。我现在最大的感觉就是，有钱的感觉其实还不错。"

顾念实事求是的话让众人轻笑出声，实在是觉得她不矫情，真诚而又可爱。

顾念小脸微微一红，随后继续开口道："有钱还有个矜贵能干完美的老公，感觉也特别不错。但是我觉得我回去得和傅先生好好探讨一下，这么会哄女孩子，之前有没有前科。我需要好好查一下，如果查到的话，可能从下个月开始，我会较为严苛地控制傅先生的零用钱。"

一本正经，扮猪吃老虎，还真是深具顾念风格的发言。

傅景深抬手揉了揉顾念的发丝，习惯性的动作，却羡煞旁人："嗯，回去一定坦白交代，但是，无所畏惧，因为问心无愧。"

老公越来越撩人了怎么办？分分钟无法控制住自己啊。

顾念使出自己的洪荒之力才能勉强抑制住心底的悸动。

"唔……"

主持人咽了咽口水，这样秀恩爱，虐死单身狗啊！

毕竟是傅氏的年会，顾念前两句话和大家拉近了距离，随后美眸清澈如水，态度变得庄严而又认真，看向台下的众人："虽然今天傅先生公布傅氏的法人代表是我，但是未来傅氏的运营模式会和以往一样，希望傅氏能和在座的各位携手共进，谢谢大家。而我比起女强人，更愿意做傅景深身后的女人！"言下之意，一切照旧，顾念情愿闷声发大财，并不会干涉傅氏的事，否则难免会给大家傅氏易主的错觉。

说完，顾念主动弯腰向大家致敬，台下响起了雷鸣般的掌声

和原先不同的是，之前大家是幸灾乐祸、指指点点，现在是羡慕嫉妒恨，却不得不臣服。

没办法，谁让这女人居然一跃成为这k市最大的boss啊。

而且单单这女人在台上的三分钟，不骄不躁，时而娇嗔可人，时而一本正经，总之女人气不得，男人却也被勾得心痒痒。

顾念不善言辞，傅景深又是个寡言的人，因此，并未在台上逗留太久，便回到台下的位置，剩下的时间交给了台上的名嘴主持人。

会场的嘉宾看到傅景深和顾念一同落座，暗暗感慨自己实在是没有眼力。傅景深身旁那个独一无二的位置，自然是给极其重要的人的。

第二个流程是属于傅氏的年度汇报总结，各个部门的负责人依次上台发言。几乎每个部门都打破了去年的数据局限，不仅如此，销售数据、盈利额更是创下了历史新高，海外市场也刷新了多项数据，总之，这无疑是个丰收年。

晚上九点，晚宴正式开始，傅景深和顾念为年会的开始送上了第一支舞。

原本众人一直在揣测，今年傅景深的舞伴会是谁，到底是哪一家的名媛会有此殊荣，现在嘛，傅景深公布了傅太太的身份，那唯一的女王位置，自然是非顾念不可。

众人也只能眼巴巴地看着，无可奈何。

顾念许久都没有跳舞了，难免有些不适应，咬了咬唇，伴随着傅景深牵着自己走进舞池，渐变的水晶灯光倾泻在自己身上，一切都变得那么美好。

顾念感觉自己置身梦境之中，眼神暗了暗，小手攥紧，却被傅景深握住，然后搭在了男人的腰间。

“别担心，只要你跟着我的步伐走就好。”

顾念点了点头，伴随着音乐声响起，在男人的带领下，跟着男人移动脚步。

“你为什么不提前跟我说？”顾念看着男人放大的俊脸，忍不住开口道。

“听说女人都喜欢浪漫的男人，之前不太会，现在想为了你学着准备一些惊喜。”

顾念轻笑出声，抽着鼻子，凝视着男人：“怎么办，傅景深同志，我觉得有点飘飘然了。我有一种一直被你带着走的错觉，明明傅氏所有的都是我的，当初我回国的时候，你还跟我说，把傅氏的钱借给我。”

傅景深闻言薄唇若有若无地勾了勾，黑眸中闪过一抹幽深的暗光：“嗯，其实，现在也是。”

说完，傅景深搂着顾念纤细的腰肢，熟练地带着女人在舞池中旋转。言下之意，顾念在跟着自己的步伐迈步。

顾念脚步有些凌乱，跟不上傅景深，好几次都踩了傅景深的脚，见男人面不改色，顾念索性恶趣味地又踩了踩。

顽皮的小妮子。

傅景深黑眸中流露出宠溺的光。

顾念踩完之后自己也跟着心痛了，轻声道：“你有没有想过，你公布了婚讯，又把傅氏给了我，其他人会怎么想，他们都在等着看我的笑话，看你怎么不待见我。”

傅景深凝视着小妮子美眸之中的担忧，薄唇抿起。事实上，自己做的一切都只能算是弥补，当初是自己没有照顾好她，让她被迫离开自己三年。

傅景深喉结滚动了几下，错杂的情愫蔓延开来。为了不伤害顾念，他装不知道，将秘密封藏在心底：“我从来不在乎其他人的想法和看法，只在乎你。”

顾念因为男人的话，小手攥紧了几分，下一瞬，整个人被男人缓缓地抱入怀中，贴近男人的胸膛，近距离倾听男人的心跳声。

男人掷地有声的话语在耳边响起：“那就证明给他们看，我的选择，没有错。”

“好。”顾念点了点头，深呼吸，缓解伴随着傅景深靠近后来自身体的紧绷，缓缓地抱住男人的腰，轻声道。

傅景深察觉到顾念微微闭上眼眸，缓缓起身，和她保持一定距离，不想让小妮子身体不舒适，主动换了个话题：“对了，等一下带你去耍猴怎么样？”

“唔，要给钱吗？”

“不用。”看着顾念微微松了口气，傅景深忍不住勾唇道，“怎么，你缺钱？”

“没有，但是我老公赚来的钱，我都得省着用。”

傅景深听到小妮子的一声老公，心情难免愉悦起来：“你肆意挥霍，我其实会更有赚钱的动力，现在比较担心的是，赚太多钱，你花不完。”

傅景深说得顾念真的有些蠢蠢欲动，想要肆意挥霍。

一曲终了，在傅景深娴熟的舞技带领之下，最后，顾念在一个完美的旋转之后，落入男人的怀抱之中。

全场响起了雷鸣般的掌声。

俊男美女，郎才女貌，怎么看怎么觉得登对，尤其是傅景深看顾念的眼神，完全像是抹了蜜一般，甜得腻人。

顾念在傅景深的搀扶下，缓缓离开舞池。

有了傅景深和顾念的开舞，其他人才敢陆续走进舞池，享受宴会曼妙的时刻。

顾念则一直琢磨着男人话语之中的耍猴是什么意思。

顾念走出舞池之后立刻搜寻顾伟和张琳的身影，好不容易找到了，没想到看到扎堆的人围着顾伟和张琳套近乎。不知道这算不算是见风使舵?

现在顾家瞬间不再是那个要破产、一无所有的顾家了，而是一跃成为傅氏的亲家，不仅如此，顾伟和张琳更是傅氏最直接的法人代表父母了，所以，地位几乎不可同日而语。

顾念扯了扯嘴角，落井下石的人多，雪中送炭的人少；溜须拍马的人多，肺腑之言的人少。顾氏出事这四个月以来，自己早已把一切看得透彻明白了。

“放心吧，爸妈那边没事。”傅景深见顾念看着顾伟和张琳所在的位置，安抚着小妮子的情绪。

顾念点了点头，就看到不远处，朱总拉扯着徐雅雅向着自己和傅景深走来。朱总满是着急和殷切，徐雅雅则是不情不愿的。

耍猴?

顾念似乎一下子就明白了傅景深的用意。

她好像曾经和傅景深说过，除了不喜欢袁珊之外，也很讨厌徐雅雅和赵萌。

今儿，两个人都来了，按理说，以徐雅雅和赵萌的身份和地位，来这儿是不够格的，却破例地出现了，除非……

“朱总，你，你干吗啊，拉得人家的胳膊好痛哦。”徐雅雅佯装不舒适，事实上，她根本就不想再出现在顾念面前了，刚刚傅景深宣布的话，几乎是让她瞬间如同下了十八层地狱。

“你给我快点，害得老子得罪大人物了，你知道吗？还什么被傅景深抛弃，人家是傅太太，你懂吗？”

伴随着朱总拉扯着徐雅雅走近，两人的争执声在耳边响起。顾念美眸暗了几分，随后嘴角勾起一抹淡淡的嘲讽。她知道傅景深要让自己看耍猴，索性停下脚步，等着这两个“猴子”来。

“傅总、傅太太，晚上好。”

走近之后，朱总谄媚地跟傅景深和顾念打着招呼，脸上堆砌着笑，语气有些心虚，战战兢兢，额头上更是直冒汗。

傅景深淡淡地睨了一眼眼前的朱总，薄唇抿起，态度冷漠而疏离：“我和朱总是熟悉到可以打招呼的关系吗？”

这话说得好狠啊。

顾念勾起嘴角，看着朱总吃瘪的表情，不得不说，心情很不错。至于一旁的徐雅雅，脸色瞬间变得惨白。

刚刚她还在顾念面前冷嘲热讽，没想到短短几十分钟之内，顾念居然一跃成为傅太太了。徐雅雅至今觉得难以置信，没想到，傅景深不仅娶了她，还拿出了天价的聘礼，给了女人天大的荣耀。

徐雅雅心底更是恨得牙痒痒，凭什么，三年前，她就得到傅景深的宠爱，在学校里飞扬跋扈任性坏了。

三年前，明明是她甩了傅景深走人，偏偏傅景深还是把她当成宝，这个世界太没天理了。

朱总有些尴尬，没想到傅景深居然丝毫不给自己面子。

他咽了咽口水，索性换了巴结的对象，小心翼翼地跟傅景深身旁的顾念打招呼：“傅太太，刚刚我们还见过，多有得罪啊，您可千万别生我的气啊。”

顾念闻言扯了扯嘴角，看着朱总诚惶诚恐的模样，顺势亲昵地挽着傅景深的胳膊，娇嗔而委屈地开口道：“老公，刚刚他们俩欺负我。”

大庭广众之下这一声老公一叫，尤其是小妮子这般亲昵地挽着自己的胳膊娇嗔可爱的模样，令傅景深骨头都酥了。

“嗯？怎么欺负的？”傅景深漫不经心地问道。

顾念故作苦思冥想，看着一旁的徐雅雅极其厌恶自己的模样，嘴角上扬：“就是冷嘲热讽呗！然后这个女人还说你不爱我，你嫌弃我了。这个朱总就在一旁看笑话，嘲笑我，跟着还想动手动脚的。”顾念一股脑全给说了，事实上也并未太添油加醋，陈述事实罢了。

傅景深听闻之后俊脸变得异常冷峻，散发着慑人的寒意，让人不寒而栗。那锐利的眼神，把朱总吓得一个哆嗦，更加不安，训斥起身侧的徐雅雅来："你不是说和傅太太是同学吗？"

徐雅雅咽了咽口水，万万没想到顾念会当众撒娇。

事到如今，朱总也担心火烧到自己身上，连忙指着身侧的徐雅雅开口道："傅太太，都是这个女人，她在我面前胡言乱语，跟我没有任何关系啊。

"还有啊，也是这个女人说看到熟人了，要好好戏弄你一番的，我是被拉过来的。"

见朱总一股脑把所有责任丢给自己，徐雅雅此时此刻才知道什么叫作颜面尽失，着急地攥紧小手，也不知道该如何是好。

得罪了傅景深，后果简直不堪设想。

"嗯，是吗？"顾念点了点头，听到朱总的话，嘴角勾起一抹淡淡的嘲讽，"刚刚朱总和徐小姐那么亲昵，我还以为你们俩是情人关系呢。"

"不是不是，我怎么会看上她啊，就是普通的小秘书而已，她一个劲地往我身上黏，就是为了让别人以为她跟我关系不正常，她好作威作福。她这种货色，送上门倒贴我都不要的。"

徐雅雅闻言脸色一阵青一阵白。

顾念嘴角勾起一抹淡淡的嘲讽："是啊，傅氏这么大的年会，你不带夫人来，不带高管来，却只带了个普通的小秘书，朱总，你这是蔑视傅氏吗？"

朱总被顾念这么加重语气怒斥，吓得一个哆嗦："这个吧……"朱总绞尽脑汁，不知道该如何是好。

见状，顾念满意地勾起嘴角，随后淡淡地开口道："朱总什么话都不说，我就当你默认了啊，原来朱总真是瞧不上傅氏、蔑视傅氏啊。"

伴随着顾念的话落音，围观的人难免指指点点。

这朱总要是敢说瞧不上傅氏，无疑是冒天下之大不韪。

傅景深淡淡地睨了一眼眼前吓得哆嗦的朱总和徐雅雅，随后抿了抿唇道："暂且不说朱总对傅氏的态度，也不说徐雅雅根本没有资格来这儿，朱总，我怎么没有印象曾经邀请过你？"

朱总闻言惊异不已，赶忙从自己口袋里掏出邀请函来。

众人一直将目光聚焦在傅景深和顾念身上，听到傅景深的话，立刻忍不住上前围观。

朱总何曾见过这么大的场面，颤抖地用手擦着额头上的汗。一旁的徐雅雅恨恨地看向眼前的顾念，眸子里像是淬满了毒汁。

傅景深并未抬手从朱总手上接过所谓的邀请函，而是淡淡地睨了一眼随后抿唇道："朱总造假的水准真不怎么样。"

造假?

众人闻言立刻交头接耳。这个就有趣了。

大家都是k市有头有脸的人物，虽然说傅氏的年会机会难得，众人挤破头都想要挤进来，但是造假实在是太丢人了啊，而且还被当众戳穿。

傅景深身后的木凡赶忙上前，故作仔细地检查了一下朱总手上的请帖，随后开口道："抱歉，朱总，你手中的邀请函是假的，真正的邀请函会加印傅氏的logo。"

朱总脸色难看得厉害，恨不得找个地缝钻进去。

这明明是真的邀请函，到底是怎么回事啊？

徐雅雅也是一脸蒙，不太清楚怎么闹出假请帖的事。

这下子丢人丢大发了。

木凡恭敬地询问道："傅总，现在怎么办？"

"轰出去。另外，既然朱总瞧不上傅氏，那么都是做生意的，还请朱总换个地方发展吧，否则，难免会起冲突，那就不太好了。"傅景深语气淡淡的，面不改色。言下之意，这朱总是别想在k市混下去了。

傅景深原本也不想赶尽杀绝，只是不喜欢这朱总贪恋地看着顾念的眼神，很不喜欢，看着添堵，倒不如直接除之。

"好的。"木凡迅速招来保镖，将朱总直接架了出去，至于徐雅雅，完全没有搭理。

徐雅雅刚刚借着能来参加傅氏年会，一直挽着朱总的胳膊在人前耀武扬威的，现在朱总被轰出去了，她似乎就变成被遗弃的抹布了。

见状，徐雅雅赶忙挤出一丝笑意："傅先生您还记得我吗？我是念念的高中同学啊，你来学校的时候，见过的。刚刚朱总说的都是诽谤，都是误会，念念你知道的吧？"

傅景深看着女人谄媚的模样，眯了眯黑眸，眼神深邃，让人难以洞察男人的情绪。

他并未理会眼前的女人，木凡则直接上前开口道："徐雅雅是吗？这是夫人高中时候的寝室合照，我找出了你的照片，怎么不像？你该不会是冒充的吧？"说完，木凡将手中平板上的照片呈现在徐雅雅面前。

说是单单呈现给徐雅雅看，事实上，众人都能看到。这无疑是证明徐雅雅整容的事。

高中时候的徐雅雅和现在很不一样，当初在地下车库辨认徐雅雅的时候，顾念也用了些时间，这些年，女人没少在脸上动刀子。

"这个……这个真的就是我。"

"哦。"木凡点了点头，随后按照傅景深原先的吩咐道，"实在是很不一样。"

"我整容了，微整，真的只是微整啊。"

徐雅雅的话，让众人轻笑出声。

"这笑起来脸上都畸形了，玻尿酸打多了吧。"

“你认出来没？这个就是上次赵文伯的小情人啊，被赵文伯的女儿捉奸在床。”

“这么快就勾引上朱总了？”

“你懂什么啊，她就是混这行饭的。”

“算了算了，不认识就算了，我先走了。”

徐雅雅颜面尽失，不好意思在这儿逗留，跌跌撞撞地迅速向着大厅外跑去。只是她还没来得及跑到大厅外，就被人拦下来了。对方同样是个身形肥硕上了年纪的老女人。

“你就是老朱带来的小狐狸精吧？”

老女人身后紧跟着朱总，朱总吓得屁滚尿流，说话都不利索了：“老婆，有什么事儿回家再说。”

“真是狗改不了吃屎啊。”女人狠狠地抬手对着徐雅雅妆容精致的脸颊就是一巴掌，也没放过朱总，使劲拽着男人的耳朵就是不松开，“你个老色鬼，吃我的用我的，还敢在外面包养小狐狸精。”

又是一幕捉奸的场景，实在是狼狈啊。

傅景深满意地勾起嘴角，随后淡淡地开口道：“木凡，处理一下，给朱总夫人一个单独的空间，让她好好处理自己和朱总的家务事。如果有需要，你可以帮她请媒体。”

“好的，傅先生。”

顾念勾起嘴角，偷瞄男人高冷紧绷的俊脸，抿唇道：“如果我没有猜错的话，她应该是进不来这傅氏年会的吧？”

“嗯。”

“你故意让人家来，然后让人家变猴，你这么坏，我怎么不知道？”

“因为，我对你只有好。”

顾念听着男人磁性的声音，勾起嘴角，看着前方的赵萌，眯了眯美眸：“你既然帮忙耍了猴给我看，那我也耍给你看好了。”

“嗯？”傅景深顺着小妮子的视线看去，薄唇若有若无地勾了勾，“好，很期待。”

人群散去，顾念挽着傅景深的胳膊向着赵萌所在的位置走去，顾念娇小的身子贴在傅景深的怀里，显得格外小鸟依人。

赵萌现在心里都已经发狂发疯了。没想到顾念居然嫁给傅景深了，这狠狠地打了自己的脸。

不仅如此，顾念还有傅氏。这全天下女人想要的，她都有了。

“景深，我们可得好好感谢一下赵小姐呢，如果不是她初中激励我去追你，我们俩的姻缘还不会这么快展开。”顾念声音特地放柔，软软的，听着极其舒服。

傅景深闻言薄唇若有若无地勾起：“嗯，的确是该感谢她。”

赵萌几乎可以感觉到指甲要被自己掐断，内心忍受着巨大的煎熬，顾念看似在表扬自己，事实上，好比是一巴掌重重地甩在自己的脸上。

“顾念，你……”

“对了，赵萌，我还得感谢你，如果不是刚回国的时候你刻意刁难我，又怎么会自掘坟墓让赵氏遭殃呢？不知道这算不算是你舍己为人啊？”

赵萌的心理防线已经被击垮了：“顾念，你……我要杀了你！”

赵萌说完，直接向顾念扑去，只是她还没来得及靠近顾念，就被保安直接牵制住了。

顾念眼神暗了暗，赵萌真是蠢，否则怎么会把自己的爹给坑死了呢。

“对了，还有一件事忘记邀功了——捉奸的事我不也帮忙了嘛，你怎么就不知道感谢我呢？”

赵萌完全傻眼了，只感觉自己毫无反击就被顾念狠狠地打了脸，一个巴掌接一个巴掌。

顾念满意地看着赵萌被拖走，轻轻地抿了抿唇。

不就是装白莲花嘛，自己试着装了装就让她暴跳如雷。

简单！

围观的人不明所以，纷纷对着赵萌指指点点：“什么玩意儿嘛！”

“没想到之前傅太太还帮她捉过奸啊，还不知道感谢。”

“什么人嘛，真讨厌！”

其他人交头接耳，顾念并不在乎，主动倚靠在傅景深的怀里，挽着男人的胳膊：“怎么样，我的演技好吧？”

“还不错。”傅景深宠溺地理了理小妮子额前的碎发，黑眸浅浅眯起。

看着男人深不可测的模样，顾念忍不住开口道：“其实我很好奇，如果是你的话，会怎么对付她？”

看着顾念水汪汪的大眼睛，傅景深勾唇道：“一样，我会感谢她，感谢她让我得到你，如果不是她怂恿你，你也不会扬言要追我。以她的个性，这是对她杀伤力最大的。”

还真的是不是一家人，不进一家门。

顾念心底微微一动，就听到男人磁性的嗓音在耳边响起：“事实上，我感谢她是认真的。”

顾念因为傅景深的话，心跳如擂鼓。

说不感动是假的。

第十章
他爱她爱得深沉

晚宴时，顾念终于体会到什么叫一个天一个地。

之前众人指指点点，似乎要将她践踏在脚底一般，而现在众人又将她捧上了天。

顾念陪同傅景深与众人觥筹交错，众人一口一个傅太太，毕恭毕敬，顾念都报以浅淡的微笑，却忘不了刚刚他们一个个的态度，此时此刻脸上的谄媚与之前简直是鲜明对比。

顾念挽着傅景深的胳膊简单走了个过场，回到了双方父母和长辈这儿。一想到要见傅家人，包括傅景深的外公和外婆，顾念多少有些忐忑不安，毕竟傅景深可是把傅氏全部给自己了。顾家人自然是满心欢喜和感动，傅家的人多少心里会有些来气，毕竟傅家人之前对自己就有偏见。

见顾念有些紧张，傅景深薄唇勾了勾："不用担心，外公、外婆和妈的脾性很不一样，你会喜欢他们的。"况且顾念活泼的个性是很招人喜欢的。

顾念点了点头，事实上，袁珊的个性摆在那儿，顾念对袁朗和宁爱着实不敢抱太大希望。

可恋爱是两个人的事，婚姻是两家的事，顾念默默地告诫着自己。

为了傅景深，和袁家人打交道是在所难免的，一想到这儿，顾念便默默地为自己加油鼓气。

顾念和傅景深先与顾伟、张琳会合，随后一块儿向傅老爷子和袁老爷子所在的方向走去。

顾伟和张琳对傅景深赞不绝口。活了大半辈子，以为自己见过大风大浪了，却也没想到这女婿居然折腾出这么大的惊喜。他们原本对顾念嫁入傅家这个权贵之家是担心、不安的，现在悬着的心终于放下了。无论如何，一个女人在夫家的地位，全看丈夫是怎样的人。对傅景深，顾伟和张琳信得过。

傅老爷子和袁老爷子已经疲于应酬。这两个老爷子是k市的泰山北斗，上前献殷勤的人实在是数不胜数，根本拦不住。其实他们早就想见见顾家人了，见顾家人来，傅老爷子和袁老爷子赶忙站起身来迎接。虽然顾伟和张琳对傅老爷子和袁朗而言只是晚辈，但现在都是新时代了，哪有那么多礼数要求。

袁珊阴鸷的眸子紧盯着顾念的身影，看着顾念、傅景深、顾伟和张琳宛如一家四口的模样，她深感不安，心惊肉跳，毫无头绪。

“小顾啊，你家生了个好女儿，被我孙子看上了。”傅老爷子主动打趣道。

顾伟有些不好意思，赶忙开口道：“傅老爷子，您这是抬举我了。”

说完，顾伟和张琳主动跟袁朗和宁爱打招呼。张琳一直很崇拜他们老夫妻，所以态度特别谦逊，好似学生一般。

“宁教授，我原先还偷偷去听过您的法学课呢，受益匪浅。”张琳有些不好意思，脸上泛红，惹得袁朗和宁爱轻笑出声，这个亲家母有意思啊……

“别客气，都是一家人了，叫我们叔叔阿姨吧。”袁朗主动开口道。他对顾伟和张琳的印象还不错，毕竟见了那么多人，也大致知道人的脾性。

说起来还真是有些惋惜，三年前两个孩子订婚的时候双方本就可以见面的，只是订婚被取消了。

“好的好的……”顾伟有些局促，无所适从。

张琳红着脸，点头道：“听您的。”

袁珊在一旁紧盯着张琳，脸色煞白，双手攥紧，几乎要把手心掐破。

顾伟和张琳先跟长辈打了招呼，又看向傅杨和袁珊，准备打招呼。

傅杨见状，没给顾伟和张琳机会，主动开口道：“亲家，以后多多关照。”傅家毕竟是男方家，无论如何，也不能让女方家主动，“孩子的婚事，我们好好筹备筹备，傅家是不会让顾念委屈的。”

有了傅杨的担保，顾伟和张琳再度松了口气。从傅杨的话里他们听得出来，对方对当年的事已经不介怀了。

傅老爷子瞧着傅杨的表现，满心欢喜和欣慰。还不错，儿子算是做了点正事儿。

袁老爷子和宁爱见袁珊一直僵在原地不为所动，蹙了蹙眉，宁爱赶忙推了推袁珊：“珊珊，你还愣着做什么？亲家公和亲家母来了，快打招呼啊！顺带把婚事给订了，得给人顾家姑娘一个交代。”

袁珊被宁爱这么一推，脸色微微一变，随后嘴角挤出一丝笑意：“妈，结婚什么的，以后再说吧。”

袁珊的话不冷不热，顾伟和张琳对视一眼，显然是误会袁珊还在记恨三年前的事。

张琳并不责怪袁珊，她一直认为当初的事是顾念和顾家的责任。

“嫂子，你放心，回头我们一定好好教育念念。三年前念念太任性了，是我们没有教育好，你别再生气了，我在这儿给你赔不是了。”

张琳抬眸看向袁珊，却发现对方很是厌恶地避开了视线，根本不屑多看自己一眼。张琳有些纳闷，却隐约觉得对方的态度很熟悉，早在三年前，她就有这样的感觉，就是说不上来的感觉。可能是傅景深和顾念走到一块儿，两家人有缘分，所以自己瞧着亲家母也感觉熟悉。

傅景深见状安抚张琳道：“妈，过去的事就别再提了，当年的事我有很大的责任。”

傅景深把责任揽到了自己身上，足以见得对顾念的偏袒。

袁珊心里窝着火，有些气不打一处来：“景深，你是昏头了吧？把傅氏交出去就算了，现在还帮着她说话？”

袁珊的情绪很是激动，众人的脸色都有些难看。

张琳见状开口道：“是啊，景深，这事和你无关，是顾家的问题。你这孩子，总是护着她……”

袁朗和宁爱也是见过世面的人，瞧得出来顾家人不错，也看出傅景深是真的疼爱顾念。宁爱赶忙劝袁珊：“珊珊，好了，过去的事儿都过去了，不再提了。”说完，宁爱看向眼前的顾念，开口道，“这丫头就是顾念啊，我们还是在你小的时候有过一面之缘，没想到都这么大了，长得真标致。”

顾念抿了抿唇，攥了攥衣角，看向袁朗和宁爱，轻声道：“外公、外婆，我是顾念……你们好。”

“乖！这一次来也没有带什么见面礼，不知道会见到你……”

宁爱很是宠溺地看向顾念，尤其是小妮子低头垂眸的模样，真是温顺和优雅，有些小家碧玉的既视感。

不得不说，今天这一身藕荷色的礼服凸显了顾念的气质。

总之，宁爱看着很是喜欢：“我那边有个镯子，是我妈妈留给我的，在我这儿有些日子了，我都没舍得给珊珊，回头带来送你……”

事实上，她不是没舍得给袁珊，而是袁珊瞧不上这些。有时候宁爱也会想，是不是自己和袁朗把这个孩子给宠坏了。不过他们之所以这么宠，自然也是有原因的。

“谢谢外婆。”顾念勾起嘴角，微微松了口气。

似乎，外公外婆并没有袁珊那样难搞。她可以感受到袁珊对自己满满的恶意，但是宁爱人如其名，让人感觉很是宁静，似乎得到了爱的安抚。

这种脾性的人，居然会生出袁珊那样的人，实在是太不能理解了。如果说脾性相投，也该是自己的妈妈张琳这样温婉个性的人。

“真乖！”袁朗瞧着宁爱打心底里喜欢顾念，轻声道，“不知道你发现没有，这丫头长得倒是有几分像你年轻时的样子。”

在座的，也就袁珊和袁朗见过宁爱年轻时的模样。袁朗笃定地说完，随后看向袁珊，询问道："珊珊，你觉得呢？"

袁珊此时此刻被点名，脸色难看得厉害："我……我不觉得像啊。爸，您是年纪大了，眼睛花了吧？"袁珊嘴角挤出一丝笑意。

袁朗闻言摆了摆手："爸虽然年纪大了，但是看得错不了。这妮子真的和你妈妈年轻的时候有几分像呢。"

顾念听着袁朗笃定的话，勾了勾唇。她忽然发现，自己运气还不错。不过自己长得像张琳，那是不是说明，张琳年轻的时候瞧着也像宁爱？

傅景深看着顾念巴掌大的小脸，勾起嘴角附和道："这说明，我和外公年轻的时候眼光一样好。"

傅景深的话取悦了袁朗，他点了点头："难得看你这孩子贫嘴，难得啊。你的个性就该找个她这样脾性的女孩子。"

傅景深点了点头，恭敬地道："多谢外公。"

两家人还算是其乐融融，准确来说，是三家人。顾念一开始有些不安，被宁爱牵着手坐在她身旁，张琳陪着一块儿坐下，袁珊干巴巴地站在原地，显得很是局促，像个外人。男人们则在一块儿聊着公司的事。

傅家和袁朗并未提及傅景深将傅氏交给顾念的事，傅景深是成年人了，可以为自己所做的事负责。他乐意给自家媳妇礼物，转让自己的东西，傅家和袁朗很支持，不会有任何干预。

毕竟是亲家了，傅景深又是自己唯一的外孙，宁爱询问顾家的情况，张琳都悉数作答。

顾家也不是什么家族企业，是自己嫁给顾伟之后陪着顾伟一块儿打拼出来的。张琳顺带着还和宁爱说起顾家的事，例如顾念小时候的趣事，宁爱忍不住笑出声，没想到顾念瞧着文静，事实上还是个带刺的主儿啊。

顾念只能脸红地跟宁爱解释自己当初为什么那么做，惹得宁爱笑个不停。

"我可是要笑岔气了，景深啊，你媳妇真可爱……"

傅景深闻言勾起嘴角，坐在顾念身旁，把玩着小妮子的小手，点了点头："是有点可爱，其实也比较皮。外婆，你接触多了，就会越来越喜欢的。"

"嗯，这话我信。"宁爱点了点头，随后看向张琳，轻声询问，"对了，琳琳，你一直在说顾家的事，怎么没和我说你家里的情况啊？念念的外公外婆呢，没见你提起过啊。"

提起这个，张琳脸色有些黯淡，宁爱的话无疑戳中了她心底的痛处。只是宁爱也不是外人，所以张琳决定将过往和盘托出。

"其实……阿姨，我没有父母，我是在孤儿院长大的，后来被人领养，算起来，只有养父母吧。我十六岁的时候就从养父母家里独立出来了，半工半读，然后认识顾伟……”

张琳一带而过，并未说太多过往的事，似乎云淡风轻，却隐含诸多辛酸苦楚。

事实上，这些事顾念之前也没怎么听过，因为爸妈都不会跟自己和顾城说。印象中，似乎那个传说中的养外公是个赌鬼，经常虐待妈妈。

提及往事，张琳情绪一阵低落，见众人看向自己，嘴角挤出一丝笑意：“抱歉啊，这些事似乎没什么意思，我也好久都不说了……”

宁爱听到张琳的话，连忙摆了摆手，满是歉意：“不对，琳琳，是我不好，我非得提念念外公外婆的事……”

张琳轻笑道：“主要是看到您和叔叔，太亲切了，所以就当是吐露一些心事了。”看着宁爱眼眶里包着泪水，张琳轻声道，“抱歉，让您也跟着伤感了。”

“这不是伤感的事，是有共鸣啊！说起来，当初珊珊也在孤儿院住过一阵子。”

“妈……”袁珊尖锐的嗓音响起，随后见众人看向自己，不自然地开口道，“妈，过去的事就别提了！您……您每次提起，我心里都很难过。”

宁爱见状点了点头，擦了擦眼角的泪水：“好好好，但是我还是想说两句。那个动荡的年代，珊珊刚出生，我和她父亲没有办法带着她，就把她留在老乡家里。后来我们找回去的时候，老乡家的人都在战乱中死了，我们隔了好些年，才在孤儿院里找到她。说起来，那个孤儿院的名字好像是……”

“妈，不要……不要再说了。”袁珊的情绪变得异常激动起来。

宁爱一直对此愧疚，所以不忍心继续说下去了：“好好好，我知道了，不说了，珊珊，妈妈和爸爸对不起你。”

“过去的事，以后……以后都不要再说了。”袁珊不自然地避开她的视线，眸子暗沉得厉害。

顾念并未多想，袁珊这种人一直是骄傲自负的。顾念从未想过，这个女人也曾经在孤儿院住过很长一段时间，看样子，她之所以阻拦宁爱说下去，多半是伤到她的自尊心了。

呵……但是不足以让自己原谅她。

说到在孤儿院里和亲生父母分别，自己的母亲张琳也是如此。袁珊好歹还找到了自己的亲生父母，自己的母亲却被迫跟着养父母生活，过得波折动荡，最后还得年少离开家，独自打拼。所幸，妈妈后来遇见了爸爸，也就开始新的幸福生活。对比之下，张琳个性温婉，袁珊简直是个渣。

许多年不曾提起往事，张琳的情绪难免波动，顾念主动上前抱住张琳，给女人以安抚：“妈……都过去了，您别难过了。”

“嗯，妈妈只是太开心了，今天你和景深真让妈妈开心。”张琳抽了抽鼻子，抽出纸巾擦了擦眼角的泪，顾伟见状也上前拍了拍她的肩膀。

“想哭就哭吧，好些年没看你为此哭过了，这些年我也知道你心里不好受，抱歉，是我没能力，一直没能找到岳父岳母大人……”

张琳：“……”

的确，一直和亲生父母失联也是她心头的一根刺。张琳知道顾伟懂自己，摆了摆手，小声道：“和你结婚快三十年了，我看得到你的努力。你不说，我也知道的。”

当年战争动荡，说不定他们早就在战火中去世了。总之现在都已经过去这么多年了，张琳心里虽然有念想，但也只是念想而已，不敢抱太大的希望。

“妈，您放心，我会派人找的。”傅景深抿起薄唇，笃定地开口道。

张琳闻言点了点头：“好，景深，麻烦你了啊。”

“应该的。”

袁老爷子见状也赶忙拉着傅老爷子开口道：“老傅啊，算起来，琳琳的爸妈和我们岁数差不多，回头我们俩也可以加把劲，退休之后给自己找点事儿做。”

“好好好，我同意。”

见众人都在掺和张琳寻亲的事，袁珊脸色越来越难看。

张琳感激地看向众人，随后轻声道：“多谢大家了，实在是麻烦了。”

“大家都是一家人，没有什么麻烦不麻烦的。”

顾念看到傅老爷子积极帮忙的模样，心底微微一动，大抵傅家人都是不错的。看在傅家人的面子上，自己虽然不会原谅袁珊所做的一切，但是也不想和她撕破脸，让众人难做。

盛大的傅氏年会，一直持续到晚上十一点才正式落下帷幕。顾念陪着傅景深回到南城别墅之后，累得不行，洗澡都是傅景深抱着去浴室洗的。

第二天清晨，顾念闲来无事翻看手机。无疑，昨天傅氏的年会占据了k市乃至国内财经的头版头条，毕竟声势浩大，参加的皆是权贵。不仅如此，一向深不可测的傅景深公布了新婚的事实，顺带还主动爆出傅氏内部高层的变动。

总之，无论是八卦还是社会新闻，对于公众而言，绝对是吸引人的。对此，公众大多持赞许态度。

顾念随意翻看了一下新闻下的评论，全是对传说中的傅太太羡慕嫉妒恨，都在感慨，这女人上辈子一定是拯救了全宇宙，简直是幸运到没朋友。

报纸上甚至大篇幅地刊登了她和傅景深昨天晚上共舞的照片，郎才女貌，瞧着确实不错。

顾念抿了抿唇，从未想到自己居然会碾压一线明星，登上报纸的头版头条。

手机上还有顾伟和莱雅拨打的未接来电，顾念连忙回拨过去：“爸……晚上一块儿吃饭？好啊，我知道了，我和景深说，我们俩现在在一块儿，就在傅家是吧，嗯……”

顾念简单地和顾伟说了几句挂断了电话，看向傅景深，轻声道：“爸跟我们说，晚上六点，在傅家吃饭，商量我们俩的婚事，顺带一起聚聚。”

“嗯。”

顾念继续给莱雅打了个电话。

“顾小姐，您终于打电话了。”

“嗯，公司有什么事？”

“哈哈，好消息啊——今天早上，顾氏的股票疯涨，从上班到现在，我都已经接了无数个合作电话了，都是要和顾氏合作的呢。”

是，自己和傅景深已婚的消息，外加自己又是傅氏的法人代表，那么顾氏就不再是以前濒临破产的公司，而是傅景深岳家的企业了，说白了也就是傅氏兼顾的一分子了，待遇自然不一样。

顾念思索片刻，勾起嘴角道：“好的，我知道了，你暂时把消息登记一下吧，等我明天上班处理。”

“好的，顾小姐，今天顾氏也炸开锅了呢，大家都很羡慕你，觉得傅先生帅爆了！”

顾念听着莱雅激动不已的声音，轻声道：“嗯，你和他们说好好工作，不要聊八卦，否则，我会扣工资的。”

“噗……收到，顾小姐。”

顾念挂断了电话，勾起嘴角，令她都有似乎昨天之后，自己一跃成为人上人的错觉。这一切荣誉感和自豪感都是傅景深给她的，一想到这儿，顾念心里尽是暖意。

入夜，傅景深带着顾念驱车回到了傅家。

顾伟和张琳已经到了，众人正坐在餐桌前等着傅景深和顾念。

傅景深陪着顾念入座之后，宁爱宠溺道：“念念，昨天琳琳跟我说了，顾氏幸亏有你。你从西雅图回来便接手顾氏的事，从未跟家里吐过苦水，都是报喜不报忧的。”

宁爱对顾念赞不绝口，顾念闻言谦逊地开口道：“其实都是景深在帮我，我很浑水摸鱼的。”

“你这丫头，真谦逊。”袁朗看向顾念，很是和蔼可亲。

一直以来他对傅景深的态度都是严肃的，担心不严肃的家风之下，傅景深会个性懒惰、散漫。袁朗和宁爱难得和顾念这样的女孩子打交道，情不自禁地态度也变得和蔼可亲了。因为瞧着小妮子，实在是动不了怒。

“亲家公，你这外孙媳妇不错吧？”傅老爷子笑眯眯地开口道。

“着实是不错啊。”

“行，你们在这儿多住些日子，把婚事也好好地商量一下。”

“嗯，好。”袁朗点了点头，随后轻声道，“我这两天准备和宁爱去当初珊珊待过的孤儿院再看看，年纪大了，总是想重温一下。”

傅老爷子闻言赶忙开口道："我陪你们一道？"

"不必了，我们找琳琳陪了。她知道我们有这个想法，似乎有些触景伤情，说想带点东西去孤儿院献爱心呢。"

啪——

袁珊正在吃饭的动作一僵，手中的筷子直接掉在了地上。

"妈！这个事你和爸爸怎么不事先问过我的意见，她一个外人什么时候比你们的女儿还要亲了？你们居然找她去，不来找我？"

本来是一件极其普通的事，袁朗和宁爱不知道袁珊为什么会突然动怒。

宁爱思索片刻，开口道："珊珊，你这孩子，都这么大岁数了，也是做婆婆的人了，还嫉妒呢？再者说了，你平日里最喜欢逛商场了，对于这种送温暖的事可是没什么兴趣的。而且琳琳是你的亲家母，爸妈和她多走动走动，也是帮你联络感情啊。"

"我不需要！"袁珊昨天就开始心神不宁了，只觉得天都要塌了，至于什么时候砸死自己，是未知数。很快自己就会一无所有，被顾家人全部侵占。

袁朗闻言脸色一变，袁珊毕竟是嫁给傅家多年的人，现在当着傅老爷子还有媳妇的面，这个样子实在是没办法恭维："珊珊，爸妈平时是怎么教育你的？"

"爸！"袁珊目光闪烁，神情有些慌乱，"你们非得在我伤口上撒盐是不是？当初你们抛弃我那么多年，现在找回我了，别再刺激我了好不好？"袁珊怒斥道。

每次她做错事，只要提及当年被抛弃的事，袁朗和宁爱都会心软，这一次也是如此。

袁朗心存愧疚，听闻袁珊的话，抿了抿唇，态度严肃。

宁爱见状开口道："老袁，行了，听珊珊的，不去就不去了……"

"嗯！"

顾念似乎明白袁珊脾性是怎么养成的了，仗着之前的事，每次都拿这个刺激袁朗和宁爱。

呵……真是令人作呕。

张琳从来不提这些事，她不说，爸爸知道往事后，也格外疼爱妈妈。

顾念嘴角勾起一抹嗤笑，袁珊如此发火，恐怕是因为张琳吧？她不喜欢自己，因此不喜欢顾家人，厌恶袁朗和宁爱跟张琳亲昵。女人的心，真的是自私自利得可怕。

"念念，多吃点，你这婆婆啊，被我们宠坏了。"宁爱主动开口道，顺带给顾念夹了菜。

"嗯，谢谢外婆……"

傅老爷子和傅杨脸色也好看不到哪儿去，傅杨和袁珊过日子这么多年，也真的是受够了。

至于傅老爷子，则是轻哼一声。当初是看在袁朗和宁爱的分儿上和袁家结下亲家，万万没想到，袁珊居然是这种货色，实在是让人来气不已。

第二天，傅景深亲自送顾念到了顾氏的总裁办公室，却并未离开，而是安排木凡把傅氏的事送来顾氏让自己处理。

事实上，年会之后，已经没有什么棘手的大事了，都是可以压到年后处理的琐事。

顾念有了傅景深的作陪，可以偷懒很多，不懂的问题就歪着脑袋询问坐在沙发上的男人，很快就可以得到结论。

手机响起，傅景深眯了眯黑眸，看向眼前的顾念，淡淡开口道："我去接个电话。"

"嗯。"顾念点了点头，继续翻看手中的文件。

顶楼走道。

傅景深走出走道之后接通了电话："让你调查的事怎么样了？"

"傅总，在三年前的暑假，有六个男人胸口被利刃所伤，现在这六个人的资料已经发给您了，您可以核实一下。"

"嗯，再仔细检查这六个人之前的账户汇款情况，有巨额汇款的，追究汇款来源。"

"好的。"

傅景深点了点头，随后挂断电话，眼神冷冽成冰。

他放心不下，给苏珊拨去了电话。

"傅先生，你这电话可是打得比季扬勤快多了啊！你的个性不是向来以沉稳著称吗？怎么，遇到顾念的事，就冷静不下来了？"电话那头，响起苏珊玩味的声音。

傅景深抿起薄唇，淡淡开口道："苏珊，你西雅图还有多少病人，如果方便的话，我希望可以安排他们在国内治疗，把你的工作重心转移到k市。"

苏珊点了点头，干练地开口道："我考虑一下。目前西雅图有两个病人在做治疗，念念也是我的病人，我不会放弃我的任何一个病人的。"

"嗯，麻烦了。"傅景深挂断电话重新回了办公室。

顾念刚将牛肉粒送到嘴边，就看到傅景深走进办公室，赶忙咀嚼几口咽了下去，下意识地开口道："是谁的电话啊？"

一般来说，傅景深接电话不会避开自己，今天还真是有点奇怪。

"公事。"傅景深淡淡开口道，眼中闪过一抹暗光。

顾念并未起疑，点了点头："嗯，其实没必要避开我的，我也可以偷学取取经。"

傅景深见顾念面前又摆满了零食和零食袋子，蹙了蹙眉："怎么吃了这么多？等一下午饭怎么办？"

好吧。

顾念小嘴儿塞得满满当当的，随后笑眯眯地开口道："我努力少吃点，主要是零食对女人的魅力是无可阻挡的。”

顾念一直是零食至上，算起来，这一点是从来没有变过的。

顾念嘴角上扬，偷瞄男人的俊脸，小声嘀咕道：“那个……我还想吃车厘子，车厘子是水果，比零食健康多了。”

看着小妮子水汪汪的大眼睛中满是渴求，傅景深薄唇抿起：“但是今天零食的量已经足够了，不许再吃了。”

说完，傅景深迅速掏出手机，拨通了另外一位助理的电话：“去买最新鲜的车厘子送到顾氏来。如果近期没有的话，那就去国外调，空运过来。嗯，尽快。”

傅景深挂断了电话，看着顾念软萌的模样，暗暗感慨，这分明是个小妖精，此时此刻在扮猪吃老虎，自己却着了她的道。

傅景深抬手捏了捏顾念巴掌大的小脸，勾起嘴角：“事做得怎么样了？”

顾念歪着脑袋，认真思索了片刻，小声道：“你还没来，我怎么可以先做事啊？事情当然是留给你做啊，我监督，顺带好好学习一番。”

小妮子还真是……

傅景深抬手直接扣住顾念的后脑勺，深深吻住了她的红唇。

被傅景深这般亲昵地索吻，好似整个人都沐浴在春风之中，顾念心跳如擂鼓，虽然心底的恐惧并不会少很多，身子有一瞬间的僵硬，但慢慢变得柔软下来。

傅景深认真观察着小妮子的反应，薄唇满意地勾起，良久之后，意犹未尽地松开了怀里的女人：“嗯，我帮你处理。”

“好。”顾念满意地勾起嘴角，主动给傅景深让了位置，让男人坐在自己身侧。

看着男人干练娴熟的模样，她不禁暗暗感慨——男人长得帅，还这么有能力。

傅景深大致把顾氏的公事迅速处理完，关切地询问道：“需不需要打电话询问妈妈去不去她之前待过的孤儿院，我们刚好最近有时间陪着一块儿去。”

傅景深的话低沉稳重，透着关切，顿了顿，他继续开口道：“顺带可以带外公和外婆一块儿去……”

之前他们说好去袁珊所在的孤儿院的，袁珊不许，现在倒不如换成张琳待过的孤儿院。毕竟去孤儿院一方面是因为过往的事，还有一方面是想做些有意义的事。

顾念闻言眼前一亮，知道傅景深这个提议一下子解决了宁爱、袁朗和张琳的问题。

“嗯，我打电话问一下吧。”

顾念原先准备给张琳打去电话，犹豫片刻，还是给顾伟打了过去。

之前在孤儿院的事，说到底也是张琳心底比较不愿意和人提及的一段往事，所以现在还是得询问顾伟的意见。毕竟顾伟和张琳生活多年，知道她的心思。

“爸，是这样的，我和景深想陪着妈妈回她以前住过的孤儿院看看。嗯，外公外婆也会一起去的，你帮忙问问看妈妈的意见，我担心妈妈会触景生情，不开心。”

电话那头的顾伟犹豫片刻，随后开口道：“没问题，这样吧，我们中午在家等你们，下午一块儿去吧，记得把外公外婆接回家里吃午餐。”

“嗯，好。”顾念挂断电话，看向傅景深，轻声道，“爸同意了，让我们回去吃午饭，顺带请外公外婆一块儿过去。”

“好，我派人接外公外婆去顾家。”

“嗯，也算是个邀请外公外婆来顾家做客的机会。”

年关将近，傅景深派人采购了好些东西送去顾家，名贵的礼物把车库、仓库都堆满了。

顾家这两天来更是门庭若市。自从傅景深在傅氏年会宣布他和顾念已婚的消息之后，来顾家拜访的人便络绎不绝。当初顾家出事的时候，这些人见到顾家可都是绕道走，生怕会沾染晦气。

这等落差，顾伟和张琳都是看在眼里的。现在，他们对这些名利更是淡薄多了。

顾念和傅景深赶到顾家的时候，宁爱和袁朗已经到了。顾伟和张琳早已带着宁爱和袁朗参观了整个顾家。顾家虽然没有傅家的奢华，却别有一番意境，很舒服的别墅，让人觉得舒适和温馨。

顾伟和张琳亲自下厨准备了一大桌子饭菜，顾伟见顾念和傅景深来了，连忙说道：“快洗手吧，准备吃饭了。”

“好的。”

顾伟看着傅景深派人大包小包地往顾家送东西，忍不住开口道：“家里现在只有我和你妈两个人住，景深啊，你别浪费钱往家里送这些了，鲍鱼海参的我们也吃不完，太贵了，还有人参，那么名贵，事实上我们不需要的。”

“爸，应该的。”傅景深很是谦逊。

袁珊和宁爱见状满意地勾起嘴角，这傅景深啊，做女婿还是有做女婿的模样。以前他们总觉得傅景深聪明、有能力、气场强大，却没有情感波动。现在有了顾念，似乎变得很不一样了。

见顾伟和傅景深客气，顾念洗完手之后主动凑上前，轻声道：“应该的，应该的，爸妈，你们还缺什么跟我们说，让景深买。”

顾伟轻哼一声，随后忍不住道：“好，其实你们多回来陪我们吃饭就可以了。”

顾念听着顾伟的话点了点头：“好……”

“还有啊，也可以要宝宝了，我们闲着也是闲着，总是可以帮忙带孩子的。”

顾念的小脸在听到张琳的话后腾地红了，真的是哪壶不开提哪壶。

傅景深目光微动，看着顾念害羞的模样，淡淡开口道：“爸、妈，你们要继续说下去的话，可能她就没脸见人了。”

张琳连忙摆了摆手：“好好好，不说了，吃饭。”

“阿姨、叔叔，你们来尝尝我的手艺。”张琳和顾伟主动招呼着袁朗和宁爱入座。

袁朗和宁爱自然看出顾家的诚意来，连忙道：“好，我好好尝尝。”

吃完午餐，顾伟和张琳陪着袁朗和宁爱饮茶，顾念则和傅景深安静地坐在一旁，倾听着大人们的闲聊。

无非都是说儿时趣事，顺带袁朗和宁爱又了解了顾伟当初和张琳艰难的创业史。

各种艰辛，不言而喻。

下午两点，顾念和傅景深简单收拾了下，便陪着张琳等人开车向着孤儿院方向行去。

考虑到人多，傅景深选择了一辆林肯加长版轿车。

顾伟因为经常去，提前把地址告知了司机。

去的路上，张琳难免有些感慨，算起来好些日子没有回去了，自从顾家出事之后，也就耽搁了。

顾念有些犯困，靠在傅景深的肩膀上。

宁爱犹豫了很久，还是忍不住开口询问道：“琳琳，抱歉啊，我还是想问一下，你当初是怎么沦落去孤儿院的？”

宁爱是真心关心张琳，所以事无巨细，才想问得这么清楚。

“听院长说，也是战乱的缘故，毕竟我们那个年代嘛，时局不算是很稳定。”张琳轻声道，对那段记忆，她也是陌生的。

“那你的养父母……”

宁爱欲言又止，袁朗见状赶忙说道：“琳琳不是不想说了嘛，你怎么又问了？”

“我这不是担心嘛！”宁爱实事求是地道，她和张琳这个孩子一见如故，打心底喜欢。

张琳表情有些黯淡，随后柔声道：“其实也好些年没和大家说过这些事了，叔叔，您别怪阿姨，她也是担心我。”

张琳仔细回想着往事，轻声道：“算起来，我对我亲生父母的印象几乎是没有的，有印象的时候，差不多是我四五岁，就知道我是被父母丢弃的，收养我的那户人家跟我说，他们是心地善良，所以才收养我。那户人家也有个女儿，后来，那户人家的父母死了，我便和他们的女儿一块儿来了孤儿院。那个女孩子比我大三岁，叫欣欣，我们相依为命，虽然她一直对我不是很好，但是我也不记恨她，毕竟她父母曾经养育了我一段时间，哪怕……没有好好待过我，但是我毕竟因为他们勉强活了下来。

“在孤儿院我们住了五六年的样子，欣欣被人收养了，临走的时候，她跟我说，以后一定想办法把我接过去一块儿住。

“都是十多岁的孩子，说的话能暖心，却当不了真，我没有等到欣欣，大概过了一年多的样子，我的养父母来到孤儿院，把我领养回去了。

“被领养的那一天是我最开心的一天，我憧憬着一家三口的生活，有爸爸妈妈陪伴在身边，哪怕不是亲生父母，但也是好的，我以后也会把他们当成爸爸妈妈一样孝顺。他们跟徐院长说了，他们有能力，有文化，一定会把我当成自己的亲生女儿照顾的。

“事实上，进了养父母家我才知道，我的养父酗酒，还特别喜欢赌博。至于我的养母，做的是皮肉生意，毕竟省事，而且来钱快。”

张琳眼中闪过一抹错杂之色，被领养回去，她才知道什么叫作家徒四壁，比孤儿院更可怕……

“养父母家里很穷，几乎是揭不开锅的，他们也都不识字，一家三口吃不饱、穿不暖，只能睡在木板上，而木板只够他们两个大人一块儿睡，而我……只能靠着墙壁睡在地上。

“他们家其实是有三个孩子的，听说都是因为养父好赌被卖掉了。”

“什么？这样的家庭居然也能办领养手续？”袁朗听闻之后心里大骇，怒斥道。

他万万没有想到，这种人家居然也可以养育孩子。

张琳嘴角勾起一抹苦涩的笑，低喃道：“我也不知道为什么可以领养，不太清楚这里面的事，但事情就是这样的，可能也没想到人心会坏到这种程度吧。原本是满怀期待，可以开始新的生活，感受家庭的温暖，没想到，居然去了一个地狱。”

张琳抬手揉了揉眉心，想到过去的事，难免有些头疼。

“那后来呢？”宁爱忍不住开口问道。

“他们没有让我上学，用我养母的话说，等我长大了，应该可以卖个好价钱，无论是嫁入豪门，还是出去卖，等等。

“这期间发生了很多事，养父试图强暴我、养母经常打我，我在家里做各种脏活累活，后来，我就从养父母家里独立出来了，准确地说，是逃出来了。”

袁朗和宁爱对视一眼，对于张琳很是心疼。

顾念原本还有些睡意的，听闻张琳的话，立刻睡意全无，心里也很不是滋味，眼眸变得湿润。

这些事，妈妈从来没有跟她说过，没想到之前妈妈的日子过得如此凄惨。

张琳的个性，都是报喜不报忧的，为的是不让身边的人担心。

“后来的事就幸运多了，我半工半读、跳级，把之前欠下的学全部给补上了，有的时候还得花钱雇人冒充家长，然后就遇到顾伟，开始了新的生活。所以算起来，上天是公平的。”

“是的是的……琳琳，你怨恨过你的父母吗？”袁朗忍不住询问道。

事实上，每次袁珊在埋怨自己和宁爱的时候，袁朗心里都非常不好过。

“没。当初战乱自身难保，他们应该也是迫不得已才遗弃我的。尤其是我后来为人父母了，更加知道父母不容易。现在我就希望有生之年可以见到他们，也希望他们尚在人世。”顿了顿，张琳继续道，“如果……见不到也没有关系，希望他们幸福就好，也希望他们可以有新的孩子……来慰藉他们。”

袁朗和宁爱对视一眼，张琳虽然历经苦难，却是个善良的人，这实在是不容易，对比之下，袁珊可就没那么懂事、那么讨人喜欢了。

一行人到了孤儿院。

顾念也是第一次来这样的地方，有些发蒙。

孤儿院经过多番改迁、装修、扩建，早已和原先的样子有着天壤之别。

宁爱和袁朗下车之后看到眼前的叮当孤儿院，脸色一变——还真是天大的缘分啊，这不就是当初袁珊走出来的孤儿院吗？袁珊这些年从未回来过，袁朗和宁爱却没少来。

“琳琳，这个就是你儿时的孤儿院？”

“是啊。”

张琳和顾伟帮忙把车上送给孤儿院的东西搬下来，都是送来孤儿院的读本、文具。

宁爱差点脱口而出说明当初袁珊也是从这儿出来的，被袁朗拦了下来。

这事不提也罢，现在提及袁珊，多少有些煞风景。

张琳见袁朗和宁爱脸色不太对劲，忍不住开口询问道：“怎么了，阿姨、叔叔，有问题吗？”

“没……没有……”宁爱摆了摆手，眸底深处一片涩然。

顾伟主动陪着张琳走进孤儿院，当初的徐院长早已年纪大了退休了，换上了新任的院长。这里的孩子大多在三岁到十岁之间，甚至有几个是残障人士。

“顾先生、顾太太，你们又来了。”张院长主动上前热情地招呼。

孩子们见状也热情地围了上来：“嘿嘿，顾爷爷、顾奶奶，好想你们啊……”

“要过年了，自然是来看看你们啊！”张琳亲昵地抚摸着一个女孩的脑袋，看向一旁的张院长，轻声道，“快过年了，给孩子送一些书本和文具，衣服还没买，先把大家的尺寸量一下再买，我担心买大买小了。”

“顾太太，您真是人美心善啊。”

“张院长，你客气了……”张琳亲昵地跟张院长寒暄着。

顾念和傅景深也礼貌地跟张院长打了招呼，袁朗和宁爱见状则主动帮忙将书本和文具分发到每个孩子手上。

见张院长似乎和袁朗、宁爱很熟的样子，顾念一怔，这么说，外公和外婆也经常来?

宁爱见状解释道：“我和老袁很喜欢来这儿做做慈善。”

“你们都是善良的人，善良的人都会有好报的。说起来，从孤儿院走出去不少人，能像顾太太您这么几十年如一日的，真的是极少了。”

张琳勾起嘴角，轻声道：“如果没有当初开办孤儿院的这些善良的人，可能我早死了。”

"好了好了，都别说了，进去吧，外面太冷了，我们是无所谓，总不能让孩子也跟着在外面受冷吧。"

一行人进了孤儿院，孩子们被老师带去上课，张院长主动泡茶。张琳的情绪显然很复杂，好几次听闻张院长说起孤儿院的事，都忍不住落泪，顾伟在一旁安抚着……

宁爱也跟着眼泪汪汪的，袁朗见状连忙开口道："这么大把岁数了，别在孩子面前哭哭啼啼的。"

"嗯……"

傅景深眯了眯黑眸，觉得外公和外婆今天的情绪有些不一样，似乎，他们比起张琳更加触景生情。

从孤儿院出来，时间已经不早了，顾念主动拉着傅景深和孩子们道别。

回去的路上，顾念见张琳和宁爱情绪不高，便积极挑话题，说着逗趣的事。

袁朗见状嘴角上扬，这顾念啊，的确是个讨喜的丫头，有她在，张琳和宁爱的情绪好了很多。

傅景深让司机先送顾伟和张琳回了顾家，随后才回到傅家。

到了傅家，车子刚开到大门口，袁珊便脸色难看地从别墅里走出来。她看到傅景深、顾念、袁朗和宁爱四人的身影很是来气："爸、妈，你们去哪儿了？"

"四处转转。"袁朗淡淡地开口，看着袁珊趾高气扬的模样，忍不住怒斥道，"怎么了，我们去哪儿你也要过问？"

"我……"

袁朗搀扶着宁爱走进别墅，看到别墅门口一排名牌衣服、皮包的包装袋，脸色一冷："你又去乱花钱了是不是？你看看这买来的东西你又用不上——不是不许你买，能不能会过日子些？"

"我……"袁珊哑口无言，想再说些什么，见袁朗脸色很是难看，张了张嘴，便什么都没有说。

宁爱见状有些头疼，今天她刚从孤儿院回来，心情不是很好："好了，少说两句吧，马上就要过年了，别一大家子吵吵闹闹的。"

袁朗摆了摆手，表示自己知道了，傅景深和顾念迅速跟了上去，扶着袁朗坐在沙发上，让袁朗陪着傅老爷子闲聊。

宁爱见四下无人，看向袁珊，忍不住道："珊珊，你也该懂事些了，不能总这么任性。实话跟你说吧，今天妈妈和爸爸陪着琳琳去了她小时候待过的孤儿院。"

袁珊闻言脸色瞬间变得惨白，整个人也开始哆嗦，都有些站不住了："妈……你……你们去那边做什么？"

"琳琳是你亲家啊，妈妈和爸爸也想帮你和顾家联络感情。你啊，性子莽撞，容易得罪人，爸妈还是会担心你。"

无论孩子多大，宁爱和袁朗总是会抑制不住地担心。虽然他们知道不该把袁珊惯成这样，但是当初袁珊在老乡家寄养的几年，包括在孤儿院住的几年，都足以让他们内疚。

宁爱的话没让袁珊有丝毫感动，她反而冷哼一声，嘀咕道："多事。"

他们去了孤儿院，会不会发现什么？

一想到这个可能性，袁珊身上顿时泛起无尽的凉意。

"你……你们去孤儿院做什么了？"袁珊忍不住问道。

"还能做什么啊，就是和往常一样，送点东西回去。算起来，琳琳可比你有良心多了，这些年来一直回去。你啊，可就没这么懂事了。对了，妈妈还发现一个格外凑巧的事，琳琳和你是一个孤儿院呢！你们俩年纪一般大，应该有所交集吧？这或许是个契机，你和她既然有相同的遭遇，妈妈希望你们以后可以做很好的朋友。"

后面的话，袁珊根本听不下去了。

同一个孤儿院……

袁珊攥紧手指，自己最担心的事还是发生了。

不该这样的……自己一定要做点什么，让顾家离袁家还有傅家远远的。

无论如何，她都不能舍弃现在的生活。袁珊知道，只要顾念在傅家一天，自己迟早会一无所有。

"珊珊？你在听妈妈说话吗？"宁爱见袁珊在发呆，忍不住询问道。

袁珊猛地回过神来，见宁爱在自己面前摆了摆手，嫌恶地推开："不可能！妈，你不知道顾念是个什么样的人。"

宁爱见状蹙眉道："你这话是什么意思？"

"她私生活不检点……"

"她和季扬的事我知道，景深那么聪明的人都不说些什么，你啊，做婆婆的就别胡思乱想了。"

"妈，你们被她迷惑了，迟早会知道真相的。对了，离顾家人远一点，顾家能教育出这样的女儿，也不是什么好人家。"

"你……"

袁珊说完扬长而去，宁爱气得不行。自己这个女儿，真的是被自己和袁朗宠坏了。

宁爱根本不知道，她刚刚所谓同一个孤儿院这句话，足以让袁珊崩溃……

顾念和傅景深是因为袁朗和宁爱才住在傅家，事实上，顾念更愿意住在南城别墅。

晚餐时，除了老爷子时不时和宁爱、袁朗闲聊，其他人相对无言。

顾念简单地吃了些，便和傅景深出门遛大王。

她总觉得幸福的日子似乎来得有些突然，现在还没有完全回过神来。

可能太幸福就容易患得患失，例如，担心张琳的情况。

她也不知道今天从孤儿院回来后，张琳会不会情绪低落。

顾念和傅景深回卧室时路过傅杨和袁珊的卧室，清楚地听到了激烈的争论声。事实上，大多数是袁珊尖锐的声音，傅杨的声音并不是很多。

顾念余光看了一眼傅景深的脸色，抿了抿唇，主动伸出手握住男人的大手，低声道："我们回房间去吧，爸妈吵架是在所难免的，我爸妈感情那么好，偶尔也会吵架的。"

"嗯。"傅景深目光深邃，表情深沉。

顾念陪着傅景深回到卧室，就听到男人暗淡的嗓音在耳边响起："从小到大，他们的关系一向如此，所以有的时候，我很羡慕顾城和你，因为爸爸和妈妈的感情很好，看得出来很恩爱。本来我还以为天下的夫妻都像我爸妈一样，还好遇见你、遇见你们家的人，让我对婚姻没有绝望。"

顾念听闻傅景深的话，伸手环住男人的腰身，嘴角抿起："傅景深，你个大傻瓜……"

傅景深吻了吻顾念的头发，看着小妮子努力抱紧，心底泛起无边的暖意。

现在，算是顾念在护自己吗?

被女人护着的感觉，并不算差。

长夜漫漫，顾念主动靠在傅景深的怀里，任由男人搂着自己沉沉入睡，无视隔壁房间袁珊和傅杨的争执声。

顾氏和傅氏已经开始给员工放年假了。

顾氏虽然没有办年会，但是也将年会的经费折现作为员工的年终奖发放了下去。

至于傅氏——傅氏的高报酬一直让行业内羡慕得牙痒痒。

傅景深陪着顾念拜访了季家、景家。

毕竟临近年关，拜访长辈也是应该的。况且，无论是景家还是季家，对于顾念均有照顾之恩。

傅景深知道季扬新公司需要地皮，将傅氏闲置的地皮直接底价转让给了季氏。

两人回到傅家之后，傅老爷子、袁老爷子和宁爱都各自回房间休息了。顾念坐在沙发上没多久，傅景深就端来一碗红枣汤："喝了。"

见男人表情严肃，顾念嘴角挤出一丝笑意："不太好吧……唔，是不是放生姜了?感觉味道好难闻的样子。"

"嗯?"傅景深单单一个字，便威慑力十足。

"唔，那我喝……"顾念赶忙伸出手从男人手中接过碗，捏着鼻子将红枣汤给喝了。

虽然她知道这些滋补的东西对身体好，可实在是难以下咽。

"喏，傅先生，喝完了。"顾念主动将手中的碗递给了傅景深。

傅景深薄唇抿起，点了点头："嗯，下不为例，经期前后一个星期，不允许吃冷的。"

"好……"顾念甜甜地笑了笑，伸出手圈住了傅景深的腰，"有你关心真好！以前在西雅图的时候，妈妈都记不清我的经期。"

傅景深目光微动，想问她在西雅图的时候，她每次肚子疼都是怎么熬过去的。

他已经派人去调查当初可能涉事的六个人的账务问题，相信当年的事很快就会水落石出，自己会给她一个交代的。他不允许任何一个伤害她的人在这个世界上再对她造成任何威胁。

苏珊也快回国了，这是自己给她的惊喜以及安抚和保障。

傅景深陪着顾念坐在沙发上，抬手握住女人的小手，亲昵地十指相扣。

"在西雅图……过得怎么样？"傅景深关切地抿唇道。

顾念闻言脸色微微一变，心底快速闪过这些年来在西雅图的一幕幕往事，随后嘴角扬起一抹明媚的笑："挺好的啊！老师和同学都很照顾我呢，虽然刚开始室友有些排异，后来就都不会了。我不是做得一手好菜嘛，同学们都可喜欢我做的中餐了，和我的关系非常好，毕竟吃人嘴软、拿人手短嘛！"

傅景深深深睨了一眼眼前的小妮子，明知道小妮子此时此刻在宽慰自己，他却不能戳破她的话。

她过得不是不好，而是很差很差……

傅景深抿了抿唇，抬手将小妮子抱入怀中："嗯，我知道了……"

顾念闻言松了一口气，事实上，她真的很不想让男人担心自己的情况。

静静地听着男人强有力的心跳声，顾念勾起嘴角，觉得安全感十足。

顾念和傅景深准备上楼的时候，就看到袁珊穿着大衣下楼。

顾念嘴角挤出一丝笑意，看在傅景深的分儿上和袁珊打了招呼："晚上好。"

袁珊冷哼一声，看着一旁的空碗，里面的残渣袁珊一眼就认出是红枣姜汤了，厨房一下午都在熬这些东西。那些用人不清楚，还特地跑去询问春嫂的意见。

这个小妖精，真的是让全家人都惦记着她，傅景深也是拿她当宝。

"哼……"袁珊对傅景深和顾念视而不见，扬长而去。

顾念扯了扯嘴角，袁珊如此肆意妄为，说白了，就是因为她是傅景深的亲生母亲。如果不是的话，自己早就报警抓她了，哪怕自己赔上名声，也绝对不会让这种人渣好过的。

"我们回卧室吧。"顾念嘴角挤出一丝笑意，主动挽着傅景深说道，并未流露出半点不高兴，毕竟傅景深是中间人，他比较难做。

知道小妮子的贴心以及做出的让步，傅景深深邃的黑眸里尽是温柔，他吻了吻顾念的发丝，哑声道："好，等外公外婆离开之后，我们回南城别墅住。"

“好啊，听你的。”

袁珊离开傅家之后，直接驱车来到了市区的一家餐厅。

袁珊到指定的位置坐了下来，对面坐着一个戴着黑框眼镜的男人。

“说吧，你查得怎么样了？”

“嘿嘿，傅夫人，这个……钱的话……”对面是个行业内出了名的狗仔，笑眯眯的，满是谄媚。

“给！少不了你的。真是……穷人的德行，看着真恶心。”

袁珊表情满是厌恶，随后就看到对方递给她一个卷宗，袁珊见状立刻接了过来：“这是顾念这些年的全部资料？”

“是的……包括她所有来往的朋友都有。”

“那我让你查的她和季扬在西雅图的关系是否清清白白，有没有什么同居的事，你查得怎么样啊？”袁珊一边翻看手中的卷宗，一边忍不住询问道。

狗仔闻言立马道：“这个可能得让你失望了，顾念这三年在西雅图一直住在学校里，季扬住在自己的私人公寓里，两个人并没有太多交集，后来的交集也都是普通朋友关系，捕捉不到有价值的信息，更别说什么搂搂抱抱、亲亲摸摸的了。”

“哼……你是不是没调查清楚，他们俩怎么可能清清白白的？”袁珊本来是指望拿顾念和季扬的丑闻借机绊倒顾念的，没想到一无所获。

“嘿嘿，傅夫人别着急啊，你看这些资料，有惊喜。”

袁珊闻言眸子一亮，迅速抽出卷宗里的文件，仔细翻看起来。

“这顾念有精神病。她到西雅图后，大概半年的时间就被送去精神病诊所了。这事他们学校的人都知道，听说她还差点因为这事被开除。”

袁珊脸色微微一变，有些诧异。

顾念有精神病？怎么完全没看出来？还是这个女人伪装得太好了，现在瞧着和正常人一样啊。

“你确定？”

“当然了。这里面都是顾念发病时候的照片，听说是她室友拍的，当初是为了好玩，我花钱买下了。照片不是合成的，货真价实。”

袁珊：“……”

这对自己而言还真是天大的好消息啊！

袁珊迅速翻看手中的照片，照片里很多顾念蜷缩在角落的样子，目光闪躲、无神，很是无助。不仅如此，还有顾念自残的照片。

照片上，女人抓着小刀，一只胳膊还在流血……

“她三年前走的时候还好端端的。”袁珊还是有些诧异，随后脸色微微一变，似乎，并不是好端端的。

三年前，呵……顾念可是差点被强暴……算起来，当初她可是惹下不小的事——捅伤了那个人，自己花了好大的工夫才摆平。毕竟如果捅出顾念伤人的事，顾念差点被强暴的事也会被揪出来。

袁珊仔细一联想，瞬间就明白了。

“这两年半左右的时间，顾念一直在一个叫苏珊的医生那里做治疗。那个苏珊也是个有本事的人，我本来想花工夫好好查一下是不是可以查到顾念的病历，才发现她的病人都是被高级保护的状态，也就是说，根本查不到。我只能询问当初和顾念同寝室的室友顾念发病的症状，据说是怕亮光、怕异性，喜欢独处……她这个精神病还真的是严重，都到自残的地步了。”

袁珊：“……”

天助我也！

傅家是绝对不会允许一个精神病患者嫁过来的，这是一个自己可利用的机会。

袁珊一下子也没想出个所以然来：“你说，怎么才能让精神病发病呢？”

“这还不简单，刺激她呗！傅夫人，你可以把这些照片肆意张贴在顾氏这些地方，哪怕她不发病，至少她曾经患精神病的事也会尽人皆知啊，她的不正常，看这些照片可是一目了然啊。”

袁珊满意地勾起嘴角，万万没想到，顾念给了自己这么大一个惊喜。

“哼，我就不相信，顾家的女儿是个精神病患者，张琳还好意思把自己的女儿嫁过来！我得让老爷子给景深施压，把婚离了。当初顾念隐瞒病情，现在就是得退婚。”

袁珊打着自己的如意算盘，越想越得意。

“你这次办得不错，我再给你一百万，算是赏你的，你继续去西雅图给我挖有关顾念的一切消息，我要在大过年的时候，给顾念惊喜。”

“好的好的，傅夫人实在是大手笔啊，嘿嘿。”

狗仔也没想到婆婆居然会这么恶整自己的媳妇。啧啧啧……这豪门中的事实在是太乱了，理不清啊。

狗仔走后，袁珊心满意足地看着手中的照片，感觉极其满意。

大年三十清晨，傅景深接到苏珊的电话的时候，顾念还在熟睡。

傅景深小心翼翼地起身下床，走到阳台上。

“和傅先生知会一声，我已经上飞机了，不出意外的话，晚上可以陪着你们一块儿吃年夜饭。”

“OK，到机场之后跟我说，我安排人去接你来傅家。”

“好，傅先生，我可是按照你的吩咐，这些天接到顾念的电话都是不冷不热的啊，就为了今天给她一个大惊喜。我可得好好表现，不能变成惊吓啊。”

“嗯。”傅景深应了声，黑眸看向柔软大床上的女人，眼神变得柔和，温柔得仿佛可以滴出水来。

“苏珊，多谢……”谢谢她放下西雅图的事，来k市专心治疗顾念。

随着当年的事浮出水面，比起真相，傅景深更担心的是顾念的情况。

“应该的，顾念是我的朋友嘛，主要还是傅先生您给的报酬非常高。国内有句古话说得好，君子为五斗米折腰——是这个意思吧？”

“嗯，晚上见。”傅景深勾起嘴角，挂断了电话。

这个苏珊，真有意思。

事实上，比起自己那所谓的非常高的报酬，他知道，苏珊是为了顾念，她把顾念当朋友。

傅景深回到卧室时，顾念悠悠醒来，伸了一下懒腰，就看到傅景深已经起来了。她沙哑着嗓子开口道：“你怎么起这么早啊？”

“准备陪你去商场买新衣服，毕竟过年嘛。”

顾念闻言摆了摆手：“别闹了，我又不是孩子。这边衣柜里的衣服都是最新款的，我上班的时候都是穿小西装，平时这些衣服穿得少……”

“谁说你不是小孩子？当初是谁让我把你当孩子宠，还要跟自己未来的女儿争宠的？”

听闻傅景深的话，顾念小脸微微一红：“才不是我……”

傅景深扬起嘴角，抬手捏了捏小妮子的脸蛋，抿唇道：“嗯，哪怕不给你买，也得给爸妈买些吧。”

傅景深的话让顾念来了精神，对啊，应该给顾伟和张琳添置点东西，还有春嫂，嗯……还有傅景深……

一想到这儿，顾念赶忙坐起身：“你等我换衣服。”

“好。”

这是三年后，两人第一次逛商场，感觉很奇怪。

傅景深被顾念拉着走进了一家男装旗舰店。

“你好，把这套185cm的给我先生试一下。”

“好的。”

服务员很快就拿来了顾念选中的款式和尺寸，顾念赶忙让傅景深穿起来看看效果。

不得不说，好帅啊！

“夫人，您老公穿起来比模特还要帅呢！”

“是吗？我觉得不怎么样啊——你家现在折扣多少啊？”

“八折。”

“其实六折也可以的吧？”

傅景深看着小妮子一本正经地跟人家砍价，甚至还说他穿这衣服不怎么样，薄唇扯了扯，明明她眼神之中的小雀跃代表着她很喜欢这件衣服。

“这位太太，您真的好厉害啊，六折真的是员工内部价啊！”

“多谢！给你吧，刷卡！”

“好的。”

顾念满意地拎着打包好的风衣，笑眯眯地开口道：“解决了。”她凑近傅景深身侧，轻声道，“只要一千多，布料和款式特别好，性价比很高的。这家店外面标牌是八折，事实上，员工六折就可以搞定，嘿嘿……”

傅景深看着小妮子沾沾自喜的模样，勾唇道：“你怎么知道？”

“在西雅图的时候我在服装店做过兼职，每家店的大概内部价我都清楚的，还有的店面明面上不打折，事实上，员工会给到六折的底价。”

顾念很是满意自己买下的这件风衣，一直都是傅景深在为她做事，终于她也给男人准备了份礼物。

傅景深目光微动，虽然小妮子说着愉悦的事，他却捕捉到了兼职这类字眼。

“你在西雅图做过兼职？”

好吧，一不小心说漏了嘴，顾念挤出一丝笑意：“是啊，勤工俭学嘛！而且我的专业比较轻松，也没有什么事。”

傅景深凝视着眼前的小妮子，眸底一片复杂之色。

她到底隐瞒了自己多少事？

顾念拉着傅景深又给顾伟选了领带，给张琳选了条红色围巾——新年就得喜气洋洋的。

吃完午餐之后，顾伟和张琳也赶到了傅家给傅老爷子和袁老爷子、宁爱拜年，这新年，就想着两大家子可以聚在一块儿。

顾念将自己买来的衣服送到众人面前，哄得众人开心不已。

她也给袁珊简单挑了款普通围巾，意思一下。

袁珊并未抬手接过围巾，而是连包装袋都没拆就随意地丢在一旁：“不必了，大过年的，这长条是不是有些晦气，不知道的人还以为上吊用的呢。”

袁珊讥讽的话刚好落入顾念的耳朵里，其他人忙着热聊，并未听清，顾念扯了扯嘴角——是啊，真想勒死她。

瞧着袁珊眸子里的得意和兴致颇高的情绪，顾念眼眸里闪过一抹暗光，心底的那抹惴惴不安越发强烈。

大年三十，今天这么重要的日子，希望这个女人别折腾什么幺蛾子。

临近晚上，天空中飘起了雪花，惹得顾念欣喜不已。

傅景深看着顾念在院子里好似孩子般玩雪的模样，勾起嘴角："进来吃饭吧。"

"好啊。是不是要包饺子呢？"

每年大年三十，顾家都习惯包饺子。

"嗯。"傅景深点了点头，平时傅家都不包饺子，因为只有宁爱一个人忙，袁珊不帮忙，就显得比较麻烦。今年张琳来了，主动陪着宁爱包起饺子来。

顾念挽着傅景深的胳膊进了客厅，开口道："妈、外婆，用不用我来帮你们？"

"不用了，你和景深在一旁等着吃就好了。"

顾念点了点头，看着张琳和宁爱在忙着收尾，袁珊则无所事事地坐在一旁，高傲地看着电视，顾念不禁扯了扯嘴角。

"说起来，你这丫头有三年没在我们身边过春节了吧？"逢年过节，张琳难免有些感慨。

顾念点了点头，伸出手搂着张琳的胳膊："是啊，每年过年的时候，其实都很想你们的。"顾念简单地一语带过，将酸涩压在心头不愿多说。

"你这丫头，口是心非，想我们也不回来看看，这过年可是一家团圆的日子啊。"

"好啦好啦，我这不是回来了？"

顾念主动安抚着张琳的情绪，美眸中的一抹暗淡却被傅景深捕捉到。想必，顾念这些日子并不好过。

因为飘雪，苏珊的飞机晚点了。

晚上七点，傅家正式吃起了团圆饭，众人其乐融融地围在一块儿，傅老爷子和袁老爷子戴着红围巾，很是喜庆。

"抱歉，我接个电话。"手机响起，傅景深看到屏幕上的数字，站起身缓缓开口。

傅老爷子闻言摆了摆手："你这孩子也真是的……来，我们继续吃，不管他！"

"好啊。"顾念端起眼前的雪碧，敬了傅老爷子一杯。

这雪碧简直是按照毫升给自己的，傅景深还是看在过年的分儿上赏给自己的。

"调查的结果出来了？"傅景深曾经吩咐过，当年的事情必须尽快调查，任何时候有了结果都要第一时间通知他。

"是的，傅先生。按照这六个人的银行账号资金往来，我们查到了其中一位的资金来源似乎并不正当，但对方转了好几次账户才汇过来款项，所以追究源头账户我们耗费了些时间。"

"是谁给那个人汇的款？"傅景深眯了眯黑眸，神色间闪过一抹肃杀和狠戾。

电话那头的男人欲言又止，犹豫片刻，才缓缓地开口道："那个……根据账户来看，似乎……似乎是您的母亲，袁珊……咳咳，我们核实过，应该不是同名同姓……"

傅景深闻言，眼中闪过一抹惊涛骇浪般的诧异之色。

怎么会是她？

没多久，傅景深就脚步沉重地回到客厅。

顾念正吃着美味，看到他脸色煞白，很是难看的模样，伸出手拉着他的手，轻声道：“怎么了？”

傅景深：“……”

顾念的声音很轻柔，眼神清澈得好似一汪清泉。她那么纯真无瑕，好似孩子一般，虽然骄纵、任性，却从未有过坏心，还喜欢为别人打抱不平，个性好强，有着一颗追自己的心。

对比之下，傅景深觉得自己是那么肮脏不堪，连自己最心爱的女人都保护不好。甚至，曾经伤害她的人竟是自己的亲生母亲。换言之，袁珊做下的事，就是他对顾念照顾不周。

对袁珊所做的事的愤怒以及对自己的自责，在傅景深的心头挥散不开。如果此时此刻手中有枪，傅景深也不知道自己会做出什么过激的事来。

顾念见傅景深一直凝视着自己，目光深邃，表情深沉，误以为他是因为自己喝雪碧的事生气，连忙小声嘀咕道：“那个……就这么多雪碧，我没有多倒，严格按照你的指标来的。嘿嘿，我保证。”

见傅景深丝毫不为所动，顾念亲昵地挽着他的胳膊，轻声道：“好啦，别生气啦，老爷子可以给我做证呢。”

良久之后，傅景深目光微动，凝视着眼前的小妮子，眼眸里满是错杂的情愫：“嗯。”

“坐下吃饭吧，饭菜都凉了，妈妈今天包的饺子特别好吃。”

傅景深眸色深沉，听闻顾念的话，哑声道：“好。”

今天是除夕之夜，纵使自己要发火，愤怒得想要杀人，还得考虑众人的感受。

傅景深大手攥紧，几乎要把手指捏碎。

此时此刻，他真的愤怒得想要送袁珊下地狱，不只如此，他也想送自己下地狱。

三年前，顾念发生那样的事，全是因为自己照顾不周，都是自己的责任。

“喏，这个东坡肉不错，还有这个醉虾！那个肉丸也不错，你尝尝看。”顾念主动给傅景深夹菜，隔了三年才回来过年，她的心情特别激动。一大家子团聚在一块儿，温馨感是任何东西都取代不了的。

张琳瞧着顾念，忍不住轻声道：“你这丫头，明明在家过年那么高兴，这些年还一直赖在国外不回来。”

听闻张琳的话，顾念目光暗了几分，吧唧着小嘴儿，娇嗔道：“国外的圣诞节也很有意思嘛！”

“你这小没良心的！”

顾念用筷子戳着碗里的食物，咬了咬唇，千万言语不知从何说起，而且，说不得。

傅景深知道顾念的难言之隐，也知道张琳和顾伟这些年误会顾念了："爸、妈，我敬你们。"

顾伟闻言轻笑道："你这丫头真有福气，你看，我们刚说你两句，景深就来护你了。"

"好好好……来，景深、念念，我们敬你们。"张琳挽着顾伟站起身，给顾念和傅景深敬酒。

顾念红着小脸，站起身轻声道："谢谢爸妈……"

"客气什么，你们幸福就好。"顾伟和张琳忍不住笑开了怀。

袁珊见顾伟、张琳和傅景深、顾念一家人笑得明媚，眸子里满是得意和讥讽——看顾念能得意多久！

一大家子正其乐融融，用人恭敬地上前对顾念小声道："少奶奶，有您的包裹。"

顾念闻言神色一凝，大年三十，还有人来送包裹？她点了点头，轻声道："好，我去取一下。"

说完，顾念起身轻声道："景深，我出门拿一下东西，可能是苏珊寄给我的新年礼物。"

"好。"傅景深目光微动，苏珊人未到，提前送来礼物也是正常。可能苏珊原先就准备好了礼物，只是没想到后来又被自己安排来了k市。

袁珊见顾念站起身，嘴角勾起一抹得意的笑意——好戏就要开场了……

察觉到一抹冷冽的寒光扫向自己，袁珊对上傅景深淡漠如水的黑眸，那一抹冷漠，根本就是当自己是仇人。

袁珊脸色微微一变，心跳漏了半拍。

这到底是怎么回事？刚刚傅景深接了电话进来，脸色就一直很难看。

傅家大门口。

"顾小姐，您的包裹，请签收，谢谢。"

"麻烦了。"

顾念原本以为会是个礼盒，这样才比较适合作为新年礼物，没想到居然是个文件袋。

她迅速签字后接了过来，一边走进客厅，一边拆着手中的文件袋："什么东西啊？真奇怪，不像是礼物啊。"

傅景深见顾念嘀咕着，迅速站起身迎上前，薄唇微抿："谁送来的？"

顾念摇了摇头，轻声道："不清楚。似乎不是礼物，是文件，莫非是顾氏的合作方？不对，顾氏的人不知道我住在这儿，要寄也会寄给公司。好个苏珊，也真是的，没有新年祝福，也没有礼物，回头一定好好说说她。”顾念勾起嘴角，自言自语道。

“嗯。”傅景深点了点头，眉头紧蹙，隐约觉得这个文件袋有问题，却说不上来什么感觉。

“暂时别……”

傅景深的“拆”字还没有说出口，顾念已经打开文件袋，没有注意，将里面的东西全部抽了出来。

凌乱的照片掉在地上，顾念看向地上的照片，脸色微微一变。

照片上的主人公是她，但并不是她上得了台面的照片，而是一些狼狈的样子。

是在西雅图时的照片！

单单是“西雅图”这三个字，就足以让顾念心神不宁、崩溃、抗拒。

等到傅景深反应过来的时候，已经来不及了。

“这大过年的，都是什么东西啊？老爷子、爸妈，走吧，我们去看看。”袁珊站起身叫唤道。

同桌吃饭的众人闻言陆续站起身，向顾念和傅景深走去。

听见其他人的脚步声逼近，顾念心底的弦瞬间绷紧。

“你们都不要过来！”顾念颤声道，因为迫切，声音难免有些尖锐。

傅景深见顾念情绪激动，抿唇道：“爸、妈，你们不要过来。”

“念念，你怎么了？”张琳听到傅景深这么说，立马上前。

本来她还以为是什么热闹事，现在看来，似乎问题比较严峻。

张琳的话刺激着顾念的情绪，她并不想让妈妈看到这些。

众人为之一愣，傅景深冷下黑眸，厉声道：“爸、妈，你们不要过来。”

众人见傅景深和顾念情况不对，一下子停了脚步，不敢上前。

傅景深绞尽脑汁，不知道该如何处理。他对顾念的反应毫无招架之力，怕刺激她的情绪，又想上前抱住她，安慰她。

他只能小心翼翼地观察着顾念的面部表情，不放过任何一个细节。

事实上，这些照片，傅景深从未看过。

照片上的顾念他却认得出来，是三年前……

她无助地蜷缩在角落，甚至还有她拿着刀、手臂上都是鲜血的照片。

那个不断流血的地方傅景深也知道，他第一次和顾念亲昵的时候，吻过那道伤疤。之前他只听过描述，如今看到这些实质性的照片，照片上顾念手中握着的那把刀，像在一点一点割着他的心。

“景深、念念，到底是什么事啊？”其他人第一次看到顾念和傅景深这副模样，均不敢贸然上前。

袁珊笑眯眯地上前，弯身将地上的照片捡起来：“哎哟喂，这都是什么啊……”

说完，袁珊不等傅景深反应过来，直接将照片递给了袁朗、宁爱还有傅老爷子："爸、妈，你们快看看啊！"

傅景深眼神一冷，扣住袁珊的胳膊："你做什么？"

他眼神冷冽得像要杀人，袁珊直接就将他给甩开了。这一次，只能你死我活了。否则，留下顾念，自己以后没好果子吃。

"景深，你这是什么态度啊？我在关心你媳妇……"

顾念目光呆滞，反应过来后迅速上前，颤抖着试图从袁珊手中夺回那些照片。力度之大，直接将袁珊给推到了地上。

"谁让你来的？都是你……你不要碰这些东西。"

"啊——你，你居然敢推我。"顾念这一推，力道并不轻，袁珊直接摔了个狗吃屎。她跌跌撞撞地站起身，怒斥顾念，却被傅景深一个狠戾的眼神给瞪了过来。

"爸、妈，你们都看看，我这个媳妇推我。"袁珊叫嚷着，众人却都没怎么搭理。

"念念，你冷静一下。"

傅景深伸出手试图抱住顾念，却被顾念猛地推开："走开，你……你不要碰我……"

顾念眼神凌乱，绝对是个不好的征兆。

傅景深见状，眼神冷冽成冰："好，我不碰你，我就待在原地。"

顾念点了点头，双手抱住胳膊，显得格外无助和彷徨。

那些照片被袁珊分发到众人手中，再收回已经来不及了。袁朗等人看着手中的照片，眼神一凝，关心顾念到底是看了什么才会变成这副模样。等到他们一个个看清照片上的画面，表情都为之一僵。

张琳认出照片上的人是顾念之后脸色一变，颤声道："顾伟，这是……是我们家念念啊！你看看……她……她怎么了啊？"

"什么？"顾伟连忙看向照片，随后脸色大变。

照片上的顾念很狼狈、很无助，身形瘦削地躲在角落，像是受了创伤，目光无神，神情更是游离得厉害。

张琳颤抖着看向其他人手中的照片，大多是顾念衣衫凌乱、整个人很狼狈的样子。最后一张顾念胳膊上全是血，手里还握着刀，把张琳吓得一个踉跄："啊——"

这到底是怎么回事啊？

顾念听到张琳的尖叫声，目光闪烁，随后颤抖着上前，从张琳手中一把把照片夺过来，迅速撕碎："妈，这些东西你不要看……不要看……"

顾念心疼张琳幼时的遭遇还有哥哥的事，张琳已经够烦心了，自己不能再让她伤心。

顾念靠着仅存的一丝理智控制着自己的行为，眼眸里噙满了泪水，好似随时会落下来："妈，这些都不是真的，里面……里面的人不是我，我在西雅图生活得很好，真的很好的，你和爸爸不要担心。我在那边，季扬哥很照顾我，还有学校的老师和同学们，我的室友都很爱护我。我一直过得非常好。”

顾念反复念叨，分明是过得很不好。

张琳看着顾念噙在眼眶中的眼泪一滴一滴地滴落在自己的手背上，几乎要把自己的手背都给烫伤。

顾念现在浑身都在剧烈颤抖，显然是藏着事的样子。

张琳几乎可以确定，照片上的人就是顾念。

真的是顾念啊！张琳心里咯噔一下。

顾念见张琳语塞，颤抖着从宁爱手中夺过照片，然后迅速撕碎："妈，你不要看了……"

平日里，顾念性子乖巧活泼，现在突然目光变冷，着实让人诧异。

宁爱和袁朗对视一眼，惊异不已。

客厅内的气氛一阵紧绷。

"老爷子，刚刚……刚刚看到新闻，有关于少奶奶的新闻。"

傅老爷子听到管家来报，眼神一暗，抿了抿唇，随后开口道："把新闻拿来给我看看。"

"好的。"管家迅速将平板电脑拿了过来，傅景深在傅老爷子面前先查看了屏幕上的内容，新闻的标题是：傅家少夫人顾念，患有严重的精神病。

傅景深眼中闪过一抹寒意，报道上张贴了顾念的大量照片，和刚刚寄过来的照片如出一辙。因此，爆出这些新闻的和刚刚寄来照片的是同一个人。

报道中详细介绍了顾念所谓的病情，以及她的室友和所在学校方面的看法，神经病、自虐这类字眼遍布眼帘。

傅景深表情冷若寒霜。

傅老爷子见傅景深脸色难看，接过平板电脑看完新闻内容后，脸色也变得难看，袁朗和傅杨也迅速上前一看究竟。

见状，袁珊凑上前，尖锐的声音响起："啊——爸，这顾念原来有精神病啊……"

"住嘴，胡说八道什么！"傅老爷子一声怒斥，吓得袁珊乖乖噤声。

哼！看这顾念能嚣张多久，现在全部人都知道她的嘴脸了。

顾念身体颤了颤，神经病、吸毒、自虐……这些都是以前那些西雅图的同学说的自己。

现在听到袁珊说出"精神病"这三个字，顾念被狠狠地刺激到了。

不……不是这样的。

顾念眼神慌乱，泪水不断从眼眶中溢出。

顾伟见状心疼得不得了，迅速上前准备把顾念抱在怀里："念念，来爸爸这儿！没事，你说清楚就好了。"

“你……你不要碰我，你走开！”顾念好似受到了极大刺激，猛地抬手将顾伟狠狠地推开。

顾伟看着自己被推开的双手，以及顾念满是抗拒和排斥的眼神，不禁心惊肉跳。

顾念到底是怎么了？

“念念……我是爸爸。”

“你……你不要过来。”

意识到自己说话变重了，顾念抬手揪住自己的头发，咬了咬唇，浑身都在颤抖。她惊慌失措地看着自己的双手，很难想象自己刚刚用手狠狠地推开了顾伟。

她不想这样的，顾念狠狠地打着自己的手，以此来减轻自己的负罪感。

啪啪啪——

伴随着激烈的拍打声，众人心疼得不得了。

“顾念，”傅景深脸色一变，上前扣住顾念的手，“冷静一下，冷静一下！”

手腕被男人炙热的手心包裹着，顾念颤了颤，理智回归了少许：“景深。”

见顾念颤声呼唤着自己的名字，傅景深目光微动：“嗯，我在，没事。”

“嗯。”顾念似懂非懂地点了点头，眼泪不断从眼眶里滑落，脸色煞白。

“爸，对不起，我不是故意的！你……你不要管我，去照顾妈妈就好了。我没事，我真的没事。”顾念不断喃喃自语，“你们别担心。”

袁珊满意地看着顾念的表现，勾起嘴角，连忙说道：“爸，你看我说得没错吧？顾念真的不正常啊！你看看她，刚刚不只是对我一个人动粗，对她亲爸也都推搡的。”

“住嘴，你少说两句吧！”傅杨怒斥道。

袁朗和宁爱见状也十分担心：“是啊，珊珊，都这个时候了，你少说两句吧。”

“哼——”

袁珊的话无疑又一次刺激了顾念，傅景深的眼眸变得冷意十足，他眼神肃杀狠戾地扫向身后的袁珊，怒斥道：“你不要再说话了！”

“景深，你什么意思啊？我是你妈，怎么，我现在在这个家里连说话的权利都没有了？”

傅景深眼神冷冽成冰，安抚着顾念的情绪：“念念，冷静一下，不要听她的话，不要去想这些事，好不好？”

傅景深的声音低沉而有磁性，顾念闻言缓缓地自言自语道：“不去想！我要见季扬哥……我还要见苏珊。景深，你去给苏珊打电话、给季扬哥打电话好不好？我现在特别想要见到他们。”

顾念眼眸泛红，好似受伤的小兔子一般可怜。

傅景深轻声道：“好，我叫他们来，等一下就会去叫，但是地上凉，你不能坐在地上，会受凉的，明白吗？”

“嗯……”顾念点了点头，眼睛无神。

“所以，我带你去坐在沙发上，现在我们不坐在地上，可以吗？”

“好。”顾念闷闷地点了点头，傅景深略微松了口气，不敢触碰顾念的双肩以及其他位置，小心翼翼地拉着她的手让她坐在一旁的沙发上。

袁珊刚想说些什么，却被傅老爷子一记狠戾的眼神扫了过来。她张了张嘴，什么话都没有说。

哼！事都摆在这儿，看这顾念怎么着。

张琳担心自己哭啼会刺激到顾念的情绪，等到顾念坐在沙发上了，张琳才忍不住倚靠在顾伟怀里泣不成声：“念念这是怎么回事啊？”

“我也不太清楚。”顾伟很是无奈，今天的事可是给了他太大冲击了。

张琳闻言推开身侧的顾伟，蹲下身捡起地上的照片，仔细查看辨认。

这是顾念，自己的小女儿自己不会认错的。

张琳双手颤抖得厉害，顾念眼神无助，有几张照片简直就是瘦得皮包骨，尤其是那张胳膊都是血、目光呆滞的照片，更是让张琳触目惊心。

这三年来，顾念在西雅图到底发生了什么事？

顾伟安抚了张琳的情绪之后走向一旁，和傅老爷子、袁老爷子以及傅杨商量。

见四下无人，袁珊嘴角勾起一抹讥诮，走到张琳身侧，小声嘀咕道：“张琳，你这是怎么回事？把神经病女儿嫁到傅家来做什么，快点把女儿领回去吧！”

“神经病”三个字让张琳眸子变冷，攥紧双手。

如果眼前不是自己的亲家，不是碍于众人在场，哪怕她性子温和，她一定会好好地甩袁珊一个耳光。

“住嘴，你不要胡说八道！”

“哼！什么叫胡说八道啊？我得为我的儿子负责任，怎么能要这种神经病做我儿媳妇啊？你看看她的这些照片，还有她刚刚过激的反应，你看看正常吗？”

“我……”张琳哑口无言，确实解释不清楚顾念这些照片的由来以及刚刚顾念异常的表现。

“哼！顾家为了让女儿嫁入豪门，真的是不择手段啊。”

张琳眼眶泛红，看向眼前的袁珊。这般尖酸刻薄的样子，让她有种说不出的熟悉感。大抵这个世界上的坏人都是一个模样吧？

张琳攥紧小手，哑声道：“她不是神经病，顾家也没有你想的那么不堪，我们行得正、坐得端，不做亏心事。”

“哼！那如果顾念被诊断出来真是神经病怎么办？你把她领回家去吗？”

“当然！我的女儿，顾家是她永远的归宿。”

终于逼张琳说出这句话，袁珊满意地上扬嘴角：“好好好，这可是你自己说的，我都记下了。张琳，你也别怪我，我也是为了我儿子好，为了傅家下一代好，你这女儿神经兮兮的，谁敢要啊？到时候，你可别光是带她回家那么简单啊，这婚离定了！顾念隐瞒自己患有精神病的事实，那就是骗婚，军婚岂是她那么容易就能染指的？至于傅氏，也都给我还回来！”

这也是张琳最不愿意见到的豪门丑陋的一面，她之前不愿意顾念嫁入傅家，也是担心顾念会被冷待，现在看来，有这么个婆婆，顾念在傅家也没有什么好日子过。哪怕傅老爷子和袁老爷子、宁爱都是不错的人。

张琳神色复杂，自己的女儿，生下来是被自己疼爱着的，而并不是被这些自以为是的人羞辱的。

眼泪从眼眶中溢出，张琳咬了咬牙，颤声道：“好。这下你满意了吧？嘴巴放干净点，如果再听到你诋毁我的女儿，我……我不会让你好过的！”

“你……”没想到这个张琳平时看起来很好欺负、很温顺的模样，被逼急了，兔子也开始咬人了。袁珊眯了眯眼睛，神色间闪过一抹狠意。

归根结底，都怪这个张琳。如果不是她，自己也不会这么对顾念。她当初就该跟那个酒鬼、赌鬼一家好好过日子，根本不该出现在傅家面前。

“哼！有其母必有其女，真是一路货色！”

苏珊人没到，傅景深先给季扬打去了电话。有季扬在，相对而言可以安抚顾念的情绪，不仅如此，季扬应该对之前顾念发病时候的情况很了解。

“景深，我已经在赶去傅家的路上了。”丑闻一出来，季扬就直接安排人镇压，然后向着傅家迅速赶了过来，生怕顾念出现什么问题。

“好，我本来也是想请你过来。”

“嗯，先挂了，我马上到。对了，苏珊的电话联系不上，你联系一下。”

“好。”

傅景深挂断电话后，马上给苏珊打电话，电话却没有接通。

傅景深给安排去机场接苏珊的司机拨去了电话：“航班到了吗？”

“傅先生，飞机晚点，还没有到。”

“嗯，接到苏珊之后立刻来傅家，越快越好。”

“是，傅先生。”

挂断电话之后，傅景深重新蹲在顾念面前，轻声诱哄道：“需要我关灯吗？”

需要……

顾念差点脱口而出这两个字，却保持着仅存的理智，哑声道：“不……不需要。”

顾念美眸发红，看向傅景深道：“你怎么知道的？”

傅景深眼神一沉，自己似乎过早暴露了。

见他欲言又止，顾念颤抖着伸出手握住男人的手腕：“你是不是知道西雅图的事？是苏珊跟你说的？不会，苏珊不是这样的人，季扬哥也不是……”

顾念低喃着，神色越发焦灼：“那是怎么回事？谁告诉你的？是不是我在你面前发过病？景深哥，我有没有伤害过你？”

顾念已泣不成声：“我发病的时候，连自己都会伤害的，我也不知道自己做了些什么……”

“没有……你什么都没有对我做。”

“真的？”顾念小手颤抖得厉害，难以置信地向傅景深确认。

“嗯，真的。”

“那……那就好。”顾念红着眼眸，点了点头，“那你为什么不告诉我，你已经知道事实？是可怜我吗？我忽然想起来了，你对我的态度好像突然改善了，也是这个原因吗？”

顾念试探地问道，事实上，她已经猜到了。

傅景深坚定地摇了摇头：“不是。”

“真的？”

顾念不确定地摇了摇头，随后觉得自己现在心神太乱，什么事都做不好，哽咽着道：“我不要再问了，我……我需要冷静一下。苏珊说过，焦灼的时候最需要冷静放松，否则极其容易做出伤害自己和别人的事。”顾念低喃着。

傅景深想要抬手整理一下女人额前凌乱的碎发，却看到顾念快速闪躲开。

手僵在原地，傅景深犹豫片刻，放了下来：“我让妈妈来陪你？”

“不要！我不要她看到我这个样子。”顾念眼泪不断地往下砸落，很是无助。

傅景深目光暗了暗，低喃道：“好。”

“我想……一个人待一会儿，可不可以让我一个人在客厅里待着？”

“好。”傅景深算了下，季扬也快到了，“我就在旁边，你有需要叫我一声，我就会出现，好吗？”

“嗯……”顾念乖乖地点了点头。

傅景深看着她好似受伤的孩子一般，千万次想要把她抱入怀中，还是逼着自己忍下了。

她没有神志不清，已经是最好的结果了。

张琳走到客厅的时候，被傅景深拦了下来：“妈，念念想一个人待会儿，您别上前。您是她最在乎的人，她肯定不希望现在自己的模样被您看到。”

张琳听到傅景深的话，点了点头。看样子，顾念确实是情况不太好。

“景深，你跟妈妈说说，她这是怎么了？”张琳说着，眼泪又从眼眶中滑落，她从未想过会遇到这种情况。

“这些我以后再跟您说，我得去处理一下新闻的事。”

“嗯，好。”

“妈，麻烦您看着她，有什么立刻通知我。”

“好……”张琳点了点头，不敢靠近顾念所在的沙发，只能远远地望着她。

傅景深眼神冰冷，傅老爷子等人还坐在餐椅上，神色凝重，原本一大家子除夕团圆的日子，没想到居然会发生这样的事。

袁珊坐在餐椅上继续吃着，心情还不错。

傅景深上前扣住袁珊的手腕，冷漠地开口道：“你跟我出来一下。”

傅景深的力道很大，袁珊的手腕很快就被捏红了，她被拉扯着走出院子，赶忙开口道：“景深，你别拉我……轻一点，我是你妈，你怎么把我当成你的仇人一样。”

傅景深闻言眼神更是冷冽，直接将袁珊的手甩开，袁珊重心不稳，摔向了墙壁。

“啊——”袁珊额头直接撞向墙壁，瞬间红了一片。

“你什么意思啊，顾念有神经病，你也想把我弄成神经病吗？”

“照片的事到底是不是你做的？”傅景深厉声道。

袁珊闻言脸色微微一变：“你胡说八道什么，这跟我有什么关系？”

傅景深嘴角勾起一抹讥讽，厉声道：“你三年前既然能干出派人强暴顾念的事，今天照片的事我完全有依据怀疑你。”

袁珊闻言脸色惨白得厉害，难以置信地看着眼前的傅景深。

这件事她做得神不知鬼不觉，这么屈辱的事顾念也不会跟他说的，他是怎么知道的？难不成，是顾念要鱼死网破？

袁珊眼神闪躲，闪烁其词：“我不知道你在说什么。傅景深，我是你妈，你不要听信其他人说什么。”

“你没有诧异念念三年前被强暴的事，却在这儿矢口否认，你到底还要装多久？”傅景深准确捕捉到袁珊话语中的失误。

袁珊脸色难看得厉害：“你不能把这事说出去。”她颤抖着伸出手拉住傅景深的胳膊，“这事不能和老爷子他们说，他们年纪大，根本经不住这些事的。”

“呵……”傅景深眸子里的寒意和讥讽越发明显。

“那么，照片的事也是你做的了？”

“我……”

傅景深大手攥紧，猛地甩开袁珊的手，眸子里尽是冷意：“知道我最后悔的事是什么吗？刚刚，我顾及今天是除夕，老爷子和外公外婆都在，所以三年前你对顾念做的事我暂时压下，准备吃完饭再跟你算。没想到却给了你可乘之机，让你又一次伤害到她。我保证，以后绝对不会再给你这样的机会了。”

傅景深一字一顿地继续道：“你需要为你所做的事付出代价。”

傅景深的话让袁珊好似步入地狱一般。

从前她只看到过傅景深对付其他人的手腕，从未想过傅景深的冷漠会加诸自己身上。

如今，自己的亲生儿子对自己说出这样的话，袁珊抑制不住地颤抖起来。

傅景深的手段，她是知道的："你……你该不会也想找人强暴我吧？我……我是你亲妈，你难道为了这么个女人，要手刃亲生母亲吗？"

傅景深好似听到了天大的笑话一般，黑眸中是无边的凉意，他居高临下地看向眼前的袁珊，一字一顿："亲生母亲，你认为你配这四个字？"

袁珊还未开口，傅景深又厉声道："抱歉，我认为，你根本不配！"

袁珊只觉得傅景深的话像是狠狠地甩了自己两耳光。

雪花越落越大，覆在傅景深的肩头，显得男人格外肃穆。

袁珊心惊肉跳，脸色难看得厉害。

为了那么个女人，他居然说自己不配。

自己才是生他、养他、给他生命的人！

袁珊嘴角勾起一抹讥诮："好，既然话都摊开来了，我也就不避讳了。景深，我和那个女人之间你只能选一个，我注定和她势不两立。"

心头愤怒交织，傅景深眯了眯黑眸，厉声道："她和你无冤无仇，你为什么要一而再、再而三地伤害她？"

从知道真相之后，傅景深就一直在想这个缘由。

顾念和袁珊的交集少得可怜，自己也想过是不是普通的婆媳争斗，婆婆单纯认为儿媳妇会把自己的儿子抢走。

可袁珊小打小闹倒是可以理解，如今她就差买凶杀人了，所以，他绝对不能姑息。

她之所以针对顾念，一定还有其他不能说的缘由，只是自己暂时还没有想明白是什么。

袁珊一时语塞，那个秘密，她是断然不会告诉傅景深的。一旦告诉，自己今时今日的一切就都不复存在了。

"我就是不喜欢她——我厌恶她。"

傅景深闻言嘴角勾起一抹讥诮，眼神冰冷而犀利："你有多厌恶她，那么我一定十倍、百倍、千倍地厌恶你。"

说完，傅景深转过身，准备走向客厅，袁珊见状厉声道："景深，以你的脾性，一定会报警抓我吧？"

"不错。"傅景深转过身，并不否认。

事实上，如果袁珊是安萱那样的人，他一定会让她求生不得、求死不能。

袁珊不单单是找人强暴顾念，还有恶意传播、污蔑他人的做派，足以让她坐几年牢。

袁珊这把年纪，名誉尽毁，进入牢房，也算是对她的惩罚，虽然她所承受的比起顾念不及一分一毫。

如果她不是自己的母亲，他会让她的下场比安萱惨上十倍、百倍。毕竟，他也得顾及老爷子和外公外婆的感受。

“那你知道吗，如果你报警的话，警察会先抓她而不是先抓我。”

见傅景深身体变得僵硬，袁珊得意扬扬地继续说道：“原因很简单，当初她可不只是被强暴那么简单！你知道吗，当初顾念可是杀了人。”

事实上，袁珊知道那个人只是受伤而已，现在不过是用那个人当自己的筹码。

“强暴的事都过去三年了，当初都有谁、在哪儿发生的、发生了什么，单凭顾念一个神经病根本指控不了我。但是，当初她杀了人，我可是有证人在场的。”

傅景深眼神冷冽成冰。

“或者说，顾念来指控我——她现在疯疯癫癫的，如果回忆当年的事，恐怕会病情加重吧？哈哈！”

傅景深握紧拳头，如果不是因为眼前这个女人是自己的母亲，他此时此刻真的想杀了她。

“你确定，她真杀人了？”傅景深眯了眯黑眸，试探地开口。

根据上次顾念的回忆来看，顾念的确伤了人，而且那个人伤得不轻。如今袁珊口口声声说顾念杀人，傅景深面不改色，并未暴露自己焦灼的心。

“当然！那个男人被她一刀捅死了。对了，当年的刀我还保存着，上面有她的指纹！哈哈哈，这些常识我还是知道的。”

情况对顾念而言非常不利，袁珊了解自己的儿子，他如今发现真相，要逼死自己，自己唯有用顾念要挟他，才有可能扳回一局。

“景深，你可以选择鱼死网破，但是，我不见得会被抓。事情过去三年了，当年都是我安排的人，你根本没有办法去搜集证据，况且你说出去的话没人会信。顾念现在疯疯癫癫的，她的话更没有人能信。所以，你如果要把当年的事捅出来，最有可能的是我全身而退，她就得因为故意杀人被判刑了，或许因为她精神有问题法院还能网开一面，但是一辈子的监禁怕是免不了的，恐怕一辈子都得住在精神病院了。”

傅景深迅速伸出手扣住袁珊的脖颈，收紧力道，阴鸷的嗓音缓缓响起：“我现在想杀了你的心都有，你说，我有多恨你！”

随着傅景深收紧力道，袁珊的呼吸变得急促困难起来，看得出来，傅景深是真想杀了她。

袁珊脸色涨红，剧烈挣扎着。

见她呼吸不畅，再不松手极有可能会死，傅景深理智回来了些，猛地收回了自己的手。

毕竟是自己的亲生母亲，傅景深的双手少有地颤抖得厉害。

袁珊整个人跌坐在地上，剧烈地咳嗽起来。

她没想到傅景深刚刚真的想要杀了自己，袁珊难免有些后怕，这是她唯一的儿子，他现在为了顾念竟这么对自己。

袁珊脸色苍白得厉害，颤声道：“哈哈哈，傅景深，你刚刚不只是说说，你真想杀了我？”

傅景深嘴角勾起一抹讥诮：“如果你不是我的亲生母亲，我刚刚真的会忍不住掐死你。”

“哈哈哈……但我是啊！傅景深，这是你的命，你摊上我了，而且你躲不开。所以，现在别跟我撕破脸，你要让所有人知道当年我所做的事，我就让所有人知道顾念是个杀人犯。”

傅景深不理会眼前的女人，迅速向客厅走去，留下袁珊一个人跌坐在雪地里，极其狼狈。

她眸子里满是阴鸷，嘴角尽是讥讽和得意。

她一定要让顾念和顾家离袁家、傅家远远的！

客厅里。

顾念的情绪缓和了些，但是后背都是冷汗。

她缓缓摊开手心，才发现手心因为刚刚攥紧的力道太大，指甲都嵌入手心，手上鲜血淋漓。但这也比不上自己的心疼，比不上自己对张琳的担忧。

还好，她还能用疼痛控制自己的理智，否则如果刚刚被刺激得失去理智，顾念真的不知道自己会做出什么事来。

“念念。”张琳眼里噙满热泪，一直在不远处看着顾念，现在见顾念摊开双手，手心里都是血，顾不得傅景深的嘱咐，连忙上前。

“妈……”见张琳一把把自己的手给攥住，顾念目光微动，声音也变得有几分沙哑。

“我在这儿！乖，我在这儿……这是怎么搞的啊？都是血，指甲也被你掐断了。你在这儿坐着，我去找药箱给你擦擦，否则这天寒地冻的，很容易被冻伤的。”

“嗯。”顾念乖顺地点了点头，原本止住的眼泪又情不自禁地涌了出来。

没多久，张琳就从用人那儿把药箱拿了过来，傅景深也跟了上来：“怎么回事？”

“景深，念念的手破了，我看她指甲也断了，不知道情况怎么样。”

“妈，我来处理……”

顾念咬了咬唇，见傅景深拿着药箱靠近，下意识地往后退。

傅景深已经知道她在西雅图的情况，顾念还不知道该如何面对他。他明明知道却不告诉自己，莫非他也知道三年前发生的事了？他突然对自己这么好，是不是因为愧疚，而不是爱情？

顾念胡思乱想之际，就听到用人的声音响起：“季扬少爷来了。”

顾念闻言瞬间就有安全感了：“妈，我要季扬哥给我包扎，不要他给我包扎。”

平常的时候，顾念可以控制自己和季扬保持距离，不影响对方的正常生活，但现在……一旦情绪波动，她下意识就会靠近季扬来寻找安全感，毕竟她曾经在季扬面前将所有的狼狈不堪都暴露了。

“好好好，让你的季扬哥给你包扎。”

见顾念对季扬格外有安全感，傅景深眼眸暗了几分。

季扬已经迅速向客厅走来，见顾念无助地坐在沙发上，忙走近蹲下身子，薄唇抿起：“怎么了？”

季扬温润的目光看向顾念，随后迅速查看她的情况，包括手心的伤势。

“我……没事。”顾念仿佛做错事的孩子一般，小声道。

“嗯，我信。”季扬嘴角上扬，笑容好似春风一般，安抚着顾念的情绪。

顾念点了点头——他信自己没事，真好。

“季扬，你来得正好，快给念念上药吧，我和景深都不好使……”

“好。”季扬点了点头，抬眸看向眼前的小妮子，淡淡地开口，“年夜饭吃了什么好吃的？”

“啊……”棉花球蘸上酒精清理着伤口，顾念疼得缩回了手，思绪却被季扬带着走，“妈妈包的饺子。”

“嗯，之前在西雅图的时候，就听你说过想吃阿姨包的饺子……”

张琳听闻季扬的话，忍不住伸出手捂住了嘴，担心自己抑制不住哭出来。这三年的时间，自己这个小女儿肯定过得很不好……

傅景深知道季扬会好好照顾顾念，便拨通了木凡的电话，让他解决照片的丑闻。

“傅先生，新闻已经被撤下来了，是景少和季少帮的忙。等我们想处理的时候，他们已经抢先一步了。”

“好，我知道了。”傅景深挂断电话，重新回到客厅，顾念的手已经包扎好了。

季扬陪着顾念有一搭没一搭地闲聊着，顾念的情绪已被安抚得很好。

傅景深抿了抿唇，准备上前，思索片刻，又停下脚步，向着餐厅方向走去，他得给老爷子等人一个交代。

傅景深走到餐厅时，傅老爷子见傅景深脸色不好看，忙问道：“事情处理得怎么样了？”

“新闻都已经压下来了。”

“那就好，念念那丫头呢？”

“在客厅休息，季扬和妈陪着她。”

“好。要不要叫医生？”傅老爷子对于顾念的病情也不太清楚，都是揣摩着来判断的。

傅景深摇了摇头：“不用，苏珊已经从西雅图赶来了，她是之前帮念念治疗过的西雅图最专业的华裔医生。”

闻言，傅老爷子微微松了口气。

傅杨按捺不住性子，询问道："景深，你说说看，顾念到底是怎么回事啊？"

傅景深薄唇抿起，欲言又止："有些事情，我得征求念念的意见才能告诉大家。爷爷，外公，爸，希望你们可以给我和念念一点时间。"

袁珊的警告还在耳边，的确，现在不适合撕破脸。自己会在确保顾念毫无被威胁可能的情况下，把袁珊揪出来。她所做的事，得让所有人都知道。不能让顾念独自忍受痛苦，她已经忍受整整三年有余了。

顾伟听傅景深这么说，犹豫片刻，缓缓开口道："好，现在最重要的是念念的情况。"

"嗯，我会派人处理的，近期我会带她回南城别墅住一段时间，希望你们给我们一点时间和空间。"

傅老爷子和袁老爷子对视一眼，思索了片刻，点了点头："好。"

傅景深走出餐厅的时候，就看到袁珊脸色难看地走了进来。

她刚刚摔在雪地上，身上有些狼狈。

傅景深身上的冷漠让袁珊被震慑了几分，只是现在顾念还有把柄被她抓在手里，她就不信傅景深不会就范。

傅景深晚上九点接到了苏珊的电话，天气原因，飞机迫降在香港，她得等下一个航班回来。

傅景深蹙了蹙眉，知道天气原因不可避免："好，尽快吧，麻烦了。"

苏珊听傅景深语气不佳，心里着了急，顾念该不会出事了吧？

季扬陪着顾念一直坐在沙发上看新年晚会，手机响起，是景瑞的电话。他眯了眯眼眸，迅速站起身向着院外走去，然后接通了电话。

"她……情况怎么样？"电话那头是男人欲言又止的声音，和平时男人的痞气、吊儿郎当判若两人，"我知道你一定会立刻赶到她身边的，所以她的情况你一定知道。"

"嗯，她现在没事。"

季扬看了一眼坐在沙发上双手拧成麻花状还是不安的顾念，眸子暗了几分。

"这些年你和她在西雅图待过，这些照片，是真的？"

季扬抿起薄唇，缓缓开口道："嗯。"

季扬可以清楚地听到电话那头的咒骂声："季扬，你怎么照顾她的？她怎么会变成这样？"

景瑞完全想象不到，那么骄纵、扮猪吃老虎、灵气十足的小妮子，居然会有那么狼狈无助的模样，她甚至还做出伤害自己的事。

季扬对景瑞的责难并不动怒，轻声道："确实是我的责任，我没有照顾好她。我很后悔，去西雅图的上半年，我应该不顾她的反对，靠近她，关心她，而不是远远地看着她就好。顾念的病情发展到后期，严重到自残的地步，是我的责任。”

季扬声音低沉，有着无边的痛楚。

景瑞闻言，心里有些不是滋味，似乎自己并没有什么资格这么说他。

“她……怎么会变成这个样子，你知道吗？如果是人为的，我弄死他。”

“嗯，我并不清楚具体情况，只是勉强了解个大概罢了。”

季扬只知道和傅景深的母亲袁珊有关，其他的就不得而知了。按照顾念发病时候的征兆来看，应该是受过侵犯或者是更严重的事。

季扬眼神暗淡了几分，当初他陪着她离开k市，就该了解这其中的深意。只是他并未考虑这么多，也并未考虑过情况会这么严重。

电话那头的景瑞咳了咳，不自然地开口道：“我……处理了新闻的事，你不用操心，陪在她身边就好，我就不去跟着瞎凑热闹了。那个，我是举手之劳，才不是专门想帮她的。”

季扬听闻景瑞的话，勾起嘴角：“嗯，抽空你可以来看看她。你的个性和三年前的她一样，你们俩可以聊到一块儿去。”

“我才不去！我一点都不关心她。”

季扬抿了抿唇，看向院落外的鹅毛大雪，缓缓地开口道：“景少，当你真的很爱她很爱她的时候，会发现要求不会那么高。能有个理由待在她身边，远远地看着她，就足够了。”

景瑞听了季扬寡淡温润的话，似懂非懂，嘟囔道：“我们家老爷子知道这事，挺关心她的，回头我可能会听老爷子的吩咐，去看看她。”

听着男人傲娇别扭的话，季扬再度扬起嘴角，点了点头：“嗯，先挂了，我进去陪她了。”

“好。”

张琳给顾念重新煮了些汤圆送过来：“趁热吃……”

“嗯，谢谢妈。”顾念点了点头。

她的手被裹上纱布，拿着碗有些不方便，张琳开口道：“我来喂你吧。”

“嗯。”顾念小口小口吃着张琳喂给自己的汤圆，心里暖暖的。

傅景深见时间不早了，开口道：“我们今天回南城别墅，怎么样？”

顾念身体颤了颤，随后下意识地靠向张琳，哑声道：“我想回顾家……”

她抗拒南城别墅，其实也是抗拒傅景深。

张琳听闻顾念的话，赶忙开口道：“好啊，你的房间一直被收拾得干干净净的，回头你和景深如果不喜欢床单的颜色，妈妈再给你们换。”

“妈，我想一个人回去待几天。”顾念淡淡地开口道。

张琳闻言脸色有些难看，下意识地看向傅景深，联想到刚刚袁珊跟自己说的话，张琳点了点头，心一横：“好，那晚上妈妈陪着你睡。”

“嗯嗯。”

“景深，你等过两天念念情绪好些了，再来家里接她吧。”

“嗯，妈，听您的。”傅景深知道顾念在抗拒自己，并不想再刺激她的情绪。

季扬见状，眼神一黯，恰逢顾伟来了，季扬淡淡地开口道：“时间不早了，顾叔叔、张阿姨，我送你们回去吧。”

“好的。”顾伟喝了点酒，确实是不方便开车。

傅景深见状主动开口道：“多谢。”

“客气。”季扬知道傅景深的不易，照片的事自己和景瑞能摆平，真要把对方彻底揪出来狠狠地教训，让对方付出惨重的代价，得是傅景深来做。毕竟，当年的事，季扬琢磨出这些年顾念的反应，知道是和袁珊有关。

傅景深亲自送顾念走到门口，傅老爷子和袁老爷子、宁爱都出来送行。

傅老爷子笑眯眯地开口道：“小顾啊，你可得把我孙媳妇照顾好了，要是瘦了，我可就要发火了，军规处置。”

顾伟见状点了点头：“好，老爷子，您放心吧。”

顾念双手拧成麻花，还没彻底回过神来。

傅景深见状上前，双手握住了她的双肩，收紧力道，语气很是认真：“你在西雅图的事只是解开我的一个心结，爱你，与我是否内疚或者是同情你无关，明白了吗？”

顾念抬起美眸，颤抖着迎上男人深邃的黑眸，手下意识地抓紧，又无形之中刺激了伤口的疼痛感。

他这句话算是解释了自己的困惑吗？

顾念咬了咬唇，还未开口，傅景深已经继续道：“我隐瞒我知道的事实，是因为我知道你并不想我知道。在顾家好好照顾自己，明白了吗？”

顾念蒙头蒙脑地点了点头，看向男人深情的黑眸，眼眸里瞬间泛上湿润。

她好怕……留在傅景深身边，会情不自禁地脱口而出——傅景深，当初是你妈派人强暴我的。傅景深知道之后，一定会崩溃吧？

顾念绞尽脑汁，也想不到除了袁珊还有谁会做出照片的事。

“明白了……”

“好。”

傅景深还是放心不下，看向顾念身侧的张琳，抿唇道：“妈，麻烦您好好照顾她。”

“景深你放心吧……”顾伟主动开口道。

傅景深目送着顾念坐进车内，看着车子转弯离开视野，眼眸暗沉得惊人。

回去的路上，顾伟和张琳欲言又止，想要询问顾念这三年来在西雅图的情况，但是又怕刺激顾念的情绪，只能作罢。

季扬送顾念到了顾家，亲自送她上楼，确定她安然入睡之后才下楼来。

顾伟见状上前道："季扬啊，当初你和念念一块儿离开，到底是发生了什么事啊？她走的时候还好好的，怎么去了西雅图就出事了？"

季扬抿唇道："顾叔，当初她选择一走了之，远赴西雅图，您没有想过原因吗？"

似乎一下子很多困惑就有了解释，顾念那么爱傅景深，天天景深哥景深哥地缠着，却说走就走了。

张琳脸色微微一变，开口道："季扬，你的意思是，念念三年前并不是因为任性和你一走了之，而是不得不走——她是不是遇到什么事了？"

"嗯，但是具体的事我也并不清楚，这些念念从来没有跟我说过。她很在乎你们，很怕让你们担心。"

张琳闻言，眼眸又情不自禁泛湿，自己居然一直嚷嚷着顾念任性、对不起傅家，现在才发现，自己真的是误会顾念了。

张琳颤声道："顾伟，我就知道我们的女儿虽然被我们宠坏了，但是绝对不是那种肆意妄为的人，她很识大体的。"

"嗯。"顾伟的情绪也好不到哪儿去，神色凝重。如此一来，自己不仅误会了顾念，还误会了季扬。

顾伟神色凝重地缓缓开口道："季扬，抱歉了，当初，我们都误会你了。"

"不碍事，我是自愿跟她一起去西雅图的。"

张琳闻言又想到了袁珊的那副嘴脸，忍不住道："我一直希望念念和季扬在一块儿，季家比起傅家，着实是好太多了。念念嫁入傅家之后，就是理不完的事儿。"

顾伟知道今天张琳情绪太激动了，忙道："好了好了，木已成舟，多说无益。"

"嗯。"季扬勾了勾嘴角，这不是木已成舟的事，而是顾念是真心实意喜欢傅景深。所以，自己注定是输家。

"顾叔叔、张阿姨，我先回去了。"

"好好好，回去的时候路上小心点。"

"嗯。"

顾伟不放心顾念，让张琳上楼陪着顾念一块儿睡。

张琳面对顾伟欲言又止，想说袁珊今天晚上对自己和顾念的态度，犹豫了片刻，还是决定不再提了。说不定亲家母也是因为这事来得太有冲击力了，被刺激到，所以才会口不择言吧？有的时候，人得宽容，毕竟顾念还在和傅景深的婚姻之中，袁珊就是顾念的婆婆。

张琳回到顾念的卧室，见原本躺下的顾念此时此刻又一个人蜷缩在床上若有所思，显然是在发呆。

张琳忙上前将顾念抱入怀中："怎么了？刚刚不是睡了？"

"我担心不装睡着，季扬哥和你们会担心。"顾念实事求是地开口。

张琳闻言心疼得不得了："你这傻孩子！"

张琳陪着顾念睡在床上："妈妈在这儿陪着你。"

"嗯，好久没有和你一块儿睡了，妈，谢谢你。"顾念好似小猫一般窝在张琳的怀里，轻声道，"妈，我有没有跟你说过，我爱你？"

"说过啊，你小的时候小嘴儿可甜了，总是嚷嚷着爱我爱我的，我都听烦了。"

"那我那个时候一定不是真心的，估计就是想吃零食、想出去玩才骗骗你们的。"顿了顿，顾念小声嘀咕道，"但是我刚刚是真心的……"

"傻丫头。"张琳很是疼爱这个小女儿，将顾念紧紧搂入怀中，"睡吧……"

"妈，你不问在西雅图发生了什么事吗？"顾念欲言又止，犹豫了片刻，还是轻声道。

"不问，但是我和你爸爸做好了听的准备，只要你想说，我们随时准备好了听。"

顾念闻言心里极暖，美眸泛着湿润，点了点头："嗯……"

张琳一直等到顾念睡了才勉强入睡，半夜听到顾念无助的呼唤声，迅速上前安抚顾念的情绪。

"啊——不要，不要过来。"

"没事，妈妈在这儿，不要怕……"

"嗯。"顾念从梦中惊醒，伸出手抱紧张琳。

"没事了，乖，睡吧，我在这儿陪着你。"张琳安抚着顾念的情绪，像是哄孩子入睡一般拍着顾念的肩膀，让女儿平稳入睡。

等到顾念睡着，张琳眉头紧蹙，思绪凝重。

本来是大年三十，阖家团圆的好日子，大家断然不会想到会变成这个局面。

第二天，大年初一。

昨天顾念的照片一下子让傅家和k市的传媒炸开了锅，第二天却消失殆尽，好似从不曾发生过一般。

傅氏用强有力的手腕进行了镇压，以PS、炒作等字眼对顾念的照片简单概述，随后顺带安排了几个女星的丑闻，重新挑起了众人的关注度。

顾念醒来之后有些懵懂，但意识清楚多了，昨天晚上的一幕幕迅速在脑海之中一闪而过，美眸清明了几分，双手包裹着纱布，还不能碰水。

袁珊真是欺人太甚，顾念真的很想狠狠地甩那女人几个耳光。

她是想让自己成为所有人的笑柄，然后顺理成章地逼自己和傅景深离婚，让自己远离傅家和袁家？

只是顾念万万没有想到傅景深居然知道自己在西雅图的事，知道自己的病情。

顾念抬手揉了揉眉心，思绪有些混乱。她还没有想好怎么面对众人，怎么说当年的事。

她总不能嚷嚷着差一点被袁珊安排的人强暴，同时还有那件事，所以……

一想到那件事，想到当时的血腥场面，顾念就忍不住瑟瑟发抖。

傅景深如果知道的话，一定会崩溃吧？包括老爷子、傅杨……

顾念现在结识了宁爱和袁朗，由衷地喜欢老两口。

因为在乎他们，即便袁珊步步紧逼，顾念对当年的事也难以启齿。这么下去，袁珊只会变本加厉。

一想到这儿，顾念眼神暗了几分。她还需要好好想一想，一定不能坐以待毙。

袁珊，你可知道，人被逼急了，真的什么事都做得出来。

大不了鱼死网破。

第十一章
也许爱情要过尽千帆

傅家。

确定苏珊已经从香港起飞，中午的时候就会赶到k市，傅景深微微松了口气。

昨天晚上他一夜无眠，傅家原本除夕欢快的气氛一扫而光，气氛陷入低沉之中。

老爷子等人的脸色都很难看，当然，唯独除了袁珊。

清晨，傅景深刚走到门口准备去顾家询问顾念的情况，就被袁珊拦了下来："景深，妈就知道，你是妈的亲生儿子、唯一的亲人，是不会跟我撕破脸的。"

傅景深淡淡睨了一眼面前的袁珊，厌恶表情显而易见："我现在暂时没有和你撕破脸，原因我想你一清二楚。你该不会真的以为我顾及所谓的母子亲情吧？这些原本就少得可怜，现在更是全部被你断送掉了。"

袁珊被傅景深一语道破心思，脸色有些难看，轻哼一声："你就是被那个丫头鬼迷心窍了。"说完，袁珊眯了眯眼眸，直截了当地开口道，"景深，妈要跟你好好谈谈。"

"抱歉，我没有时间。"

"不行！有关顾念的，你不谈也得谈。"袁珊的话成功地让傅景深停下了脚步。

傅景深轻抿唇瓣，转过身，眼神冰冷："嗯？"

"我知道你想把顾念杀人的事给解决了，现在，我就给你解决的办法，很简单，和她离婚……"

"做梦。"傅景深想也没想，直接反驳道。

袁珊轻哼一声："你是我的儿子，我知道你的能力。给你一些时间，你可以找到当初的那些人，抹平当初的那些事。但是，我是不会给你这个机会的。所以，景深，我又得逼你了。今天你就得跟我去顾家退婚，否则，我立刻派人把顾念当年杀人的事给捅出来。你可以控制住我，但这事我都安排好了，毕竟我还是你的母亲，我了解你！”

傅景深眼神寒冷成冰：“顾念到底哪里得罪你了，你非得这么逼我们？嗯？你亲生儿子的幸福你都要断送，她是我这辈子唯一心爱的女人，你是知道的。”

袁珊得意地扫了一眼眼前的傅景深，表情满是讥讽：“你的生命都是我给的，你的幸福自然是我说了算。这个世界上，你想要娶谁家的小姐我都不管，但是顾家的女儿，你碰不得。”

顾家的女儿？

傅景深听闻袁珊的话，眼神暗沉了几分。

她为什么着重强调顾家的女儿？这其中有什么深意？

袁珊意识到自己说了些什么，抿了抿唇：“总之，顾念绝对不可以。现在，你就跟我去顾家把婚给离了，否则，等下顾念就不是待在顾家而是警察局。当年强暴的那些事，你哪怕捅出来我也不怕，没有证据，一个神志不清的女人的指控，没有人会信。景深，你也不想让顾念那丫头进警察局吧？杀人偿命，罪不轻啊。只要你和她离婚，当初的事就彻底了了。”

傅景深不着痕迹地攥紧拳头，此时此刻，他顾不得天理伦常，如果手中有枪，他恨不得立刻杀了她。

“你当真非得逼我？”傅景深神色冷漠，好似看着陌生人一般看向袁珊，眸子里的肃杀、厌恶之意显而易见。

袁珊得意地点了点头：“不错……”

“呵……”这一声充满嘲讽，傅景深为顾念不值得。

顾念之前守住秘密，也是为了保护他吧？他却有一个这样的生母，真是可悲又可恨。

袁珊琢磨着他的表情，却并未想那么多。

他纵使再厉害，也是自己的儿子，自己对他了如指掌，他逃不出自己的手掌心的。

纵使他不顾自己，也得顾及袁朗、宁爱、傅杨、傅老爷子。

如果自己被捅出来了，受伤的不只一个人，对于傅家和袁家而言，都是灭顶之灾。

“行了，不想顾念坐牢的话，我们去顾家吧。”说完，袁珊自顾自地准备开门坐在副驾驶位置上，却被傅景深一声怒斥：“坐后面！你不配坐在副驾驶位置上。”

副驾驶位置，只能顾念来坐。

袁珊被傅景深的话震慑，扯了扯嘴角，坐到了后座上。

现在对她而言，已经不在乎这些，她只想让顾家那一群扫把星离傅家远点。

傅景深坐进驾驶位置后，迅速给苏珊发去短信，并且把顾家的地址发给了苏珊，让她下了飞机之后直接赶去顾家。

傅景深很快驱车到了顾家，神色冷漠，自始至终并未抬眸看向后座上的女人，完全视她如陌路人。

袁珊还利用时间给自己补了妆，等下她无论如何也不能输。

自己在张琳面前，永远是个胜利者，一直都是，从小到大都是如此。

顾家。

因为顾念住在这儿，张琳一大清早就给顾念熬粥、做糕点，亲自下厨做汤圆。

见傅景深的车子来了，张琳赶忙上前，嘴角挤出一丝笑意："景深来了啊，我做了汤圆，快来一起吃吧。"

"妈，新年好。"

"都好，你和念念也新年好。"张琳原本嘴角还挂着笑意，看到后座上走下来的袁珊，脸色微微一变，笑意凝结。

"嫂子、嫂子也来了啊，一起吃吧。"出于礼貌，不想让两个孩子难做，张琳还是低下头主动打了招呼。

"不必了，我和景深来是有几句话要说，说完我们就走。"

张琳闻言一怔，就见袁珊大摇大摆地向客厅走去，傅景深脸色淡漠。

张琳莫名地心里暗叫不好，联想到昨天这女人逼着自己劝说顾念离婚的事，越发觉得，该不会是因为……这档子事吧。

一想到这儿，张琳迅速跟了上去。

客厅内，顾念正坐在沙发上小口小口咬着彩色汤圆，陪着顾伟说话，心情刚刚好了些，听到门口传来的动静，不禁一怔，紧接着就看到袁珊大摇大摆地走了进来。

原先顾念还算情绪平静，现在看到袁珊，忍不住怒火滔天。

她还敢来？

顾念嘴角勾起一抹冷笑，攥紧手中的汤匙。

见到袁珊之后，顾念无论如何都无法保持平常心，心里只有一个念头，那就是曝光她的嘴脸。

顾伟见状起身打招呼道："新年好啊！亲家母来了啊，请坐吧！"

"嗯。"

虽然袁珊态度冷漠，并不友好，顾伟还是热情地招呼道："吃早饭了吗？琳琳做了汤圆，很好吃的。"

"不必了，我对那种不干不净的东西没有兴趣。"袁珊轻哼一声，随后得意扬扬地睨着眼前的顾念，兴致极高地开口，"顾念，我是来找你的。"

袁珊来找自己？

顾念眼神一冷，将手中的碗放在桌子上。

不干不净的东西？事实上，张琳亲手做的东西，顾念一点儿都不希望袁珊吃。

“有事？”

“顾念，你跟景深离婚吧。这件事我已经和景深说过了，他也同意了。所以，我今天来就是和景深跟你说离婚的事的。”

傅景深并未表明态度，袁珊已经帮他做出了选择。她用顾念逼他，他没有别的选择可言。

离婚？

顾念身体微颤，抬眸看向袁珊身后跟着张琳一块儿走来的傅景深，张了张嘴，哑声道：“他要跟我离婚？”

傅景深眼神深邃，对上顾念清澈的美眸，薄唇紧抿。

怎么可能！

因为深知傅景深的脾性，所以顾念根本不会轻易相信。

顾念嘴角勾起一抹淡淡的嘲讽：“我不信，袁珊，你为什么非得这么逼我们？”

顾伟和张琳听了袁珊的话，同样脸色一变，忍不住开口道：“是啊，亲家母，念念和景深好不容易走到一块儿，你为什么要这么做啊？”

袁珊轻哼一声，随后眯着眼眸怒斥道：“你们女儿做的事你们自己知道！她昨天那病恹恹的模样配得上景深吗？她就是骗婚，隐瞒自己的病情，想要嫁入豪门，成为豪门第一夫人！说白了，她就是个神经病。”

顾念双手攥紧，纵使手上裹着纱布，掌心的伤口还是不可避免地裂开。

可手心里的疼痛，远不及心里的疼。

对这样的羞辱，顾念其实早已疼得麻木，她只是心疼顾伟和张琳被牵连，还有夹在中间左右为难的傅景深。

自己这样，全部是拜袁珊所赐！

“你够了！”傅景深一声怒斥。

袁珊偃旗息鼓，知道不能逼急傅景深，挑了挑眉，双腿叠放在一块儿，得意扬扬地开口道：“行了行了，事实都摆在这儿了，景深，剩下的你和顾念说吧。”

说完，袁珊笑眯眯地等着傅景深开口。

傅景深凝视着沙发上的女人，薄唇抿起：“念念，我有话单独跟你说。”

顾念点了点头，安抚着顾伟和张琳的情绪：“爸、妈，我和景深出去一下，很快回来。你们别担心，先把早饭吃了吧，否则会凉的。”

这个时候她还在担心早饭凉不凉，顾伟和张琳心里很不是滋味。

“好。”顾伟点了点头，见张琳欲言又止，情绪又变得激动起来，将女人揽入怀中，“好了，没事，交给景深去处理吧，相信我们的女儿和女婿。”

“嗯。”张琳重重地点了点头，看向一旁得意扬扬的袁珊。

事实上，张琳也越来越不想让顾念再在傅家待下去。这傅家简直不是人待的地方，有这样的婆婆，哪怕景深再优秀，也得考虑一下现实问题。

顾念原本是和傅景深并排走的，男人忽然停下脚步："我去拿下东西。"

"嗯。"顾念独自走出院落，随后身上忽然多了件披肩，她抬眸望去，是傅景深给她披上的。

昨天下了一夜的雪，室外温度很低，穿着居家服出来，确实有点冷。

顾念颤了颤，嘴角挤出一丝笑意："是不是……我和苏珊的关系你也很早就知道了？她不是我的朋友，是我的医生。"顾念率先开口，美眸清澈逼人。

"比起病人，她更把你当成是朋友。"

傅景深巧舌如簧，顾念是知道的，他并未直接回答自己的问题，而是转移了话题。

顾念停下脚步，抬眸看向傅景深，低喃道："我昨天晚上好像做了很多梦，然后……忽然想明白一些事。有一次，我在南城别墅忽然昏睡过去，是苏珊给我做了催眠，对吧？"

这件事傅景深原本是想要一直瞒着顾念的，只是没想到顾念聪慧，居然察觉到了。

见傅景深并未否认，顾念心漏跳了半拍，眼眸泛红，呵……其实这件事自己只有三分把握、七分试探，没想到居然是真的。

"傅景深，你为什么不问我的意见？"顾念忍不住看向男人，强忍住眼眶里的眼泪，指控道，"不要说你是为了我好，我不想听这样的话。"

见顾念情绪激动，傅景深薄唇抿起："念念！"

男人深邃的眼眸如墨一般，顾念对上男人的视线，并不闪躲，美眸清澈："我现在就要你告诉我一句实话，你是不是知道当年的始作俑者是谁了？"

傅景深对袁珊的态度，包括照片事件等，以及刚刚袁珊逼着他们离婚，让顾念忍不住做出假设。

顾念并未和盘托出，如果自己没有记错，当初被催眠时，她似乎喊出了血之类的字眼。那个时候，她以为只是普通的噩梦，现在想想，也是无形中透露了一些事。

"嗯。"傅景深点头，并未否认，"昨天接到了电话，确认了是她做的。"

顾念目光微闪，看向眼前的男人，除了心疼，就是心疼。

怪不得昨天傅景深接了电话回来之后就不对劲了，原来如此。

那个时候男人看自己的眼神也很错杂，起初顾念并没有当回事。傅景深没有开口，多半也是被冲击到了，况且，哪怕有千言万语想要说，面对老爷子、傅杨、袁朗和宁爱，也很难说出口。

顾念缓缓地伸出双手抱住男人健硕的腰，泪水浸湿男人胸前的衣服："我经常在想，如果她不是你妈就好了。我还在想，如果我们可以私奔，不管不顾就好了，就能把这一切都忘了。但是，好像不行……"

顾念轻笑出声，沙哑着嗓子继续道："傅景深，我真的很想杀了她，你知道吗？"

人怎么可以狠毒到这个地步！

傅景深眼里尽是错杂之色，抬手紧紧地将女人纳入怀中，哑声道："我知道……我恨不得杀了自己。我只是在原地等你，毫无作为。"

顾念："……"

傻瓜，大傻瓜……

顾念抽了抽鼻子，亲昵地依偎在男人怀里，哑声道："就在昨天，我还怀疑过你是因为内疚，还是因为爱我，才这么对我。是啊，你三年前创办傅氏的时候就未卜先知，知道自己他日会内疚，然后把傅氏直接写在我的名下。景深哥，我觉得我傻乎乎的。"

傅景深看着怀里的小妮子一会儿哭一会儿笑，好似孩子一般，目光微动："是我姑息养奸，如果昨天我一接到电话就立刻处理，她就少了个伤害你的机会。我保证，以后绝对不会让她再伤害你了。"

顾念听得出来男人话语之中的懊悔和钝痛，更加心疼了："你……你现在确定要跟我离婚吗？"

言归正传，顾念从傅景深怀里挣扎出来，站直身子，凝视着眼前的男人，眼神清明。

傅景深眼神笃定，抿唇道："给我一点时间，我会解决这个问题，我从未想过和你离婚。"

顾念目光闪了闪，大抵也知道傅景深被揪住了小辫子。

能威慑住傅景深的原因，顾念用脚指头也想得出来，一定是袁珊用自己威胁他了。

"这婚，无论如何我都不会离的。"顾念笃定地开口道，"我之所以对她百般忍让、委曲求全，全部是因为你。如果离婚失去你，那么我还忍什么！"顾念咬牙道。

傅景深闻言抿唇道："现在我需要一点时间处理一下棘手的事，寻找当年的人证物证。"

傅景深眼眸里闪过一抹暗光，顾念却快速捕捉到了。

事情哪有想象当中那么简单？毕竟还牵扯到意外伤人，她甚至有可能杀人了。

一想到这个可能性，顾念的手就攥紧了几分。

当年袁珊派人强暴自己的事，明明是袁珊落了下风，此时此刻，傅景深却被牵制，多半是因为这件事了。这离婚的事，怕也是……

顾念嘴角挤出一丝笑意，轻声道："嗯，我们不离婚，她不会善罢甘休，而且，假离婚也不会那么轻而易举可以骗过她的。"

其实事情有很多处理办法，只是要让顾念独善其身，却是很难的。

傅景深眼神暗了几分，抬手理了理小妮子被风吹乱的发丝："我想先送你和爸妈出国度假一段时间。"

他准备送她离开，然后独自处理这件事？

顾念怎么舍得？

她嘴角挤出一丝笑意："这一次，你又想在原地等我，让我远走高飞，和三年前一样？"

傅景深闻言神色暗了几分："不是。这一次，我不会傻乎乎地再在原地等你了，我解决完这里的事情之后，会去找你的。"

顾念闻言心里有些不是滋味，欲言又止。

她走了，留下他一个人面对老爷子、外公外婆、傅杨，还有那些舆论？

顾念简直不敢想象。

她还并未说话，就听到客厅传来了争执声。

顾念担心张琳和顾伟受委屈，连忙上前。

到了客厅，顾念就看到张琳颤抖着几乎是半跪在袁珊面前，卑微地说道："那个……我承认刚刚言语是过激了一点，嫂子，你别和我一般见识，念念和景深好不容易走到一块儿去……我刚刚说你不配做母亲，也只是因为你羞辱念念，说她……说她有……有神经病。我也是做母亲的人，你不止一次说这样的话，我实在是忍无可忍了。"

张琳一边说，一边泣不成声，袁珊则像个女王一般高傲地坐着。

顾伟想要拉着张琳站起来，张琳却推开了顾伟："如果念念被离婚，还被捅出神经病的事，我们家念念以后怎么做人啊？"

张琳思前想后，离婚是可以，但是如果顾念以后背负着患有精神病这样的名声，那还怎么做人啊？

顾念见状迅速上前扶着张琳站了起来："妈，你这是做什么？不要求她……"

"念念！她……她说，你在西雅图的那个学校里的好多同学都说你吸毒、患有精神病，人言可畏啊！"

顾念嘴角勾起一抹冷笑："袁珊，你是不打自招，说明照片的事是你做的。"

袁珊闻言冷哼一声，不自然地开口道："我可没有这么说。你在西雅图的事昨天闹得尽人皆知，我今天只不过是托那边的朋友稍微打听一下罢了。"

呵……人心怎么可以坏到这个程度？

"顾念，景深和你谈得怎么样了？你决定离婚了吗？"

顾念看着女人趾高气扬的模样，美眸中闪过一抹冷意："决定好了，今天下午三点，你们在民政局等我吧，带好材料，我会准时到的。"

傅景深闻言脸色一变。

张琳和顾伟连忙阻止道："念念，你疯了不成！"

"是啊，念念，现在不是任性的时候。"

"爸、妈，我已经决定了。"顾念淡淡地开口，看着袁珊无比得意的模样，勾唇道，"现在，你可以滚了吧？这里不欢迎你！"

"算你识相！"

袁珊满意地上扬嘴角，随后看向一旁脸色难看的傅景深道：“走吧，景深，这女人都识相地要跟你离婚了，我们也没有什么好说的了。”

傅景深神色冷冽：“你先走吧。”

袁珊见傅景深还这般执着，忍不住恨铁不成钢道：“遇到这么个女人，看你没骨气的模样！我先走了，顾念，希望你能说到做到，下午，我在民政局等你。”

说完，袁珊得意扬扬地离开了顾家。

傅景深凝视着眼前的小妮子，顾念并不像是开玩笑的样子。

“你知道你刚刚在说什么吗？”

顾念闻言轻抿唇瓣，点了点头：“嗯。”她嘴角勾起一抹淡淡的嘲讽，“有她这样的人，你认为我们俩的婚姻还能继续下去？傅景深，这一次，关乎的不只是我一个人，还有顾家。我不想我的爸妈也跟着受辱。所以暂时先离婚吧，等到你全部处理好了，我们再复婚。”

说完，顾念径直向楼上走去，留下傅景深、顾伟、张琳三个人在客厅里。

张琳和顾伟见顾念上了楼，心急如焚，顾伟忍不住急切地道：“景深，念念她……她这个孩子，还是任性了。”

张琳情绪激动，听到顾伟这么说，哑声道：“念念爸爸，别再说了……”

平日里，张琳喜欢叫顾伟的名字，偶尔这么称呼他，多半是认真的时候。

“我……我也不想让念念继续待在傅家了。”张琳犹豫片刻，终于说出了自己的心声，“真要是离婚了，也是好事，是不是？只要你妈不声张过去的事，就当是和平离婚好了，一切……重新开始吧。”

张琳说出最后一番话，并未看向傅景深，一直垂眸道：“景深，你能理解我一个做母亲的心吧？”

傅景深原本想要追上楼，因为张琳的话，硬生生停下了脚步：“妈，我已经安排苏珊来k市了，她会直接来顾家照顾念念。有什么问题，你们立刻通知我。”

张琳闻言点了点头，赶忙道：“好……景深，谢谢你啊。”

张琳不敢看向傅景深，担心自己也绷不住会心软，可现在不是心软的时候。

三年前，她已经让顾念远走西雅图了；三年后，绝对不能再这样了。

顾念一直站在卧室的阳台上，见到傅景深走出庭院，坐进车内，扬长而去。

下午三点……

顾念目光微动。

傅景深，你知道我很爱你吗？

爱你爱到舍不得你为难，舍不得你被胁迫，舍不得看着你蹙眉。

傅景深赶到傅家的时候，袁珊正好也做了美容回到傅家。

傅景深目光冷意十足，袁珊见状扯了扯嘴角："是那个女人主动要和你离婚的，跟我没有关系，你可别再这么看着我了。否则，我可不打算就这么息事宁人，回头我指不定就把顾念杀人的事给捅出来了。"

傅景深眸子里满是寒意，眼神冷厉。

她就这么肆无忌惮地践踏人的尊严？

包括张琳……

袁珊不敢再和傅景深纠缠下去，随后走进客厅。

只要顾念肯离婚，虽然是她单方面提出来的，自己有的是办法逼傅景深同意。

大年初一，本来应该是一大家子其乐融融的，现在傅家却死灰一般冷寂。

傅老爷子和袁老爷子面色凝重，宁爱也好不到哪儿去。傅杨是个直肠子，担心说错话，不敢开口，见袁珊回来了，连忙开口道："大年初一一大早的，你去哪儿了？"

袁珊听闻傅杨带着质问的话，不悦地开口道："你这是什么态度？我去哪儿了还得跟你打招呼？"

"你……"

傅老爷子闻言立马道："好了好了，大过年的，你们别吵了。"

袁珊眼中闪过一抹狠戾之色，随后轻哼道："爸、妈，有件事和你们说一声，我刚刚去了顾家，顾念准备和傅景深离婚了。今天下午三点，她就会去民政局办理离婚。她当着顾伟和张琳的面说的，景深也都听到了。"

什么？

三人对视一眼，很是诧异袁珊所说的话。

顾念真的……要和景深离婚了？

傅老爷子闻言摆了摆手："不可能！那丫头，我没看错，她是喜欢景深的，是真的爱他。"

"可能是因为内疚吧，毕竟精神方面有点问题！"

说这句话的时候，袁珊刻意没有把话说得多难听，她知道，如果自己说难听的话，傅景深一定不会轻易放过自己。

傅景深闻言眼中闪过一抹暗光："无论如何，我都不会和她离婚，她是我傅景深今生今世唯一的妻子。"

袁珊闻言嘴角勾起一抹冷笑，没好气地道："我看你是不见棺材不掉泪。景深，你别被她骗了……"

"好了，珊珊，你少说两句。"宁爱忍不住道。

"妈，今天我在她家可是受了委屈的，看顾伟和张琳平日里跟好人似的，今天一家三口让我滚……"

宁爱闻言目光闪了闪。

袁朗思索片刻，缓缓道："孩子的事应该由孩子们自己决定，珊珊，你别干预他们了。这件事景深你酌情处理吧。我得提醒你一句，一日夫妻百日恩，贫贱不能移，你如果爱她，就该爱她的全部。"

"嗯。"傅景深点了点头，黑眸越发深邃。

有些事，他应该帮她做，早在三年前，他就该做了。

下午一点。

袁珊兴冲冲地准备着衣着，准备前往民政局。自从顾念回来之后，袁珊就感觉从未如此大快人心过。

顾家。

张琳虽然支持顾念的行为，顾伟还是忍不住想让顾念好好想想。

结婚是一辈子的事，离婚也是如此。

傅景深挑不出半个不字，这么好的女婿，顾伟舍不得。

"先生、太太，苏珊小姐到了……"

顾念闻言一怔，苏珊？

顾伟和张琳见状赶忙说道："好……我们马上下去，先上茶。"

顾念见顾伟和张琳并不意外，轻声道："她怎么来了？"

"是景深安排她从西雅图回来的。"

顾念神色微动，这是傅景深的做事风格。

顾念向楼下走去，看到苏珊已经坐在沙发上，正对着用人送来的乌龙茶轻声道："抱歉，白开水就好了。"

"给她准备咖啡吧。"顾念勾起嘴角，开口道。

苏珊见状站起身，看向眼前的小妮子，仔细打量了一番，笑眯眯地说道："状态还不错啊！"

"景深安排你回来，是担心我病情复发，然后更严重，是吗？"

苏珊闻言神色间闪过一抹暗光，顾念说这句话，分明是知道了些什么……

"嗯？"

"我已经知道了，包括你在南城别墅催眠我的事。"

"抱歉……"苏珊并不是忸怩的人，主动道歉，却并不想多加解释，做了就是做了，"虽然不地道，但是我很想问，你是怎么知道的？能发现自己被催眠，说明对自己的心理治疗师很不信任。但是在我看来，你很信任我啊。"

顾念闻言轻声道："嗯，诈了一下傅景深，他没否认。"

"OK！"苏珊摊手，感觉很是无奈。她看向顾念身后的顾伟和张琳，打招呼道，"伯父、伯母，你们好，我是苏珊。"

“你好……”

顾伟和张琳见状道：“我们去准备咖啡吧，你们聊。”

“好的，多谢。”

顾念跟着苏珊坐在了沙发上，轻声道：“没想到你会回国。”

“他担心你会受到刺激，病情加重。实不相瞒，他在积极调查三年前的事，要为你讨回公道。”

顾念并不意外，嘴角勾起一抹苦涩的笑意：“嗯，已经查出来了，对方……是他的母亲。”

苏珊反应了良久，似乎才明白顾念为什么不肯说出当年幕后主使的身份。

原来如此……

“是亲生母亲，并不是养母。”

哪怕苏珊有记忆以来从未和亲生父母接触过，也大抵知道这种感受。自己养父母百般照顾自己、疼爱自己，她都能体会这其中的恩情。

如果是亲生的，似乎……

人之常情，苏珊不便多言。

“苏珊，你们催眠的时候是不是发现了……我三年前意外伤人的事？”顾念并未兜圈子，直接询问道。

苏珊见顾念能如此心平气和地说三年前的事，暗暗心惊。

看样子，小妮子情况有所好转。

“不错。”苏珊点了点头，继续道，“但也只能算是猜测，毕竟你没有给出实际的答复。”

“嗯。”顾念点了点头，美眸有些黯淡，“袁珊现在就拿着这些威胁景深，顺带拿着西雅图时我的病情、我在学校的事威胁我爸妈。”

“念念，那你打算怎么办？”

顾念嘴角上扬，看向眼前的苏珊，轻声道：“跟我去一个地方，我就告诉你答案。”

顾伟和张琳端着咖啡走出厨房，就看到顾念准备和苏珊出门，连忙开口道：“念念，你准备去哪儿？”

“妈，我和苏珊去个地方，很快就回来。”顾念眼中闪过一抹错杂之色，很快消失不见，脸上满是笑意。

张琳和顾伟见状心有担忧，但是有苏珊陪着，也就放心了。

她真要是去民政局，做父母的不方便露面，有苏珊这个朋友陪着也好……

“好，路上小心点，妈妈今天晚上亲自下厨，给你们做好吃的。”

“好啊。”顾念有些哽咽，嘴角上扬，上前将张琳抱在怀里，“妈，你对我真好。”

张琳被顾念抱得有些措手不及，脸色微红："你这丫头，妈什么时候对你不好了？你啊，总是仗着你最小，任性。比起顾城，妈妈最疼你了。"

"嗯，我知道，我都知道，就是挺后悔的，当初没能乖一点，成天在外惹是生非的，让你和爸爸担心，总是让你们给我收拾烂摊子。"

张琳只觉得今天的顾念有些奇怪，伸出手拍了拍小妮子的后背，轻声道："傻丫头……"

可能今天结束和傅景深的这段婚姻，顾念就真正成熟了吧，不再只是长大那么简单。

"嗯……"

顾念抽了抽鼻子，松开张琳，随后抱了抱身侧的顾伟，小声嘀咕道："爸，我是你这辈子第二爱的女人吧？第一是妈妈，我争不过……"

"好好好，你是第二个、第二个，傻孩子！苏珊还在呢，这个模样成什么了，让苏珊看了笑话！不是说在国外，孩子们都很成熟吗？"

"嗯。"顾念伸出裹着纱布的手，胡乱地将眼角的泪水擦拭干净。

苏珊见状连忙开口道："你们不需要顾忌我，呃，这些和父母亲昵的事，我没机会做，也不知道做了会是什么样子，所以看了很新鲜、很特别。"

顾念因为苏珊的话轻笑出声，随后神色错杂地看向眼前的张琳和顾伟，哑声道："我们先走了。"

"好，晚上见。"

"嗯。"顾念听闻顾伟说晚上见的时候，只觉得心被撕扯着。

坐进车内，苏珊看向驾驶位置上的顾念，挑眉道："我对k市并不熟悉，你现在可以告诉我，我们要去哪儿了吧？"

顾念闻言勾起嘴角："去民政局，和傅景深离婚。"

"你疯了吧！那么完美的男人，你要跟他离婚？"苏珊满是难以置信。

顾念扯了扯嘴角："嗯，那就不离了……"

"念念，你的表现很奇怪，你到底是怎么一回事？"苏珊端详着顾念的表情，眼里闪过一抹沉思，眼神变得犀利起来，"你有事瞒着我……不对，瞒着我们大家，对不对？"

顾念看向前方的目的地，勾起嘴角："嗯，猜对了，目的地到了。"

苏珊顺着顾念的视线看去，脸色微微一变——是公安局。

她居然来这儿了。

她要做什么？

苏珊思索片刻，脸色一变——顾念，她要自首。

苏珊想要阻止已经来不及了，因为顾念已经将车直接开进去。

苏珊暗暗蹙眉，她得通知傅景深。

“好了，下车吧！别指望告诉傅景深了，他总是习惯为我做很多事，我也想为他做些事情，例如，解决眼前的僵局。”顾念说得轻松，苏珊却心跳如擂鼓。

“念念……”

“当我是朋友的话，就别阻止我，OK？”

苏珊还未来得及说什么，就看到顾念率先下了车。

顾念刚下车就看到不远处停着的豪车，脸色微微一变——是傅景深的车！

他来这里做什么？

顾念迅速向大厅方向走去，一边走一边掏出手机拨通了傅景深的电话。

他来是因为当年的事吗？

顾念神色着急，电话那头却一直没有接通。如果傅景深真的在这里，估计是没空接电话。

他来这儿的目的，和自己一样吗？

“傅太太，您来找傅先生？”有眼尖的警员认出顾念，立马热情地上前道。

顾念嘴角挤出一丝笑意，听到警员这么说，十有八九傅景深就在这里了。

“嗯，他人呢？”

“傅先生在做笔录。”

顾念神色微变，随后哑声道：“我可以进去找他吗？”

“抱歉，外人不能进去。而且，傅先生和张警官正在里面，您不能进去打扰。”

“嗯，我知道了。”顾念点了点头，头皮有些发麻。

“傅太太，您先坐在一旁等一下吧。”

顾念闻言嘴角勾起一抹淡淡的弧度，轻声道：“不必了，我是来自首的。”

自首？

不会吧。

他有没有听错啊？

警员闻言很是诧异，看向眼前清丽的女人，见顾念丝毫不像是开玩笑的模样，咽了咽口水：“傅太太，您不是说笑的吧。”

“不是。”顾念淡淡地开口，“我想，我和傅景深报的案子是同一个。所以，麻烦你进去帮我问一下，我有没有资格进去。”

警员不敢怠慢，咽了咽口水，立马道：“您稍微等我一下，我先去请示一下上级。”

“好。”顾念点了点头，没多久，就看到警员出来上前道，“傅太太，里面请……您跟我去审讯室把您要自首的问题交代一下吧，就是傅先生所在的审讯室。”

“嗯。”顾念点了点头，一旁的苏珊神色凝重。

顾念心意已决，根本无法阻止，苏珊忙上前道：“我在外面等你。进去如果因为回忆当初的事情绪变得激动，先自我平静，然后记得我在外面等你，随时通知我，OK？”

“嗯。”顾念点了点头，轻声道，“记得暂时帮我照顾一下我爸妈，我相信一切会有最公正的判决。”

“好。”苏珊点了点头，神色凝重。

事实上，情况并不容乐观，毕竟时隔三年，当初的人证物证已经很难找到，加上顾念这个精神情况，真要到了法庭上，要想证明是自卫伤人，能被信服的概率并不高。

问题似乎很严峻，但愿，傅景深可以处理好。

顾念走进审讯室，就看到傅景深站在窗前，旁边站着一个穿着制服恭恭敬敬的男人，显然是刚刚警员所说的张警官。

傅景深转过身，顾念对上他深邃的眼眸，吸了吸鼻子，轻声道：“真巧啊，傅先生。”

顾念本想要笑，美眸却难以抑制地泛红，眼眶变得湿润。

她居然来了，傅景深黑眸中闪过一抹暗光。他本以为顾念下午会去民政局办离婚手续，没想到她居然来了公安局，她的用意不言而喻。

“傅太太，您好，我是负责审讯的张警官。听说，您要自首？”

张警官四十出头，在公安局工作多年，工作这么久以来，还是第一次接触这样的大人物。这夫妻俩又是一块儿来的，一个检举揭发，一个是自首，这事有些蹊跷。

“是啊……”顾念点了点头，随后看向傅景深，低喃，“三年前，我因为自卫误伤了一个男人。所以，我是来自首的。”

顾念虽然在回答张警官的话，眼睛却一直看向傅景深。

傅景深：“……”

有些话一旦说出口，就再也没有挽回的余地了，她比自己想象中要勇敢得多。

“顾念！”傅景深上前攥住小妮子的手腕，黑眸深处闪过错综复杂的情绪，“你……你不该来的，你应该带着爸妈出去旅游。”

察觉到自己的手腕被傅景深攥得很紧很紧，昨天受伤的掌心因为男人的动作似乎被安抚了，也不那么疼了。

“我想为你做些事，我想爱你，我不想让你被威胁。我想保护爸妈，不想再姑息养奸，不想失去你。”顾念嘴角勾起一抹甜美的笑，“当初我之所以会隐瞒那件事，也是为了保护你们，既然继续隐瞒已经无法达成目的，倒不如把真相说出来。”

顾念越是笑得明媚，眼角的湿润越发明显。

傅景深喉结滚动了几下，目光幽深。

她好傻……

三年前，她一走了之，隐瞒真相，哪怕背上骂名，就是为了保护自己。

三年后，她回来了，现在选择公布真相，也是为了保护自己。

这个傻丫头！

见傅景深不说话，顾念哽咽着道："景深哥，那你呢，为什么来这儿？"

"我来检举揭发她。"

顾念神色微变。

傅景深来这儿，是打算检举揭发袁珊的罪行的。

怪不得，他说会护着自己，不让袁珊伤害自己。

只是，他有证据吗？当年的事错综复杂，自己来自首，也没有十足的把握。

张警官听着顾念和傅景深的对白，忍不住开口道："这案子还真的是难办了。傅先生，您检举揭发的可是您的亲生母亲……"

张警官的话，无疑说中了顾念的心思。

不错，傅景深要是这么做了，会被众人戳脊梁骨的，而且傅家、袁家会怎么看他？

顾念眼眸湿润，吸着鼻子，哑声道："张警官，你就公事公办吧。"

"明白，傅太太。"

顾念握住傅景深的手，和男人亲昵地十指相扣，轻声道："张警官，你先帮我录口供吧。"

"好的。"张警官点了点头，随后道，"傅太太，请坐。"

"嗯。"顾念点了点头，和傅景深坐在椅子上，美眸暗了暗。

有傅景深在，无形之中安抚了她的情绪，所以，她无所畏惧，变得勇敢起来。

"请问，傅太太，您要自首什么事？"张警官认真询问道。

"三年前，我……我有一次接到袁珊的电话，也就是我的婆婆，她约我见面。因为时间过去比较久了，加上我比较抗拒那天发生的事，所以具体的时间和地点我记得不太清楚，我……随后意识不强，醒来的时候，发现我在一个光线透亮的地方。有……六七个男人围着我，试图强暴我。袁珊也在现场，她……她把我交给那些人之后就走了。"

顾念语速平稳，事实上却心跳如擂鼓。

傅景深可以明显察觉到顾念的手攥着自己，在缓缓地用力……

傅景深紧蹙眉心，心疼不已。

"后来挣扎的时候，我用利刃……刺进最靠近我的那个人胸口的位置，那个人血流不止，我想……袁珊现在这么威胁我们，那个人应该已经死了吧？所以，我自首，我在被绑架、差点被强暴的情况下，自卫伤了一个人。"

顾念脸色苍白，说出来的话有些抑制不住地颤抖。哪怕她极力控制着自己的情绪，终究难以忘怀当初的噩梦。

张警官犹豫片刻，缓缓开口道："傅太太，这些事……您有证据吗？"

顾念摇了摇头，低喃道："那个时候我只想逃跑，什么事都不知道。还有，事情发生之后，我就离开k市去西雅图了。"

“这件事处理起来比较麻烦……”顿了顿，张警官继续道，“那您还记得死者是谁吗？”

“不记得了……当初的一切记忆我都不想再记得了。”顾念摇了摇头，实事求是地开口道。

这就难办了。

见张警官为难的模样，傅景深将手中的U盘递了过去：“这个是视频文件，里面有她亲口承认的资料。”

张警官闻言接过U盘，插进电脑里仔细查看了一番：“傅先生，一般来说视频文件比较麻烦。”

“嗯，我知道，视频属于视听资料，证据要有证明效力需要满足真实性、合法性、关联性，证据取得的方式要合法，不能侵犯他人隐私。”傅景深眼中闪过一抹幽深的光，早在拿出这份视频的时候，他就查过一切资料，“这个是傅家庭院位置的监控拍下来的，我是傅家的人，将自家的视频资料公之于众，并未违法。”

张警官点了点头：“好的，我先看一下。”

顾念双手握紧傅景深的大手，轻声道：“你……”

“本来并不想拿出来的，希望她可以自己坦白，从轻处理。”

顾念点了点头，现在傅景深把资料抛出来了，那么袁珊连坦白从宽、减轻罪名的机会都没有了。

视频中，来自傅景深和袁珊的争论声在审讯室内响起。

“你三年前既然能干出派人强暴顾念的事，今天照片的事我完全有依据怀疑你。”

“你没有诧异念念三年前被强暴的事，却在这儿矢口否认，你到底还要装多久？”

“那么……照片的事也是你做的了？”

“知道我最后悔的事是什么吗？刚刚，我顾及今天是除夕，老爷子和外公外婆都在，所以三年前你对顾念做的事我暂时先压下，准备吃完饭再跟你算。没想到却给了你可乘之机，让你又一次伤害到她。”

“那你知道吗，如果你报警的话，警察会先抓她而不是先抓我。”

“强暴的事都过去三年了，当初都有谁、在哪儿发生的、发生了什么，单凭顾念一个神经病根本指控不了我！但是，当初她杀了人，我可是有证人在场的。”

“你确定，她真杀人了？”

“当然！”

张警官查看完视频之后，开口道：“傅先生，这个视频要想完全作为证据，还得再充分一些。另外，根据视频里她所说的话，似乎真的造成命案了。傅太太，因为您是本案的关键人物，可能得需要您在我们这待上几天了。但是请您相信，我们一定会还您清白的。”

顾念点了点头，见傅景深握紧自己的手，黑眸里满是关切，便说道："不用担心我，苏珊已经到k市了，有她在，我的病情不会反复的。我现在比较担心的是，考虑到我的病情，我的话在法庭上有没有用。"顾念嘴角上扬，"无论有没有用，当年的事说清楚之后，我觉得现在很平静，帮我好好照顾老爷子、爸爸、外公外婆，还有爸妈。"

傅景深点了点头："好。"

事实上，傅景深不关心其他人，最关心的是顾念现在的情况，她是否可以照顾好自己。

张警官见状开口道："时间不早了，我得去请袁珊回来调查了。"

"好，她现在在民政局。"傅景深笃定地道。

听见傅景深笃定的话，顾念和傅景深对视一眼，心底微动。

民政局的事，唯独她当了真。

呵……她最想要的就是自己的儿子和媳妇离婚，想想看，这个女人实在是令人恶心。

"好的，那我马上去处理，傅先生、傅太太，你们聊。"

张警官迅速组织警力向着民政局方向行动。

偌大的审讯室，关闭了监控设备，只有傅景深和顾念两个人在。

顾念依偎在男人怀里，小声嘀咕道："看样子我们真是夫妻，都想到一块儿去了。"

傅景深目光微动，听着小妮子的低喃，声音沙哑："你叫我如何不深爱你……"

顾念："……"

是啊，他不是粗浅地爱着自己，是深爱入骨。

"想和你说一辈子，我爱你，对不起。"

傻瓜……

听着男人磁性的声音，顾念伸出手捂住男人的薄唇，嘴角扬起一抹明媚的笑："不够——我不要听你的对不起，我要听你把对不起换成我爱你，永远跟我这么说。"

"好，我爱你。"傅景深点了点头，让顾念可以靠在自己怀里休息一会儿。

民政局。

袁珊原先得意扬扬地准备一个人出门，没想到傅杨、傅老爷子、袁朗和宁爱执意要一起来。袁珊也想让顾念在众人面前表态，便未干预，一行人开车到了民政局。

就让这些人也跟着死心吧，了解顾念是个什么样的人。

袁珊看了一眼手表上的时间，已经两点五十分了，顾念多半快要到了。

袁珊笑眯眯地嘀咕道："终于把顾念解决掉了，不省心的女人啊，病恹恹的，还想着嫁人豪门，简直是痴人说梦！"

傅老爷子闻言声音冷冽如冰道："行了！孩子的情况那么差，你就少说两句吧。离婚的事，只要顾念不提，我们傅家就不该提。”

傅老爷子对顾念那丫头是喜欢的，哪怕三年前顾念做了任性的事，可都过去了，便不想再提了。况且，傅景深是真心喜欢顾念，这一点，比任何事都重要。

袁朗听闻傅老爷子的话，赞许道：“嗯，我也是这么想的。那个孩子不错，看样子她在西雅图这三年过得并不好，傅家更应该好好地照顾她，包括我们也是。”

宁爱同样缓缓说道：“是啊，单单看张琳和顾伟就足以看出，这家人不错，教育出来的孩子更是差不到哪儿去。只是没想到顾念性子执拗，非要走到离婚这一步。”

袁珊听宁爱这么说，没好气地道：“妈，你别跟我说张琳，我最不喜欢的就是这个女人。顾念千不该万不该，不该是这个女人的女儿。”

主要是顾念这丫头和宁爱年轻的时候特别像，袁珊无意间翻看过宁爱年轻时候的照片，所以，她才不得已要对顾念出手。

宁爱心有恼怒，忍不住训斥道：“她毕竟是你的儿媳妇，张琳是你的亲家。珊珊，人做事说话得留有余地，我和你爸爸是怎么教你的？”

“行了行了，我知道了。”袁珊虽然心里不服气，却心情不错，不和宁爱计较。

等一下就有好戏看了！

“爸、妈，时间不早了，我们先下车去大厅等着吧。”袁珊难得笑眯眯地道。

宁爱和袁朗闻言点了点头。

不知道顾念来了，还有没有回转的余地。

傅杨看向傅老爷子，恭敬道：“爸，我扶您下去。”

“好。”傅老爷子点了点头，昨天自从顾念的事发生之后，他发现自己真的有些站不住脚了。年纪大了，最见不得孩子们有什么动荡的事，否则这心里不是个滋味。

傅老爷子跟着袁老爷子和宁爱下了车，没想到民政局门口聚集着大量的媒体记者。

媒体记者见到这一行人，立刻对着老爷子等人疯狂拍照：“傅老爷子，请问一下，是不是今天傅先生和顾念要离婚啊？”

“胡说八道。”傅杨脸色难看，直接训斥道。

“这可是内部资料啊，说是确切消息。”记者们忍不住追问，“袁老爷子、袁夫人，你们也一块儿出席了，是不是要见证一下啊？离婚自然是傅家的大事，否则你们怎么突然到访？”

袁朗闻言立刻反驳道：“当然不是了。”

“是啊是啊，这些都是傅家和袁家的家事，谁让你们来的啊？”宁爱跟着着急了，本来就心情不好，现在更是气得不行。

媒体记者将摄像头对准了傅杨和袁珊，追问道：“你们是公婆，顾念和傅先生的婚姻是否出现了问题，我想你们最清楚了对不对？”

傅杨立刻否认道：“我说过，没有这回事。”

袁珊笑眯眯地道：“好了，既然大家都来了，也不会让你们白来的。这顾念啊，和我们家景深缘分走到头了，等下到了三点，她就会和景深办理离婚手续。”

媒体听闻袁珊的话激动不已，立刻抓拍这个镜头，这可是本年度k市最大的新闻了。

事到如今，傅老爷子等人自然看明白了，这些媒体记者全部是袁珊派人找来的，为的就是大肆宣扬这件事，否则实在是解释不清楚这些人所谓的内部资料。

“请问为什么要离婚呢？是不是感情不和？前两天傅先生可是把傅氏都作为礼物送给顾念了。”记者们自然不会放过这个大八卦，哪怕冒着得罪傅家的风险，还在追问。

袁珊见状满意地勾起嘴角，故作为难道：“是啊，景深对顾念可真是没话说，但是嘛，我是为人婆婆的，有些话不方便多说。既然大家知道我们来这儿是有事要办，麻烦让一下啊。”

袁珊这番话，明面上表示傅景深在这段婚姻里毫无问题，事实上早已把锅全部甩给了顾念，暗示这婚姻走到尽头，全部是顾念的责任。

傅老爷子被袁珊气得不行，这个袁珊，说起话来没轻没重的。

夫妻两人的事，原本其他人就说不得，袁珊更是局外人，根本就没有说话的资格。

“好了好了，你们都给我散开，傅杨……安排警卫员来。”

“好的，爸……”

民政局的工作人员见外面围了大量媒体记者，连忙派人上前试图阻拦。只是民政局的工作人员还没上前，却看到三辆警车直接向着民政局行驶而来。

袁珊一怔，这是怎么回事？难不成老爷子请了公安局的人来做警卫员？

不太可能吧！

那个顾念也真是的，都三点了，还没出现，反倒来了警察。

傅老爷子等人也很诧异，警察怎么来了？

警车停稳之后，张警官立刻下车走到傅老爷子等人面前，因为要抓傅老爷子的儿媳妇，袁珊也是袁老爷子的女儿，张警官很是忐忑，这怎么下手都不是个事儿啊！

“傅老爷子、袁老爷子、老夫人好。”

“嗯。”傅老爷子轻哼一声，对这个张警官也算是有印象，以前打过交道。

袁老爷子对其也不陌生，这张警官原先可是在他办活动的时候做过安保工作的。

“小张，你怎么来了啊？”傅老爷子蹙了蹙眉。小张突然来这儿，是不是出了什么事啊？

老爷子多年来敏锐的警觉性还是有的。

“这个……”张警官有些犹豫，想了想，还是开口道，“老爷子，得，得罪了，要扣您家里的一个人回去做些调查……”

两个老爷子闻言脸色难看得厉害，最后傅老爷子思索片刻，点了点头：“不碍事，你公事公办吧。”

“好的。”张警官迅速走到袁珊面前，将手中的逮捕令展开，“袁珊女士，因为你涉嫌参与三年前的一起绑架案，所以需要请你回去协助调查，这个是对你的逮捕令。”

媒体记者们原本以为今天的新闻已经足够劲爆的了，没想到还有更大的爆点——袁珊居然参与绑架案！啧啧啧，这可真是精彩啊！

媒体记者迅速对着袁珊拍照。

“哇……绑架案啊！这可了不得了！”

“是啊，今天傅家可是一下子出了两个重磅消息，有离婚还有绑架……啧啧啧！”

“这下有好戏看了！”

宁爱一听说袁珊参与了三年前的绑架案，连忙开口道：“张警官，是不是搞错了？珊珊虽然个性泼辣，但不是那种会做坏事的人啊。”

袁珊整个人脸色惨白，大抵也没想到会变成现在这个局面。这些媒体是她找来让顾念出丑的，没想到此时此刻，疯狂地拍着自己，让自己声名狼藉。

张警官有些为难，犹豫片刻道：“袁夫人，关于案件的细节，我不方便跟你透露，但是我们不会无凭无据就来抓人的，希望你可以理解。”

“你们还愣着做什么？带走吧。”张警官一声令下，立刻有警员上前将袁珊控制住。

“袁珊女士，跟我们走一趟吧。”

是……是谁做的？

顾念——一定是她想要跟自己同归于尽。今天的离婚只是个幌子，她根本就没打算来。

“是……是顾念，是顾念报的警，对吗？你们放开我！不要碰我……”袁珊慌不择言，情绪也变得异常激动。

此话一出，傅家人很是诧异——这关顾念什么事啊？

张警官担心袁珊再在媒体面前捅出其他事来，连忙安排警员将袁珊塞进警车里，然后毕恭毕敬地跟傅老爷子、袁老爷子打招呼：“老爷子，人我先带走了，这是程序，抱歉，我得公事公办。”

傅老爷子看了一眼脸色难看的袁老爷子和宁爱，连忙说道：“傅杨，开车跟上张警官的车，我们一块儿去，我想看看袁珊三年前到底是绑架了谁！”

“是，爸……”

一行人一路跟着警车回到公安局，傅老爷子脸色凝重。没有十足的把握，按袁珊今天的身份和地位，张警官不敢抓人。看样子袁珊三年前真的做了什么见不得人的事。

袁老爷子脸色同样好不到哪儿去，抿紧了唇。

宁爱一把年纪了，被这件事冲击得有些颤抖：“老袁啊，你说该不会是真的吧？”

袁朗闻言抿了抿唇：“嗯。”

“这可怎么办是好？珊珊都这么大岁数的人了，怎么还做违法的事呢？这些年我们可都是好好教她的啊。”

“你啊……太宠她了！”

“这些年，我们都把她宠坏了。”宁爱并不否认宠溺袁珊的事实，瞬间红了眼眶，“还不是因为当初孤儿院的事，我们一直对她有愧疚，哪怕经过这么些年，都不曾好转过。”

见宁爱情绪激动，袁朗连忙递了一张纸巾过去：“好了，亲家公还在呢，别说了。珊珊如果真的做错了事，也该受到惩罚，我们不能姑息。”

宁爱红着眼睛点了点头，颤抖着用纸巾擦拭眼角的湿润，却还是忍不住奢求道：“珊珊，你可千万别做什么大逆不道的事啊！”

坐在驾驶位置上的傅杨和坐在副驾驶位置的老爷子对视一眼。两人和袁珊生活这么多年，对于袁珊的性格，实在是没有什么好说的。这件事……一定不简单。

到达公安局后，众人先后从车上走了下来，袁珊情绪激动地被人押着去了关押室。

张警官看向跟随而来的傅老爷子、袁老爷子、宁爱等人，抿唇道：“老爷子，既然你们来了，里面请吧。”

“好，张警官，刚刚民政局外媒体人多嘴杂，案件的细节我们不方便过问。现在我们作为袁珊的家属，案情的事你得跟我们好好说说啊。”

“好的，老爷子，应该的。”

傅老爷子通情达理，这一点众人皆知。

袁老爷子见状忍不住道：“这案件是怎么爆出来的，是谁来检举揭发的？”

“是啊是啊，得排除是不是对方胡言乱语啊！珊珊平时飞扬跋扈的，很容易得罪人。”

张警官嘴角挤出一丝笑意：“是……是傅先生。”

什么？

众人闻言为之一怔。

“另外，傅太太今天下午两点多也来自首了，准确地说，是他们夫妻俩检举揭发的。”

什么？自首？

袁朗和宁爱无比震惊。这……到底是怎么回事？

傅老爷子很快镇定下来，问道：“那个……张警官，你方便安排我们和念念见上一面吗？这事我们想亲自问她。”

张警官点了点头：“当然可以，但是傅太太现在还属于关押受审阶段，所以只能探监，而且时间不能过长。”

“好的。只是，探监是怎么回事？念念这孩子……”

“实不相瞒，她涉嫌和三年前的一起杀人案有关，并不是故意杀人，而是自卫……”

傅老爷子心底掀起惊涛骇浪，抑制不住地一连向后退了好几步都没有回过神来，直到被傅杨手疾眼快地扶着坐下来，才平复心神。

“这些事我不方便多说，还是等您见到他俩再说吧，傅先生和傅太太就在审讯室里。”

“嗯，带路吧。”

“好的。”张警官立刻安排警员带着傅老爷子一行人向审讯室走去。

审讯室外，苏珊正焦急地等待着结果，见一行人过来，她大致揣测到是傅家人。

“傅老爷子，你进去吧。”

“嗯。”

“苏珊医生，你也可以进去。”

“OK，我知道了。”苏珊见状，嘴角勾起浅淡的弧度，跟着傅老爷子等人一同走进了审讯室。

审讯室内。

顾念昨天没睡好，此时此刻，坦白了所有的事，反倒心情平静，倚靠在傅景深怀里，呼吸浅浅。

她有很多话想问，有很多事想说，却发现，彼此相拥、简单陪伴就是最好的。

傅景深听到门口传来的动静，蹙了蹙眉，下意识地抬手准备捂住顾念的耳朵。

顾念已经蹙眉幽幽醒来，看清来人，并不意外。

她一直很害怕让他们知道真相，忽然这么一天来了，反倒平静了。

顾念从傅景深怀里坐正身子，除了脸色有些苍白，并无异样。

“老爷子、外公外婆、爸。”顾念跟众人一一打招呼。

宁爱见状上前道：“念念，你跟我说说，到底是怎么回事啊？”宁爱心里急得厉害，很想一问究竟。

顾念轻抿唇瓣，还未开口，一旁的傅景深已经开口道：“我来说吧！”

“嗯。”顾念点了点头，随后攥紧双手，看着眼前三个白发苍苍的老人，还有已经人到中年的傅杨，实在是很感慨。袁珊太过作孽了，让一大家子都不得安生。

“老爷子、外公、外婆、爸……你们坐吧。”

傅杨扶着傅老爷子坐在椅子上，袁朗和宁爱也先后坐下，虽然心急如焚，好在真相就在眼前了。

傅景深黑眸中闪过一抹幽深的寒意：“三年前，顾念离开k市去西雅图，并不是因为任性和季扬一走了之，而是因为，她被人绑架，差点被强暴……”

什么！

众人陷入无边的震惊之中。

“在挣扎的时候，我……我失手伤了人。”顾念犹豫了下，还是决定亲自坦白意外伤人的事情。

袁老爷子平复着心情，颤声道：“景深，念念，你们……确定？”

“嗯，我有证据。”傅景深淡淡地开口，“是傅家庭院外的视频监控。”

傅家为了做到安保万无一失，监控画面和声音都极其清楚。

“她亲口承认的。”

宁爱一口气上不来，差点昏厥过去。

这……袁珊怎么可以做出这么禽兽不如的事？

苏珊嘴角勾起一抹讥讽的笑，随后挑眉道：“希望你们别再袒护那个袁珊了，顾念这三年在西雅图的日子并不好过，她的精神受到了很大的创伤。忘了自我介绍了，我是顾念在西雅图三年的心理医生，苏珊。”

傅老爷子等人再度僵硬，久久没有回过神来。想起昨天他们看到的顾念的那些照片，一下子有了些头绪。

这袁珊，真是作孽啊……

有些话，傅景深不好说，苏珊可就不一样了。她毕竟是个外人，不牵扯傅家和袁家的关系，也不用考虑两家人的感受，唯一亲昵的对象就是顾念，因此直言不讳。

袁珊必须得付出代价，现在最重要的是将坏人绳之以法，还顾念清白。

顾念知道苏珊在护着自己，心里很暖，看向眼前的三个老人还有傅杨，抿了抿唇。

傅老爷子、袁朗、宁爱仿佛瞬间苍老了许多，傅杨此时也没了生气，他和袁珊感情再不好，但到底是多年的夫妻。

这就是当初顾念想要隐瞒的原因——她不想让众人受伤，也不想看到众人这般绝望、痛楚的模样。

傅景深握住顾念的手，安抚着女人的情绪：“整件事情就是这样，目前念念的爸妈还不清楚情况。”

傅景深不敢想象，如果顾伟和张琳得知顾念遭遇的事，会有什么反应。今天早上在顾家，张琳分明是已经失望透顶了。

而且顾念最在乎的，也是顾伟和张琳，尤其是张琳。

傅景深知道自从顾念知道张琳的身世之后，对张琳是越来越心疼了。

傅杨声音有些沙哑，抿了抿唇，颤声道：“景深，我就纳闷，她平日里是飞扬跋扈，有很严重的大小姐脾气，谈不上是好人，但是她为什么要这么对顾念？她如何能狠下心做这么伤天害理的事啊？！”

“具体的原因我也不太清楚，她一直没有说。”傅景深看着眼前显得有些沧桑的傅杨，轻声道，“抱歉，爸、老爷子、外公、外婆，应该事先跟你们打声招呼的，但是，实在是事情紧急，我们别无选择，因为她逼得太急了，我和念念只能报警解决问题。”

“嗯，这不怪你们。”傅老爷子摆了摆手，看着一旁脸上早已没了血色的袁朗和宁爱，安抚道，“亲家公、亲家母，事情已经发展到这个地步，多说无益，我们当下得做两件事，我得跟你们商量一下。”

“嗯，亲家你说吧，我们听着。”袁朗强撑着精神，哑声道。

傅老爷子点了点头，随后看向众人，着重对着袁朗和宁爱笃定道：“这第一件事，我们得相信张警官的办案能力，以及坚持公平公正的态度。所以，我想说的是，我们放开手让张警官做吧，一切公平公正。袁珊和顾念，手心手背都是肉，我们只能从受害者的角度，寻求真理。”

受害者为大，凡事都有是非曲直，做错事的人必须受到惩罚，绝对不能姑息养奸。

傅老爷子所说的话，袁朗怎么会不明白呢？

从他和宁爱的角度来看，一个是亲生女儿，一个是外孙媳妇，自然是亲生女儿比较亲。纵然自己和宁爱都是真心疼爱傅景深和顾念，自己纵使一身清白，此时此刻，也难免会动私心，想着要不要干预张警官的办案。

他刚刚心里经过了激烈斗争，知道有些事做不得，只是，难道真的眼睁睁看着自己的亲生女儿……

袁朗一生从未落过泪，如今忍不住老泪纵横。

一旁的宁爱早已泣不成声：“珊珊！我的珊珊啊！袁朗，这都是我们的错，当初我们没有好好照顾她、守护她，让她沦落到孤儿院里，她才会变成这个样子的。”

袁朗闻言心里很不是滋味，是啊，这也是这么些年他和宁爱纵容袁珊的最主要原因。

养了几十年的亲生女儿，傅老爷子知道袁朗和宁爱心里不是滋味。傅老爷子也是为人父的，傅杨和傅景深要是出了什么事，傅老爷子也会受不了，去掉半条命。

顾念眼眸泛红，知道袁珊的事对袁老爷子和宁爱是极其残忍的打击。

傅景深的情绪也好不到哪儿去，长这么大，他还从未见过袁朗和宁爱这般模样。

苏珊扯了扯嘴角，一语点醒梦中人：“袁先生、袁夫人，恕我直言，袁珊是你们的女儿，但是呢，顾念也是顾先生和顾夫人的女儿。将心比心，你们现在是嫌疑人的家属，就已经如此痛不欲生了，那么，作为被害者的家属，顾先生和顾夫人他们呢？尤其是顾夫人，我想她一定会痛苦万分，比起袁夫人有过之而无不及。”

袁朗和宁爱歉意地看向傅景深身侧的顾念，三年前，顾念还只是上高三的孩子，就被袁珊这么对待，小小年纪又远赴西雅图，一待就是整整三年！看昨天的照片，那段时间顾念过得并不好，却还善解人意又懂事，一直隐忍着没把真相说出口。

实在是太让人痛心了。

傅老爷子颤声道：“苏珊医生说得好啊！这也正是我想说的第二点——老袁，其一，我们不该干预张警官的调查；其二，我们俩得亲自去顾家拜访道歉，跪求他们的原谅！这两个孩子没有父母在，说实话，就和袁珊、傅杨一样，都是我们的孩子，我们得跟孩子认错，然后好好安慰一下他们！”

袁朗闻言心情错杂，点了点头："老傅，你说得对，是我粗浅了，一辈子都能做到公正公平，年纪大了反倒困惑了，越活越倒退了。"

说完，袁朗看向身侧的宁爱，颤声道："宁爱，你也做了一辈子的教授，教书育人，怎么现在年纪大了，到自己身上就混沌了，对错都分不清了？"

宁爱闻言点了点头，擦干眼角的泪水，心如刀割，却还是能明白傅老爷子和袁朗说得对："嗯，我知道了，我们在给顾伟和张琳道歉之前，先给念念道歉吧。"

说完，宁爱颤抖着站起身，走向顾念："念念，我代珊珊跟你说一声对不起。"

顾念见宁爱站都站不稳，跌跌撞撞向自己走来，心里万分不是滋味。尤其是看着宁爱要给自己下跪，顾念连忙伸出手拉住宁爱："外婆，您不用这样。"

错的不是他们，是袁珊。

宁爱摇了摇头，哑声道："我有我的问题，回避不了，珊珊她是被我们宠坏了。明明琳琳也是从孤儿院走出来的，这两个人怎么就差那么多啊？"

顾念心底很不是滋味。同样是从孤儿院走出来的人，袁珊确实差张琳太多。所以，张琳先苦后甜，尝尽人生百态，如今婚姻美满、儿女绕膝，袁珊则不得善终。

苏珊眯了眯眼眸，看着宁爱这般模样，难免思绪有些错杂。

这算是母女亲情吗？

宁爱情绪越来越激动，顾念也红了眼睛。

傅老爷子见状开口道："好了，时间不早了，亲家公、亲家母，我们先去顾家吧。"

"嗯。"袁老爷子点了点头，声音沙哑，"宁爱，我们走吧。傅杨，你也一块儿吧。"

傅杨见状补充道："景深，你也该去。"

傅景深点了点头，看向身侧的顾念，抿唇道："我先陪老爷子、外公外婆过去，你在这儿等我，我晚上再来看你。"

顾念思索片刻，摇了摇头："不必了。我现在毕竟是被关押的状态，哪能随便见你？而且我也不想你总是为了我破例。"

真相大白，顾念红着美眸，难以抑制住心底的担忧："我只是很担心妈妈。"

这其中的深意，傅景深自然明白："嗯，该来的总会来的，妈有知情权。放心，我会照顾她和爸爸的。"

顾念点了点头，眼里尽是担忧之色，但是有了傅景深的承诺，她也算是松了口气。

傅景深离开时，把顾念交给了苏珊照顾："张警官应该会安排审讯，我会和张警官知会一声，审讯的时候你可以陪在她身边，看着她的情绪变化。麻烦了！"

苏珊点了点头，对傅景深的交代周全并不意外："我的荣幸。"

傅老爷子和袁老爷子走出审讯室的时候，张警官正在门口等着，旁边有警员对着张警官汇报工作。

“张警官，那个袁珊一去关押室就开始大闹，真不省心。”

“是啊。”

“刚刚还发火，把室内的水杯都给砸了，她根本就不愿意配合我们做笔录。”

“把她当成普通人，她现在是嫌疑人。”

“是，张警官。”警员得到吩咐之后，立刻向着关押室走去。

张警官见傅老爷子等人走出审讯室，立马上前道：“老爷子。”

“嗯。”傅老爷子摆了摆手，一行人脸色都好看不到哪儿去。

张警官心知肚明，这件事对两家人冲击力实在太大。

刚刚张警官和部下的交谈，傅老爷子和袁老爷子均听到了。

老爷子们真的是恨铁不成钢，傅老爷子抬手拍了拍张警官的胳膊，哑声道：“一切秉公处理，我们不会干预你的。”

“好的，明白，多谢老爷子。”张警官点了点头，随后抿唇道，“和案情有关的一切细节，我都会随时通知你们的。”

傅老爷子等人刚出来，还没来得及赶往顾家，就看到顾伟和张琳从车上走了下来，神色着急。

张琳见到傅老爷子和袁老爷子、宁爱等人，立马上前询问道：“阿姨，我刚刚看新闻，说袁珊和绑架案有关，现在被关起来了，这是怎么回事？这其中是不是有什么误会啊？现在情况怎么样了？她有没有危险啊？”

虽然袁珊人品不行，但毕竟亲家一场，再者说，袁珊也是袁老爷子和宁爱的女儿，所以张琳也很担心袁老爷子和宁爱的情况，还有傅老爷子、傅杨、傅景深。纵使袁珊人再差劲，也牵扯了傅家、袁家两大家子人。

宁爱喉咙发涩，情绪错杂。

袁珊做了伤天害理的事，张琳此时此刻却还关心着她。

看样子，张琳和顾伟还不知道顾念的事。

对比之下，谁是君子，谁是小人，一目了然。

顾伟见宁爱不开口，忙说道：“刚刚我和琳琳在家看到新闻之后就立刻赶过来了，想来看看有什么可以帮上忙的。念念也是，刚刚和苏珊出门了，现在打电话也打不通，不知道她知不知道这件事。”

宁爱为难而迟疑地看向袁朗，不知道该如何和顾伟、张琳解释，毕竟这件事他们理亏，顾家才是最大的受害者。

袁朗同样脸色好看不到哪儿去，自己刚刚还想着要不要干预办案、袒护袁珊。哪怕他只是动了想法，并未付诸行动，现在顾伟和张琳的表现也像是狠狠地甩了他一耳光。对比之下，他太狭隘了。袁珊逼着顾念离婚，顾伟和张琳都不记恨。

袁老爷子和宁爱顿时难以启齿，不知道该怎么说。

顾伟见状抿唇道：“景深，你说说看，怎么回事啊？”

傅景深神色暗了几分，刚准备开口，却被傅老爷子拦了下来：“小顾、琳琳，本来我们还想去顾家找你们，你们来了正好，进去说吧，顺带也说一说念念的事。”

顾伟和张琳点了点头，看到一行人脸色很是难看，暗暗揣测到底发生了什么事。还有，关于念念是怎么回事？

傅老爷子重新来找张警官，让张警官给了个独立的房间，方便交流。

张警官还安排人准备了茶水。

进了休息室，张琳和顾伟等着傅老爷子说袁珊的事，但是等了好久，也没等到傅老爷子等人开口。

张琳和顾伟面面相觑，只怕袁珊犯下的事不小，还是说有什么天大的隐情？

最终，傅老爷子开口道：“事情是这样的，三年前，袁珊的确参与了——不对，是组织了一场绑架案。”

张琳闻言心惊肉跳：“她绑架谁啊？怎么那么傻，做出这样的事啊？”

傅老爷子难以启齿，犹豫片刻，哑声道：“是念念。”

什么？

顾伟和张琳脸色巨变，怀疑自己是不是听错了。

绑架念念？

傅老爷子咽了咽口水，继续道：“嗯，还试图让人强暴念念，造成退婚的效果。念念在挣扎的时候，自卫杀了人。”

好似听到了天大的笑话般，张琳嘴角挤出一丝笑意，连忙开口道：“老爷子，您是不是因为袁珊的事受到刺激了？您在说什么啊？什么强暴、什么杀人啊？念念平时不爱去厨房，看我杀鱼都觉得害怕，更别说什么杀人了。”

傅老爷子等人闻言，心里五味杂陈。

顾伟毕竟是经历过风浪的人，见傅老爷子并不像是在开玩笑，犹豫道：“老爷子，您说的……”到底是不是真的啊？

没等顾伟把完整的一句话问出口，傅老爷子犹豫片刻后笃定地道：“是真的。念念下午的时候由苏珊陪着来自首了。”

张琳头脑一阵空白，好一会儿才回过神来，颤声道：“老爷子，您的意思是……三年前，订婚之前，袁珊派人绑架并试图让人强暴念念，然后逼念念退婚。念念情急之下动了手还杀了人，然后念念就和景深退婚，和季扬一走了之了？她在西雅图的那些照片、受到的刺激，全部是袁珊造成的，是吗？”

张琳颤抖的话让众人心里很不是滋味。

“念念现在在公安局自首？”

到底是男人，傅老爷子也不知道该如何安抚张琳。

宁爱很想安抚张琳的情绪，只是如今根本不好意思上前。无论自己说什么，都无法弥补袁珊当年犯下的事。

众人不再言语，很显然，不说话就是默认了。

理清楚完整的事情后，滔天的愤怒、恨意扑面而来，交织在张琳心头。

见张琳脸色苍白得骇人，傅景深忙上前道：“妈，您放心，念念一定会平安无事的。”

“你走开！都是因为你。”张琳猛地抬手狠狠地甩了傅景深一个耳光。

啪的一声，在整个休息室内显得格外响亮。

众人为之一怔，包括顾伟。

他和张琳结婚这么多年，知道张琳是什么脾性，正常情况下，她是绝不会动怒的，如今会有这么惊人的举动，想必是受到了巨大的冲击。

张琳这一巴掌力道并不小，傅景深明显感觉到口腔内有血腥味弥漫开来，却站在张琳面前并未闪躲。

张琳心里替顾念委屈，心里有火，对老爷子等人撒不了，却可以对着傅景深发火。因此，傅景深并不怪她，倒是情愿张琳多打他几巴掌，好好把气撒一下。

张琳声泪俱下，指控道：“傅景深，我这辈子最后悔的事，就是让念念嫁进傅家。”

“抱歉，是我没有照顾好她，妈！”

“不要叫我妈！你的妈只有一个，念念的妈也只有一个。刚好，念念想跟你离婚的事我也是支持的，你们俩既然没有缘分，麻烦你高抬贵手，把念念还给我！还有什么傅氏，我都不要了！我现在只要我的念念平安无事地回到我身边，你全心全意救你的那个妈去吧！我们顾家卑微，高攀不上傅家的高枝！”

眼泪从眼眶之中不断滑落下来，张琳哽咽着，哑声道：“念念爸爸，走，我们去看念念！”

“好。”顾伟上前扶着张琳，见张琳情绪激动，安抚道，“你和景深置气做什么？发生那样的事，他也不想的。我们大家都不想的。”

张琳闻言嗤笑出声，战栗道：“是啊，他不想，但是做了！他没有保护好我的女儿是事实！无论傅家和袁家做出什么补偿，都弥补不了我的念念三年前所受的苦难，还有她在西雅图忍受的一切。哪怕那个袁珊死一千次、一万次，我都不会原谅她的，这是一个做母亲的所能做的维护自己孩子的事，我绝不原谅伤害我女儿的人。”

张琳的话，看似回答顾伟的问题，事实上，却是说给傅家和袁家等人听的。

傅景深脸色并不好看，张琳的所有反应在他的意料之中。

平日里，再温润、柔和的女人，此时此刻，为了孩子也会变得刚强。

她的不原谅是对的，如果那么轻易地原谅，如何对得起顾念？

“妈，我先陪你们去审讯室，念念在那边。”

张琳听闻傅景深的话，目光动了动，可即使再欣赏这个孩子也不行。她猛地推开眼前的傅景深，故作狠心地怒斥道：“不用你假好心！我们可以自己去看念念。你要是真的想对念念好，为了我们好，和念念离婚吧。这样，顾家和傅家、袁家才能彻底断了关系。”

说完，张琳跌跌撞撞地被顾伟扶在怀里，向着门口走去。

宁爱早已经泣不成声，想要拦下张琳，却被袁朗阻止了：“好了好了，别去打扰他们了，现在念念被关押着，他们心里肯定非常不好过。”

“嗯，我只是太心疼琳琳了。”宁爱擦着眼角的泪水，她也是个母亲，明白做母亲的心。

袁珊是肇事者，自己此刻还心痛到这个程度，更何况念念那个孩子是受害者。张琳此时此刻的心情，不言而喻。

“老袁，我，我刚刚心胸太狭隘。我们护了珊珊几十年，现在再不能护她了，该她自己面对了。”

“嗯，想明白就好。”袁朗将宁爱揽入怀中，安抚着她的情绪。

“我们早就不该继续宠她了，唉！”

傅老爷子见袁朗和宁爱想明白了，抿了抿唇道：“想明白就好，想明白就好啊！”

傅杨心情复杂，想起顾念曾经遭受的一切，心底的愧疚感自是不言而喻。

张琳被顾伟搀扶着走出休息室，看向不远处的张警官，眼尖地认出他就是刚刚在新闻上看到的抓袁珊的人。

“你好，请问念念被关在哪儿？我们是她的爸妈，想要见见她。”

傅景深担心张琳和顾伟的情况，紧跟上来，见状开口道：“张警官，你安排一下吧。”

“是，傅先生。”

张警官对傅景深的吩咐不敢怠慢，立刻道：“顾先生、顾太太，你们跟我来吧。”

“好。”

傅景深见状还想要跟上去，却被顾伟拦了下来：“景深你别跟着了，你妈现在情绪不稳定，回头要是在念念面前给你难堪，你和念念心里都不会好过的。”

“好，爸，我就在外面，有什么事告诉我。”

“嗯。”

苏珊原本陪着顾念在审讯室里闲聊，想让顾念心情好一些。

虽然事态比较严重，到时候极有可能因为顾念的病情还有证据不确凿，对当年的事解释不清楚，但是，有傅景深帮忙，相信问题不大。

“傅太太，顾先生和顾太太来了。”

顾念一怔，听到审讯室门口传来动静，下意识看去，就看到了顾伟和张琳跌跌撞撞的身影。

张琳眼眶里噙满泪水，显然是知道一切的模样。

顾念心里很不是滋味：“爸妈，你们怎么来了？”

“念念！”

张琳迅速上前仔细查看顾念的情况，见女儿并没有明显的外伤，只是脸色苍白，这才松了口气，随后颤抖着手握住顾念的手腕，将女儿胳膊上的衣服往上撩。

“妈，你做什么？”

“找到了。”张琳眸子里噙满泪水，看着顾念胳膊上的那道疤痕，哑声道，“这道伤疤就是之前你用刀子划破的吧？”

没想到居然是这样，她居然在找疤痕。

张琳心疼地摩挲着顾念胳膊上的伤疤，照片上看起来那样血肉模糊，当初该有多疼啊！

“嗯。”顾念轻声道，“其实已经不疼了。”

“你这丫头又在哄我，怎么可能不疼？照片上明明有那么多血！”

顾念看着张琳不断掉着眼泪，很是心疼：“我哪有哄你啊，妈妈可是这个世界上最精明的人，降得住我爸，了不得啊！”

“你还说！你今天离开家的时候还答应我说晚上见呢，你个小骗子！”

好吧，被抓包了。

顾念红着眼睛，看着张琳的眼泪仿佛掉线的珍珠一般，伸出手胡乱地帮妈妈擦着眼泪。她手上还裹着纱布，擦起来很不方便：“妈，你再哭下去，我心里也会不好受。”

“嗯，不哭了，不哭了。”张琳点了点头，眼睛已经红得不成样子了，“你这傻丫头！你怎么什么都不说，一个人默默地吃了那么多苦，我和你爸还埋怨过你……”

“怕你们担心嘛，我现在真没事了。”顾念勾起嘴角，“你这么哭下去，回头我亲爹肯定生我的气，我好怕啊！”

“你这丫头！”张琳被逗笑，却格外心疼。

自己似乎并不懂顾念，她一直觉得顾念是长不大的孩子，现在却发现小妮子很善良、懂事。

“念念，这案子……”张琳犹豫片刻，还是将心底的关切问了出来。

顾念点了点头：“这案子一点儿事都没有，我是自卫伤人，法庭会给我公平公正的判决的。张警官对我特别好，我会在这儿好吃好住的，你们在家等我回去就行了。”

张琳将信将疑，顾念顺势朝顾伟眨巴眨巴眼睛，用眼神安抚了下。

顾伟见状连忙上前道：“是啊，琳琳，有景深在，你还担心什么啊？”

张琳被顾伟、顾念的话安抚了，点了点头：“嗯，那就好。”

顾念安抚了张琳和顾伟的情绪之后，便让顾伟带着张琳先离开，毕竟在这儿待久了，难免会影响张琳的情绪。

张琳走出审讯室后，开口道：“我想去看看袁珊，想问她为什么这么做！”

顾伟找到张警官，询问是不是可以探望一下。张警官犹豫了下，通知了傅景深，得到傅景深的允诺之后，便安排顾伟和张琳前去见面。

袁老爷子和傅老爷子等人也一并前往探访。

张琳和顾伟脸色并不好看，匆匆扫了一眼傅老爷子等人，并没有给好脸色，随后进了关押室。

傅老爷子知道顾家人心里有火，这心结一时半会儿很难解开。

“你们，你们知道我是谁吗？快放我出去！袁朗是我父亲。

“傅老爷子是我的公公。

“都是那个小贱人！她撒谎！她胡说八道的，你们真信了？”

众人刚走进关押室，就听到袁珊的尖叫声此起彼伏的，可根本没有人搭理她。

“我要见傅家人，我还要见袁家人！快去把你们领导给我叫过来！”

傅老爷子闻言蹙了蹙眉，这个袁珊，还真的是死不悔改！

袁朗和宁爱原本还担心挂念，此时此刻更多的是恨铁不成钢。

张琳和顾伟因为袁珊口中的“小贱人”三个字，彻底冷了脸色。

这个袁珊，事情都发展到这个地步了，还毫无悔改之意，实在是够了！

张琳眸子里满是愤怒，她上前看向被固定在椅子上的袁珊，猛地抬手狠狠地甩了袁珊几个耳光。

啪啪啪——

声声震耳欲聋。

每一个巴掌，张琳都是铆足了劲狠狠地打的。

她极其厌恶眼前这个女人，真的是恨不得杀了袁珊的心都有。她再好的脾气，现在也被袁珊彻底激怒了。

袁珊没有料到张琳居然会冲上前狠狠地甩自己巴掌，一时之间被打蒙了，好久没有回过神来。等到反应过来的时候，脸颊火辣辣地疼，她也被张琳身上突然冒出来的强大气场震慑住了。

“你，你敢打我？”

袁珊被打得嘴角出血，不仅如此，还头发凌乱，很是潦倒狼狈的模样。

张琳眼神冷厉：“是啊，我打的就是你！我的女儿是被我捧在手心里的小公主，根本不是你所谓的小贱人，你根本不配提起她。你对她的伤害，因果报应都会还给你的。”

袁珊脸色惨白，回过神来之后猛地推开眼前的张琳：“你，你胡说八道！都是因为你，都是因为你！”

听了袁珊的话，张琳一怔——为什么是因为自己？和自己有关系吗？

袁珊意识到自己说漏嘴，连忙继续道：“我讨厌你，就讨厌顾念，你满意了吧？”

“你胡说八道，我们三年前根本就没有什么交集！”

袁珊脸色微变，不自然地避开了张琳的视线："顾家那么穷酸，哪儿配得上傅家……"

张琳闻言心底尽是讥讽，看向眼前的袁珊，只觉得这个女人恶心透顶，让人觉得厌恶。

顾伟见袁珊的脸被张琳打得红肿，整个人也很是狼狈，嘴角还在流血，上前握住张琳的手，缓缓道："好了，够了，琳琳，长辈们都在呢。"

"嗯。"张琳点了点头，刚刚因为袁珊所谓的小贱人没能控制住自己的情绪，现在发泄出来，情绪平复了些。

张琳冲上前狠狠地甩袁珊巴掌时，众人看在眼里，却都没有上前阻拦，毕竟这也是人之常情。

宁爱神色错杂地看向眼前毫无悔改之意的袁珊，失望透顶。

袁珊吐了一口口中的鲜血，怒斥道："爸、妈，你们愣着做什么？这个疯女人刚刚打你们的女儿，你们都不拦着，就看着她这么打我？"

宁爱心软，准备上前检查一下袁珊的伤势，被袁朗拦了下来。

袁朗心情复杂地开口道："珊珊，你应该为自己所做的事付出代价。"

什么意思？

"爸妈对你的保护，就到此为止了。"

袁珊闻言心惊肉跳，随后口不择言道："你们！你们当初抛弃我，你们该赔我！是你们欠我的。"

袁珊现在还念叨着当年孤儿院的事，宁爱和袁朗听了之后心里很不是滋味。

自己这个女儿啊，实在是让人怜惜不得，因为她不配！

以前袁珊只要提及孤儿院的事，袁朗和宁爱就会心软，这一次，袁朗和宁爱看向袁珊，好似看陌生人一般。

她什么时候变成这样了？

现在的袁珊，已经变成彻头彻尾的魔鬼。

袁朗见状怒斥道："够了！不要再在我面前提孤儿院的事了！那是我们对你的亏欠，和你对顾念的亏欠是无法放在一起比的。我们是对不起你，但是你更对不起顾念，你该为对顾念造成的伤害付出代价。还是那句话，我们对你的保护，到此为止。"

袁珊见袁朗和宁爱真的是铁了心不帮自己了，顿时变得心惊胆战。

不对不对，一定是哪儿出了问题。

一般来说，只要自己说了当年被抛弃的事，他们一定会迁就自己的。难不成是他们发现了什么？

不对，不可能的。

袁珊咽了咽口水，转而看向宁爱，颤声道："是不是顾念在你们面前说什么么了？她的话根本不能听。我不能再在这儿待下去了，这里简直不是人待的地方！他们一个个瞎了狗眼，根本就不知道我是谁，该对我用什么样的态度——爸、妈，你们快把我救出去。还有，刚刚来了那么多媒体记者，现在肯定在外面大肆宣扬我的丑闻。我不能忍受半点骂名的，你们让外面那些人怎么看我？你们快救我出去，然后证明我的清白，我还要这些人跟我道歉。”

这袁珊简直是痴人说梦！

傅老爷子等人闻言神色复杂，对袁珊越发嫌恶。

顾伟和张琳好似听到了天大的笑话一般。这个女人怎么不去死，不下地狱？她之所以这般有恃无恐，无非仗着袁家和傅家给她撑腰。

平日里，袁珊大发雷霆的时候，宁爱自然是心疼要哄的，此时此刻，宁爱不再多言，毕竟再说下去，只怕自己会更伤心。

袁朗摆了摆手，决绝道："珊珊，人这一辈子会做错很多事，重要的是知错就改，但是，有个做人的原则坚决不能错，那就是不能做坏事！你这次是做了坏事，爸妈希望你对自己的错误有清楚的认识，为自己做的事负责。所以，你别想太多，好好配合张警官交代案情吧。”

不是这样的，事情真的越来越超出自己的预估了。

袁珊咽了咽口水，六神无主地转而看向傅杨，厉声道："傅杨，我是你的结发妻子，你也让他们这么对付我吗？”

傅杨和袁珊多年感情不和，事实上，袁珊做出这样的事，他是又恼怒又生气，闻言摆了摆手："你这是咎由自取，怪不得别人！”

袁珊心底几乎绝望，她不敢看向傅老爷子紧绷的俊脸，更别说傅景深了。

傅景深，他只会帮助顾念。

呵……看样子她真的是无所依靠了。

袁珊看着众人，忍不住笑出声来："哈哈哈，你们是要抛弃我，一心向着顾念那个贱人了？好啊，她既然说我绑架，我倒要看看，她能怎么证明我绑架她了！况且，她身上可是还有桩命案的！她杀人了吧？哈哈——”

袁珊哈哈大笑，整个人几乎已经呈现疯癫的状态。

傅景深蹙了蹙眉，眼底暗沉一片。

到了现在这个地步，她怎么就不知道悔改呢？

"妈，我提醒你一句，如果你诬陷他人，这个罪名可不轻，你的晚年将会在监狱里度过。单单是绑架案和意图参与谋划强暴，已经够你受的了。”

傅景深对于妈这个字，很是难以启齿。眼前这个女人，她并不配这个字。

袁珊听闻傅景深低沉冷漠的话，怒斥道："你还叫我妈？那你就好好管管你的媳妇！不是说好的去民政局吗？居然来公安局了！我真是小瞧顾念的本事了。”

傅景深闻言淡然道："她来公安局是自首的，至于你的问题，是我主动检举揭发的！”

袁珊整个人难以置信地僵硬在原地。

哈，自己的亲生儿子居然检举揭发自己！如今的自己到底算不算是众叛亲离了？

袁珊扯了扯嘴角，再度笑出声来："好啊，真好……你们一个个巴不得我死是不是！我死也要拉个垫背的，我要顾念这个杀人犯和我一起死。"

张琳脸色一白，她居然要顾念跟着她一起死，这个女人是不是疯了？

不行，绝对不能让这个女人毁了自己的念念。

一想到这儿，张琳咬牙切齿地道："袁珊，我倒要看看你可以嚣张到什么时候，我们会保护自己的女儿的！"张琳颤声道，"你休想达成目的。"

顾伟见张琳脸色苍白，忙开口道："好了好了，没事了，有警察处理，我们只需要等结果就好了！而且，景深会为我们家念念讨回公道的。"

"嗯。"张琳点了点头，看向眼前道貌岸然的女人，嘴角勾起一抹冷笑。她倒要看看，袁珊还可以嚣张多久。

张琳胡乱地将眼角的泪擦干，看向身后的袁朗和宁爱，随后对着傅老爷子缓缓开口道："老爷子，我对您一直是钦佩的，这一次，希望您可以秉公处理。念念算是您看着长大的，当初也是因为敬重傅家的人，我才放心大胆地把我的女儿嫁过去的。"

傅老爷子又岂会听不懂张琳话语之中的深意？

"好的，琳琳你放心吧，这一次，还有袁老爷子、袁老夫人，都会秉公处理的，我们两碗水不见得端平，但是一定杜绝任何徇私舞弊行为，一切以事实真相为主。"

袁朗和宁爱见状也迅速开口道："是啊，琳琳，你放心吧，念念是你的女儿，也是我们的外孙媳妇，我们真心喜欢这个丫头，也希望她和景深一生一世走下去，所以，我们会竭尽全力弥补她，不会偏袒珊珊的。"

长辈都放话了，张琳和顾伟对视一眼，还算是满意："嗯，多谢你们。"

张琳眼睛通红，今天因为哭了太多次，眼泪早就流尽了："一生一世走下去我倒是不奢望，我现在就希望念念能够离傅家远远的，对傅家，我们高攀不起。"

"这事都是我的错，当初也是我想让念念嫁到傅家的，琳琳，你别再说了。"顾伟虽然能勉强顾全大局，事实上对顾念的遭遇早已痛不欲生。如果不是面对傅家、袁家，顾伟极有可能不会这么心平气和地处理。

"嗯。"张琳点了点头，随后看向被强行扣押在椅子上的袁珊，讥讽道，"说实话，看着你现在这么众叛亲离的感觉真好！袁珊，你的报应已经来了。"

袁珊脸色煞白，整个人僵直着，不知道事情怎么突然发展到这个地步，实在是太超出她的预料。

袁朗和宁爱一定只是在张琳面前装模作样，他们一定会护自己的。

一定是的！

"琳琳，我们出去吧。"

"嗯。"张琳并未看向傅家一行人，被顾伟搀扶着离开了关押室。

傅景深耳边一直回响着张琳所说的话。

张琳的反应，在他的预料之中，他一时有些头疼。毕竟如果张琳坚持说不，顾念夹在中间也会为难。

袁珊见顾伟和张琳走了，立马重燃希望："爸、妈，你们不会真的不管我的是不是？刚刚只是在那个女人面前做做样子对吗？顾念诬陷我，她不想让我好过的，我知道的！"

"都到这个时候了，你还在这儿胡言乱语，我们对你太失望了。"袁朗恨铁不成钢地道，"我们就当从未生过你这个女儿！袁珊，你现在要做的，就是好好交代当年的事，别让念念那个孩子再受罪了。"

"是啊，珊珊，听妈妈这一次吧，别再伤害念念那个孩子了，你已经伤害她很多次很多次了。只怕你伤害太多，景深和她的缘分这辈子都要彻底断了啊，我们想弥补都无法弥补了。"

呵，他们居然真的这么狠心。

袁珊面目狰狞，伸出手试图去拉袁朗和宁爱，却被警员死死扣住。

傅老爷子蹙了蹙眉，忍不住道："看样子她是不准备好好交代问题了，亲家啊，我们走吧，别妨碍张警官办案，我们留下来，只会让她抱有希望。"

"嗯。"袁朗和宁爱对视一眼，点了点头。

不错，如果现在他们狠不下心来，无疑是在姑息养奸。

"我们出去吧。"袁朗和宁爱相互搀扶着走了出去。

一旁的傅杨见状抿唇道："袁珊，你好自为之吧。"

袁珊见袁朗等人要走，脸色一变，想要上前将一行人拦下来，却被警员死死地扣在位置上，动弹不得。

"不行……你们不许走！我不能再待在这个鬼地方了！啊——你们不能走……"

袁珊惊慌得泣不成声，却只能目送一行人离开。

第十二章
也许爱情要千回百转

傅家等人离开之后，袁珊还继续发着大小姐脾气，将自己触手可及的东西全数给砸了，甚至对一旁的警员也不放过，锋利的指甲将警员们的脸都给挠破了。

张警官听说之后迅速赶往现场一探究竟，见警员们伤得不轻，立刻道："袁珊女士，你这是明确的袭警行为。以暴力、威胁方法阻碍国家机关工作人员依法执行公务的，处三年以下有期徒刑、拘役、管制或者罚金。"

袁珊听到张警官这么说，脸色微微一变："你在吓我？你算个什么东西！你当我是被吓大的？"

张警官虽然知道袁珊难缠，但是如今自己执法办案，傅老爷子和袁老爷子均让自己公平公正地处理案件，所以也没有必要顾忌袁珊了："如果你不信的话，可以试一下。警察是不会接受任何挑衅行为的。"

顿了顿，张警官又说道："本来是请你回来接受调查的，但是因为你涉及袭警，所以现在提前关押。"

说完，张警官对着身侧的警员开口道："愣着做什么？送她去拘留的地方。"

"是，张警官。"

警员们忍不住偷笑，拘留室目前关押的都是小偷小摸、不三不四的人，袁珊这趾高气扬的脾性，去了关押室一定会受罪的。

没办法，谁叫女人胆大包天敢袭警，还不知悔改，活该啊……

"请你跟我们来吧。"警员直接架着袁珊向着关押室方向走去。

袁珊见状脸色煞白，看样子对方并不是开玩笑的。

她自打从孤儿院出来之后就没有受过罪，一直是被人捧在手心里，凡事别人都会让自己三分，只有自己盛气凌人欺压别人的，还从未有过这些人不待见自己的时候。

“你……你们放开我，不许碰我！我要见我的律师……”

“放心吧，到时候会给你安排的。”张警官对袁珊很是厌恶，现在最重要的是收集证据来证明顾念的清白。

这个袁珊早该坐牢下地狱去了。

袁珊一路尖叫着被送到了关押室内。

关押室原本是一个人的单人间，环境还不错，现在十多个人都被关在一道铁制栏杆内，环境很是恶劣。

袁珊想死的心都有了，自己这种身份的人，怎么可以来这种地方？

“进去吧。”警员直接把袁珊丢了进去，不想再和这女人纠缠。

“你们快放我出去，这个是猪圈还是狗窝啊，这是人待的地方吗？！我才不要和这些人混在一起，他们穿得破破烂烂的，是乞丐吗？臭死了！你们信不信我出去之后告你们啊！我的身份你们也敢这么对我，是不是想被开除啊？”

警员不再听袁珊的念叨，直接当空气一般，转身就走。

被关押的其他人因为袁珊的话，满是怒火。

什么叫猪圈、狗窝？乞丐、臭？

这个老女人，她当自己是什么？小仙女吗？

明明大家都是一类人，她非得高人一等，简直是疯了吧？

袁珊还是第一次来这种地方，看着这些身上有刀疤的人眼神阴鸷地盯着自己，好似要把自己吃了一般，不自然地开口道：“你们一个个看什么啊？小心我把你们的眼珠子给挖出来！哼——”

“呵——得了失心疯的老女人啊。”一旁有个染了紫色头发的小太妹听到袁珊的话，慢悠悠地站起身，冲上前猛地踹了袁珊一脚，直接将女人踹在了地上。

“啊——”

紫头发的小太妹还未成年，今年刚刚十七岁，因为喝酒滋事被带回来的，现在就等着父母来接她回家然后好好带回去教育一下的。

小太妹最看不起的，就是这种耀武扬威的老女人，很有灭绝师太的感觉，太讨厌了。

“你……你居然敢踹我？”袁珊难以置信地看向眼前打着鼻钉的小太妹，长这么大，还没有人敢踹自己。这小太妹这么一脚，她的五脏六腑都要被踹出来一般。

小太妹冷哼一声，随后猛地抬手狠狠地甩了袁珊一个耳光：“我不光要踹你，还打你呢。”

啪的一声，小太妹的力道直接将袁珊甩在了地上。

小太妹从小就混街头，这种打人的事手到擒来，一点儿都不陌生。

“呜呜——你还敢打我！”

袁珊被打蒙了，腹部、脸颊都火辣辣地疼，没想到自己居然栽了。

“哈哈——打得好啊！”

“是啊……明明是山鸡，还当自己是凤凰。”

“什么玩意儿嘛！趾高气扬的，那么聒噪，真让人讨厌！”

关押室内的其他人见小太妹动手，纷纷表示支持。

袁珊脸色难看，尤其是听到山鸡、凤凰两个字，更是被戳中心事，怒斥道：“你们一个个胡说八道什么啊，小心我回去让你们都不好过。你们知道我爸是谁吗？”

真是聒噪啊！

小太妹也是见过世面的人，笑眯眯地抱着胳膊，嘀咕道：“未成年的人都给我站出来，我们好好伺候伺候这个老女人，其他人就别了。”

“好啊……”其他人纷纷笑眯眯地给小太妹让道，人群之中又站出一两个少年。

两个少年跟着小太妹笑眯眯地站在袁珊面前，小太妹很是大姐大地拍了拍少年的肩膀：“等我爸妈来接我了，出去请你们喝酒。”

“好，没问题。”少年擦了擦鼻子，“本来就在这儿待烦了，正好有个出气筒可以好好地出口恶气了。”

袁珊看着三个人向自己逼近，连忙向后退：“你们……你们可得想清楚，如果你们敢动手的话得坐牢的，可不是普通关押那么简单。”

小太妹扯了扯嘴角，继续笑眯眯地道：“嘿嘿——老巫婆，我们真不怕啊！”说完，小太妹狠狠地抬脚踹向袁珊的腹部。

另外两个少年见状也迅速上前，因为担心被人听到动静，所以少年直接将自己脚上的臭袜子脱下来，塞进了袁珊的嘴巴里。

“唔唔唔……”恶臭味让袁珊简直想吐，只是根本吐不出来，只能发出呜咽声。

不过片刻，她就觉得浑身都是剧烈的疼痛感，好似把自己的骨头都重组了一般。

很快，袁珊就被打得奄奄一息，浑身是血，尤其是那张老脸更是鲜血淋漓。

“好了好了，别再打了，要出人命了，留她半条命呗。”

听到人群之中善意的提醒，小太妹和两个少年才停下动作。

小太妹忍不住对着袁珊狠狠地吐了口唾沫：“看你这张脸真恶心！”

“哈哈——”人群之中笑声不断。

袁珊从未受到过如此对待，也从未有人敢打自己，她暗下决心一定要报复回去，不会任由这些乞丐欺负自己的。

这一切，都是顾念造成的。等到自己成功走出这里，她要让顾念下地狱！

傅景深准备先送傅老爷子等人回傅家休息，毕竟他们留在那里也没什么用。

只是傅老爷子等人刚走出来，就看到外面密密麻麻围满了记者。

“傅老爷子，请问您的儿媳妇真的参与绑架案了吗？”

“是啊，袁先生对这件事知情吗？是不是还参与包庇呢？”

“喀喀，傅杨先生，请问您知道袁珊三年前绑架的人是谁吗？案情现在进展到哪一步了？”

“傅家和袁家会干预警方的调查吗？”

记者喋喋不休，实在是难以放过这么一个大新闻。

本来众记者还以为会如袁珊所说，爆出傅景深和顾念离婚的消息，没想到现在倒好，居然是她自己……

傅老爷子被记者问得有些烦了，摆了摆手：“傅家、袁家均不会干预调查，我们也相信警方会给出公平公正的调查结果。另外，这辈子，我能忍受枪口指着我，却不能忍受你们这些破摄像头对着我。”

记者们听闻傅老爷子的话，面面相觑，有些胆怯。

一旁的傅景深黑眸里尽是冷意，让人不寒而栗：“如果不是今天亲眼所见，我还不知道，k市的传媒什么时候都是八卦的狗仔了？你们想要的新闻资料，我想等警方的发言人亲自公布更好。”

傅景深话语冷冽成冰，眼神狠戾，还带着几分冷漠和嗜血，让人难以直视，甚至是畏惧胆寒。

“让开。”

伴随着傅景深的一声怒斥，记者再不敢造次，纷纷给傅景深让开一条路，也默默地收回了手中的摄像等设备。

傅景深扶着宁爱和袁朗，傅杨陪着傅老爷子直接上了车。

不过傅景深并未随他们离开。

张琳和顾伟担心顾念的情况，还未离开。傅景深上前道：“爸、妈，念念这边有我盯着，你们先回去休息吧。”

张琳并未理睬傅景深，心里还在置气。

顾伟见状关切道：“景深，念念大概什么时候可以回家？”

傅景深神色暗了几分：“如果一切顺利的话，一周左右……”

张琳闻言讥讽地道：“念念是无辜的，为什么需要这么长时间？还有，景深，你妈刚刚的态度你也看到了，她不会那么轻易交代案情的，你拿什么给我保证？”

张琳言辞之中满是对自己的不信任，对此，傅景深并不意外：“妈……我跟你保证。”

张琳见傅景深在自己面前放下身段，抿了抿唇。

这孩子她是喜欢的，只是要不起他这样的来做顾家女婿。

张琳犹豫片刻，嫌弃道：“行了行了！我只看你的表现。景深，妈之前当着众人说的话也是认真的。袁珊对念念所做的事摆在这儿，如今袁珊锒铛入狱，无论最后结果怎么样，顾念都和傅家、袁家结下了梁子。傅家还容得下她吗？景深，我希望你能懂我的苦心。”

张琳说的话很重。

顾伟见傅景深脸色不好看，轻声道：“琳琳，先别说了，景深他知道的……”

“嗯。”张琳点了点头，眼眸泛红，哑声道，“那我们先回去了，明天再来。念念长这么大，还从未受过这样的罪呢。”

傅景深明白她的心疼和不舍：“爸、妈，我送你们出去。”

“好……”顾伟点了点头，随后示意傅景深跟自己一块儿扶着张琳向门口走去。

记者还没离开，见顾伟和张琳以及傅景深出来，嘀咕道：“这顾家还真不错啊，亲家母出事了也赶了过来。”

“是啊……”

有了上一次的前车之鉴，这一次，记者们乖巧很多，不敢造次。

“看样子傅景深和顾念是不会离婚的……”

“是啊，傅先生对老丈人、丈母娘毕恭毕敬的，哪儿看得出来有什么问题啊？”

“所以，离婚的事，一定是袁珊在撒谎呗。”

“不错不错……”

顾伟和张琳听见众人嘀嘀咕咕的，并未理会。

傅景深亲自开车送顾伟和张琳回了顾家，才又回到公安局。

一到公安局，傅景深立刻询问张警官有关顾念的消息。

顾念和苏珊一块儿吃了晚饭之后便休息了，傅景深知道之后松了口气。

“给傅太太安排了单人间，傅先生放心吧。”

“嗯。”傅景深淡淡地点了点头，随后抿唇道，“我等她熟睡之后再去看她。”

“好的。”张警官点头道，“苏珊一直陪在她身边。”

“嗯。”傅景深蹙了蹙眉，“袁珊呢，她的情况怎么样了？”

“她刚刚袭警，已经被收押了。”

傅景深闻言并不意外，袭警这种事，确实是符合袁珊一贯的做事风格。

“傅先生……那个，得跟您知会一声，刚刚她在关押室和其他人起了冲突，那个……还动手了。袁珊被三个未成年的给打了，刚刚已经安排医生包扎了。那三个未成年人的监护人还没到，等到了才能处理，但是判刑似乎有些难，只能是赔偿医药费和口头教育。”

“嗯，知道了。张警官，你秉公办理就好，不必事事知会我，我不想给你压力，希望你尽快让她坦白交代。”

“明白。”

张警官知道傅景深是给了自己特赦令，事到如今，尽快查清真相才是最重要的。

袁珊在关押室鬼哭狼嚎了整整一个晚上，原本以为会有人来单独关押自己，给予一些优待的，没想到什么都没有。

袁珊气得不行，最后其他人实在是看不下去了，怒斥道：“你个老女人，你如果再这么下去，信不信老子打死你。”

袁珊被震慑住，不敢再造次了。

“哼，真是恶心死了。”

袁珊脸上裹着纱布，她张了张嘴，试图说些什么，却发现什么话都说不出来。

现在自己彻底沦落为和这些人为伍了。

不行不行，她好不容易才摆脱底层人的生活，无论如何都不能继续沦落下去。

对……自杀?

袁珊眼中闪过一抹亮光。

舍不得孩子套不着狼，自己……自己可以的。

那个袁朗和宁爱自认为好不容易找到自己的亲生女儿，他们一定会来救自己的。

顾念虽然在公安局待了一夜，但是有苏珊陪着，心情还算平静。主要是她把心里积压的所有事都给说出来了，心底的压抑感也就没有那么强烈了。

两个人闲来无事，便聊着过往的事，以及一些儿时的趣事。

早上九点，袁珊借口上厕所的机会，看到洗手间里的花瓶，眼睛一亮，猛地将花瓶摔在地上，随后捡起地上的碎瓷片抓在手里，咽了咽口水，暗暗下定决心，用碎瓷片割向自己的手腕。

一开始袁珊吃痛，根本不敢用力，只能看到一点血丝。袁珊咬了咬牙，想到昨天在关押室内被人暴打，傅家和袁家都不来看自己，便狠狠地加重力道，割开手腕。

一滴滴鲜血从手腕上滴落，袁珊吓得脸色惨白，跌跌撞撞地向洗手间门外走去。

她得找人求救，送自己去医院。

“啊——”袁珊脚下一滑，走到洗手间门口时摔了个狗啃泥，手腕处的伤口被撕扯开，血流了一地。

“救命啊——救命啊！”袁珊用尽吃奶的劲儿颤声喊道。

站在门口的警员听到袁珊的呼喊声立刻上前，见状脸色一变，赶忙拿出传呼机呼唤张警官。

张警官正在审讯室内准备询问顾念当年的细节，袁珊那边毫无突破口，顾念无疑是最好的突破对象。只要她能想到关键的细节，说不定可以作为破案的证据。

“傅太太，先平静一下心情啊，我等下要问你几个案件的细节。”

“嗯，好。”顾念点了点头，有苏珊陪着，她不会太压抑。

张警官接到警员的传呼并未避讳，直接开了扩音器：“怎么了？”

“张警官，大事不好了，袁珊割腕自杀了。”

“哦……是不是又弄幺蛾子了？”张警官认为袁珊纯属无聊找事做，并未当真。

“好像不是，真的流了很多血啊，伤口也很大的样子。”

张警官闻言直接站起身：“什么？怎么搞的？我马上就去，快叫救护车。”

“傅太太，我还有事，今天审讯到此为止。等下会有警员陪你回休息室，这段时间，不会完全监禁你的生活。”

“嗯。”顾念点了点头，神色暗了几分。

袁珊……自杀了？

呵……顾念嘴角勾起一抹淡淡的嘲讽，这袁珊是要闹事吧？

苦肉计？

顾念思索片刻，轻声道：“苏珊，我们出去看看吧。”

“好，我对她所谓的自杀也很感兴趣。”说完，苏珊笑眯眯地和顾念向门口走去。

到了大厅，警员已经扶着袁珊坐在沙发上，并且叫了救护车，袁珊脸色煞白，还真的血流了一地。

啧啧啧……做戏都这么专业了吗？

苏珊见状挑了挑眉，漫不经心地道：“她肯定不想自杀，如果一心求死，此时此刻会拒绝所有人的救治，而不是一副怕得要死的样子。”

“嗯，同感。”顾念点了点头，随后勾起嘴角，低喃道，“没想到她对自己这么狠啊。”

“是啊，女人的心嘛，难以揣摩。”苏珊见众人忙碌，担心顾念被碰到，扶着顾念往边上站了站。

“救护车来了……”不知道是谁喊了一声，立马有医护人员抬着担架赶了过来。

“救命啊……我不想死。”袁珊低喃着，因为失血过多，意识越来越模糊了。

顾念心底多了分揣测——难不成袁珊想小打小闹，结果玩大了？不过，顾念比较关心傅家和袁家的态度。毕竟袁珊刚刚那个模样，不知情的人肯定会心疼得要死要活的。尤其是宁爱和袁老爷子，如果见了这个模样的袁珊，指不定心如刀割，到时候自然会心软的。

“念念，你说，这袁珊的苦肉计，她爸妈会买账吗？也就是你的外公外婆。”

“嗯，百分之九十的可能性会，毕竟是为人父母嘛，孩子是父母的心头肉。”

苏珊闻言神色微变。

为人父母，孩子是父母的心头肉？

顾念见苏珊沉思的模样，知道自己说漏了嘴，忙道：“抱歉……”自己又戳中苏珊的伤心事了。

“没事……”苏珊淡淡地勾起嘴角，“刚好，也算是给了我了解父母子女亲情的机会。”

话虽如此，苏珊眼里还是难掩一抹酸涩之色。众人都说父母子女亲情宝贵，为什么当初自己的父母还要抛弃自己呢？

见顾念担忧自己的情况，苏珊勾起嘴角，耸了耸肩："OK了，我亲爱的傅太太，我可不是什么玻璃心，我嘛，一点儿事都没有，哪怕那些曾经抛弃我的人现在就站在我面前，我也会泰然处之的。"

说完，苏珊眼中闪过一抹沉思："不过问题来了，袁朗和宁爱如果被袁珊的苦肉计给收买了，你打算怎么办？"

顾念闻言抿唇，这的确是个大问题。父母的心，是不可估量的。

看着血迹从洗手间一直蔓延到大厅的沙发处，顾念若有所思，随后轻声道："这里应该有监控，我们先去欣赏一下刚刚她的表演吧。"

"OK，我没意见。"

袁珊被人直接抬上担架送上救护车，送去医院，警员们留下来处理地上的血。

张警官更是焦头烂额的。

这个袁珊按理是个贪生怕死的人，怎么一下子折腾这么大啊？还真的是让他措手不及。她要是真的失血过多死了，那他身上的责任就大了。

"张警官，公安局都是二十四小时监控的，不如先看一下监控吧，到时候傅家和袁家人来了，你也有个交代。"见张警官愁眉苦脸的模样，顾念上前建议道。

张警官听到顾念这么一提醒，立马点了点头："不错，傅太太说得对，我现在就去查看。"

见张警官立刻要向监控室走去，顾念抿唇道："张警官，我现在也算是傅家人，我也想去看一下监控，方便吗？"

"这个自然是没问题的，傅太太，我相信你的人品。"

苏珊跟着顾念和张警官一并进了监控室。

监控室内，可以查看到洗手间里的监控。

一般来说，洗手间里是不会有任何监控设备的，只是公安局的洗手间相对而言比较特殊，所以在洗手间的洗手台前安置了监控设备。

这样既不会窥探个人隐私，但是属于众人活动的场地，也算是在监控范围内，避免意外发生。

张警官走到监视屏前道："把监控往前调。"

"是，张警官。"很快，负责人就把监控调到了袁珊走进洗手间时的画面。

袁珊并没有着急上厕所，而是在四处寻找什么。

顾念见状眼神暗了下来。

画面中，袁珊很快找到了花瓶，然后将其摔碎，捡起地上的碎瓷片抓在了手心里。

割腕之前，女人分明是犹豫的，一开始也是试探性地在割，后来似乎一下子铆足了劲，直接那么用力一割，手腕顿时血流不止。

顾念勾起嘴角，瞧着画面里袁珊被吓得不行的模样，想必这个情况也是在女人的意料之外。

随后的画面是洗手间外的大厅，袁珊着急找人求救，拼命压制住伤口，生怕血流不止而死，然后就是滑倒，女人吓得绝望的模样。

“还真是自杀啊。”张警官匆匆扫了一眼，本来以为是袁珊得罪什么人，这手腕上的伤是被人弄的，伪装成自杀的模样。现在看来，这伤是她自己造成的。

顾念摇了摇头，淡淡开口道：“自杀的时候，不应该是神情绝望吗？为什么她做事前后还算是有理性，犹犹豫豫的？”

张警官听闻顾念的话若有所思，重新把视频倒回去查看，似乎确实是这个问题——一个真要自杀的人，目的很单纯很直接，并不会瞻前顾后。

见张警官一副了然的模样，苏珊勾起嘴角，笃定道：“念念说得不错，而且，若真想死，会有那么强烈的求生欲吗？会在第一次割手腕的时候犹豫吗？所以她贪生怕死，而且事先有谋划的样子，足以看出她并非想要自杀，而是想要以此达到某种目的罢了。”

张警官一拍脑门，连忙道：“不错不错，傅太太、苏小姐，你们真聪明啊。”

顾念勾了勾唇，并不是自己聪明，而是太了解袁珊的为人了。

离开监控室时，顾念站在门口轻声道：“张警官，如果袁家人来询问究竟，你直接给他们看这个视频就好了，我想袁珊是不是真想自杀，一目了然，毕竟大家都是聪明人，也都知道袁珊的为人。”

“好的，傅太太，明白了，您可真的帮我解决一个大问题了，否则袁珊真要是出了什么事，到时候我就解释不清楚了。”无论是傅家还是袁家，张警官均得罪不起。

苏珊和顾念对视一眼，随后苏珊笑眯眯地开口道：“张警官，其实你夹在中间挺难做的，我是局外人，不参与办案，充其量是念念的心理医生罢了，不如你把这份监控给我，我帮你和傅家、袁家说明白。”

张警官闻言点了点头，赞许道：“好，没问题。”

“嗯，这本身也不是什么刑事案件，就是个个人突发事件罢了。”顾念声音清越，眸中闪过一抹寒意。

袁珊想要玩苦肉计？做梦吧。

到时候等她醒了，这些监控看她要怎么解释。

张警官准备前往医院，顾念见状抿唇道：“张警官，我知道我现在是属于关押候审阶段，不应该离开，但是能不能让我跟着一起去，毕竟如果她出了什么事，当初的案件可就说不清了。放心，我一定会在警员的眼皮子底下的，不会让你难做。”

张警官闻言仔细思索片刻，点了点头：“这个没问题，傅太太。”顿了顿，他感慨道，“其实只要傅先生说句话，你压根就不用来自首了。”

“本来就没有做亏心事，干吗需要走后门。”顾念嘴角勾起淡淡的弧度，让人如沐春风。

“是啊，傅太太说得有道理。”张警官不由得赞许地看向顾念，大抵也能明白这个女人可以当上傅家少夫人的原因了。

漂亮、冷静又落落大方，足智多谋，顾全大局，总之，是个让男人心疼、着迷的女人。

“傅太太、苏小姐，请吧，坐我的警车去。”张警官做了个请的姿势，顾念和苏珊点了点头。

顾念和苏珊、张警官等人赶到医院的时候，袁珊已经被送去急救室了，傅家人和袁家人均已得到消息赶了过来。

众人焦急地在抢救室门口等着结果，顾念看向一旁的傅景深，见他脸色有些难看，整个人气场低沉。

傅景深本来笃定袁珊并不敢自杀或者是舍不得做伤害自己的事，没想到，她居然被送去抢救室了。

“傅老爷子、袁老爷子。”张警官毕恭毕敬，胆战心惊地跟傅家人和袁家人打招呼。

案件还没开始审，就差一点闹出人命来，傅老爷子、袁老爷子、宁爱仿佛一夜之间苍老了十岁一般。

顾念抿了抿唇，跟着张警官一起和众人打了声招呼。

傅景深见状迅速上前伸出大手握住女人的小手：“怎么跟着一起来了？”

傅景深的手心很暖，顾念的手被他抓在手心里，很有安全感。

男人刚刚还浑身散发着冷冽的气场，现在跟自己说话的时候，却温柔如水。

看着傅景深很是疲惫的模样，顾念有些心疼，勾起嘴角轻声道：“想知道她的情况怎么样。”

“还在急救室里。”傅景深眉宇之间难掩疲惫之色。

顾念见状伸出小手抚摸着男人蹙着的眉头，她其实很想说，袁珊是故意的，想要利用众人的同情心扳回一局。

如果傅景深知道真相会怎么样？包括这一行人……

顾念欲言又止，张警官见状想要开口：“那个……傅老爷子、袁老爷子……”

还没等张警官说完，顾念便开口道：“张警官，等抢救结果出来再说吧。”

说不定按照袁珊流血的情况，她会废在这抢救室里，到时候，这些话就没有意义了。

张警官听闻顾念的话，明白顾念心头的担心和识大体，点了点头：“好的。”

抢救室外，最为痛心的莫过于袁朗和宁爱了。养了那么多年的女儿，此时此刻却在医院里抢救，生死未卜。

宁爱抹着眼角的泪水，颤声道："老袁啊，我想过她可能会坐一辈子牢，我这晚年没有唯一的女儿陪在身边，可是我没有想过，某一天我要白发人送黑发人啊。"

袁朗闻言心里也不是个滋味。

"珊珊个性从小就要强！她实在是过不了在监狱里的日子，才剑走偏锋。这都怪我，都是我的错。"

宁爱见袁朗也眼睛泛红，轻声道："老袁，我现在只希望她平平安安活着就好，其他的我都不敢奢望了。"

"嗯。"袁朗抚摸着宁爱的后背，眼里满是痛心。

顾念和苏珊对视一眼，一切尽在不言中。

苏珊被眼前袁朗和宁爱的真情流露触动，大抵，父母疼爱自己的孩子，都会是这个模样吧。

宁爱见袁珊一直没有出来，心急如焚，转而颤抖着走到顾念身侧，颤声道："念念，等到珊珊从抢救室里出来了，你能不能原谅她，她毕竟也一把年纪了，也是景深的母亲。"

顾念听闻宁爱的话，蹙了蹙黛眉。

果然，宁爱是着急坏了，所以才会口不择言的。

"外婆……"

"我知道我这个要求太无理了，那，那我给你跪下好不好？"

宁爱颤抖着准备给顾念下跪，被傅景深手疾眼快地扶着站了起来："外婆，你不要这么做！"

宁爱见状更是热泪盈眶，颤声道："景深，我也是没办法啊，我不想她死，我只想她活着……"

傅景深薄唇紧抿，脸色有些苍白。

顾念见状伸出手扶着宁爱站起身，心疼地轻声道："外婆您先起来，您别着急，先等她醒了再说，怎么样？"

"嗯。"宁爱点了点头，擦干眼角的泪，"我知道我这么做不对，只是她这一自杀，尤其是现在还在抢救室里，什么情况都不知道，我整颗心都乱了。"

顾念并不意外宁爱的表现，毕竟袁珊也是考虑到了这种情况，才会选择自杀博一下同情的。

"嗯，我知道，我不怪您。"

"念念，你这丫头，真好。"

顾念看着宁爱因为这两天的事煎熬苍老的模样，抿了抿唇。

袁朗见状也上前来坐在宁爱的身侧："好了好了，别哭了。"

"我也是忍不住。"

见宁爱哭得好似泪人一般，袁朗忍不住感慨道："你啊老糊涂了，就会心软，意气用事，念念原谅她有什么用，她还是得接受法律的制裁。"

宁爱忍不住反驳道："我，我也想不到其他办法了，我就希望她活下来。"

宁爱仔细想了想，小声道："那个，老袁，实在不行能不能让她保外就医，别去警署里受罪。"

袁老爷子："……"

唉，宁爱这真的是关心则乱了。

袁老爷子摆了摆手："不和你说了，你就胡言乱语吧，即便珊珊是我的女儿，但是也不能走特殊待遇，懂了吗？"

袁老爷子大发雷霆，摆手的动作都在颤抖。

宁爱见状赶忙道："好好好，我知道了，我什么都不说了还不行吗？"

袁老爷子点了点头，随后揽着宁爱的肩膀："我有的时候在想，这孩子啊，就当没有生过好了，就当当初战乱我们和她走散了。"

宁爱闻言泣不成声。这生下的孩子，怎么可以完全当没发生过的事？孩子生下来了，可就是妈妈的心头肉啊！

顾念看着两个老人现在这般模样，心里也并不好受。

袁朗知道顾念才是最大的受害者，连忙歉意地道："念念，刚刚你外婆胡言乱语的，你别当回事啊。"

"嗯，外公，我知道了。"顾念眼中闪过一抹涩然，袁珊真的是袁家还有傅家的劫难啊。

"你们谁是病人的家属，病人一直不好好配合，挣扎着要见你们。"医生焦急地从抢救室内走出，急切地开口道。

袁朗和宁爱忙上前道："我们是！我们是她的父母，她要说什么？做什么？"

"你们跟我进去吧，这病人的脾气真是火暴啊，她如果再这么挣扎下去，可能会血流不止，如果流血过多，到时候可就不只是包扎这么简单，得输血了啊。"

"好的。"

众人换上医护服，走进抢救室里。

原本袁珊被包扎好的伤口绷带又被女人疯了般撕扯开来："让外面的人来见我！滚开！你们知道我是谁吗？"

宁爱见状迅速上前道："珊珊，我是妈妈，你别乱动啊！否则他们说伤口会裂开，会血流不止、失血过多的。"

袁珊回过神来，认清眼前的宁爱，立马激动地道："妈，你们来了啊，我就知道你们会来见我的！妈，我不想坐牢，你和爸如果逼着我坐牢，我宁愿去死！"

袁珊脸上也有纱布，手腕上的血弄得浑身上下到处都是，整个人显得很是狼狈，完全没有往日名媛的气质，此时此刻，就像个市井泼妇一般。

宁爱见状心里极其不是滋味，连忙道："你，你不要逼妈妈啊。"袁珊犯了法，做错了事，怎么能那么轻而易举地就放过她呢?

袁珊见宁爱优柔寡断的模样，立刻说道："妈，你去跟爸爸说，我是你们唯一的女儿啊，我不想就这么被毁了！我不管，你们不救我，我就不活了。"

说完，袁珊颤抖着伸出手将手腕上的绷带全部给扯了。这是唯一翻盘的机会，她都已经流了那么多血，一定不能白流了。

顾念眼中泛着凉意，袁珊还真是戏多啊！

以死相逼，还真是够无耻的。

袁珊见袁朗和宁爱无比犹豫的模样，继续刺激道："妈，我这一次是真的不想活了，你们真的忍心见死不救吗？"

袁朗和宁爱陷入纠结之中，袁珊此时脸色苍白，还流着血，情况确实不容乐观。

傅老爷子等人面面相觑，脸色都好看不到哪儿去。

这事确实难办，傅老爷子和傅杨还能平静下来判断一下是非，知道袁珊不是什么善类，也不会这么轻易地拿自己的生命冒险。但是袁老爷子和宁爱就不一样了，毕竟面对的是自己的亲生女儿，控制不了自己的情绪。

"爸、妈，你们、你们还不愿意帮我是吗?傅家是外人，这些年我和傅杨的关系不好，你们又不是不知道。"

"可是当初是你执意要嫁到傅家的啊。"见袁珊突然翻起旧账，宁爱为难地道。

"我这不是因为看上傅家的家世了嘛！我嫁给傅杨之后，肚子也争气，直接给他们家生了个儿子！原本以为会母凭子贵，结果我什么都没有得到，现在他们还一心向着顾念！"

袁珊这么一句话，简直是愚蠢到了极致，傅老爷子和傅杨脸色都难看得厉害。

袁朗和宁爱更加歉意地看向傅老爷子等人，自己的这个女儿，真的是没有教育好。

"爸、妈，我只有你们了，你们如果不管我，我现在没死掉，那我就再去死一次好了！你们就会彻底失去我这个女儿！"说完，袁珊心一横，挣扎着要下床，向墙壁撞去。

"珊珊，不要啊！"

宁爱大惊失色，见袁珊猛地一撞，额头上都是鲜血，吓得猛地抱住了袁珊。

"妈，你们要是不答应我，我就撞死算了。"袁珊为了演得逼真，一副真要撞上去的样子。

宁爱已经被袁珊吓得半条命都没了，忙道："好好好，我答应你，只要你不死，妈妈什么事都答应你。"

呵！成功了！

袁珊得意得不得了，整个人被宁爱紧紧地搂在怀里，任由宁爱的泪水打湿自己身上的衣服，眼里满是讥讽。

宁爱还真的是个愚蠢的女人！

“宁爱，你这是做什么？”袁老爷子恨铁不成钢地看向宁爱，不知道该如何是好。

“老袁，我也不知道我在做什么，但是我不能再失去她了，你，你也是吧？她是我们唯一的女儿！我们别让她坐牢了，我求你了。”

唉！

袁朗一世英名，断然没有想过自己晚年居然会沦落到这个地步。

傅老爷子和傅杨对视一眼，知道袁朗和宁爱已经妥协了。

顾念对此并不意外，抿了抿唇，看向身侧的傅景深，神色有些错杂。

刚刚袁珊说生个儿子希望母凭子贵的时候，顾念明显感觉到身侧的傅景深身子僵硬得厉害，显然是被袁珊的话给冲击了。被母亲当成利用的工具，傅景深心里一定很不是滋味吧？

顾念伸出手握住傅景深的手，轻声道：“你还好吧？”

“嗯，没事。”傅景深淡淡道，“外公外婆只是为了安抚她。”言下之意，让顾念别担心。

顾念低喃道：“她现在尝到甜头了，这一次成功要挟了，下一次就会继续用，而且会变本加厉。”

傅景深眼中闪过一抹幽深的暗光，现在最重要的是立刻开始审判，然后法庭宣判，不让顾念耗费太多精神，也是将对顾念的伤害降到最低，其次也断了袁珊所有的念想。

袁珊刚刚对着墙壁猛地一撞也是狠了心的，达到目的，早已血流满面，很快就意识模糊起来。

医生见状赶忙道：“病人失血过多，快准备输血。”

宁爱忙擦干眼泪，任由医生将袁珊抱到病床上，开始急救。

傅老爷子连忙道：“我们出去吧，别耽误医生治疗。”

傅杨上前搀扶宁爱：“妈，我们出去吧。”

“好。”

宁爱一心挂念着袁珊的情况，早已心急如焚没有理智了，被傅杨搀扶着离开了病房。

顾念示意傅景深搀扶袁朗，苏珊和顾念结伴离开病房。

苏珊忍不住感慨道：“我算是完全服了这袁珊，实在是太厉害了。”

一会儿玩计谋，一会儿又要死要活的。

顾念扯了扯嘴角：“是啊，她这次能捡回一条命，说不定真能免了牢狱之灾。”

“这可不行。”

“嗯，好巧，我也是这么想的，所以就让她反复自杀吧。”

她们手上有监控，不怕袁珊翻盘。

抢救室外。

比起原先的焦急不安，现在袁朗和宁爱更是多了几分愧疚，尤其是对顾念，根本不敢抬头去看她。

唉，实在是不能轻易心软啊，这可都是债啊！

对比之下，顾念倒是心平气和。现在袁朗和宁爱是对袁珊许下承诺了，但是如果他们知道袁珊是故意的，恐怕这承诺也就不作数了。

没多久，医生就焦急地跑了出来：“你们谁是嫡系亲属，血库里的A型血现在突然告急。”

傅景深闻言眉头紧蹙。

袁朗和宁爱没等傅景深开口，忙颤抖着上前道：“我们，我们是她爸妈，我们可以输血。”

说完这句话，袁朗忍不住蹙眉道：“不对！你说什么，A型？珊珊是O型血啊，医生，你们是不是搞错了？”

宁爱见状也思索片刻，笃定道：“是的，我们家珊珊是O型血，我们夫妻俩都是O型的，所以珊珊也是O型血，当初在孤儿院的时候，我们还测过的。”

血型出了问题？

顾念一怔。

医生实在是太着急了，不耐烦地道：“袁老爷子、袁夫人，我们医院是专业的，这个绝对不会搞错，她真的是A型血，你们到底谁是直系亲属啊？”

“我是她的儿子，看看我的血能不能用吧。”傅景深淡淡地道，就算是为了顾念以后的案件审理，自己也得救她。

“好的，你跟我来。”

傅景深跟着医生离开之后，袁朗和宁爱忍不住坐在位置上喃喃自语：“不可能啊，珊珊怎么会是A型血呢？我们俩都是O型的，她怎么可能是A型血呢？”

苏珊见状勾起嘴角，随后做出大胆的假设：“袁先生、袁夫人，会不会是搞错了？”停顿片刻，苏珊继续说道，“你们把血型搞错了，或者是，你们把女儿搞错了？”

有些话，傅家和顾念只能揣测，却不能直言不讳，但是苏珊可以。

张警官闻言点了点头道：“是啊，苏小姐说得对，毕竟我也经手很多案件，真要是父母都是O型血，那么子女一定是O型的。”

顾念抿了抿唇，轻声道：“外公外婆，反正测血型五分钟就出结果，与其你们一直胡思乱想，不如我陪你们去测一下，反正我们已经在医院了，可能你们把自己的血型记错了也是正常的。”

袁朗和宁爱犹豫片刻，点了点头：“好！”

张警官见袁老爷子和宁爱跌跌撞撞地要站起身，连忙说道：“傅太太，你陪着老爷子和夫人在这儿坐着吧，我去请医生过来，他们现在走路都有些不稳了。”

听闻张警官关切的话，顾念思索片刻，点了点头：“好的，麻烦了。”

年会的时候，老爷子和夫人还精神矍铄，身子骨硬朗，这短短几天时间，老爷子和夫人就愁容满面，加上刚刚被袁珊刺激得走路发颤，真的是让人心疼不已。

毕竟年纪大了，怎么能被这么折腾呢？

没多久，张警官就找来医生，医生拿着针尖对着袁老爷子和宁爱的手指轻轻扎了一下。

五分钟之后，结果就出来了：“袁老爷子、夫人，你们俩的血型都是O型。”

袁朗见状问道：“那我们俩的孩子是什么血型的？”

“当然是O型的啦。”医生毫不迟疑，笃定地道。

这是怎么回事？

顾念神色微变，这个袁珊，十之八九不是袁朗和宁爱的孩子，这个玩笑就开大了。

傅老爷子蹙眉道：“亲家母，会不会是当初你们在孤儿院里认错了人啊？”

袁老爷子心底一直觉得有这个可能，现在傅老爷子语气笃定，无疑坚定了袁朗心底的想法——这孩子，该不会真的领错了吧？

袁朗和宁爱再度受到冲击，久久没有回过神来。

良久之后，宁爱哑声道：“我，我当初明明是验了血的呀，难不成，我们真的搞错了？那我们的孩子去哪儿了？这到底是怎么一回事啊？”

袁朗见宁爱因为着急过度开始胡言乱语，摆了摆手：“快别说了，我得好好想想。”

傅景深跟着护士回来后道：“医院安排人去血库采集了，我随了爸爸的血型是B型血，无法给她输血。”

其实，傅景深没有给袁珊输血，顾念还是庆幸的，她不舍得自家老公的血输给那个女人。

顾念握住傅景深的手走向一旁：“外公外婆刚刚测了血型，都是O型，她是A型。医生说，O型血是无法生出A型血的孩子的。”

傅景深闻言脸色微微一变，眼里翻滚着诧异的神色。这是怎么一回事？

袁朗和宁爱了无生气地跌坐在椅子上，久久无法回过神来。

当初是验了DNA才确定孩子的身份的，如果袁珊不是，说明真正的孩子还流落在外，说不定还是个孤儿，或者无家可归，又或者还在经受苦难。

袁朗和宁爱相拥着，汲取着对方身上的热量，以此来获得安慰，可心底还是泛起无止境的凉意。

顾念见傅景深脸色难看，知道如果袁珊不是袁朗和宁爱的孩子，那么傅景深无疑就不是他们俩的外孙了，这下子傅景深就少了外公外婆了。

一直以来，傅景深对袁朗和宁爱虽看似感情寡淡，却很是尊敬。

顾念不知道自己该做些什么，只能伸出手握住男人的手，安抚着男人的情绪。

抢救室外，陷入一片寂静。

苏珊扯了扯嘴角，这一次不知道算不算是袁珊搬起石头砸了自己的脚，把自己作死了。她本想利用一下亲情，现在好了，她根本就不是人家的亲生女儿……

啧啧啧……真有趣啊!

苏珊状似漫不经心地道："其实我是个外人，可以做个大胆的假设——袁珊会不会一早就知道真相？"

苏珊说完，看着袁朗和宁爱诧异的表情继续："如果有说错话的地方，抱歉，我只是在做出合理假设。毕竟你们俩的身份并不低，权贵千金的身份，她自然是想要的啊。"

听闻苏珊的话，袁朗和宁爱神色一凝，想到这个可能性，难免心惊肉跳。

"当初接她回来的时候，她还只是十多岁的孩子，一定、一定不会这么有心计的。"袁朗虽然这么说，但是声音发颤，显然是越说越没底的样子。

苏珊见状，勾起嘴角道："袁老爷子，那可就抱歉了，我这边刚好有个监控视频，想给您和夫人看一下。"苏珊掏出口袋里的手机，递到袁朗和宁爱面前。

手机上播放的，正是刚刚袁珊"自杀"的视频录像。

袁朗和宁爱见状颤声道："这是什么？"

"袁珊刚刚的表演很专业啊。"

表演?

傅老爷子和傅杨听闻苏珊的话，上前一块儿看向苏珊手中的手机视频。

傅景深见状也想要上前，却被顾念拉住："不要去看了，我舍不得你……"

傅景深现在心里难受，顾念不想再给男人心里添堵了。

如果袁珊和宁爱、袁朗毫无关系，那么很可悲的是，现在唯一和袁珊扯上关系的就是傅景深了。

傅景深目光微动，既然顾念不让自己去看，他就当真不去看了。

苏珊说到袁珊刚刚的表演，傅景深简单地思索片刻，也猜得出那个女人在警局里的大致表现了——所谓的"自杀"多半也是她折腾出来的。

联系刚刚在抢救室里女人的表现，傅景深心底尽是讥讽。顾念不让自己去看，也是怕自己心里不好受。

傅景深薄唇紧抿，黑眸深邃，凝视着眼前娇小的小妮子，柔声道："好，我不去看了。"

“嗯。”顾念美眸泛红，看到男人高大的身体紧绷得厉害，忙伸手挽着男人的胳膊，“我陪你去外面走走？反正抢救一时半会儿也结束不了，我们留在这儿也无济于事。”

“好。”傅景深点了点头，牵着顾念的手向医院门口走去。

他的心理承受能力早已被袁珊给锻炼出来了，说来真是讽刺，伤害自己最深的，居然是自己的亲生母亲。如果她并非外公和外婆的亲生女儿，那么，在这儿唯一和她牵扯上血缘关系的人，就只有自己了。

苏珊一边播放视频，一边解释道：“袁老爷子、袁夫人，你们可以看一下，她进了厕所后四处寻找东西，然后很有逻辑性地找到花瓶，继而摔碎，然后犹豫了一下，先是不太敢下手，然后才铆足了劲割腕。”

苏珊刻意加重了很有逻辑性、犹豫、不敢下手等字眼：“袁老爷子、袁夫人，我做心理治疗多年，如果一个人真的想要自杀，她不会有犹豫、不敢下手这类情绪的。”

袁朗知道苏珊在说什么，点了点头。

没多久，两人就看到画面中袁珊割开了手腕、血流不止的模样。

苏珊继续道：“她的求生欲很强烈。你们看，如果一心求死的话，只需要等血流光或者继续割腕就好，而不是呼救。尤其是这个细节，你们也可以看一下，割开那么大的伤口，她的表情并不是解脱，而是诧异、惶恐，然后开始呼救。”

宁爱反应了片刻，随后颤声道：“你，你的意思是，她并不是真想自杀，而是想要……”

“对，想要以此为要挟逼你们就范，就像刚刚在抢救室里一样。”苏珊声音清越，并不拐弯抹角。

袁朗和宁爱听后心里万分复杂，很不是滋味，错杂的情绪交织在心头，久久没有回过神来。如果真如苏珊所说，那袁珊她……

袁朗颤声道：“我，我再看一遍视频。”

“好的。”苏珊点了点头，重新将视频播放给袁朗和宁爱看。

反复看了整整三遍，袁朗和宁爱比对了诸多细节，真相一目了然。

袁朗和宁爱脸色顿时变得很是难看，傅杨和傅老爷子也好不到哪儿去。

岂止失望啊，简直是让人厌恶、作呕！

傅景深和顾念散步回来，袁老爷子和宁爱已经将视频看完了。

苏珊还在解释：“所以我刚刚才做出假设。按照袁珊的品行，说不定她一早就知道自己并非你们的亲生女儿，但是爱慕权贵，冒认也是正常的。不然好端端的，怎么血检、DNA结果没错，孩子却弄错了呢？”

袁朗和宁爱根本想不到，当初接回来的一个十多岁的孩子，会如此有心机。联想到刚刚在抢救室里袁珊的表现以及视频里袁珊割腕的画面，两人不由得很是后怕。

今天对两人来说可真的是晴天霹雳，差点以为自己就要和女儿天人永隔了，结果现在又说袁珊可能不是自己的孩子，而是个从小就极有心机的女人。那么，他们的亲生女儿呢？她现在在哪儿，还好吗？这么多年，难道他们的真心喂了狗？

袁朗和宁爱现在脑子里一片混乱，这些天刺激一波接一波地来，让人措手不及。

傅老爷子蹙了蹙眉，随后道："老袁、宁爱，这事儿啊，等她抢救回来了再问个清楚吧，你们别心里暗暗着急了。"

"嗯。"袁朗点了点头，安抚着宁爱。

苏珊思索片刻道："现在最重要的是确定是不是亲子关系，否则袁珊哪怕抢救回来了，以后还会仗着这个作威作福。虽然血型已经摆在这儿了，但袁老爷子和夫人如果还有怀疑的话，可以和傅先生做一下DNA比对。"

袁老爷子和宁爱被戳中了心事，的确，虽然明面上都已经看到真相了，但他们还是有所迟疑。

傅老爷子闻言点了点头，有苏珊在，有些话家里人说不出口，借着苏珊可以一语点醒梦中人。

"亲家，你们意下如何啊？"

"好，那就再查一下吧，就让我们彻底断了心思吧。"说完，袁朗看向眼前的傅景深，神色复杂。这么好的孩子，如果不是自己的外孙，那该如何是好啊……

袁朗还能控制住自己的情绪，宁爱却早已泪流满面："景深！我的景深啊……"

宁爱颤抖着上前抱住傅景深："老袁，我好怕，好担心……"她好担心养了几十年的女儿不是女儿，疼爱了二十多年的外孙不是外孙。

那么，自己的亲生女儿现在在哪儿啊？她应该也有孩子了，说不定都有孙子了。那自己的外孙、外孙女都在哪儿啊？

傅景深心里又能好过到哪儿去，他抬手拍了拍宁爱的后背，哑声道："外婆，无论如何，我和念念都会孝顺您和外公的，你们永远是我的外婆外公。"

"好孩子，真是好孩子啊！"宁爱泣不成声。

张警官不敢怠慢，立刻让医生前来抽血。事实上，张警官也暗暗琢磨，如果袁珊真的并非袁家的孩子，那就有好戏看了，以后袁珊也不能随意地作威作福了。

医生抽完血道："会加急处理的，十二个小时就会出来结果。"他清了清嗓子，继续道，"病人的血型真的是A型，所以其实这个DNA检查真的没必要做。袁老爷子、夫人，你们俩都是O型，不会生出A型的孩子。"

袁老爷子："……"

宁爱："……"

这个道理，他们又怎么会不明白呢？只是人老了，糊涂了，太绝望了，才想要让自己心死。

顾念跟着傅景深坐在椅子上，小心翼翼地伸出手，用棉签按住他刚刚抽血的地方，欲言又止，想要安抚，可是什么话都说不出口。

陪伴无疑就是最好的安慰，此时此刻，顾念就想安静地陪伴在傅景深身边，安抚男人的情绪。

袁珊所需要的血浆迅速从邻近医院调了过来，输了三个小时的血，才算是抢救回来一条命。

袁珊被送进了VIP病房。

袁朗和宁爱走进病房，看着病床上躺着的女人，神色复杂。

原本几十年都没有怀疑过的事，此时此刻，一旦怀疑起来就打不住了。例如，袁珊的脾性、外貌，还有许多许多细节，都和他们有很大差异。

顾念和苏珊点了餐，让傅老爷子一行人在病房内用餐。

众人的胃口均不是很好，顾念简单吃了些，也跟着放下筷子，站在病房角落的落地窗前眺望远方。

傅景深神色淡漠，给顾念端来了一碗鸡汤："趁热喝了，你刚刚没吃什么东西。"

男人看似语气寡淡，却透着威慑力。

顾念勾起嘴角，轻笑出声："那我要你陪我一起喝，你最近都瘦了。我不管，你不喝的话，我也不喝了。"

傅景深目光微动，随后点了点头："好！"

两个人一起喝了一碗汤，不得不说，傅景深还真的未雨绸缪，他让顾念经期前喝红糖水、补血补气的汤，这一次顾念的经期疼痛减轻许多。

对比之下，顾念觉得自己也得好好关心一下傅景深，不能总是理直气壮地享受男人的爱护。

傅景深揽着女人纤细的腰肢，哑声道："刚刚我其实挺害怕的。"

顾念安静地依偎在男人的怀里，闻言一怔，轻声道："怕她去世？"

"嗯。"

顾念点了点头，并不意外。的确，毕竟是亲生母亲嘛。

傅景深勾起嘴角，哑声道："不过，我之所以担心她去世，是担心她走了之后，你的案子就说不清了。"

傻瓜！

本来顾念还以为他是顾及母子亲情，想必袁珊把傅景深的心也给伤透了。

见男人眼里满满都是对自己的关切，顾念柔声道："等她醒了交代一切吧，她没了身份傍身，也没有外公外婆的偏袒，掀不起大浪了。"

"嗯。"傅景深紧紧搂着怀里的顾念，眼里暗沉一片。

有顾念陪在他身边就好。

病房内，傅杨见袁珊还在沉睡，犹豫片刻，对傅老爷子道："爸，我想和袁珊离婚。"

傅杨此话一出，病房内的人立刻看了过来。

傅杨犹豫片刻，继续说道："现在爸妈那边，袁珊是彻底没了保护，爸，我也想把我们家对她的保护给断了。离婚的事我之前私下跟您说了很多次，您都顾全大局没有同意，希望这一次，您能同意。"

傅老爷子："……"

袁珊不是袁朗和宁爱的女儿，对傅老爷子的冲击也不小。加上袁珊的脾性，以及所做的事，让人除了厌恶就是恶心。

傅老爷子思索片刻，摆了摆手："好了好了，你不要再说了。都怪我，我原先看在亲家的面子上，看在景深的面子上，想维系你们俩的婚姻。现在既然这一切都是她咎由自取，走到尽头了，这离婚是你自己的事，你做主吧，我不过问了。当初也是我的错，景深奶奶走得早，我就想把你的终身大事给解决了。那个时候在想，袁珊一定是受过高等教育、知书达理的人，我也是为了你好，才去和袁家讨这门亲事的。"

没想到，竟然害了傅杨一辈子，唉……

傅杨听闻傅老爷子的话，哪怕见惯了大世面，此时此刻也忍不住眼眶湿润："爸，您别说了，我知道您都是为了我们好。"

"嗯，罢了罢了，离婚吧，程序你看着走吧！"

傅老爷子说完，看向袁朗和宁爱，颤声道："亲家，你们俩是什么意见？虽然袁珊不是你们亲生的，但是你们也算是有养育之恩，傅杨叫了你们那么多年爸妈，景深也叫了那么多年的外公外婆，于情于理，这事都该询问你们俩的意见。"

袁朗和宁爱现在早已经无地自容了，没管教好袁珊，是他们的错，况且现在如果袁珊真不是他们的孩子，这事就更加不好说了。

事实上，这些年袁老爷子和宁爱对傅杨无任何意见，对整个傅家也是如此。

袁老爷子思索片刻，无奈地说道："傅杨，这是你和珊珊的事，我们也不参与了，我们尊重你的意见。这些年，我们对不起你啊，总是让你包容她。"

"爸，您别再说了。"

傅杨红着眼眸，颤声道："哪怕袁珊不是你们的女儿，但是，我和景深会一直孝顺你们的。"顿了顿，傅杨继续道，"还有顾家，还有念念，我们都会念着你们的。"

平日里，一直没有看到傅杨有太大的情绪波动，似乎印象中，他一直都是板着脸，毕竟长期在部队里待着养成的习惯。

顾念抿了抿唇，心底错杂一片。

如今傅杨开口说要离婚，想必也是鼓足了勇气吧？并非一时半会儿决定的。无论如何，傅杨说的话也是对的，如今袁珊没有袁家作为靠山，再和傅杨离了婚，那么对这个女人而言，还真的是一无所有了。

早知今日，何必当初呢？袁珊如果不闹出所谓的自杀戏，说不定还有缓和的余地。

傅杨先和傅老爷子、袁老爷子以及宁爱打了招呼，随后走到傅景深和顾念面前，抬手拍了拍傅景深的肩膀，凝视着顾念苍白的小脸，哑声道："你这丫头啊，我当初就不太喜欢，成天追着男人跑是怎么一回事嘛，也不知道害羞。"

顾念听着傅杨冷硬的话，勾起嘴角道："这不是怪爸爸您嘛，您把景深教育得太出色了，我喜欢他，就喜欢追着他跑了。"

顾念美眸湿润，嫁给傅景深这段时间，她开始习惯傅杨的脾性了。其实傅杨就是严肃、高冷，一点儿坏心思都没有。

傅杨听了顾念的话，被逗乐了，忍不住道："后来啊，你这丫头大闹天宫，订婚之前直接跑路了，我对你就更没有什么好印象了。"

"爸，我知道。"顾念点了点头，这在意料之中。尤其是傅杨这样古板的人平日里严肃惯了，最忌讳这些出格的事。

"但是我就纳闷了，为什么景深那么喜欢你？三年后，你回国，他毫不犹豫地就娶了你。景深的喜欢是错不了的，我开始试着了解你，发现你这丫头，确实是有讨喜的地方。"

明明三年前就可以公布一切，却一走了之。这孩子并不任性，事实上她很懂事。而且从这些年这丫头所遭受的一切，看得出来这个丫头坚韧不拔，讨人喜欢。

能听到傅杨这么说，真的是对自己最大的褒奖，顾念笑道："谢谢爸爸。"

"不谢，是我对不起你，是我们傅家对不起你。"傅杨很是感慨，看着病床上的罪魁祸首，心里的气不打一处来。她真的是要亲手毁掉亲生儿子的幸福啊。

"景深、念念，爸爸和妈妈的婚姻因为一些事走不下去了，但是爸爸希望你们的婚姻可以长长久久地走下去，别学我们。"

顾念和傅景深明白，傅杨跟长辈交代完要离婚的事，现在在跟晚辈交代。

她心里很不是滋味，尤其现在看着傅杨满含热泪的样子，心情说不出地复杂。

傅景深将顾念搂入怀中，随后拍了拍傅杨的肩膀："爸，我知道了，您放心吧。"

"嗯。"傅杨点了点头。

顾念见状抱了抱傅杨："爸，我和景深以后都会好好孝顺您的，但是您也不能一直绷着脸啊，我每次看到您，还是会有些怕的。"

傅杨被顾念逗乐，其实傅景深长这么大，都没怎么抱过自己，生儿子就是没有生女儿贴心。

傅杨点了点头，颤声道："好好好，都听你的。"

"嗯。"

傅杨抬手将傅景深和顾念一并抱住："你们俩要好好的，爸爸坚决不会再让这个女人伤害到你们俩了。”

“嗯嗯。”

顾念点了点头，被傅杨这般抱着，还是可以感受到男人的情绪起伏。仔细想想，傅杨那么要面子的人，维持这段婚姻，一部分原因也是不想让众人看笑话。如今他是想让袁珊彻底没了后台，才会狠下心这么做吧。

张警官也被眼前的场景震撼，不方便参与傅家的私事，便和警员在病房门口守着。

苏珊看着众人满含热泪的模样，不禁一怔。平日里在西雅图，她和养父母之间虽然把爱挂在嘴边，会做亲昵的亲吻脸颊等动作，但事实上这样触及情绪深处的情况，还是极少遇到的。

苏珊抬手揉了揉眉心，看样子选择回来k市是正确的。她总觉得原先自己是一个穿着盔甲在行走的人，毫无软肋，却不似有血有肉的人。现在她发现，自己一点一点找回了自己的血肉，变成一个真正有血有肉的人，感觉还不错。

袁珊是在下午三点醒来的。

她只觉头痛欲裂，浑身毫无力气，冰冷的液体不断地注入自己体内。

宁爱最后还是答应自己了，所以，自己一定会被无罪释放，然后被放回去的。至于顾念那个小贱人，想告自己，做梦去吧！

一想到这儿，袁珊看向病房内的众人，见宁爱神色复杂地看着自己，眼含热泪，忍不住叽歪道：“哭什么啊，我又没死，真晦气。”

宁爱：“……”

这分明是没有什么家教可言，自己当初怎么会认为她只是不懂事那么简单呢？

宁爱眼神复杂，欲言又止，看着眼前的袁珊，只觉得好陌生。

袁珊见宁爱不言语，立即变了脸色，扯了扯嗓子：“妈，我好疼啊！这个是什么病房啊，这么破！我要换个好一点的！我要回傅家静养去，找家里的用人来伺候我，她们知道我的喜好。”

袁珊看到顾念就气不打一处来，自觉实在是太晦气了！

呵！真的是要下地狱了还浑然不知，这个袁珊可真够蠢的。

苏珊强忍住嘴角的笑意，怕是袁珊这么折腾下去，足够把袁家对她多年来养育的感情也慢慢给消磨掉的。这还真是有趣啊！

袁珊见宁爱不搭话，不禁心惊肉跳，难不成这其中出了什么变故？

不行，绝对不能这样！

一想到这儿，袁珊顾不得自己身体还很虚弱，试图坐正：“妈，你怎么回事啊？你理我一下啊！”

“啊？哦。”宁爱这才回过神来，看向眼前的袁珊，攥紧了手。

“妈，你快跟爸说，把绑架案的事给搞定吧！否则我活着还有什么意思啊，不如死了算了！”

宁爱哑口无言，这孩子怎么变成这样了？

袁朗更是恨铁不成钢地看向袁珊，沙哑着声音怒斥道：“珊珊，你别做梦了！当年的案件是你做错事，肯定得付出代价的。”

关于是不是亲生的事袁朗欲言又止，虽然心急如焚，可是有些话到了嘴边，却一下子说不出口。

袁珊一听立马奓毛：“什么？！我都差点死了，你看我头上裹着厚厚的纱布，还不想救我出去。难不成你想让我再死一次吗？那样的话，你们就得白发人送黑发人了！还有，爸，要是让人知道你的女儿参与绑架案，你面子往哪儿搁啊！我的面子呢？我现在还没退休，年假之后还得面对那些人。”

袁朗被袁珊的话气得浑身颤抖，宁爱见状赶忙说道：“老袁，你身体不太好，你可不能生气啊，气坏了身子，我可怎么办啊。”

袁珊现在一门心思想尽早离开这个鬼地方，看向顾念，尤其是见对方小脸苍白，心里尽是得意。

顾念想要跟自己斗，实在是异想天开。

苏珊见状缓缓开口道：“袁珊，袁老爷子好歹是你的亲生父亲，你要是把他的身体气坏了，你有什么好处？还有，为人子女的，他都被你气成这样了，你怎么一点儿情绪波动都没有呢？”

苏珊的声音极其清越，袁珊听闻之后眼中满是阴鸷：“你是谁？滚开！这是我的家事，和你无关。再说了，爸、妈，当初是你们抛弃我，让我在孤儿院住了那么多年，我从小就没有父爱和母爱，这些都是你们该补偿我的。”

苏珊：“……”

不错！苏珊用了激将法。袁珊被自己刺激得说出来的都是混账话，完全让人厌恶。

“珊珊，你，你……”宁爱欲言又止，想到当年的事，才发现真相太残忍。他们养了几十年的女儿不是自己的亲生女儿，实在是让人痛彻心扉。

袁朗见宁爱难以启齿，直接道：“我来说吧。珊珊，你其实并不是我们的亲生女儿。我们是O型血，而你是A型血。”

袁珊原本以为孤儿院的事一招制敌，嘴角还挂着得意的笑，没想到，下一瞬，袁朗的话直接送她下了地狱，像狠狠地甩了她一个耳光。

他、他们知道了？

不可能的！当初可是做过DNA鉴定的，她把自己的血液和张琳的血液交换过了。

袁珊咽了咽口水，努力控制着自己的面部表情。

苏珊见状，眼中闪过一道亮光，一直以来，她最擅长的就是攻心。刚刚面前这个女人听到这个消息，除了震惊，还有恐惧等错综复杂的情绪，似乎是做错事被发现一般。呵，看来果然如自己大胆猜测的那样，袁珊极有可能是故意冒认的。

“爸、妈，你们别胡说八道！我怎么可能是A型血？当初不是验过血吗，我是O型血啊，你们都知道的，所以才把我带回袁家的。”

“珊珊，你刚刚失血过多，抢救需要输血，医生亲口跟我说的，你是A型血。”宁爱哭着说道。

完了，被发现了！

袁珊觉得自己好似坠入冰窖一般，无边无际的凉意蔓延开来。

她咽了咽口水，头皮发麻，脸色苍白。

“我……”

失血过多？是啊，自己硬是把纱布扯开了，还故意撞头，把自己搞得血肉模糊，以此来逼他们就范。没想到，居然会因为失血过多要输血。这真的是大大超出她的预料。

袁珊整个人剧烈颤抖着，慢慢消化着这个消息。

现在她要怎么办？

袁家已经发现自己并非他们的亲生女儿，那自己所有的特权势必也都没有了，包括刚刚以死相逼要的承诺也都没有了。

袁朗和宁爱见袁珊整个人脸色煞白、浑身战栗，自然明白一切。

想到自己的亲生女儿很可能还在外面受罪，也有可能已经不在人世了，袁朗和宁爱忍不住痛心疾首。

袁珊已经慌了心神：“你们一个个都被医院骗了！还有张警官，他们不想让你们救我！我怎么可能不是你们的亲生女儿呢？爸妈，我是爱你们的，我很孝顺的，你们知道的啊！”

袁珊挣扎着从病床上跌了下来，顾不得手背上的伤口又裂开，往外渗着鲜血：“你们先救我出去吧，其他的等到以后再说，好不好？

“对了，也有可能是顾念陷害我，她想让我死。还有顾家，昨天张琳和顾伟都想把我吃了，张琳还动手打了我。爸、妈，这一次，你们一定要救我啊！”

袁朗和宁爱看着袁珊的模样，摆了摆手：“珊珊，无论你是不是我们的亲生女儿，你做错了事，就该受到惩罚。”

袁珊：“……”

宁爱一向是心软的，如果宁爱都这么说了，那么说明自己已经无力回天了。

一想到这儿，袁珊嘴角挤出一丝笑意：“你们是不是想要我再死一遍，那我去死好了。”

说完，袁珊试探地将头撞向一旁的桌子，却发现袁朗和宁爱并未有所反应。

见袁朗和宁爱不为所动，袁珊狠下心又撞了一下，结果还是如此。

不对，不对！

袁珊已经完全陷入魔障之中："你们到底想我怎样？我死了你们也不在乎吗？"

袁朗和宁爱恨铁不成钢地看向袁珊，哪怕不是亲生的，如果袁珊能好好的，他们也是愿意疼爱她的。怪就怪这个女人太坏、太心狠了！

"你们都不管我了！"袁家这边走不通了，袁珊颤抖地爬向傅杨所在的位置，"傅杨，你救我吧！我不能坐牢！我要是坐牢了，其他人都会嘲笑我的。我好不容易过上人上人的生活，我一定不能做蝼蚁一样的人！"

事到如今，她没有幡然悔悟，却还在一心一意念着权贵。

傅杨缓缓地蹲下身，正视眼前的女人，良久之后，缓缓地说道："袁珊，我们离婚吧。"

袁珊整个人彻底瘫软，没有回过神来："你，你说什么？"

"刚刚你昏迷的时候，我和爸妈他们都说过了。我们俩的婚姻，其实一早就过不下去了，只是为了孩子、双方父母，还有你我的面子，一直在强撑着。事到如今，我也不想继续维护我所谓的面子了，等和你离婚之后，我就请辞提前退休。"

呵呵，他吃了熊心豹子胆，要跟自己离婚？

袁珊好似听到了天大的笑话一般，怒斥道："你闭嘴！你敢跟我离婚，我爸妈不会放过你的！我会去告你，你别想能够善始善终！"

这些话，傅杨在之前和袁珊提出离婚的时候，听过无数次，对此早就不陌生了。他抿了抿唇，看向众人，哑声道："我以前就是太在乎面子了，才会因为三年前念念退婚让傅家蒙羞的事一直耿耿于怀。现在我想明白了，面子这东西不是别人给的，是自己争的，如果自己都心里有愧，那么要了有什么用！再者说，日子是自己的，自己过得好才是最重要的，所以，袁珊，我确定要和你离婚了。刚刚不仅和爸妈说了，我也和景深、念念说了。离婚协议书我一个小时前让律师帮我拟好了，你想要什么都给你，我就想和你离婚！"

"不行！我不能和你离婚！"

众人听到袁珊这么说，扯了扯嘴角。

是啊，她想要的，一直是傅夫人这个名声，什么婚姻、爱情的，都不是她想要的。

这个女人，只在乎虚名！

傅杨脸色很是难看，虽然早已明白，但是袁珊的话无疑还是赤裸裸地伤害了他。

"这件事，我已经决定了。"

袁珊见傅杨站起身，颤抖着想要伸手抱住傅杨的大腿，却发现什么都抱不住，男人早已离开。

不能、不行的！这样自己岂不是要在监狱里任人宰割了？袁珊整个人好似痴傻了一般，久久地僵坐在地上，未曾动弹。

顾念可以明显感受到傅景深的身子一直紧绷着，她伸出手握住男人的手，傅景深神色微动，随后给了顾念一个安抚的眼神。

苏珊见众人僵持着，清了清嗓子："袁珊，其实你要想不坐牢呢，也不是不可能的。"

"你，你说什么？"袁珊好似抓到了最后一丝希望，激动道。

"很简单，把真正的袁家千金供出来——这样，袁老爷子和夫人一高兴，就救了你呗！"苏珊可劲地忽悠着，反正她是个局外人，如果其他人会刺激袁珊的情绪，苏珊则无所谓。

苏珊在给袁珊下套，如果袁珊说了袁家的亲生女儿的下落，就说明当初她是刻意冒认的。

袁珊的心理防线几乎已经到了垮台的阶段，听到苏珊的诱哄，咽了咽口水。

如果把那个人供出来，袁朗和宁爱真的会放自己一马吗？

袁珊犹豫地看向袁朗和宁爱，陷入无止境的纠结之中。

宁爱见状立刻道："珊珊，你是不是知道她在哪儿？你告诉我，我求你了，你告诉我！"

不能说！自己不能让那个人好过，绝对不能！

袁珊抓住宁爱的胳膊，语无伦次地道："你，你先救我出去，我就告诉你那个女人是谁，我保证！"

宁爱脸色一白，苏珊见状则勾起了嘴角："袁珊，你别在这儿胡说八道！你知不知道她是谁还是一回事呢，别在袁老爷子和袁夫人面前进行蒙骗。"

袁珊听了苏珊的话，几乎想都没想立刻反驳道："我知道！我不知道的话，怎么可能会在当初调换我们俩抽血的试管呢！"

苏珊："……"

自己的大胆假设和猜测，还真的中了。

袁珊脱口而出这么一句话，证明她真的和当年的事有关。

众人闻言难掩惊异之色，那个时候，袁珊才十多岁，居然就有这样的心计！

真是可怕！

袁朗气得气喘吁吁，难以置信地看着袁珊，好似在看陌生人一般。

自己养了几十年的人，简直是个恶魔！贪恋权贵，居然冒名顶替！

"你……我袁家是哪一点对不起你，你为什么要这么做？"

袁珊轻笑出声，语气满是讥讽："呵，孤儿院的日子不好过，我当然要抓住一切机会了。"

袁朗颤抖着伸出手，准备狠狠甩袁珊一个耳光，却被宁爱握住："先别动手，老袁，快问她我们的孩子的下落。"

袁朗听到宁爱的话，哆嗦着手，厉声道："袁珊，你快告诉我，我的女儿在哪儿？"

呵！

袁珊好似听到天大的笑话，怒声道："想得美！你们先救我出去，然后我再考虑告诉你们真相。"

傅景深的神色又冷了几分。

她的确是死不悔改，疯了！

顾念适时开口道："其实，如果想要调查真相很容易，当初孤儿院里和你同批的有哪些人，按照年龄、性别筛查，虽然时间隔了很久，但是一定可以把真相查出来的。袁珊，你知道傅家和袁家的能力。"

听到顾念这么说，袁珊眼里满是阴鸷之色。

顾念看着女人阴鸷的表情，嘴角勾起一抹冷笑："怎么这么看着我？好像我是你的仇人一样。"

顾念继续淡淡地道："如果我是你的话，冒名顶替，享受了人家该享受的几十年荣华富贵，一定会心怀愧疚、惴惴不安，不会像你这样，活得这么心安理得。"

袁珊忽然哈哈大笑起来。

如果顾念知道真相了，一定会更恨自己的。

顾念蹙了蹙眉头，不清楚袁珊为什么突然看着自己笑得那么得意。

"我为什么不？这是我应得的！我是靠自己的能力扭转乾坤，改变了自己的命运。"

顾念扯了扯嘴角，见袁珊早已经癫狂，只觉得眼前的女人可悲得不行。

病房内的众人都好似看怪物一样看着袁珊，心惊于女人的心狠手辣。

从未见过像她这样坏到极致的女人。

傅老爷子折腾了一天，早已头痛无比了："袁珊，你快把真相说出来吧，就当是戴罪立功，也算是你对袁老爷子、宁爱的补偿。"

袁珊嗤笑道："不行，除非你们救我出去，否则我不会告诉你们的！"

"哼，那我们就自己去查！"说完，傅老爷子直接道，"傅杨，这事交给你来办，你去把真相调查清楚，我要让这个女人心服口服。"

袁珊："……"

不，不能这样！

袁珊整个人跌坐在地上，根本无力再爬起来："不行，她回来了，那我怎么办？"

傅杨实在是气得不行，立马道："你怎么死不悔改啊？你明明做了天大的错事，却浑然不觉！你非要我把真相调查出来了，你才心满意足？"

袁珊泪流满面，早已狼狈不堪："不行！你也不许跟我离婚，我还要做傅夫人，没有人可以把我拉下来！"

众人听闻袁珊偏执疯癫的话，只觉得好似听到了笑话一般。

傅景深淡淡地道："既然她没事了，老爷子、外公外婆、爸，你们先回去吧，张警官会安排后续的审讯工作。”

“好。”傅老爷子点了点头。

如今也算是彻底断了袁珊的念想，所以，这世间百态，有些事真的是说不准。

“不行，你们不能走！”袁珊努力去抓每个人的脚，却发现根本抓不住，只能哭泣着看着众人扬长而去，留给自己一个个背影。

明明她昏迷之前，把一切处理好了，明明宁爱也答应她了，怎么一觉醒来就彻底变了呢？

病房内，很快就只剩下傅景深、顾念、苏珊三个人。

顾念看向袁珊：“景深，你和苏珊先出去一下，我有些话想单独问她。”

见傅景深蹙眉担忧的模样，顾念安抚道：“放心吧，她这个年纪了，真要是动手，我肯定占上风，再者说，她失血过多，没力气的。”

“嗯。”傅景深点了点头，随后和苏珊离开了病房。

众人离开之后，顾念弯腰看向狼狈如市井泼妇的女人，淡淡开口道：“袁珊，你现在没有任何筹码了。”

袁珊：“……”

“你别这么死盯着我，我并没有得意。现在没有什么其他人在场了，我很想问，你为什么刻意针对我，不单单是因为你讨厌我那么简单吧？”

顾念认真琢磨着袁珊的面部表情，不放过任何一个细节。

袁珊双目无神，好似在遮掩什么东西。

顾念攥紧双手，难不成袁珊还隐藏着什么天大的秘密？

“我，我就是讨厌你！”

“如果你非要这么坚持的话，我也没办法，那么就请你活好一点，因为我得亲自送你去监狱，看你孤独终老。”说完，顾念嘴角勾起一抹淡淡的弧度，从口袋里掏出刚刚从苏珊那里拿来的手机，“对了，你不是最在乎自己的名誉吗？啧啧啧，我这里刚好有些有趣的视频，和你分享一下。”

顾念点开视频，是昨天袁珊在媒体记者面前大放厥词的画面。

“这个是……”

看着袁珊无比困惑的样子，顾念勾起嘴角：“你看看就知道了，这个是苏珊刚刚给我看的。”

伴随着视频播放，画面中袁珊和媒体记者一并出现在镜头里：“好了，既然大家都来了，也不会让你们白来的。顾念和我们家景深的缘分走到头了，等一下三点，她就会和景深办理离婚手续。我是为人婆婆的，有些话不方便多说，既然大家知道我们来这儿是有事要办，麻烦让一下啊。”

熟悉的话语在耳边响起，顾念嘴角勾起一抹冷笑：“你说说看，你可真聪明啊，居然还找了媒体，想大肆宣扬我和景深离婚的事。不过你知不知道，聪明反被聪明误？”

说完，顾念又道：“你有没有想过，因为张警官的出现，这些记者立刻把矛头指向了你的绑架案子？”

袁珊：“……”

“袁珊女士，因为你涉嫌三年前的一起绑架案，所以我需要请你回去参与调查。这个是对你的逮捕令。”

“哇！绑架案啊！这个了不得了！”

“是啊，今天傅家可是一下子出了两个重磅消息，有离婚，还有绑架！啧啧啧！”

“这下可有好戏看了。”

袁珊看着视频里记者疯狂地对着自己拍照，更是指指点点，原本她是奢望看到傅景深和顾念的离婚笑话，现在自己却变成天大的笑话。

见袁珊脸色惨白，顾念满意地上扬嘴角。

嗯，心情还不错。

尤其是袁珊这种把声誉看得高于一切的人，这对她来说无疑是最大的惩罚。

“还有今天早上的好戏……啧啧啧，想要借机玩苦肉计，结果搞得自己大出血，还把血型暴露了，你知不知道有句话叫‘不作不死’？”

顾念说完，观察着女人的表情：“我对你冒名顶替的事有一点点兴趣，但是最大的兴趣还是你对付我的原因。难道，你真想把这个秘密带进监狱里去？”

袁珊听到顾念这么说，立刻反驳道：“不可能的，我是不会去监狱的，你没有证据。”

顾念觉得眼前的女人疯了，现在还在做着不切实际的梦。

顾念轻抿唇瓣，随后道：“主动权永远在傅家和袁家手上，你之前的所谓胜算，在于傅家和袁家会不会保护你。你现在 无所有，还是好好考虑一下吧，别死得太难看了。”

说完，顾念站起身，不再看眼前狼狈的女人，好似多看一眼都会觉得恶心一般。

见顾念转身要走，袁珊颤声道：“顾念，你留下来就是为了嘲笑我的吗？”

顾念闻言扯了扯嘴角，摇了摇头：“并没有。就是看你现在这么惨，让我心情美丽点罢了。你对付我的原因嘛，我仔细想了想，似乎也没有那么重要了。重要的是，你付出代价了，这就足够了。”

手落在门把上时，顾念最后道：“其实，你之前对我做的一切，我勉强还能忍受，之所以忍无可忍，是因为你居然敢威胁景深和我爸妈，这是我的底线。所以早先奉劝你别跟我斗，结果，你还是把自己作死了。”

顾念说完，开门扬长而去，留下袁珊一个人狼狈地跌坐在地上。

顾念走出病房后，就看到傅景深迎了上来，黑眸中尽是关切："你没事吧？"

"嗯。"顾念点了点头道，"就是刚刚冷嘲热讽了她一下，心情还不错。"她嘴角勾起一抹明媚的笑，伸出手，踮起脚圈住了男人的脖颈，"还想抱抱你。"

傅景深自从知道顾念在西雅图发生的事后，哪怕很想和女人有亲昵的互动，也会克制再克制，因为担心会刺激顾念的情绪，让顾念惶恐不安。现在顾念主动抱住他，他反倒不知道该不该伸手回抱。

"景深哥，女人伸手抱你的时候，你得更加用力地抱住她，知道吗？"

傻丫头！

傅景深闻言嘴角上扬，伸出手缓缓地抱住顾念。

医院走廊上，因为张警官的监控，所以只有傅景深和顾念两个人温馨相拥，一切尽在不言中。

"想安慰你又找不到对的方法，这样对了吗？"察觉到男人身子紧绷得厉害，顾念忍不住柔声道。

"对的，你做什么都是对的。"所有的疲惫，伴随着把顾念抱入怀中后，便一扫而光了。

顾念闻言点了点头："好啊，你说的，以后可不能反悔！"

"嗯。"

"能喝点可乐吗？好久没喝了，我这次'大姨妈'来都没有肚子疼。"

傅景深："……"

察觉到傅景深瞬间黑了脸，顾念轻笑出声："好了好了，我不喝了，那你抱抱我。"

"好！"傅景深紧紧地把顾念搂入怀中，加大力道抱得更紧一点。

张警官和苏珊站在走廊的尽头，看着顾念和傅景深温情相拥的画面，很是感慨。

苏珊抿了抿唇，自己身上似乎少了些亲情，也少了爱情的元素。

"苏小姐，其实我没有见过豪门之中这么恩爱的小夫妻。我经常会处理这类的家庭纠纷，全部是财产分割，破事非常多。"

苏珊闻言玩味道："那是因为没有感情，只能玩金钱了。"

"苏小姐，你为什么总是对一切很淡然、看透一切的样子？"张警官处理案件的过程中，也遇到过各种人，却难得遇到一个像苏珊这样的，明明年纪不大，却好似历尽沧桑一般；明明嘴角始终挂着公式化的笑，笑意却不达眼底。

苏珊挑了挑眉："因为在西雅图如果装深沉的话，诊疗费用可以收得比较高。"

张警官："……"

这个苏珊真有意思啊！

"苏小姐，你可以留在k市做我们的心理顾问啊，收入也不错的。"

苏珊认真思索片刻，点了点头："OK，我会考虑的。"

傅景深送顾念回去。

晚上八点，袁珊的第一次讯问笔录也在医院里展开，只是这个女人拒不配合，案件一下子变得有些棘手。

张警官四处安排人寻找当年参与绑架强暴案的涉事人员，多方面展开调查。

案件似乎陷入了僵局之中，加上袁珊一口咬定顾念是杀人犯，甚至提供了当年顾念“杀人”的凶器，所有的证据对于顾念而言均是不利的。

不过顾念倒是心平气和，清者自清，只需要时间来证明罢了。

第十三章
你点缀了我的世界

还在正月里，本来是阖家团圆的日子，此时此刻，顾伟和张琳因为没有顾念的陪伴，心里很不是滋味。张琳担心顾念担心得厉害，所以顾伟直接陪着张琳去了傅家了解情况。

袁朗和宁爱自从昨天从医院回来之后，病来如山倒，立刻卧床不起了。傅杨被傅老爷子责令，尽快寻找当年那个女孩子的下落。但都是几十年前的事了，查起来也不是一时半会儿能解决的。

傅老爷子见顾伟和张琳到访，连忙攒了点精神，起身迎接："小顾、琳琳，你们来了！"

"老爷子，我们来问一下念念的案情的事。"顾伟跟张琳坐在沙发上，随后关切地询问道，"公安局那边我去过，念念这孩子是报喜不报忧，所以我们只能来问问您了。"

傅老爷子听闻顾伟的话，点了点头："我明白你的意思，这案子景深在跟进，目前在积极寻找当年参与绑架的人员。放心，很快会水落石出的。"

张琳见状立刻询问道："老爷子，不是我想质问您，只是这又何必麻烦景深去寻找当年的涉案人员啊，直接让袁珊老实交代自己的犯罪过程不就可以了？"

做错事了，总得承认、认罚，这是做人的基本准则啊。

傅老爷子脸色有些难看，不敢直视张琳着急的眼神："琳琳啊，这袁珊……她不配合。"

张琳："……"

这两天，张琳几乎没怎么好好休息过，一心担心顾念的情况。现在听到傅老爷子这么说，立马怒斥道："她怎么可以这样？"

顾伟见张琳情绪激动，立刻伸出手握住女人的手，连忙说道："琳琳，你别激动，和老爷子好好说话。"

张琳点了点头，随即充满歉意地开口："抱歉，老爷子，我知道不该对您这样，可是我实在是控制不住。"

"嗯，不碍事，我明白的。"傅老爷子端起眼前的茶水杯，犹豫片刻，还是实事求是地开口，"是这样的，昨天发生太多事，都没来得及跟你们说。"

张琳和顾伟见状一怔，连忙询问道："老爷子，您说什么事？"

"昨天，袁珊闹起了割腕自杀。"

割腕自杀？不至于吧？

"其实她这是苦肉计，把自己搞得病恹恹的，用自己的命要挟，就想逼袁老爷子和宁爱就范。"

呵！张琳心里冷笑，随后问道："那老爷子，结果呢，袁老爷子和宁大教授是不是就范了？"

听张琳变了口气，话语之中带了几分讥讽，傅老爷子点了点头："起初的确是这样的。你是没看到那个场面，她浑身是血，还一个劲儿地往墙上撞。"

这个袁珊，分明是刻意的，不值得原谅和同情。

顾伟脸色也有些难看，连忙补充道："傅老爷子，您前天是亲耳听到的，袁老爷子和宁爱说好了不会偏袒袁珊的，他们可不能反悔啊！"

"小顾、琳琳，你们放心吧，他们没反悔，只是发现了更大的秘密罢了。"

秘密？

张琳闻言看向傅老爷子，很想知道这所谓的秘密是什么。

顾伟见状连忙道："老爷子，您说吧，是什么秘密啊？"

"袁珊闹得大出血，要输血，她是A型血，袁老爷子和宁爱都是O型血，O型血是无法生出A型血的孩子的，所以袁珊根本不是袁老爷子和宁爱的亲生女儿。"

怎么可能啊？

张琳有些难以置信，好半晌都没有回过神来。

顾伟也同样诧异得不得了，平日里看到袁珊作威作福的，居然是认错了？"我还让景深和袁老爷子、宁爱做了DNA鉴定，凌晨的时候拿到了结果，确实不是。"傅老爷子认为，这虽然是袁家的秘密，但是傅景深和顾念已经结婚了，这件事无法隐瞒顾伟和张琳，应该实事求是地交代清楚。

张琳听闻傅老爷子的话，只觉得大快人心。

"好，真好啊！"张琳用纸巾擦了擦眼角溢出的眼泪，颤声道，"这下子袁珊应该找不到任何庇护了！她算是自找的，以后袁老爷子和宁教授也都不会护着她了。真好！"

“是啊，没想到居然还能搞错孩子，这世间之大，无奇不有啊！”顾伟也忍不住感慨，虽然明白这件事对于袁老爷子和宁爱是个致命的打击，对于顾念而言却是好事。

顾伟很快忍不住关切地问道：“那景深心里岂不是很难受？袁老爷子和宁教授可就不是他的外公外婆了。”

“嗯，不错。”老爷子并未避讳，点了点头，心底难免有些心疼傅景深。

顾伟和张琳对视一眼，傅景深是顾念的丈夫，他们也是看着傅景深长大的，说不心疼是假的。

“唉，袁老爷子和宁爱昨天从医院回来就病倒了。”

张琳闻言心里很不是滋味，说不怨恨是假的，如果袁珊是他们亲生女儿，是不是袁老爷子和宁爱还是会偏袒呢？抛开袁珊这件事不说，张琳可是打小就很崇拜袁老爷子和宁爱的。现在确实是亲昵不起来了。

见张琳和顾伟缄默，傅老爷子也知道两人把自己的话听进去了，继续道：“琳琳、小顾，有件事也得和你们说一下。傅杨昨天已经安排律师起草离婚协议书了，他打算和袁珊离婚了。如果不出意外，一切顺利的话，应该一周左右就可以把手续办完。”

两人本来也都是分居多年，婚姻名存实亡，所以现在就是快刀斩乱麻，尽快将一切结束罢了。

张琳和顾伟听闻之后心底有所触动，张琳忍不住歉意地道：“老爷子，没想到您把这么重要的事都和我们说，我刚刚对您的语气还不太好。”

“这有什么啊，你和小顾跟傅杨一样，都是我的孩子，这些都是家事，我们就当是唠家常罢了。我希望你们可以给傅家一些时间，如果用特权，我们随时可以把念念的案子给搞定，但是既然念念是无辜的，我们何不耐心等几天，走司法程序，给念念最公平公正的判决呢？”

傅老爷子说的话，深深温暖了张琳和顾伟的心。

张琳红着眼睛点了点头：“老爷子，我们听您的。”

“是啊，老爷子，我们相信傅家，相信景深。”

顾伟把张琳抱入怀中，轻声道：“琳琳，好了，别哭了。”

“嗯。”张琳点了点头，红着眸子，颤声道，“我之前就是一直担心袁珊是权贵，我们家念念被她欺负了三年多，一直心里不痛快，如今虽然她还没有得到最终的惩罚，但是该有的报应来了。我就是感慨，这世道真公平！”

“你啊，真傻！”顾伟心疼地接过张琳手中的纸巾，给她擦拭着眼角的泪水，“行了，别在老爷子面前哭哭啼啼的，让老爷子看笑话了。”

“嗯嗯。”张琳点头。

傅老爷子看着顾伟和张琳如此恩爱的模样，心底有些感慨。张琳陪着顾伟白手起家，努力打拼，终于混出头来，两夫妻历经辛苦，却很是恩爱。傅杨和袁珊两个人都是天之骄子，在外人看来是郎才女貌，事实上，结婚多年婚姻却名存实亡。

傅杨因为面子问题不愿意离婚，袁珊则是看中了外在的名号，不愿意撒手。所以两个人都是不幸福的。对比之下，还是张琳和顾伟的相处模式好。

傅老爷子很是庆幸，傅景深娶了顾念，是因为爱情，这就足够了！

等张琳和顾伟的情绪缓和了些，傅老爷子善意地建议道："琳琳、小顾，老袁和夫人在楼上躺着呢，你们有时间的话就上去看看吧，安慰一下，他们心里说不定会好受些。"

张琳听闻老爷子的建议，不禁犹豫了。她心里还没释怀袁珊做的事，哪怕袁老爷子和宁爱并非袁珊的亲生父母，单单他们想护着袁珊这件事，虽然都是为人父母，知道父母偏袒孩子的心，但是张琳还是接受不了。

见张琳犹豫，顾伟连忙道："琳琳，别愣着了，既然老爷子都开口了，平日里袁老爷子和夫人对我们都不错，于情于理，看在景深和念念的分儿上，我们都得去看看。"

张琳迟疑片刻，这才点了点头："嗯。"

傅老爷子就知道张琳和顾伟是善良的人，满意地点头道："好，就在楼上，你们上去吧。这短短三天的时间可是把他们老两口折磨得不轻啊。"

张琳虽然有些不情愿，却还是跟着顾伟上楼探望袁朗和宁爱。到了两人的卧室，顾伟抬手敲门，很快，在房间里给两人挂点滴的私人医生便开了门。

"我们来看看袁老爷子和夫人。"

"好的，快请进吧，目前情况还算稳定，血压、脉搏都正常，需要好好地静养一段时间，不能受刺激。"

听了医生的话，张琳点了点头，顾伟揽着女人的肩膀向着大床方向走去。

袁朗和宁爱脸色均不好看地躺在病床上，看上去很是苍白，精气神更是差得厉害。

袁朗听到动静率先醒来，见是张琳和顾伟连忙唤醒宁爱道："快看谁来了？是琳琳和小顾。"

宁爱幽幽醒来，看清楚来人之后，立刻惊喜地道："是琳琳啊！琳琳、小顾，你们怎么来了啊？"

张琳不知道如何开口，一旁的顾伟见状赶忙道："袁老爷子、夫人，是这样的，我们来见傅老爷子，询问案情的进展，得知你们俩病了，便上楼来看看。"

袁朗和宁爱听了之后简直是无地自容。难得顾伟和张琳还有这么一份孝心，要是换作其他人，肯定是看笑话了，而且是喜闻乐见，压根不会来探望。

"好，你们真好！都是好孩子啊！"宁爱伸出手，哑声道，"来，琳琳，坐我这边吧。"

"嗯。"张琳看着宁爱病恹恹、满头白发的模样，不忍心拒绝，上前坐在宁爱的身侧，“您好好保重身体，别气坏了。”

她虽然心里还有些埋怨，但是终究没能说出残忍的话来，面对这么一位自己曾经无比尊重的长者，她更多的是关心。

“我知道。谢谢你啊，琳琳，你不怪我，我这心里已经很知足了，我对不住你啊。”

张琳：“……”

其实现在说什么对不住，都已经晚了，毕竟事情都已经发生了。

“我也受到报应了，唉……一生都没做什么亏心事，刚动了想做亏心事的念头，就遭了报应。”

张琳知道宁爱所说的话是什么意思：“您别多想了，现在好好保重身体才是最重要的。”

“好好好，我答应你，我没有福气啊，生了个女儿，却在她出生之后离她而去，好不容易找到了，结果养了几十年的白眼狼。如果我能有你这么一个善解人意的女儿，一定会开心坏了，晚年也算是彻底满足了。”

其实，宁爱只是个普通的老人。

张琳不知道该说些什么，只能安抚着宁爱的情绪：“我听说傅杨已经派人去找了，我相信一定会找到的。”

“这都过去四十多年了，哪儿有那么容易啊！我和老袁心里都是有数的。”

否则怎么就一下子病来如山倒了呢？所有的寄托都没有了。

袁朗见状连忙说道：“好了好了，你少说两句吧！琳琳和小顾来看我们，你就不能说点让人开心的事，非得把大家的情绪都搞差了。”

“行，我知道了。”宁爱点了点头，随后伸出手握住张琳的手道，“琳琳，放心吧，袁珊以后没有任何保护了，一定会受到公正的判决的。念念很快会回到你们身边的。”

“嗯，但愿如此了。”

“对了，琳琳，说起来，你和珊珊可是在一个孤儿院里长大的，说不定你还能知道点当初的事。”

张琳听闻宁爱的话，整个人一怔。

自己和袁珊是一个孤儿院里长大的吗？为什么自己没有什么印象啊？

“您确定吗？您之前怎么不跟我说啊？”

“还不是珊珊，她不让人提当年她在孤儿院里的事，所以我才一直没有跟你说。上次陪着你回你所在的孤儿院，那个时候我就想跟你提这个事，就是一直不知道怎么开口罢了。”

世界上居然还有这么巧的事？

张琳难免有些诧异、感慨：“那真的是好巧啊！”

袁珊那般好面子的人，一定觉得曾和自己待在一个孤儿院是比较耻辱的事吧，所以才根本不允许提。

一想到这儿，张琳心底对于袁珊满是嫌弃，其实和她这样的人待在一家孤儿院，自己想想也觉得像吃了苍蝇一样恶心。

“是啊，真的非常巧，那琳琳在你的印象中，在孤儿院里有和珊珊年龄相仿的女孩子吗？”

宁爱抱着一丝微弱的希望，忍不住询问道。

张琳听闻宁爱的话，陷入沉思：“嗯，我仔细想想啊。”

都已经过去四十多年的事了，实在是太久远，很多事张琳都记不清了，甚至画面都已经变得模糊了。

张琳仔细琢磨了好一会儿，才轻声道：“和我年龄相仿的，不对，和袁珊年龄相仿的，似乎就是欣欣了。对了，袁夫人，我跟你们说过欣欣，就是我被我的亲生父母遗弃之后，收养我的养父母家的女儿，比我大三岁。不过那个时候战乱，吃饭生存都是问题，年龄这个事也说不准，有些女孩子就是长得很瘦弱。”

一想到心爱的女儿可能已不在人世，又或者永远都见不到了，宁爱和袁朗忍不住心急如焚，抿唇道：“琳琳，我们怕是再也见不到我们的孩子了。”

“怎么会呢，您得往好的方面想。”张琳轻声道，“当初没有经过一些科学手段查证吗，孩子怎么会认错呢？”

“当初做了DNA的，还是请美国的医生做的。”

张琳听闻宁爱的话，蹙了蹙眉头。印象中，她在孤儿院待着的时候也遇到过测DNA的事。毕竟那个年代，长相、名字或者是父母留下来的纪念物都无法准确地判断，真正的判断方法，还是得依靠科学。

顾伟也不想让张琳总是想着孤儿院的事，连忙道：“好了琳琳，抽空我陪你再回去一趟，问问老院长。”

“嗯，也只能这样了。”张琳点了点头，随后告辞道，“那我们先走了，刚好我想去医院一趟。”张琳顿了顿，见宁爱表情迟疑，继续道，“袁老爷子、夫人，我们准备去看一下袁珊，劝她早点把事情交代清楚，别耗着了，对谁都不好，尤其是傅景深。”

虽然知道傅家会彻查真相，水落石出是迟早的事，但是做母亲的，自然也想减少顾念受苦受难的时间，其次就是傅景深了。

傅景深现在是唯一和袁珊有血缘关系的人，袁珊的一举一动，都影响着他的情绪。

宁爱闻言点了点头，心底早已对袁珊失望透顶：“琳琳，你去吧，但是多说无益，她啊死不悔改的。”

“嗯，我也只是试一下。”张琳抱的希望不大，但是无论如何，总想着去试一下。

张琳及顾伟和宁爱、袁朗言别，随后离开了傅家，直接驱车前往袁珊所在的医院。

袁珊的病房外，一直有专门的警员二十四小时看守着。张琳和顾伟想要探望，必须得到张警官的允许。

警员给张警官拨打了电话，确认无误之后，才安排张琳和顾伟进了病房。

在进病房之前，警员善意地提醒道："顾先生、顾太太，嫌疑人的情绪很不稳定，你们要保护好自己，和她保持一定的距离。"

"好的，我知道了。"顾伟点了点头，和张琳走进病房。

袁珊手背上正在注射点滴，一旁有医护人员和警员同时进行看护。袁珊的事特别多，时不时就要闹个自杀什么的，张警官担心袁珊出意外，所以才安排警员和医护人员同时看护。

听到门口传来动静，袁珊还以为是张警官，没好气地道："杀人凶器我已经告诉你们了，其他的我无可奉告。顾念就是杀人犯，你们抓她去坐牢判刑吧，趁早把我给放了！"

张琳："……"

顾伟："……"

本来还想和平解决问题的张琳和顾伟，看到袁珊这个态度，立马气不打一处来。尤其是张琳，更是气得不行。

袁珊看向病房门口的位置，看到张琳和顾伟的身影，脸色一变："你们怎么来了？"

看到张琳之后，袁珊顿时惴惴不安，心惊肉跳。

自从身世被曝光之后，这个女人就是她心中的刺。

张琳被袁珊盯得有些头皮发麻，明显感觉到了来自袁珊身上的怨气。

说起来，她和袁珊真的无冤无仇，袁珊这般盯着自己，还真的是让她哭笑不得。

张琳稳了稳心神，平复了一下自己的情绪，开口道："是这样的，我们今天来……"

张琳的话还没说完，袁珊就非常不礼貌地打断道："你们是来看我的笑话的？"

张琳和顾伟见袁珊完全不可理喻的模样，多少有些哭笑不得。这个女人，偏执到这个程度，也真的是没救了。

顾伟没好气地道："你说你这个女人也真是的，都已经这样了，傅先生也要跟你离婚了，你都一无所有、众叛亲离了，还不知死活。"

"我就是不知死活，我就算是死，也要拉着顾念一块儿下地狱。"袁珊直接一嗓子吼出来，完全就是偏执、疯癫的模样。

张琳听闻袁珊的话不禁恼怒起来，这个女人都已经把顾念祸害成这样了，还不知悔改，简直是痴人说梦。

张琳平复着自己的呼吸，气道：“今天我来见你，是因为你毕竟是景深的母亲，无论念念以后和景深的结果是什么，对于景深这么个优秀的孩子，我和顾伟都很心疼和喜欢。你再这么针对念念，景深夹在中间也不好过。我希望你可以看在孩子的分儿上，把当年的案件好好交代清楚，这样你也可以戴罪立功，说不定不用在监狱里孤独终老。这样的话，景深作为中间人，也不会太难做。”

虽然明面上对傅景深很是不满，之前张琳气急了还狠狠地甩了傅景深一个耳光，但是为人父母的，总是心疼晚辈。

“如果你还这么冥顽不灵的话，一定不会有什么好下场的，我只是想说，何必闹到最后两败俱伤呢？傅家和袁家的实力摆在这儿，调查真相轻而易举，只是早晚的事。再者说了，真要是权势压人，现在你在傅家和袁家面前毫无优势，傅家要护的人也只会是念念，你别活了大半辈子，还什么都搞不懂。”

袁珊攥紧拳头，什么时候居然轮到这个女人来对自己指指点点的了，她也配？

她一出生就注定高自己一等，现在又在自己面前装模作样。

袁珊没有感受到张琳的善意，只是觉得张琳是刻意在自己面前耀武扬威，让自己感觉到无边的羞辱。

“你滚！我的事不需要你管！你和顾念一样，都是我最讨厌的人，尤其是看到你们这张脸！”

话都已经说到这份上了，袁珊不领情也就算了，张琳就是格外心疼傅景深，居然摊上这么个妈妈。

“你要继续冥顽不灵就算了，但是提醒你一下，景深已经在和张警官彻查当年的真相，傅杨也开始寻找当初和你弄错的女孩了，你就在这儿自生自灭吧！”

说完，张琳看向身侧的顾伟道：“我们去看看念念吧。”

“好。”顾伟看都没看袁珊一眼，只觉得眼前的女人让人厌恶，“真的是死不悔改！哼，到时候真相全部出来了，看她要怎么办！就等着坐牢吧，真的是和蛇蝎一样坏啊！”

“是啊。”

顾伟和张琳的话被袁珊全数听到耳朵里了，袁珊愤怒地抓紧手中的薄被，恨不得把薄被捏碎。

张琳就快要走到门口的时候，猛地想到宁爱的话，停下脚步，转过身道：“我今天听袁夫人说我们俩是一个孤儿院的，袁夫人问我是不是有和我年龄相仿的女孩子，我仔细想了想，似乎只有欣欣。你知道谁是欣欣吗？”

张琳抿了抿唇，继续道：“事情都过去这么多年了，你也当了四十多年的千金小姐，害人家母女分别了四十多年，能帮的话，还是帮帮忙吧。”

袁珊：“……”

“欣欣”两个字，让袁珊脸色随之变得惨白。

张琳并未留意到袁珊的异样，只是感觉袁珊整个人绷得紧紧的：“就看在他们老两口已经很大岁数的分儿上吧。”

“不可能！我，我根本就不认识什么叫欣欣的人！你胡说，你危言耸听！”

张琳：“……”

不知道为何，听到袁珊这么说，张琳下意识地觉得这个女人扯谎了。从女人声音颤抖得厉害的表现来看，她一定认识。

真的是人心隔肚皮，占了人家亲爹亲妈那么久，现在还不愿意还回来，简直是死不悔改！

张琳知道多说无益，和顾伟走出病房。

袁珊就气得不行，直接将一旁桌子上的东西全数推到了地上。

“不可能的！他们是不可能知道真相的！”

“滚！你们都给我滚！看着心烦！”

医护人员扯了扯嘴角，伺候这女人两天，她实在是受够了！

警员也同样很头疼，这祖宗死到临头了还不老实交代，真的是让人厌恶。

医护人员没好气地瞥了一眼眼前的老女人，如果不老实的话，就只能给她关禁闭、注射镇静剂了。

顾伟陪着张琳直接去了公安局。

顾念相对而言行动倒是自由，只要不离开，配合调查就可以了。

早上傅景深陪着她吃完早餐便去忙了，留下顾念坐在花圃的长椅上晒太阳。

虽然天气还算寒冷，但是冬日的暖阳还是晒得人暖暖的。

远远地见张琳和顾伟脸色不太好看地过来，顾念放下手中莱雅送来的文件，上前道：“爸、妈，你们怎么又来了？”

她不想让张琳和顾伟总是往这里跑，影响两人的情绪。

“你这丫头，不是担心你嘛！”张琳见顾念气色还算不错，多少有些欣慰。

顾念闻言嘴角上扬：“景深成天来陪着我，还有苏珊也是，你们别担心了。”

听傅景深说，当年参与绑架案的人已经找出来了，只是现在这批人都不在k市，需要进行抓捕工作，所以，现在只是时间早晚的问题。

“我们刚刚去傅家探望了傅老爷子和袁老爷子以及宁教授。”张琳陪着顾念坐在长椅上，继续道，“没想到昨天发生了那么大的事，袁珊不是袁家的亲生女儿，傅杨还要跟她离婚。”

“是啊，昨天我们都在医院。”顾念没与张琳和顾伟说，也不知道该如何说起。

“这样也好，不是妈落井下石，看袁珊笑话，现在袁珊算是彻底没了保护伞，不然仗着和袁老爷子、宁教授的关系，一定不会被绳之以法的。”

的确！

顾念点了点头，袁珊如果是袁朗和宁爱亲生的，似乎就变得棘手很多。袁珊闹个自杀，袁朗和宁爱简直是一点儿办法都没有。

“那外公外婆现在身体还好吗？昨天他们受了很大的刺激。”

“不太好，现在病来如山倒，妈原先对他们很有意见，可是刚刚看到他们俩病恹恹的模样，就心软了。”

顾念听闻张琳的话，伸出手拉着张琳的胳膊，脑袋倚靠在张琳的肩膀上：“就知道妈妈你是个善良的人，善良的人总是有好报的，你看，你和爸爸不就生了我这么美的女儿！”

“你这孩子，就会给我灌迷魂汤。”

张琳捂嘴偷笑，顾伟见状忍不住说道：“对了，还有个巧事，袁珊当初居然和你妈妈是一家孤儿院的，就是袁珊死要面子不让袁夫人说，所以这件事我们之前都不知道。”

顾念闻言一怔。

这个世界上居然还有这么巧的事？还真是讨厌啊！和那种人待过同一家孤儿院，顾念都担心张琳是不是曾经被袁珊欺负过。

“妈，你对袁珊这号人物有印象吗？”

张琳仔细想了想，犹豫道：“没有。毕竟都过去四十几年了，当初大家还都是十来岁的孩子，能记得什么事啊。”

“那你对和袁珊同龄的女孩子呢，有没有印象？”

张琳闻言道：“其实只有一个，叫欣欣，她比我大三岁左右。

“但是这年龄对不上吧？不过那时战乱，吃不饱穿不暖的，身体发育和实际年龄都是不吻合的。”

顾念：“……”还确实是。

“我刚刚去医院想问一下袁珊对欣欣有没有什么印象，毕竟冒名顶替人家千金小姐那么多年，希望她有点良心，给我点有用的信息，我好帮袁老爷子和夫人找回女儿。结果她死活不肯说，你说这人怎么可以坏到这个程度呢？”

这在意料之中。

能做出冒名顶替的事，自然是良心丧尽，她怎么可能还会帮忙找人呢？

“妈，她就是这种货色，你别和她一般见识。”

“嗯，是啊，我就是心疼景深。”

顾念闻言勾起嘴角，忍不住道：“是啊，丈母娘心疼女婿呗，越看越心疼啊。”

张琳闻言立马摆了摆手：“才不是！这傅家那么权贵，我还是舍不得你在这儿受罪。”

顾念知道张琳心里对傅景深多少还是有点意见，得需要时间来淡化了。

“念念，你最近精神状态怎么样啊？你之前在西雅图的那些照片，可是把我和你爸吓坏了。”

见张琳满是关切地看向自己，顾念握住张琳的手安抚道：“好多了，我接受审讯的时候，回忆当初的事都可以控制自己的情绪了。”

张琳闻言赶忙说道：“那就好，老爷子也给了保证，景深已经在调查真相了，一周之内一定会水落石出的。”

“嗯，我现在比较感兴趣的是，外公和外婆的女儿是不是还活着。他们毕竟那么大岁数了，不知道有生之年还能不能见到女儿。还有啊，妈，我和景深忙完这阵子，也想帮你找到爸妈，找到外公、外婆，我很想看看外公外婆还在不在人世。”

张琳见顾念如此有心，点了点头：“到时候我们一大家子就团圆了。”

顾念靠在张琳的怀里，轻声道：“一定会有这么一天的。”

顾念嘴角上扬，心里有个大胆的猜测。

如果说当初和袁珊年龄相仿的女孩，张琳就是啊。

刚刚张琳只是联想到了那个叫欣欣的人，遗漏了自己。

一想到这儿，顾念攥紧双手。她也只是猜测罢了，不打算和张琳及顾伟说，免得到时候希望落空。

张琳离开之后，顾念思索片刻，自己现在走不了，便打电话给苏珊，让苏珊回傅家，替自己取宁爱和袁朗的头发。

苏珊一个小时之后便把头发给取了回来：“念念，你要这个做什么？我刚刚可是借口说拔白头发才拿到的。对了，头发？测DNA？你有袁老爷子和夫人他们的女儿的下落了？”

顾念抿了抿唇，随后伸出手扯了一根自己的头发：“没，就是猜测。”

什么意思？

苏珊看着顾念扯下自己的头发，若有所思：“念念，你该不会是要测自己和袁老爷子、袁夫人的DNA吧？”

“嗯，感觉概率很低，但就是试试。”顾念轻声道，“袁珊似乎一直很针对我、很厌恶我，我一直找不到原因。但是我妈和她曾经是一个孤儿院的，而且年龄相仿，所以我有个大胆的假设，可能，妈妈就是当初被她冒名顶替的那个人。”

顾念顺带将张琳曾经在孤儿院里的过往都告诉了苏珊，不让苏珊迷迷糊糊的，对一切浑然不知。

说完之后，顾念轻声道：“毕竟，害人总得有动机，不是吗？”

苏珊点了点头，的确，顾念的猜想并不是纯粹没根据。

“还有，我记得外公曾经跟我说过，我和外婆年轻的时候很像，现在仔细想想，还是觉得希望非常大。”顾念勾起嘴角，“先让张警官拿去医院化验吧，反正现在也没什么事，我就当打发时间了。不怕一万，就怕万一，而且景深现在忙案件的事，我也可以做点有意义的事。”

“好。”苏珊挑了挑眉，见顾念情绪稳定，逻辑思维极其清晰，不禁高兴道，“念念，我觉得如果袁珊真的能被绳之以法，当年的涉案者也被法办，你这心病好了，病情自然也就跟着好了。”

“是啊，心病还需心药医。”

顾念揉了揉眉心，随后就听到苏珊继续道：“话说回来，季扬对你还真的是深情，他一直询问你的情况，只是没有直接找你罢了，一直是在问我。”

顾念：“……”

季扬对自己的关切，自己怎么会不知道呢？包括景老爷子和景瑞。

“对了念念，你当初怎么会选择傅景深，不选择季扬呢？”苏珊好奇地打趣道。

“女孩子都喜欢高冷禁欲、对自己爱搭不理的男人嘛，我刚好落入俗套了呗。季扬哥对我就像哥哥一样，叛逆期的女孩子嘛，没能第一时间察觉季扬哥的暖，倒是能第一时间感受到景深的冷。”

苏珊闻言轻笑出声，挑了挑眉：“算起来，遇到那么一个对自己情深似海的人，难如登天，你真幸运。”

“苏珊，等你找到家人之后，顺带再给自己物色个真命天子吧，对于谁驾驭得了你，我很感兴趣。”

苏珊对顾念多少有些嫌弃。顾念如此八卦，她自己知道吗？

“你先操心自己的事，OK？”

“OK。对了，苏珊，你找家人的事进行得怎么样了？”

苏珊摇了摇头：“不怎么样，上一次无疾而终，这一次，刚好是国内的新年假期，很多事都没有办法开展，等到年后我再看一下，茫茫人海，想要找个人很难。”

顾念心底很不是滋味。

见苏珊情绪不高，顾念换了个话题：“走吧，我们把头发送去给张警官，让他一查究竟。”

“OK。”

顾念将自己和宁爱、袁朗的头发分别交给了张警官，托张警官送去医院检查DNA结果。

张警官许诺加急处理，一定会在十二个小时以内出结果。

看着顾念难得这么郑重其事的模样，他不敢马虎。

将头发交给张警官之后，顾念心底一直惴惴不安，总觉得要发生什么事一般。

当天晚上，傅景深就送来了好消息——当年涉案的人，在一天之内，全数被抓捕归案。

涉案人总共是五个，分布在国内的不同地方，真要在一天之内抓捕，简直是难如登天。

如此高效率，顾念很是诧异。等看到傅景深风尘仆仆地归来，俊脸苍白，知道男人已经连续两三天没有好好休息了，顾念心疼得不得了。

五个嫌疑人全部被关进了关押室。

“傅先生你是如何做到的啊？”张警官忍不住惊喜地问道。

“确定这五个人的地理位置之后，我安排人手分赴五个地域，同时抓捕的。”傅景深回道。

这些人曾经都是他的部下。

“傅先生厉害，我马上连夜审讯这五人包括袁珊！哈哈，现在这些人证都到了，看她还有什么话好说，也别想着装病了。傅太太，你和傅先生先聊一下，等下得麻烦你去审讯室辨认一下是不是当年的那些人。”

“好的。”顾念点了点头，等到张警官离开休息室之后，房间里便只有他们两个人，看着傅景深紧蹙着眉，她踮起脚，伸出手小心翼翼地替男人抚平眉心，“你休息一下吧，气色看起来很差。”

“嗯。”傅景深握住了顾念的小手，放在唇边吻了吻，“如果不出意外，三天之内，就可以带你离开这里了。”

顾念听着男人低沉而略带疲惫的嗓音，柔声道：“其实我觉得这里挺好的啊，有吃有住的，院子里环境也不错，还有花园。”

顾念说着俏皮的话，想让傅景深心里好受些。

“还是觉得让你在这儿受苦了，你本不该在这里的，总觉得我现在无论怎么做，都弥补不了你当初受的伤害。”

顾念心底微动，傅景深对于三年前和西雅图的事一直无法释怀。

顾念伸出小手环住男人健硕的腰，听着男人有力的心跳声：“那你以后要加倍对我好。”

“好。”

“不能有事瞒着我。”

“好。”

“那我想喝可乐什么的，你可以不给喝，但是态度得好一点。”

“好。”

顾念从男人怀里抬起小脑袋：“对了，妈今天来看我说了个巧事，她和袁珊居然是一家孤儿院的，这件事是外婆亲口说的。”

傅景深闻言蹙了蹙眉，这个世界上，居然会有这么巧的事?

看着傅景深俊脸上难得流露出诧异的表情，顾念勾起嘴角：“看你这个表情，就能想到我上午听到这个消息时候的样子了，我吃惊坏了。”

“真巧。”

“是啊，外婆之前一直没有说，是因为袁珊觉得这事太丢人了，不乐意说，现在也是等到证明袁珊并非他们的女儿之后，才说的。”

傅景深目光微动，这完全符合袁珊的行事作风。

顾念抿了抿唇，关于所谓的欣欣，还有袁老爷子曾经说过自己长得很像宁爱的话，没有和傅景深继续说下去，想等到DNA比对结果出来了再说。

“你先休息一下，反正现在人都抓住了，张警官连夜审理，你只需要等审讯的结果就好。”

“嗯。”傅景深听着顾念关切的话，握住顾念的手，陪着她睡在一旁的大床上。

这里的休息室，虽然环境远不如南城别墅，但是傅景深已经尽可能地给小妮子比较好的环境了。

顾念没什么睡意，陪在傅景深身侧，替男人抚平眉心。

没多久，听到男人沉稳的呼吸声，顾念才敢小心翼翼地起身，将傅景深身上的薄被往上盖了盖，顺带将房间里的温度调高。

长夜漫漫，顾念毫无睡意，傅景深却睡得很沉，毕竟他已经连续三天没有好好休息了。

算了下时间差不多了，顾念离开休息室，向着审讯室方向走去。

审讯室外，张警官见顾念到了，连忙开口道：“傅太太，里面审讯正在进行，你现在跟我到监控室辨认一下是不是这五个人。”

“好。”顾念点了点头，跟着张警官一块儿走进监控室，通过查看监控画面判断抓的五个人是不是就是当初的人。

顾念攥紧双手，看向屏幕上依次出现的五个嫌疑人的模样，眼神暗了几分。

“傅太太，你不要情绪激动，认真好好辨认就可以了。”

“嗯。”

时间毕竟过去三年多了，这些人的容貌发生了些微改变，而且因为顾念对当年的事抗拒，所以记忆难免变得模糊一些。

她看清楚这一张张脸后，肯定地点了点头：“不错，就是他们！”

熟悉的面孔，加上曾经的记忆扑面而来，顾念后背顿时泛起凉意。

“那就好。”

见顾念脸色有些苍白，张警官轻声道：“这五个人当初拿了钱，就是普通的小混混，心理防线很低，极其容易攻克。傅太太，你早点休息，我现在去医院熬夜审讯袁珊。”

“嗯，张警官，麻烦你了。”

听到顾念这么说，张警官连忙摆手道：“和傅先生所做的一比，我这简直不值一提。”

顾念闻言点了点头，的确，傅景深这些天为自己做得太多了。

“傅先生没日没夜地寻找这些人，节约了我们太多的时间。傅太太，傅先生真爱您啊。”

听闻张警官的话，顾念小脸微微一红。

知道张警官要连夜审讯袁珊，苏珊要求一并参加。

苏珊善于攻心，顺带也可以在袁珊心理防线快要崩盘的情况下帮张警官的忙。

有了苏珊的帮忙，张警官更加觉得胜券在握了。

医院病房里。

因为张琳今天的到访，袁珊惴惴不安，有一种要彻底大祸临头的感觉，不知道如果当初孤儿院的事被发现了要怎么办。还有，当初涉案的人，以傅景深的能力，想必近期就会被抓获。到时候人证物证都有了，自己要怎么办才好?

现在袁家和傅家都救不了自己了，袁珊原本想一口咬定顾念是杀人犯，以此来要挟众人，但是现在看来，自己这一招根本没办法施展了。

她现在也不能和外面的媒体记者联系，如果可以的话，好好利用舆论诋毁一下顾念也好。

“张警官！”

听到门口警员打招呼的声音，袁珊顿时脸色惨白。

“嗯，人在里面吗？”

“是的。”

“好，准备一下录音笔还有视频，我要准备做笔录了。”

“好的，张警官。”

袁珊：“……”

没多久，张警官推门而入，袁珊面目狰狞：“你来做什么？我该交代的都交代了，没有什么话要跟你说。”

张警官看着女人完全不配合的模样，前些天他还能姑息，现在完全不需要了：“我来是告诉你一件事，当初涉案的六个人，除了死了的那个，其他五个已经全部被傅先生抓捕归案了。怕你不信，这个是他们被抓捕时的照片。”

说完，张警官将文件袋里的照片一股脑地拿了出来，呈现给了袁珊看：“你还记得他们吧？”

“你，你胡说八道什么，我什么都不记得了。”

“那可真不巧，他们可记得你啊！毕竟你当初可是给了他们丰厚的报酬，包括封口费。”

张警官看着袁珊蔫了的模样，满意地勾起嘴角。

苏珊见袁珊吃瘪，心情也很不错。

张警官端起一旁的椅子坐在病床前，清了清嗓子：“袁珊，我如果是你的话，现在就坦白交代。否则，我明确地告诉你，人证物证确凿，也能对你进行立案。如果你不坦白交代的话，罪加一等，可就没有戴罪立功减轻刑罚的机会了。”

张警官的话无疑狠狠地甩了袁珊一耳光。

苏珊见状，研究着女人的表情，恰到好处地补充道：“是啊，傅家和袁家可都不护着你了。听说傅杨和你是军婚，他要想离婚，联系你所做的事，加上你现在的处境，法院也不需要你同意，这离婚案直接就可以办了。至于袁家嘛，袁老爷子和夫人如今被你刺激得重病在床，对你根本顾不上，他们委托傅杨去寻找当年的女孩，听说孤儿院的院长手中有当初每个孤儿的信息，要找的话也很简单。”

苏珊漫不经心地说着，眼中闪过一抹亮光——顾念怀疑张琳就是袁家的女儿，倒不如在DNA结果出来之前，自己试一下她？

想到这儿，苏珊道：“除非真正的袁家千金小姐死了，死无对证，否则真相一定能水落石出的。”

死无对证？

袁珊似乎一下子抓住了关键性的字眼，神色间闪过一抹杀意。

这异样的表情，被苏珊极其迅速地捕捉到了，随后心底是无边的凉意。

这个袁珊真坏啊！怎么世间会有这么坏的女人！

苏珊扯了扯嘴角，琢磨着袁珊的表情，继续引诱道：“瞧我胡说八道什么呢，这真正的袁家大小姐一定福大命大，而且应该还在k市。这k市虽然大，有傅先生，找到人轻而易举，怎么会死无对证呢？所以袁珊，你趁早放弃心里的念头，这想法不成立。”

死无对证！

袁珊心底反复琢磨着这四个字，眼里一片阴鸷之色，面目狰狞得好似魔鬼。

自己不好过的话，其他人也不要想好过。

怎么可以只有自己一个人下地狱？其他人也该尝尝这所谓地狱的滋味！

苏珊见袁珊若有所思的模样，道：“对了，张警官，你快点做笔录吧，念念的妈妈还在医院里，我等下准备接她一块儿回去。”

张警官：“……”

什么？念念妈妈怎么会在医院里？这好突然啊。

张警官一时没有反应过来，就听到苏珊继续道：“张警官，难道你忘记了？她好像在验血处准备做抽血采集。说来真巧，要不是袁夫人说了，我们都还不知道，原来张琳曾经也是那个孤儿院里的，年龄相仿，又是孤儿，极有可能是袁家真正的女儿！反正又没事，随便验血做个检查呗。”

宁爱居然把自己和张琳是同一家孤儿院的事给暴露出来了？怎么……这么快？

不行不行，不能让他们相认。这血液一抽，检查结果一出来，那么张琳岂不就是最大的赢家，要笑到最后了？

“也不知道抽了血没，回头我们去看看啊。”

苏珊观察着袁珊的反应，勾起嘴角，张警官闻言迅速反应过来，点了点头："是啊是啊，现在还在排队吧。我们做好笔录之后，陪着她去探望傅太太。"

"嗯。"苏珊见张警官配合自己，坐到一旁，示意张警官开始做笔录："张警官，那我不打扰你了啊，你开始吧。"

"好的。"

袁珊："……"

完了！

全部完了。

当初的五个人都已被抓捕归案了，如果张琳的身世再弄清楚，那自己可就永远完了。

傅家、袁家、顾家，一定都会恨死自己。

而且，自己最讨厌的人就是张琳，一定不能让她好过。

没等张警官开口，袁珊立刻发疯一般将触手可及的东西一股脑地丢了出去："滚！我没有什么好说的，他们对我都是诬陷，顾念才是杀人犯！你们不去抓她，不让她坐牢、判死刑，在这儿缠着我算怎么回事？袁家只要一天没有发表声明，我就是袁家大小姐！傅杨一天没跟我离婚，我就是傅夫人！"

呵……现在还在痴人说梦啊，简直是没救了。

看着眼前的袁珊无比狼狈，好似疯了一般，苏珊上前拦下张警官："既然她不配合就算了，反正现在已经不需要她的口供了，五个嫌疑犯都已经招供了，她是幕后主犯，现在可以直接定案了。张警官，我们走吧。"

张警官看到苏珊眸子里一闪而过的精光，思索片刻，立马点了点头："好，苏小姐，听你的。"

张警官朝身边的警员道："盯紧点，收拾一下，明天就可以带她回去直接立案，等着开庭了，这种拒不认罪的态度，法院一定会好好判刑的。"

"好的，张警官。"警员恭敬地点了点头。

事实上，关押袁珊三天来，他们每天都觉得烦人。这女人永远盛气凌人、居高临下、拒不认罪的态度，太讨厌了。回头一定要从严判刑，让她多坐几年牢。

袁珊听到"直接立案"这四个字，整个人开始瑟瑟发抖。

不行……不能去。

这样的话，自己就会彻底爬不起来的。

这让外面那些名媛贵妇怎么看自己？

这对于自己而言无疑是莫大的屈辱。

张警官跟着苏珊离开病房后，立刻激动地询问道："苏小姐，你这是什么意思啊？"

"还记得刚刚念念交给你化验的头发吗？是她和袁家人的。虽然没有确凿的证据，但是相对而言有一定可能性，可能张琳就是真正的袁家的女儿。"

“什么？”张警官很是诧异。

这世界上居然会有这么巧的事？完全难以置信啊。

“那你……”

“我在给袁珊设套，想在念念和袁家人的DNA结果出来之前，先见分晓。”

张警官不禁诧异苏珊的心思细腻，不愧是专业的心理医生，就是不一样啊。

“苏小姐，恕我愚钝啊，你跟我好好说说你的套是什么意思吧。”

苏珊缓缓道来：“我得先把张琳请过来，毕竟有她在，戏才能逼真。”

“好，我现在立刻派人去请。”说完，张警官忙对着身侧的警员吩咐道。

吩咐完之后他又看向苏珊，忍不住询问道：“好了，苏小姐，你现在可以跟我说说有什么妙计了吧？”

看着张警官心急如焚的模样，苏珊美眸中闪过一抹暗光：“有些事嘛，顾念是傅家人做不了，但是我可以做，我想落井下石呗。袁珊身上只有绑架案怎么够，如果折腾上什么故意杀人，岂不是刑罚瞬间变得严重得多？”

张警官：“……”

什么意思？

苏珊见张警官蠢萌蠢萌的，料想他平日里肯定是严肃办案的人，自己这种算是钻空子了，准确地说，是玩了心理。袁珊要是心理上完全没有这方面的想法，自己设套也算是白费。

“这样，我说得浅显易懂一点。”苏珊清了清嗓子，“我刚刚是不是暗示袁珊，除非真正的袁家大小姐死了，死无对证，她可能还能逃过冒名顶替这一劫？”

“对，你是这么说的。”

“那如果你冒名顶替人家做了千金大小姐，这些年，你会不会留意对方的一切，毕竟怕她靠近袁家，有一天还会找上门？”

“当然会了。”

“所以，袁珊一定知道当年真正的袁家大小姐是谁，对吧？”

张警官听闻苏珊这么一问，立刻点了点头：“当然了。”

“袁珊那么偏执的人，当年的案件现在几乎是板上钉钉了，她在劫难逃，她这种想要玉石俱焚、不想别人好过的人，会不会再横插一刀，真搞得死无对证？准确地说，就是大家的日子都别好过。”

张警官仔细思考了片刻，道：“可能会……”

“不对，是一定会，她刚刚充满阴鸷的眼神已经告诉我了，相信我，我是专业做心理的。”苏珊美眸中满是狡黠以及笃定。

不只是眼神那么简单，刚刚袁珊攥紧的手同样告诉自己答案了。

张警官：“……”

这个女人，似乎不懂人情世故，却极其聪明啊。

张警官忍不住道："我明白了，你在赌她会不会动手杀张琳？"

"不错，我刚刚也告诉她了，张琳在做抽血采集，而且又在同一家医院，她人在这儿，要杀人的话，这里没有其他她可以安排利用的人，所以只能亲自上。到时候，我们只需要保护好张琳，然后给袁珊定个杀人未遂的罪名就可以了。"

顿了顿，苏珊补充道："如果她真的动手了，也可以提前证明念念的猜想，张琳真的是袁家的孩子，到时候对于立案更有帮助了，毕竟袁珊身上再也没有任何秘密了，对于我们而言，一个透明人，毫无威慑力。"

张警官不禁感慨苏珊的逻辑，这杀人未遂的罪名判下来，这辈子袁珊都别指望能从监狱里出来了。

"好，苏小姐，我需要做些什么吗？"

"给她出逃的机会呗。等到张琳人到了，我带她去验血的地方，你伺机安排警员撤离袁珊的病房，然后假意将张琳所在的位置透露给袁珊。"

说完，苏珊思索片刻道："另外，是不是张琳也是一个猜测，一定得派人跟紧袁珊，她极有可能不来找张琳，而是找真正的袁家大小姐。反正无论是哪一种，哪怕她什么人都不找，逃了也算是违法，罪名不轻。到时候她如果找到真正的袁家大小姐，伺机报复，杀人未遂的罪名依旧成立。"

反正苏珊不是傅家人，也不需要看袁家、顾家的面子，因此，怎么落井下石怎么来。

这个阴狠毒辣的女人，不能让她有任何好日子过。

"明白了，苏小姐，你心思真缜密啊。"

"这是当局者迷旁观者清，我不是傅家、袁家、顾家的人，再者说了，落井下石的事，念念看在傅景深的面子上不会做，但是我就不一定了。"

那么对待顾念的老巫婆，苏珊无论如何也不会让对方好过的。

张警官听到苏珊这么说，点了点头："不错，就是这个理儿。苏小姐，那我先去准备一下。"

"嗯，对了，张警官，帮个忙，这件事算个秘密，别和念念以及傅先生说，OK？就当这一切都是袁珊咎由自取。"苏珊嘴角扯出淡淡的弧度。

"我没有问题！我口风很紧的，我什么事都不知道啊。"

看着张警官豁然开朗、一本正经的模样，苏珊嘴角再度上扬了几分："麻烦你了，张警官。"

"不客气，苏小姐，你这也是想帮我办案嘛。"

张琳和顾伟在二十分钟之后被张警官派来的人直接接到了医院。

"珊珊，怎么这么晚叫我们来医院，是不是念念出了什么事啊？"张琳和顾伟现在最心心念念的就是顾念的情况。

面对张琳的困惑，苏珊回道："阿姨，跟你说个好消息，傅先生已经把当年涉案的五个人全部抓捕归案了，我把你叫来，是让你看张警官审讯袁珊的，这真的是大快人心的事。"

张琳闻言心里一喜，激动地一把抓住顾伟的胳膊："那么快啊……真好！"

"是啊，傅先生这三天几乎是不眠不休，一直在抓人。"

张琳心底不是个滋味，傅景深这孩子对顾念的确是真心诚意的，否则也不会把整个傅氏送给顾念。这些天，他也对着顾念忙前忙后的，没有任何怨言。而袁珊说到底是他妈……

顾伟见状连忙附和道："现在所有的事，只要等着袁珊交代就好了。"

"嗯，是的，其实就算她不交代也在劫难逃了，毕竟当初的五个嫌疑犯已经老实交代了。"

苏珊继续道："阿姨、叔叔，你们先坐在这儿等一下，张警官在安排了，安排好了会来跟我们说的。"

"好的，我们不着急，水落石出就是好啊。"

虽然时间已经不早了，但是一想到很快就可以水落石出，张琳和顾伟相拥在一块儿，毫无睡意，反倒是很有精神。

苏珊神色微动，还是不提前和他们说测试袁珊的事了。现在他们什么都不知道，才能本色出演。如果提前知道了，表情不对，难免会被袁珊发现。

再者说，袁珊的目标可是杀人，如果提前告诉张琳，袁珊可能对她有杀意，张琳自然是接受不了的。

袁珊在张警官和苏珊走了之后，不安地瑟瑟发抖，不仅如此，整个人好似坠入冰窖一般，后背都是冷汗。

他们就快要知道了。

自己这辈子算是彻底完蛋了。

不能这样……

看守袁珊的两个警员出去片刻之后，一回病房就佯装接到了张警官的电话——当然，这一切都是张警官提前安排好的。

"喂，张警官啊，现在要交接班啊……好的，我们马上回去参与五个嫌疑犯的审讯工作。"

"什么？交接的人要等半个小时之后才会赶来啊？"

"哎呀，张警官，你别担心，这里没事，你别担心了，她现在挺老实的……"

"好的好的，要接张琳回去啊。张琳还在排队等抽血？那我们在医院门口等着吧。"

"嗯，明白，挂了，我们马上去办。"

袁珊竖着耳朵，听到警员口中的交接、张琳等字眼，精神一振。

警员们随后佯装挂断电话，冲着袁珊厉声道："好好在这儿待着，里外都是我们的人，别想跑啊，等下就会有人来这儿看护你。"

袁珊："……"

见袁珊并未作答，警员嫌恶地扫了她一眼，随后对视一眼，直接离开。

伴随着两个人离开病房，袁珊咽了咽口水。

张琳……在抽血？

死无对证……

自己要去杀了她。

她死了，袁朗和宁爱就不知道她是他们的女儿了。

还有顾念也别想好过，一定不会继续和傅景深在一起了。

袁珊颤抖着下了床，将手背上的点滴直接拔了下来，跌跌撞撞地走出病房，原本以为还会遇到医护人员，但可能是到了深夜，走道里没有什么人。

袁珊一直低着头，生怕路上见到什么人而被发现。她迅速走到化验科，丝毫没有留意到身后有警员尾随，盯着她的一举一动。

苏珊玩着手机，微信上很快就收到了张警官发来的消息。

"鱼已经上钩了。"

苏珊满意地勾起嘴角，一分钟之后，又收到了张警官发来的微信消息。

"苏小姐神机妙算啊，鱼向你游去了。"

苏珊："……"

真的来找张琳了？

苏珊咽了咽口水，看样子张琳真的是袁家大小姐？袁珊刻意针对顾念的原因，似乎也要水落石出了。

不过她并不能掉以轻心，说不定袁珊是因为讨厌顾念，见不得顾念好，所以才来伺机报复张琳。

苏珊眯了眯凤眸，思索片刻，虽然是深夜，化验科却依旧人头攒动，她快速给张警官回复了微信："我打算换个地方钓鱼，这里人太多了，你的人得跟紧点。"

"明白。"

成功收到张警官的回复之后，苏珊满意地勾起嘴角。

没多久，她再次收到张警官的消息："苏小姐，鱼已经到化验科了。"

"确定她的目标锁定我们之后，我会选择换地方。"

"好的。"

苏珊佯装玩着手机，余光却在打量四周的情况，见角落处一个披头散发、穿着白大褂的人影，眼中闪过一抹凉意。

“叔叔、阿姨，时间不早了，我先送你们回去吧。抱歉啊，现在看来，今天晚上是审不了了，结果也得明天早上出来。你们回去等消息吧，在这儿熬夜太累了。说不定你们明天就可以在家看到念念了，所以你们得攒足了劲，回去好好休息，不然也没有力气好好照顾她，做好吃的给她吃。”苏珊话语轻柔，透着关切之意。

事实上，苏珊平日里极少说这样亲昵、充满人情世故的话，所以说出口的时候，还是感觉有些冷硬、干巴巴的。

张琳闻言看了一眼顾伟，知道苏珊说得有道理：“嗯，好啊，珊珊，你别说抱歉了，你也是为了我们好。”

顾伟见状立刻说道：“那你在楼下等我啊，我去车库取车。”

“嗯，好。”

苏珊见张琳准备下楼，连忙开口道：“阿姨，我送你下去吧。”

“会不会太麻烦了？”

“反正我现在没事嘛，闲着也是闲着。”

张琳见苏珊甚是可爱，笑道：“你比念念乖巧多了，那孩子真叛逆啊，那些年我们可被她累得够呛。”什么上树摸鸟蛋、和班上的男同学打架、上课不认真听讲、反对老师等，简直是多到让人头疼，“她是三个孩子当中最倔强的。”

苏珊：“……”

虽然张琳说着嫌弃顾念的话，苏珊却感受到满满的宠溺和爱意。

她不自然地避开了视线，轻声道：“是吗？可是她现在好多了啊，看起来很乖巧嘛。”

“是啊，经历了些事，也长大成熟了，其实我巴不得她永远长不大，我可以永远宠着她、爱着她……”

苏珊：“……”

之前她是不懂人情世故，现在，想要寻找亲人的心变得越发急切起来。

苏珊陪着张琳走到医院门口，抿了抿唇，随后给张警官发去消息，让张警官在车库拦下顾伟。袁珊要是真想动手的话，只有自己和张琳两个人，更加方便她动手。

“鱼一直尾随你们，她的目标真的是张琳。”

苏珊：“……”

没想到顾念的猜测、自己的测试，居然就要成为事实了。

如果其他人也知道了张琳真的是袁家的大小姐，不知道会作何感想。

“顾伟怎么还不来啊，苏珊，要不你别在这儿陪着我了，先回去吧，我一个人等着就可以了。外面凉，你只穿小衬衫，别着凉了。”

苏珊听闻张琳的话，摇了摇头：“没事，我不冷。”

张琳见状立刻把自己脖颈上的围巾取了下来，围在苏珊的脖颈上：“傻丫头，说什么胡话，怎么可能不冷呢。”

苏珊："……"

伴随着张琳认真帮自己整理脖颈处的围巾的动作，围巾上还有她的体温，苏珊忽然有些莫名地鼻子泛酸。

这是……来自长辈的关怀吗？

苏珊目光微动，忽然觉得自己有些对不起顾念，毕竟自己现在是把张琳置于危险的境地。

"阿姨……"

"你这丫头，发什么呆啊？"张琳见状打趣道。

苏珊勾起嘴角，轻声道："我会保护你的……"

张琳："……"

这话是什么意思啊？

张琳哑然失笑："嗯，阿姨相信你，你可千万别着凉了啊，这着凉日子可不好过。"

"嗯。"苏珊点了点头，很快就收到了张警官发来的信息。

"鱼找了一辆车，小心，她可能准备撞过去。"

苏珊收到短信的瞬间，就看到前方一辆车迅速向着自己和张琳所在的方向开了过来。

是救护车……

多半是救护车停在路边的时候，袁珊趁机上车的。

真狠毒啊！这是想撞死张琳吗？

不过话说回来，袁珊也不算傻。毕竟单打独斗，她不是自己和张琳的对手。

"苏小姐、顾太太，小心！"前方的张警官见状脸色一变。

听闻张警官的话，驾驶位置上的袁珊更是加大马力，狠狠地向着张琳和苏珊所在的位置撞了过去。

"珊珊，小心……"张琳下意识地挡在苏珊面前。

"没事……"苏珊抿起嘴角，临危不乱，看向一旁快速发动的货车，勾起嘴角，她明白张警官的用意了。

伴随着救护车的开近，袁珊狰狞的脸庞清晰起来。

张琳诧异地咽了咽口水。

居然是她……

"哈哈哈……张琳，你去死吧！"

袁珊癫狂地哈哈大笑起来，随后，她还没来得及撞上张琳，就被旁边的货车直接撞飞。

轰的一声，因为救护车车体较小，直接被撞倒在路边，还在地上滚了几圈，滑行了一段距离之后才彻底停下来。

张琳没见过这种场面，吓得脸色苍白。苏珊蹙眉，脸色也不好看。

万幸……一切准备充分。

“阿姨，你没事吧。”

“珊珊，你怎么样？有没有被吓坏？”

两人异口同声，苏珊见状忙道：“没事，再大的事发生在我面前，我也不会有事的。阿姨，你别忘了，我是做心理的。”

“那就好，那就好。”张琳还处于惊讶之中，未曾回过神来。

张警官等人和顾伟迅速上前仔细检查两人是否受伤。

“琳琳，你刚刚吓死我了，你没事吧？”顾伟紧张得额头上都是冷汗，刚刚他差一点就要冲出来了，还好有张警官把自己拦下来，同时指挥一旁的货车开过去撞上袁珊。

“没事没事……”张琳伸手抱了抱顾伟，随后难以抑制心颤道，“你知道……那车上想撞死我的人是谁吗？是……是袁珊……她太可怕了！”

什么，是袁珊？

顾伟闻言脸色一变……

张警官见救护车在冒烟，毕竟袁珊还在里面，立刻道：“顾先生、顾太太，这事以后再跟你们解释啊，我先处理一下。”

“好的，好的，张警官，你先去忙。”

张琳和顾伟后怕地向着台阶站了站，医院的医护人员很快上前，试图把袁珊救出来。

但是袁珊整个人被卡在座椅里，压根动弹不得，女人额头撞向方向盘，因为没有系安全带，受伤很是严重，车厢内几乎都是袁珊的血。

“啊——”袁珊疼得撕心裂肺，好似整个人被撞得魂飞魄散一般。

“张警官，不行，太严重了，得叫消防员来。”

“好，快去联系。”

没多久，消防员赶了过来，立刻对毁坏严重的救护车进行处理，试图将袁珊从座椅上给拉出来。

“啊……”伴随着消防员的动作，袁珊疼得哭天喊地的。

医护人员紧急上前止血，奈何血根本就止不住，袁珊的意识也越来越模糊。

“张警官，这么下去她的命是保不住的，依我看来，得截肢……”急救医生仔细思考了一会儿，认真地对着张警官建议道。

张警官犹豫片刻，袁珊不是袁家人，那么傅杨现在还算是她法律上的丈夫，得征求傅杨的同意才可以。想到这儿，张警官立刻拨通了傅杨的电话，将这里发生的事简单说了下，然后简明扼要地道：“傅先生，需要截肢……嗯，就是大腿以下，得家属同意，您怎么看？”

时间已接近凌晨，傅杨没想到居然会发生这样的事，良久才缓缓地道：“那就……截肢吧，救她的命。”

“好的。”张警官得到了傅杨电话允许之后，立刻对急救医生吩咐下去。

急救医生对袁珊展开了截肢手术，顺利地将她从座椅上拉扯出来，送去了抢救室。

张警官急得满头是汗，这真的是自作孽不可活啊……

傅老爷子和傅杨也赶了过来，袁朗和宁爱也一并赶到。

张警官没敢隐瞒傅景深和顾念，给傅景深打去了电话，傅景深还在睡，是顾念接的电话。

得知医院发生的事，顾念立刻叫醒傅景深赶到了医院。

急救室外。

张琳到现在还有些惶恐，刚刚如果不是那辆货车开过来将袁珊的救护车撞飞，那么现在躺在急救室里的人就是自己了。太可怕了……

顾念赶到医院之后，立刻上前仔细检查张琳的情况：“妈，你有没有事？有没有哪儿受伤？”

“念念，我没事。”

“脸色这么难看，真的没事？”

“嗯。”张琳点了点头，颤声道，“她刚刚开车准备撞死我的，她一边开车撞向我，一边笑，然后说，张琳，你去死吧……”

太可怕了！

听到张琳的话，顾念眼神冷冽成冰。这个袁珊，实在是太可恶了。

顾念将张琳抱在怀里，柔声道：“没事了，都过去了！放心，我和爸爸都在的。”

“她……为什么会想我死？她居然要杀人。”

张琳对于袁珊的举止还是难以置信。如果是普通的辱骂，甚至单单动手，张琳也是能理解的。只是杀人，到底是有什么深仇大恨？

顾念抚摸着张琳的后背，平复张琳的情绪，她知道张琳真的被吓坏了。

袁老爷子和宁爱、傅老爷子、傅杨也没想到会发生这样的事，还牵扯到杀人了……

“张警官，这是怎么回事？”傅杨直接冷下声来询问道。

张警官还未开口，一旁的苏珊已经解释道：“嗯……我们也就是怀疑……张琳阿姨可能是袁家真正的女儿。”

苏珊的话仿佛石头跌落平静的湖面之中，一时之间激起千层浪来。众人闻言神色诧异，唯独顾念和张警官很是平静。

时间仿佛一瞬间静止不动，良久之后，顾伟才缓缓地开口道：“苏珊，无凭无据的事，可不能随便开玩笑啊。”

“虽然具体的证据还拿不出来，但是念念的头发已经和袁老爷子、袁夫人的头发拿去化验了，结果应该再有一个小时就会出来了。”

顾伟：“……”

苏珊继续道：“我原本是陪着张警官前来审讯袁珊的，其间提到袁家真正的大小姐的事，她一直念着死无对证这样的话，后来，她利用警员换班的时候逃脱，然后……想要开车撞死的目标也是张琳。我想，她的行动已经告诉我们答案了。”

张琳好半天都没回过神来，压根不敢看向袁老爷子和袁夫人。

顾念知道验DNA的事是瞒不住的，承认道：“我大概中午前后，就是你和我说过你和袁珊曾在同一个孤儿院后，我就在想，这些年袁珊一直针对我，可能是有原因的。我就怀疑是不是因为你的身世，因此让珊珊取了外公外婆的头发，拿我的头发去做了DNA对比。”

说完，顾念歉意地看向众人，尤其是袁老爷子和宁爱：“抱歉，之前隐瞒了大家这件事，尤其是外公外婆，还私下拿了你们的头发。”

袁朗：“……”

宁爱：“……”

袁朗和宁爱还处于张琳可能是自己的孩子的惊讶和欣喜之中。

和自己的亲生骨肉分别了五十年，现在孩子可能就在眼前，他们却不知道如何辨认，担心认错了，又是一次伤害。

宁爱不断掉着眼泪，看向张琳和顾念。说实话，顾念长得极像年轻时候的她！至于张琳，仔细看看，似乎也很像。有些答案就在嘴边，真的要脱口而出了。

袁朗也因为情绪实在是太激动了，根本站不住脚，只能坐下来歇一会儿。

顾伟见众人情绪激动，连忙开口道：“不是说检查结果还有一个小时就出来了吗？情绪再激动，我们等结果出来再说……”

否则，真要是二次认错，可就是巨大的伤害了。尤其是张琳，一直想找父母，找了几十年，真要是认错了，一下子狂喜，然后是巨大的失落，她怎么受得了！

傅老爷子见状，也点头道：“我同意小顾说的，这事先压一下，我们等一个小时后结果出来再说吧。亲家，你们别太激动，小顾，你好好照顾琳琳。”

“好的，老爷子……”

众人均是思绪复杂，有些没回过神来。

张警官见状，不断催促检查结果尽早出来。

半个小时后。

张警官激动地挂断电话，看向抢救室外的众人，肯定地道：“检查结果出来了，傅太太的确和袁老爷子、袁夫人是有血缘关系的，也就是说亲属关系。”

顾念：“……”

还……真的是。

这么一句话，直接让众人炸开了锅。尤其是张琳，泪水瞬间夺眶而出。

什么叫作巨大的惊慌之后巨大的惊喜，这下子张琳才算是体会到了。刚刚她还被吓得失魂落魄的，现在却沉浸在巨大的惊喜之中不能自拔。她没想到袁朗和宁爱居然会是自己的亲生父母，曾经，自己对他们还略有意见，毕竟，袁珊这件事，他们之前是溺爱维护，伤害到了顾念的。真是没想到啊！说来还真是讽刺，他们一心护着的不是自己的亲生女儿，却在护着的同时伤害了自己的亲生女儿和外孙女。

听闻张警官的话，宁爱颤抖着拉住袁朗的胳膊，满是惊喜之余也有难以置信，哑声道："老袁，我有没有听错，刚刚张警官说什么了？"

宁爱眼泪不断往下掉，不仅如此，声音也剧烈颤抖着。这幸福来得太突然了，她实在是不敢相信。

袁朗回过神来，他一生虽见惯了大场面，此时此刻还是难掩心颤："我，我也没听清。张警官你再说一遍！"

张警官闻言赶忙道："袁老爷子、夫人，检查结果出来了，傅太太和你们是有血缘关系的，是你们的亲外孙女啊！"

生怕老两口太激动，张警官又刻意补充道："换句话说，张琳是你们的亲女儿，也就是真正的袁家女儿。"

袁朗："……"

宁爱："……"

复杂的情绪交织在老两口心头，挥之不去。

太好了，太好了！真的是上天眷顾！

"老袁，扶我去琳琳那儿！我的琳琳啊！"

"好，好，好！"袁朗扶着宁爱，颤抖着站起身，想要往张琳所在的位置走去。

张琳整个人还处于头晕目眩的状态，没能回过神来。

顾伟欣喜不已，没想到张琳居然找到了自己的亲生父母。不仅如此，亲生父母还是张琳一直敬佩的袁老爷子和夫人，这可真的是天大的巧合啊！

"琳琳！我的琳琳！"宁爱泣不成声，颤抖着走到张琳面前，见张琳还没从刚刚的车祸里回过神来，脸色苍白，心疼地把张琳抱入怀中，"妈妈和爸爸终于找到你了！对不起，对不起！"

还是太晚了，让你受了那么多苦楚！

张琳长这么大，也是第一次像个孩子一样被爸爸妈妈抱在怀里，感觉很奇怪。

她明显感觉到宁爱在颤抖，却不知道该怎么办，无所适从得好似孩子一般。

看着宁爱和袁朗泣不成声，顾念神色微动。

宁爱和袁朗这几天历经大喜大悲，真的苍老了很多。

苏珊见袁朗和宁爱抱着张琳不肯撒手，浅眯凤眸："念念，你的猜测都是对的。"

"嗯。"顾念嘴角勾起一抹冷笑，"现在一切疑点都解开了，包括袁珊最后的秘密。”

现在的袁珊算是个透明人了。顾念永远想不到，自己被袁珊针对的原因，居然牵扯到她和张琳的身世。

诚如宁爱所言，自己长得和年轻时候的她很是相似。仔细想想，那个时候，自己和傅景深订婚，势必会和袁朗、宁爱接触，袁珊担心身份的事情败露，所以提前找人强暴自己，意图让自己离开傅景深、离开傅家、离开k市。

顾念脸色有些难看。

袁珊还真是做错一件事之后，不断用一件又一件的错事来圆谎，包括刚刚她居然试图开车撞死张琳。

一想到这儿，顾念多少有些后怕。果然，人为了贪欲、名誉、权贵，什么事都做得出来。

袁朗和宁爱看着张琳，眼泪怎么也止不住：“琳琳，爸妈对不起你！”

宁爱懊悔地不断摇头：“都是我们的错，我们没有照顾好你。我们甚至还养虎为患，差一点让袁珊害了念念。”

张琳强忍住眼眶里的泪水，的确，她一直以为顾念被袁珊多次针对可能是因为婆媳问题，再加上个性使然，不承想，居然是因为自己。

张琳心底极其歉疚，袁朗和宁爱更不是滋味。

宁爱颤声道：“我，我曾经还求过念念，让念念原谅袁珊的所作所为，我，我真的是混账！”

宁爱一想到自己曾经做过的荒唐事，整个人都沉浸在无边的自责之中不能自拔。

袁朗也懊悔不已：“我一生刚正，没想到人到晚年，差点晚节不保。”

所幸没能铸成大错，否则真的是追悔莫及啊！如果真的让袁珊成功逃脱，袁朗和宁爱就真的是没脸见顾念了。

明明是沉浸在莫大的惊喜之中，袁老爷子和宁爱却忍不住泪流满面。

张琳情绪也很复杂激动：“你们不要再说了，别太激动了，以免影响身体。”

妈这个字，张琳没有叫过，张了张嘴，也不知道该如何称呼袁朗和宁爱了。

见张琳情绪这般激动，顾伟只能在一旁温柔安抚。

顾念则依靠在傅景深宽厚的怀抱之中，汲取男人身上的温暖。

看样子，外公外婆她还真的是没有叫错，袁朗和宁爱不是傅景深的外公、外婆，却是自己的。

兜兜转转，又回到原点了。

宁爱和袁朗看向一旁的顾念：“念念，当初外公外婆偏袒袁珊，你不会怪我们吧？”

宁爱悔得肠子都青了，早知道当初对袁珊的姑息养奸，此时此刻全部是对自己的女儿、外孙女的伤害，她简直追悔莫及。

顾念看着老两口老泪纵横的模样，轻抿唇瓣。

人心都是肉长的，当初袁珊在宁爱面前寻死觅活的，的确不好抉择。

顾念开口安慰道："事情都过去了。外公、外婆，妈妈找了你们很多年，你们能重新相聚，已经是最好的安排了。"

袁朗和宁爱闻言，心里很不是滋味。

是啊，自己的亲生女儿，终于找到了！

傅老爷子和傅杨对视一眼，难免有些感慨。袁珊一直不愿意说为什么针对顾念，原来，这身世之谜才是最大的隐情。还真的是人心叵测啊！

苏珊看着袁朗和宁爱与张琳相认的画面，神色有些动容。

很奇怪的感觉，明明是很开心的事，大家却泣不成声。不知道当初抛弃自己的父母，看到自己时隔二十多年之后重新站在他们面前，会作何感想？

当初袁朗和宁爱是因为战乱才和张琳失联的，那他们是为了什么抛弃自己呢？

苏珊稳了稳心神，随后勾起嘴角道："既然当年的事都水落石出了，我在想，袁珊当初是怎么狸猫换太子的呢？"

苏珊的话一出，众人都面面相觑。的确，当初不是做了DNA比对吗，怎么会弄错呢？她是怎么调换的？为什么她知道张琳就是真正的袁家大小姐呢？

太多的谜团，只能等着被袁珊抢救醒了之后再说。

如果说抢救过程中袁珊出了什么意外，恐怕这一切就真成无解的谜团了。

张琳听闻苏珊的话，犹豫片刻，轻声道："我不知道她是不是欣欣，感觉和我年龄相仿的应该就只有欣欣了。"

如果袁珊是欣欣的话，就还是故识了。只是时间都过去四十多年了，当初彼此还都是十多岁的孩子，根本就记不清当年的事了。

张琳嘴角扬起一抹苦涩的笑，随后摆了摆手："等她醒了再说吧，现在她已经没什么好隐瞒的了。"

"不错！"顾伟点了点头，心满意足地道，"其他的事我都不太关心了，既然念念沉冤得雪，琳琳也找到亲生父母，就足够了。"

众人闻言点了点头，的确如此。

袁朗和宁爱心底对张琳满满的亏欠，一直坐在张琳身侧，激动得不肯撒手："琳琳，你快把你小时候的事都跟我们好好说说，无论是什么事，爸妈都想听，一点儿都不想错过。"

袁朗和宁爱现在只恨自己的岁数实在是太大了，能陪伴张琳的时间越来越短了。

张琳听闻袁朗和宁爱的话，轻抿唇瓣，思索片刻，柔声道："其实之前都和你们说得差不多了。"张琳嘴角挤出一丝笑，"从小收养我的那家人跟我说，我是被我亲生父母遗弃的，所以，我一直以为我是被遗弃的孩子。"张琳实事求是地道。

从小，欣欣还有欣欣爸妈都是这么跟她说的。尤其是欣欣，虽然只比张琳年长三岁，却始终趾高气扬的，成天说张琳是没人要的孩子，她爸妈可怜张琳才收留张琳的。

在养父母家里的四五年里，张琳记忆中真没有过什么好日子。

当初她去孤儿院的时候，明明都已经五岁了，可是身子单薄，因为营养不良，院长还以为张琳只有三岁。

袁朗和宁爱听闻张琳的话，摇了摇头："不可能的，我们回部队的时候把身上所有的钱都给了那户人家！我们那个时候担心你在他家吃不好、穿不暖，所以宁愿苦了自己，也不愿意苦了你啊！"

"……"

那户人家分明是对自己又打又骂，完全是嫌恶的状态，丝毫看不出是拿了袁朗和宁爱的钱财的样子。

顾念看着张琳困惑的模样，咬牙道："看样子，外公外婆留下来的那笔钱被那户人家给黑了。"

提及这件事，顾念心底多少有些愤怒："他们黑了那笔钱就算了，妈妈那个时候还是个孩子，他们不应该在一个孩子面前说什么被亲生父母抛弃的话。"

"不错。"苏珊点了点头，嘴角勾起一抹冷笑，"总之，那户人家就是拿了人家的报酬却不想做事，甚至还胡言乱语，不是什么善类。"

苏珊顿了顿，忍不住询问张琳："阿姨，他们家有孩子吗？"

"有个比我年长三岁的女孩子。后来战乱，这户人家的父母去世了，我和那个女孩子欣欣一并去了孤儿院。"

张琳的话，让众人陷入沉思。

随后，顾念试探着开口道："妈，你曾经说过孤儿院里和你年龄相仿的人只有那个叫欣欣的，所以欣欣是不是极有可能就是袁珊？"

张琳点了点头，听顾念这么一分析，附和道："是啊，我也怀疑可能袁珊就是欣欣。但是我也不确定，得等袁珊醒了再说。"

顾念点了点头，柔声安抚道："妈，别想那么多了，马上就水落石出了。"

张琳心底满是欣慰，终于找到自己的爸爸妈妈了："无论如何，知道我的亲生父母不是遗弃我的，我就心满意足了。"

宁爱见状红着眼睛倚靠在袁朗怀里，实在是生气自己当年没有将孩子托付给好人家。

"老袁，我真悔恨，当初那家老乡瞧着一家三口真的是很老实、很老实的。知人知面不知心啊！"

袁朗也极其后悔，但事已至此，多说无益。

袁珊的手术从凌晨两点开始，一直持续整整七个小时，到第二天早上九点才彻底结束。

主治医师走出手术室，摘下口罩，看向张警官以及众人道：“病人的命是保住了，她体内因为车祸的剧烈撞击，造成内出血，还有胸前的肋骨也断了两根。”顿了顿，主治医师忍不住道，“实不相瞒，她只是保住了命，因为双腿被截肢，加上车祸受伤，她的后半辈子只能在轮椅上度过，形同废人了。”

傅老爷子点了点头，示意傅杨去善后签字。

张警官询问道：“医生，她大概什么时候会醒啊？我得找她做笔录，她现在是我办理的案件里最重要的嫌疑人。”

“大概到下午就可以醒了，你完全可以做笔录，她意识是清醒的。”

“好的，麻烦了。”

张警官见一行人在外等了一夜，忍不住保证道：“大家放心，哪怕袁珊拒不交代，当年的案子也可以立案予以办理。那五个嫌疑人都已经交代清楚了，傅太太现在是无辜的，她的行动也是自由的，只要不离开k市，保证我们办案的时候随传随到就可以了。”

顾念闻言眸子一暖，这几天着实煎熬，最近又发生了太多天翻地覆的事，让人措手不及。

张琳重重地点了点头，感慨道：“太好了！张警官，麻烦你了！”

“顾夫人，不客气，这是我应该做的，也很感谢当初傅太太的配合。”

张警官看向一旁的苏珊：“苏小姐，你得给我开个证明，说明傅太太现在所说的证词都有说服性，和她的病情无关。”

“OK。”

张警官仔细想了想自己还有没有遗漏什么重要的事：“傅老爷子、袁老爷子，你们也累了整整一夜，回去休息吧，如果袁珊的事有最新进展，我一定立刻通知你们。”

傅老爷子闻言点了点头，看向一旁蹙眉的袁朗，知道袁朗对当年的事还耿耿于怀：“老袁啊，你和夫人先回傅家休息吧，你们身体还没好，我们别在这儿耗着了，这里有护士和警员，我们回去等消息就好。”

傅老爷子发话了，众人点了点头，没有异议。

宁爱舍不得张琳，忍不住伸出手拉着张琳，不肯松开：“琳琳，你们和我们一块儿回傅家吧，我舍不得你，不想和你分开，也想听你说说关于顾城和倾城的事。”

“嗯，好。”张琳点了点头，手一直被宁爱拉着，感觉很暖，大抵，母亲的手都是温暖的吧。

因为张琳的身世，顾念虽然一夜没睡，却毫无睡意。

宁爱和袁朗也是毫无睡意，一直拉着张琳和顾伟说家常。

因为傅景深好几天都没有好好休息，顾念先陪着傅景深回卧室，成功陪男人入睡之后，才小心翼翼地下了楼。

下午三点，张警官从医院打来电话，袁珊醒了。关于当年的事，如果众人想问，现在可以去问了。

傅景深一觉睡得很沉，中饭都没有起来吃。顾念亲自下厨，给傅景深做了牛肉炒饭，端到了卧室里。

静谧的卧室内，男人安静地躺在大床上，刀削般的五官立体分明。

顾念小心翼翼地将牛肉炒饭放在一旁的床头柜上，伸出手抚摸着男人的五官，随后俯下身吻了吻男人的薄唇。

哪怕睡着了，傅景深依旧是蹙眉的状态。

这些天，他应该是累坏了，何止是精疲力竭？更重要的是心累，最主要的原因是袁珊。

顾念的手落在男人紧蹙着的眉心上，小心翼翼地将其抚平。

很快，顾念的手就被傅景深抓住握在了手心里。

"醒了？"

"嗯，几点了？"事实上，傅景深的警觉性很强，顾念进房间时他就醒了。

因为熟睡，傅景深的声音有些沙哑，透着疲惫。

"三点，刚刚张警官打来电话，说袁珊可以做笔录了，我们可以去医院了。"

傅景深点了点头，俊脸有些苍白。

顾念知道袁珊这样虽然是罪有应得，但是傅景深心里一定不是滋味："我给你做了牛肉炒饭，你吃一点，一天都没有吃饭了。"

"好。"

牛肉炒饭香味扑鼻，刚刚醒过来时傅景深就闻到了香味。尤其是顾念亲手做的，傅景深自然是胃口不错。

顾念看着男人吃着自己亲自做的牛肉炒饭，忍不住道："你这次还算是给面子，上一次吃得不情不愿的。"还嫌弃她做得难吃。

傅景深闻言神色一动："其实，这是我第三次吃，并非第二次。"

顾念："……"

什么，第三次？

自己的算术应该不是太差吧？

顾念抿了抿唇道："我只记得你上次说不好吃，让我别做了，那么难吃，影响你的胃。"

傅景深看着小妮子娇嗔地勾起嘴角，有些小失落的模样，伸出手揉了揉小妮子的发丝，低喃道："那是第二次。"

"什么？"

“第一次是你给大王做牛肉炒饭的时候，那次我并没有把你做的牛肉炒饭倒掉，而是倒入饭盒，带去公司吃了。”

顾念：“……”

她一直知道眼前的男人高冷、闷骚，没想到居然到这个程度。

顾念哑然失笑。

是啊，那个时候她给大王做了牛肉炒饭，谁知道傅景深又给做了牛排，然后跟她说，大王怎么可以吃她做的牛肉炒饭，言下之意，尽是嫌弃。

后来，按照男人的说法，牛肉炒饭是被倒入垃圾桶了，顾念也信了。

“我想起来了，第二天，春嫂还跟我说别墅里的饭盒找不到了，原来是你拿去盛牛肉炒饭，带去公司了。”

“嗯。”傅景深面不改色地点了点头，丝毫不觉得承认吃自己媳妇做的饭有什么丢人的。

“你真傻！第二天的隔夜饭，味道都不好了，还冷了，有什么好吃的？”

“因为是你做的。”

“……”

傅景深的话还真是直截了当啊。

顾念闻言心底微微一动，傅景深这句话无疑有千斤重，让她感受到无边的暖意和爱意：“那你第二次还说我做得不好吃。”

“那是因为不想让你辛苦，以后做饭的事，我来，你负责吃。”

顾念看着傅景深优雅地吃着自己做的牛肉炒饭，说出来的话是笃定、毋庸置疑的，忍不住嘴角上扬，心底泛起无边暖意。

“高冷、闷骚、腹黑的傅先生，这些事如果你不跟我说，我可能这辈子都不会知道。我还会真的以为我做的东西很难吃。”这样下厨房都会有心理阴影的啊！

傅景深将餐盘里的最后一勺牛肉炒饭吃完，漫不经心地道：“的确不好吃，以后别做了，祸害我的胃。”

顾念：“……”

他都把餐盘里的牛肉炒饭吃完了，现在还说不好吃？

“你不是吃完了吗？”

“我饿了！”

顾念：“……”

嘁！太腹黑了。

顾念心底一动，伸出手环抱住男人的腰：“好，都听你的。既然你说我做的不好吃，那以后你做，我吃。”

“好。本来做饭也是为了你才学的，如果不做给你吃，我做饭有什么意义？”

顾念：“……”

不知道这男人是不是在诡辩，总之，顾念完全被他说服了，可能这是她听过的最暖心的情话了。

一切尘埃落定。

顾念陪着傅景深到了医院，傅老爷子等人已经提前一步到了。

病房内，袁珊刚醒来的时候，顾念以为女人一定会暴跳如雷，大发雷霆。

没想到袁珊出乎意料地平静，整个人脸色苍白，好似行尸走肉。

大抵这就是所谓的哀莫大于心死了，她把自己作死到这个程度，真是自找的，怨不得别人。

张警官清了清嗓子，见众人都到了，开口道："既然人都到齐了，时间不早了，那袁珊，我们准备做笔录了。"

回应张警官的，是袁珊的缄默以及阴狠的目光。

"袁珊，我劝你坦白从宽，现在基本上案件已经进行得差不多了，其他嫌疑人也都指认你，把当年的真相说出来了，所以，你交不交代，其实意义不大。"顿了顿，张警官继续道，"而且，你现在身上的案子和罪名已经不仅仅是绑架案那么简单了，你昨天晚上涉嫌逃跑、杀人未遂。你这辈子都会在牢房里度过的。"

袁珊："……"

杀人未遂？

哈！这辈子她是要坐牢坐到死了吗？

"DNA结果出来了吗？"袁珊声音沙哑，并未回应张警官的话，而是问出和案件丝毫不相关的问题。

众人闻言还未说话，袁珊已经自顾自地继续道："一定出来了对不对？"

张琳听袁珊这么说，抿了抿唇道："你是欣欣吗？"

袁珊："……"

欣欣？张琳这么说，无疑已经知道了自己的身世。这件事自己足足隐瞒了四十几年，没想到，还是功亏一篑。

袁珊忍不住癫狂地大笑："张琳，没想到过去这么久了，你还记得我啊！"

她真的是欣欣啊！

张琳颤声道："原来你真的是当年收养我的那家人的女儿，跟我一起去孤儿院里的欣欣。时间都过去这么久了，我都不认识你了。"张琳低喃。

袁珊满脸阴鸷，厉声道："但是我一直认识你！哪怕从孤儿院里离开，我也一直在关注你！"

张琳："……"

顾念闻言嘴角勾起一抹讥笑："是啊，如果我偷拿了人家的东西，一定也会担心人家某一天会不会找上门来。所以，你关注她是正常的。"

“不错！”袁珊大笑出声，苍白得骇人的脸显得极其狰狞，“你们今天来，是不是想知道当年的真相，想知道我是如何取代她的位置的？”

袁朗和宁爱听闻袁珊这么说，神色复杂。

袁朗缓缓地开口道：“袁珊，你把当年的事说一下吧。当年我们可是留给你爸妈一大笔钱，让他们好好照顾琳琳的，我还记得那个时候我们还给过你糖啊。”

袁珊：“……”

是啊，三岁的孩子也算是早熟了。当年两个穿着军装的人抱着一个襁褓中的孩子来了家里。这两个人很有气质，留了很多钱，还给自己糖果吃。

因为战乱，他们无法带着刚出生的孩子一块儿走，只能把孩子给留下来。她作为那家人唯一的女儿，他们自然是记得的。

袁珊点了点头，事到如今，否认已经没有意义了：“所以，你们应该感谢我，我们刘家替你们养育了整整四年的孩子。”

袁珊的本名就是刘欣欣。

袁朗和宁爱心疼张琳这些年来的遭遇，忍不住道：“你这话说得不讲道理啊，当初我们可是把战乱年代所有的钱都给了你们家，不仅仅是琳琳的生活费，还包括你们一大家子的生活费，你们可不能没良心啊，人在做，天在看！”

袁珊：“……”

张琳见袁珊这般不讲道理，怒道：“是啊，我在你家里也没有过什么好日子，都是吃剩下来的东西，穿你剩下来的衣服，你们还口口声声跟我说，我是被抛弃的，你们好心收养我罢了。”

“所以说你傻嘛，被人骗了还不知道。再者说了，战乱年代，给你吃喝已经是对得起你了，至少你活命了啊！早知道就该把你随便丢了。”

张琳知道袁珊为什么是这样的人了，那家的父母也不是什么好东西。

“再者，你这个扫把星，你来我们家没多久，我爸妈不就死了嘛，你把自己变成孤儿还不够，我也变成孤儿了啊。”

张琳虽然是个老实人，见状仍忍不住反驳道：“那是战乱的原因，和我没有什么关系，你不能随便怪罪到我头上。”

众人对袁珊包括他们家的行为很是不齿。傅老爷子不想继续兜兜转转了，直接道：“好了好了，那你们去了孤儿院之后的事呢，你是怎么调包的？”

袁珊得意扬扬，顾不得身体的疼痛，挑眉道：“孤儿院的日子太清贫了，吃不饱，穿不暖，而且这些人一个个的都跟乞丐一样，我自命不凡，不会跟这些人为伍的。”

张琳：“……”

这人真的是没良心啊。如果不是当初孤儿院的那些人，可能自己和袁珊早就死在战乱里了。

张琳原本想反驳袁珊的话，想了想，知道这女人偏执，也就不再多说什么了。

袁珊沉浸在自己的回忆之中："这么痛苦的日子，一直持续到了我们十三岁那一年。

"那一年你们夫妻俩找到了孤儿院。我觉得你们很熟悉，然后一眼就认出来了，你们就是当年送孩子来我家的夫妻。你们俩穿得好干净、好整齐，身后还有随从，一直对你们恭恭敬敬的，包括院长也是这样。我知道你们比当年混得更好了，也知道你们来孤儿院是为了找她。

"我知道这个是唯一一次可以改变我的命运的机会，无论如何，我都不能放弃，否则，我这辈子都得沦落在这家孤儿院里。

"孤儿院里，前后来寻找孩子的人很多，我大致知道寻找孩子的流程，那就是外貌、胎记，或者是验血这类的。

"我在医生替我们抽完血之后，趁着你们大人不注意的时候，偷偷调换了我和张琳的血样。"

说完，袁珊很是得意："为了安抚张琳的情绪，确保万无一失，我还告诉张琳，等我被领养了，我一定替她找回亲生父母。"

张琳："……"

是的，那个时候欣欣跟自己说，她很关心自己，她被人收养之后，也会带自己离开。

说实话，因为欣欣对自己一直不是很好，张琳对她的话并不相信，知道她是怕自己吃醋、妒忌。

张琳嘴角勾起一抹苦涩的笑："你把我想成什么人了？其实你当初被人收养，我是从心里祝福你的。因为我当初一直对你还有你家人做的一切是感恩的，误以为你们家人真的是看我可怜，所以才收养我的。"

"所以你太傻太天真了，蠢货。"

太过分了。

顾念听着袁珊的话，抿唇道："你不要把别人的善良当成傻和天真。"

"她后面傻得不只是一点点。"袁珊眸子里满是得意和讥讽，"你以为你后面被领养都是意外？其实是我一早安排好的！"

"什么意思？"

"那个时候，我被接回袁家，叫了袁珊，袁朗和宁爱对我可真大方啊，有求必应，尤其是我一提当初被抛弃的事他们就没辙了。在袁家的一年时间，我拿到了很多钱，然后我在学校门口找到了一家做小本生意、不务正业的夫妇，让他们去孤儿院找到你领养你，我就会给他们钱。

"哈哈！酒鬼和妓女一定养育不出什么好女儿，所以，我就等着他们带你下地狱。

"从此之后，我是人上人，而你是人下人，这样的话，我们俩以后的生活就再也不会有任何交集了。

“张琳，我跟你说，这些年我一直在关注你，而你一定已经把我忘记了。”

张琳：“……”

她那个时候也才十四五岁吧，怎么可以这么坏啊？

张琳还处于惊愕之中难以自拔。她本来以为真的是自己运气差，倒霉遇到个酒鬼养父和妓女养母。没想到这一切都是袁珊安排的。

“你……”张琳难以想象，人竟然可以坏到这个程度。

“这些都是你自找的，因为你是我成功路上的绊脚石！”

张琳觉得这个人太可怕了，真的是太可怕了！

袁朗和宁爱真的是被袁珊气到不行，万万没想到狼子野心害死人。

如果不是自己当年给他们一家三口留下的那笔钱，他们恐怕早就饿死了。

没想到自己的女儿没有得到正常的待遇，还被这般虐待。

傅老爷子作为局外人都看不下去了，敲着手中的拐棍，怒斥道：“袁珊，没想到你当年才十四五岁，就已经那么坏了。”

这样的女人，给傅家做了近三十年的媳妇，想想，傅老爷子也觉得后怕。

“我只是抓住改变我命运的机会，我不觉得我有什么不对的地方。”

袁珊自始至终都觉得世界对自己是亏欠的，自己应该是人上人，都是张琳、顾念等人碍着自己的道儿了。

这人真是死不悔改。

袁朗和宁爱也没想到，当初遇见的三岁的孩子，能记得自己，还想到调换血液的法子。

袁珊继续讽刺道：“这些都是他们夫妻俩自找的，是他们夫妻俩将孩子托付给我家，也是他们夫妻俩领我回去给了我大把大把的钱，我才有钱去收买酒鬼和妓女，哈哈哈……”

袁珊的话让袁朗和宁爱根本无法反驳。

不错，事实真相的确如此。

“所以，这一切都是袁家人自找的！张琳，你所承受的，都是你亲生爸妈给你的，哈哈哈！”

张琳：“……”

她曾经也感慨自己命运太凄惨，生活对自己太不公平，曾经也自怨自艾很长一段时间，现在却一下子释然了。这些并非天灾，而是纯属人为。

张琳嘴角泛着苦涩的笑，看向袁珊癫狂的模样，哑声道：“把自己的快乐建立在别人的痛苦之上，你难道就没有半点歉意？”

“哼！”袁珊这个态度，也真的是没谁了。

袁朗和宁爱心里百般不是滋味。

算起来，张琳所受的苦楚，很大程度是他们造成的。何止是姑息养奸那么简单？

袁朗和宁爱都不敢看向张琳，想要用余生来好好弥补，奈何现在他们的年纪都大了，也陪不了张琳多少年了。他们真的是想死的心都有了。

顾念原本以为袁珊只伤害过自己，未曾想到，她居然伤害了张琳，还伤害得那么深，早就不是所谓的冒名顶替那么简单。

顾念对袁珊简直是深恶痛绝。

"你的如意算盘打错了，你没想到妈妈有能力之后，就独立出来了，后来更是和爸爸努力打拼自己的事业，白手起家。"

袁珊并未否认顾念的话，点了点头："是的，那个时候，我以为张琳这辈子就这么玩完了，所以给她安排酒鬼和妓女养父母之后，很长很长一段时间都不曾关注过她了。"

袁珊眸子里尽是懊悔，那时候她就应该买凶杀人，那么往后的一切都不会发生了。

顾念眼神冷了几分，袁珊自始至终都在后悔没有毁张琳毁得彻底，丝毫没有所谓的恻隐之心。两人的人生际遇发生了天翻地覆的变化，袁珊冒名顶替，做了千金大小姐，进入权贵中心，而妈妈则沦落为孤女。

顾念心底很不是滋味。

这真的是太不公平了。无论袁珊付出什么代价，都无法弥补。

"哼，都怪我姑息养奸，我万万没有想到，十几年之后，景深和你的儿子顾城做了好朋友。起初，我并没有怀疑你的身份，包括你的好女儿，顾念。她却小小年纪不学好，勾引景深，来傅家玩闹。我的儿子景深还被你的女儿迷得晕头转向，甚至你女儿刚满十八岁，他就迫不及待地想要先订婚。直到订婚前的某一天，我惊奇地发现顾念和宁爱越来越像，我重新搜寻你的下落时才发现，你居然是顾城和顾念的母亲。你居然没有沦落到市井之中，而是用了二十多年的时间成了顾夫人，还和顾伟创业成功了。"

顾念嘴角勾起一抹冷笑，看向袁珊："其实人生真的很不公平，居然让你这种人成功蒙混了四十几年。"

袁珊眼神阴鸷地扫向顾念，表情很是厌恶，随后嘴角勾起一抹冷笑："我这是为了我的命运在抗争，在努力！"

人无耻到这个程度，也真的是没救了。

顾念攥紧双手，如果不是傅景深在旁边，她真的想上前狠狠地甩这个女人几个耳光。这种人，真的是不值得原谅。

病房内的气氛冷凝成冰，众人的脸色都好看不到哪儿去。

袁朗和宁爱早已陷入深深的自责之中，不敢去看张琳和顾念等人。袁珊的所作所为，袁朗和宁爱最起码有一半的责任。

傅老爷子摆了摆手，看向一旁的傅杨和傅景深："张警官，后续你处理一下吧，我们没有什么别的要求，一切公正就好。这件事你不用再与傅杨和景深联系了，直接跟我说就好，我算是局外人了。"

毕竟，傅杨哪怕和袁珊离婚了，也还是她的前夫。至于傅景深，每次和袁珊接触都是对他的伤害和折磨吧？

张警官听闻傅老爷子的话，点了点头："明白的，傅老爷子。"

傅老爷子扫了一眼袁珊，轻哼一声："别的话就不多说了，你好好配合调查吧，作孽啊！"

袁珊苦心经营大半辈子，现在一无所有，还将面临牢狱之灾。让她坐牢的话，真的不如让她去死。k市那些名媛会怎么看她？那么没面子的事她如何承受得住！

苏珊瞧着袁珊眼里一闪而过的狠戾，看向张警官道："张警官，现在人交到你手上了，你可得看紧点，千万别出现什么自杀未遂的事。"

张警官听闻苏珊这么一提点，立刻点了点头："好的，明白，苏小姐。"

袁珊这么高傲的人现在变成阶下囚，她之前可能是爱惜生命，现在则真的随时可能玩自杀这种把戏，真是多亏了苏珊的善意提醒。

"苏小姐，多谢啊。"

"客气了。"苏珊扯了扯嘴角，随后语气颇具玩味地道，"有的时候，最折磨人的是心理。自杀那么简单的事，对于她来说太不公平了，得让她活着，为自己所做的错事付出代价，进行弥补。"

袁珊阴鸷的眸子死死地瞪着苏珊。

苏珊故作无奈地摊了摊手："别这么看我，我是在救你的命。"

事情到了这个地步，基本上告一段落了，袁珊把所有的秘密都说出口了。

顾念不想让张琳在病房里逗留太长时间，轻声道："爸、妈，我们出去吧，我和景深送你们回顾家。"

"好。"张琳点了点头，跟着顾伟准备离开病房。

傅景深抬手宠溺地捏了捏顾念的脸颊，哑声道："苏珊近期会一直留在k市，我会让她替你医治好再回西雅图。"

"其实，我感觉自己已经好得差不多了。"至少她的情绪变得很稳定了，即便在法院上当面指证袁珊和当年涉案的五个人，也能控制。

"我要你完全康复。好得差不多，对我而言远远不够。"

顾念闻言唇角上扬，随后伸出手环住男人，低喃道："好，那不如，你帮我？"

说完，她嘴角勾起一抹明媚的笑，抬手钩住男人的脖颈，送上自己的唇。

傅景深没想到顾念会突然吻他，目光一暗，很快环住女人纤细的腰肢，俯下身吻得更深。

无关欲求，他纯粹是想亲她。

原本担心女人会抗拒，他一直隐忍着，现在，顾念为了表现自己不畏惧，主动送上自己的唇。傅景深只想抱紧她，深深吻她。

没多久，顾念就察觉到男人呼吸变得急促起来。

顾念小脸微红，试探性地开口道："那个……我们可以试试看的。"以此证明自己的病是不是好多了。

"你确定？"傅景深眼神幽深，凝视着眼前面色绯红的小妮子试探地问道。

并不确定！

顾念犹豫片刻，点了点头，小声嘀咕道："这个方法也是苏珊跟我说的，让我试试看，看现在病情康复到哪一步了。"

原来如此。

既然苏珊都这么说了，傅景深松了口气，并不打算再克制了。

"回房间。"

两个人虽然都结婚一段时间了，但是亲昵的事不算常做，甚至可以说少得可怜。而且，做的那几次，顾念要么是吃了安眠药，要么是喝了酒，清醒的状态，顾念真的是没什么印象了。

傅景深直接将顾念拦腰抱起，向楼上的卧室走去。

回到卧室之后，傅景深便小心翼翼地将顾念平放在大床上："需要我关灯吗？"

傅景深并不确定顾念的反应，因此，小心地照顾着顾念的感受。

顾念仔细想了想，摇了摇头："不用，我想看到你，看到你会让我觉得非常心安。"

"嗯。"傅景深认真地看向身下的女人，巴掌大的小脸微白，前些日子顾念好不容易养胖一些，这些天又瘦了。

傅景深有些心疼，俯下身吻了吻她的唇："瘦了。"

顾念听闻他的话，抿了抿嘴道："你也是。"

傅景深何止是瘦了，脸色也变差了很多。这些天来，他真的是饱受折磨。

"这一切都结束了，我们重新开始吧！"顾念伸出手钩住男人的脖颈，使得男人的身体靠近自己，"当初是我追你追得千辛万苦的，这一次，换你追我。"

"好，都听你的。"傅景深眼神深邃，语气宠溺，大手扣住女人的腰，更加紧密地将顾念抱入怀中，以此来试探女人的反应。

见顾念的反应还算正常，傅景深微微松了口气。

顾念的情况，的确好了很多很多。

顾念看着男人的俊脸在自己面前放大，伸出手抚摸着男人的五官。

"五官这么精致，没天理。"

傅景深的俊容一度被k市的名媛垂涎，认为不亚于男明星。

他的眼眸很是深邃，里面倒映着顾念的小脸，神色很暖，很温馨。

“嗯，我一直知道你对我的外貌很满意。”

顾念一怔，就听到傅景深揶揄道：“当初你就是因为这个才嚷嚷着要追我的，对吗？”

顾念一时有些语塞。

的确如此啊，长得帅嘛，高冷男神，自己就想要追嘛。

好吧，被抓包了。

顾念小脸红得厉害，还没来得及说什么，男人的薄唇已经重新落在她的唇上，伴随着男人沙哑的声音在耳边响起，极其邪魅：“我准备开始了，你承受不住了随时喊停。”

说不感动是假的，顾念忍不住眼眸泛湿：“嗯。”她红着脸，感动地点了点头。

傅景深俯下身，越吻越深。

顾念所有的呼吸都被他一并攫住，男性的气息扑面而来，很是炙热，她根本无从闪躲，除了承受还是承受。

顾念想要呼吸，却无能为力，只能任由傅景深亲吻着自己，缓缓地向自己口中渡着空气。

炙热的温度蔓延，说心底完全不抗拒是不可能的，但是因为他是傅景深，是自己最深爱的男人，所以，她毫无畏惧。

顾念可以感觉到傅景深吻得并不专心，因为他需要掌握自己的情况。以傅景深的个性，只要她喊停，他只会停止，不会继续。

很快，傅景深的手便探向顾念胸前，解开她胸前的纽扣。

一颗一颗，傅景深并不着急全部解开，而是借着暧昧的动作，消磨着顾念的意志力。

顾念觉得自己整个人都变得滚烫起来。她深呼吸一口气，感觉有些头晕目眩。傅景深的一举一动都在扰乱她的心神，让她根本难以思考任何问题，连带着，她的身体也变得不受控制，呼吸和男人急促的呼吸杂糅在一块儿，也变得乱了。

伴随着傅景深动作的深入，事实上顾念心底还是抗拒不安的。哪怕她不断告诉自己，眼前这个男人是傅景深，并不是其他人，却还是难掩心底的躁动和不安，包括那隐藏在深处的恐惧。

但是顾念丝毫不想喊停，想要借此安抚自己，还有他。

“需要停下来吗？”

顾念犹豫片刻，坚定地摇了摇头：“不用。”

傅景深看着顾念这般执拗的模样，一如当年学生时代的样子，着实可爱：“好！”

他重新俯下身，薄唇落在女人的脖颈处，却并未缓缓向下，而是缓缓向上，转而吻住女人的唇，然后是额头。最后，他的大手落在了顾念的胸前，将原本解开的纽扣重新一颗又一颗地系上。

这是什么意思？

顾念原本是闭着美眸的，准备承受接下来的狂风暴雨，却没想到，狂风暴雨戛然而止。

顾念咽了咽口水，不解地看向眼前的男人，哑声道："景深，你……"

"你还没有完全准备好，我并不着急要你。"

原本顾念以为自己伪装得很好，不颤抖，不抗拒，事实上，因为深爱着自己，傅景深还是从诸多细微的反应之中看出她的异样了。

顾念心底一动，因为他的举止和言语，感动得稀里哗啦。

傅景深真傻。

"能解开一个女人的衣服很简单，重新穿起来，的确是需要点意志力的。看来，我的意志力也是岌岌可危。"傅景深打趣道，额头上遍布薄汗，呼吸还有些急促，声音依旧沙哑得厉害，"乖乖在卧室等我，我去洗个澡。"说完，傅景深迅速向洗手间方向走去。

等到浴室里响起水声，顾念才猛地回过神来——他似乎是去洗冷水澡了。

她好心疼啊！

半个小时后，顾念换上家居服，也替傅景深准备好了干净的家居服，就看到他从浴室里走了出来。

顾念轻抿唇瓣，小脸上的红晕好一会儿才慢慢散去："那个，晚上想吃点什么夜宵啊？"

"你想吃什么？"

"酒酿元宵？"顾念试探地开口，她只是突然间想吃了而已。

傅景深闻言点了点头，薄薄的唇瓣勾起一抹邪魅迷人的弧度："好，在客厅等我，我很快煮好端出来。"

其实顾念还没说完呢，她想说的是，叫外卖也是可以的啊！没想到傅景深居然会直接去煮啊。到底还有什么事是这男人不会做的啊？

顾念跟着傅景深下楼，就看到傅景深熟练地走进厨房忙碌起来，身材颀长，极具魅力。

电视上滚动播出的是近期k市的热点新闻，最热的，无疑是袁珊的绑架案和杀人未遂案。只是新闻被傅景深处理过了，媒体并不知道当年袁珊绑架的对象是顾念，杀人未遂的对象是张琳。之前袁珊派人放出的顾念在西雅图的照片都被处理好了，傅家请了最专业的专家，判断照片系合成，堵住了众人的嘴巴。

顾念眼神一暗，说起来，袁珊真的是自作孽不可活。明明她想让自己身败名裂，却偏偏找了媒体毁自己。袁珊出事了，她之前在民政局说顾念和傅景深要离婚的言论也就不攻自破了。

毕竟媒体的眼睛是雪亮的，有些事用脑子简单想一想就明白了。

这婚姻当中，似乎顾念处于劣势，但是傅景深以傅氏作为天价的嫁妆送给她，局势瞬间扭转。这怎么可能会是要离婚的迹象呢？

顾念简单听了下媒体评论，所幸袁珊的事并未影响傅家的声誉。傅老爷子公正严明是出了名的。袁珊出事，傅家并未施加压力将事情给压下，足以证明傅家的态度。因此，无论是傅家还是袁家，在袁珊的事情上，均让人无可指摘。

番外
幸福尾声

三个月后。

顾念在苏珊的治疗下已经对傅景深没有任何抗拒心理了。

考虑到顾念原先因为归国中断了学业，傅景深了解了西雅图学校的开学时间，将手头上的一部分产业转移到了西雅图。

顾念继续学习大四的课程，傅景深则开拓自己的海外市场。

夫妻搭档，干活不累。

两年后。

K大的操场上，一场世纪婚礼正在举办。

明媚的阳光倾泻在顾念身上，仿佛为她镀了一层耀眼的金光，很是明艳动人，顾念一身白纱，好似坠落人间的仙子。

礼台就设立在操场的主席台上。

等到顾念认出傅景深身侧穿着礼服的男人时，忍不住扑哧一下笑出声来——是校长啊。

就是那次自己拿了一千五百米一等奖，校长上台给自己颁奖，自己当着校长的面大放厥词，说……傅景深是自己的人。顾念现在几乎还记得当初校长被气炸的脸色。后来没两年校长就退休了，没想到傅景深居然把他请来作为证婚人了。

主席台前是观众席，傅家人和顾家人均已落座，满是期许地等着婚礼的进行。

音乐缓缓响起的同时，玫瑰花瓣不断从头顶上撒下来。

远处草坪上还有白鸽飞起。

顾念挽着顾伟的胳膊一步一步向着主席台走去。

往事一幕幕，在脑海之中挥之不去。

例如，她跑完一千五百米精疲力竭地向着主席台走去的画面，还有她在操场上围堵傅景深的画面，以及青春年少的傅景深、顾城、季扬三人在操场上踢球、挥汗如雨的画面。一切都好美好美。

十几米的距离，顾念挽着顾伟的胳膊走了好久好久。

观众席上，众人凝视着顾念好似公主般踩着白色的花瓣前行，仿佛世间最美的画卷。

顾念终于被顾伟牵着走上了主席台，跟校长打招呼道："校长，好久不见啊。"

"顾念同学，对你啊，我可是记忆犹新，你是我教学这四十年以来碰到的最大胆的女学生。"

哪一个女孩子敢在全校师生面前表白啊？顾念做到了。

顾念红着脸点了点头，扑哧笑出声。

顾伟握住顾念的手看向一旁的傅景深，随后哑声道："景深，爸今天啊，准备把念念交给你了——你会好好待她的吧？"

虽然信得过傅景深，但是作为老泰山的顾伟，此时此刻心里还是无比忐忑。

傅景深黑眸中尽是认真，一字一顿、极其肯定地回答顾伟："我会待她如生命。"

"好！"有了傅景深的这一句回答，顾伟觉得足够了，"我今天就把念念交给你了……"

说完，顾伟将小妮子的手放在了傅景深宽厚的掌心之中。

观众席上的众人将视线聚焦这一画面上，广阔的操场上响起热烈的掌声。

顾念感觉自己的手被傅景深紧紧攥住，他的手心很是温暖，顾念忍不住嘴角上扬，感动的泪水不断从眼角溢出。

傅景深心疼地抹去顾念眼角的泪水，随后看向顾伟，笃定地道："爸，您放心吧！"

顾伟摆了摆手："我不碍事了，下去观礼了……"说着他抹着泪下了主席台，坐在观众席上和张琳等人一同观礼。

主席台上只剩下校长和顾念、傅景深三人。

校长看向自己面前的一对璧人，道："你们二人都是我们学校的佼佼者，能为你俩证婚，是我的荣幸。我们学校创建百年了，你俩也是我们学校第一对在操场上举办婚礼的人。真好！"校长清了清嗓子，"那个，台下的同学们，虽然傅先生和傅太太很恩爱，但是学校还是那个宗旨——绝对不提倡早恋啊，男女之间的友谊得纯洁啊……"

顾念哑然失笑，台下的学生们哄笑成一片。

校长年纪大了，又退休几年，难免情绪激动了些："说起来，你们俩真的是让我印象太深刻了。你这丫头当众追人，昏过去之后，傅先生立刻从跳远的地方狂奔过来，准备抱你去医务室，我拿着大喇叭冲他喊，说再这样下去，我可就得开除你了啊！毕竟学校不提倡早恋。哪知道，他根本没松手。他还被我请了家长，罚扫一个月操场呢。”

顾念听着校长的话，美眸一眯，神情一怔。跑完一千五百米之后，她当众宣告对傅景深的所有权，随后就昏过去了，后续的事就不知道了。傅景深从跳远的地方飞奔而来，抱自己去医务室，甚至校长拿着大喇叭喊傅景深的事，顾念都一无所知。她全身而退，一直认为自己跑了一千五百米拿了第一的嘉奖，却不知道原来傅景深差一点被开除，还被请了家长，甚至扫了一个月的操场。其实，知道傅景深要扫一个月操场的时候，顾念还偷偷笑过他，根本不知道是和自己有关系。

过往的回忆扑面而来，顾念嘴角上扬，凝视着傅景深的俊脸，觉得很是甜蜜。傅景深明明很早就爱上自己了，还为自己扛了事儿，结果却一直装高冷。

冥冥之中，一切都是上天最好的安排。

校长感慨完，没有忘记正事，继续道：“两姓联姻，一堂缔约，良缘永结，匹配同称。看此日桃花灼灼，宜室宜家，卜他年瓜瓞绵绵，尔昌尔炽。谨以白头之约，书向鸿笺，好将红叶之盟，载明鸳谱。此证！愿你们相敬如宾，只羡鸳鸯不羡仙……”

校长知识渊博，以民国时期完美的婚约誓词拉开了婚礼的仪式。

台下响起了雷鸣般的掌声，顾念看着男人温柔如水的黑眸，只觉得此生有男人陪伴，就足够了。

“下面，请新娘和新郎交换婚戒。”

伴随着校长的话，全场再度响起热烈的掌声，众人纷纷期许着这么隆重的时刻。

顾念伸出葱白的手，看着傅景深小心翼翼地从雯雯手中接过婚戒盒子，取出婚戒戴在了她的无名指上。

手指上传来一阵凉意，顾念看着钻戒在阳光下散发着璀璨的光芒，脸上洋溢着幸福的笑容。随后，顾念取出男士婚戒缓缓地戴在了傅景深的无名指之上。

台下的众人看着如此温馨浪漫的画面，情不自禁地鼓掌，憧憬着爱情。

“顾念同学，傅景深同学，我代表学校的全体师生，衷心祝福你们！”校长也开始鼓掌，祝福着顾念和傅景深。

顾念情不自禁地上前，踮起脚，吻住了傅景深的薄唇。

谁说婚礼之上只有新郎才可以亲吻新娘的？明明新娘也可以亲吻新郎的嘛，哈哈——

“唔……”

两人亲昵地拥吻着，傅景深很是喜欢自家媳妇的主动，随后回吻住顾念的唇。

与此同时，学校操场上礼花齐放，漫天的白色玫瑰花从天上撒下来，一切唯美得好似油画一般。

台下的学生们欢呼出声，顾念学姐的个性还真是没有变过，在主席台上就直接亲吻上去了。

这样个性的顾念，实在是太招人喜欢了！

校长清了清嗓子，忍不住捂嘴偷笑。这要是在之前自己还没退休时，一定会好好说教说教。大庭广众之下，得注意自己的仪态仪表啊！不过现在小年轻的节奏，自己是跟不上了。瞧着这金童玉女，真幸福啊！不错不错，还好当年自己事后没有去找这俩人的麻烦，否则就断了这两个人姻缘了。

热吻缠绵，难分难解，顾念依偎在傅景深怀里笑容绚烂。

傅景深深深地睨着怀里的女人，将其拥紧。

她如同精灵一般披着星光而来。

因为她，时光灿若星河。

若干年后，傅家多了两个小宝贝。

傅景深和顾念好事成双，生下了龙凤胎傅严小朋友和傅念小朋友。这两个小家伙一出生就集众人的宠爱于一身，尤其是傅景深，更是对宝贝闺女傅念宠溺得不得了。

傅念简直就是顾念的缩小版，娇嗔可人得厉害，实在是把傅景深的心都给融化了。

至于傅严，则是随了傅景深的高冷，对于自家的妈妈和宝贝妹妹也是一脸无奈。没法子，谁让爹地已经把这娘儿俩宠上天了呢，自己只能跟着一块儿纵容，一块儿宠了！

天才宝贝幼儿园。

今天是傅念和傅严的结业典礼，傅景深和顾念特地前来参加，毕竟这对于傅严和傅念来说，是人生中的重要时刻。

结业典礼上，每个小朋友都要上台发言。

一般来说，对六岁的小朋友要求不会很高，大多是介绍自己的兴趣爱好，或者是爸妈的家庭教育等。

顾念将手中的摄像机准备好，等到傅严上台的时候立刻按下了按钮。

小家伙穿着小西装，打着领结，一本正经的模样让人哭笑不得。

“大家好，我叫傅严，我今年六岁了。”

小家伙奶萌奶萌的声音，让全场响起了热烈的掌声，有人已经情不自禁地感慨小家伙的颜值——才六岁啊，但是五官立体分明，不难看出英俊之气。

“我的爹地叫傅景深，妈咪叫顾念，我还有一个妹妹，她叫傅念。我最喜欢吃的食物是鸡翅，但是我每次会把鸡翅让给妹妹吃，我吃鸡腿，因为我的妹妹喜欢吃鸡翅。妈咪也喜欢吃鸡翅，爹地每次就会把鸡翅让给妈咪，他吃鸡腿。我开始的时候会跟妹妹争鸡翅，后来爹地告诉我，当初他知道妈咪喜欢吃鸡翅的时候就明白，这辈子他可能只能和鸡腿打交道了，因为鸡翅要全部留给妈咪吃。爹地说我是小小男子汉，要学会爱护妈咪和妹妹，所以每次我们家吃鸡的时候，我和爹地都会把鸡翅让给妹妹和妈咪。”

傅严一本正经的话语说出来，台下的爸爸妈妈们都不禁哑然失笑，尤其是妈妈们，更是一脸羡慕嫉妒恨地看向顾念——原来傅景深宠顾念到这种程度啊！简直令人发指……

幼儿园的林老师忍住笑意，打趣地问道："那你爹地平时在家里是怎么教育你和妹妹的啊？"

"我爹地说了，最好的家庭教育就是爹地爱妈咪，而且很爱很爱很爱那一种……"

台下的顾念听闻傅严的话一怔，这一点，傅景深从来没有跟自己说过。虽然这些年他都是不遗余力地这么做的。

"我的演讲完了，谢谢大家。"说完，傅严极其绅士地向大家鞠躬表示感谢。

顾念哑然失笑，台下响起了雷鸣般的掌声。

傅景深挑了挑眉，这个臭小子倒是得到了自己的真传，表现还不错，他比较满意。

众人都知道傅严和傅念是龙凤胎，所以在傅严下台之后便情不自禁地期待着傅念登场。

傅念软萌的小身子向着台上走去，粉色的公主裙更是衬托得小公主好似洋娃娃一般粉嫩可爱。

傅景深见自家宝贝闺女上台了，薄唇勾起，黑眸深处尽是宠溺之色。

傅严下台之后，顾念立刻凑上前啄了啄小家伙的脸颊："宝贝真乖……"

"嗯。"傅严高冷的小脸有些害羞，惹得顾念满是笑意。

臭小子实在是够了。

"叔叔阿姨你们好，我叫傅念，我今年六岁了，刚刚上台的是我的双胞胎哥哥傅严，我的爹地叫傅景深，妈咪叫顾念，我最喜欢吃的食物其实不是鸡翅，我最喜欢喝可乐——对了，是冰镇的那种。"

顾念："……"小妮子比自己的要求还要高啊，居然还要冰镇的。

台下的众人哭笑不得，傅景深则眼神暗了几分。

可乐这事儿是老爷子宠坏的，在家里几乎是小丫头要什么老爷子给什么，傅景深事后发现想要制止时已经来不及了。

有时候，面对小丫头的糖衣炮弹攻击，他也只能偶尔让她喝一小杯，一点点而已。

"我和妈咪都很喜欢高跟鞋——嘿嘿，因为高跟鞋可以让我个子变得高高的，比哥哥还要高呢！妈咪说，她遇见爹地之前不太喜欢高跟鞋，可是遇见爹地之后就特别喜欢高跟鞋啦，因为每次穿着高跟鞋脚酸走不动路的时候，爹地都会背着妈咪……"

顾念："……"小丫头居然把这话都往外说了。

不过的确如此，被傅景深宠溺着，她已经快要分不清东南西北了。

林老师只觉得自己吃了一嘴的狗粮，连忙打趣道："傅念小朋友，你们家爹地妈咪是怎么教育你的啊？"

"跟我哥哥一样啊，爹地说最好的教育就是他很爱我的妈咪，就是举高高、抱紧紧那种爱呢！"

傅念觉得嘴上说还不够，小手还配合做着动作，让人哭笑不得，都要被眼前的小天使给萌化了。

“好啦，我说完了，谢谢大家！爱你们，么么哒……”说完，傅念甜美地笑了笑，鞠躬之后向着台下的傅景深跑了过去。傅景深将小妮子抱入怀中，满眼宠溺。

林老师见状忍不住道：“傅先生，您要不要和大家说两句啊？”

傅景深薄唇浅浅勾起，浑身透着矜贵之气：“不必，我觉得孩子们已经把我想说的都说了，至于家庭教育问题，我将会持之以恒地贯彻下去。”傅景深搂紧身侧的顾念，霸道而笃定道。

林老师忍不住感慨，傅先生还真是宠妻十年如一日啊！

两个小家伙的毕业典礼结束之后，傅景深牵着傅严，顾念牵着傅念，傅严和傅念在两个大人之间手牵着手，一家四口沐浴着阳光，互相牵着走在走道上。

顾念凝视着身侧的傅景深，忍不住道：“景深，你说我们下辈子还能这么幸福地生活在一起吗？”

傅景深闻言笃定地道：“不好意思，重复问题不予回答——这个问题，你上辈子、上上辈子都问过我了。”

顾念心底无比悸动：“唔……那我下辈子、下下辈子还要这么问你，一直问下去。”

“好。”傅景深语气坚定。

在遇见她之后，好友们问他有没有女朋友的时候，他都会说，我已经有女朋友了，她的名字叫顾念。

我未来妻子的名字叫顾念……

我未来孩子母亲的名字，也叫顾念。

顾念，她是我的命！